KNAUR

Über die Autorin:
Christine Ziegler ist in Garmisch-Partenkirchen geboren und aufgewachsen. Sie studierte Restaurierungswissenschaften und arbeitete in unterschiedlichen Museen. Mit ihrer Familie lebt sie in der Nähe von München. Am liebsten ist sie jedoch unterwegs, wo sie Menschen, Dingen, Tieren, Kunst und Krempel zuhört. Alles und jeder erzählt. Daraus entstehen ihre Geschichten.

Christine Ziegler

Sauer macht listig

Roman

KNAUR

Besuchen Sie uns im Internet:
www.knaur.de

Aus Verantwortung für die Umwelt hat sich die Verlagsgruppe Droemer Knaur zu einer nachhaltigen Buchproduktion verpflichtet. Der bewusste Umgang mit unseren Ressourcen, der Schutz unseres Klimas und der Natur gehören zu unseren obersten Unternehmenszielen. Gemeinsam mit unseren Partnern und Lieferanten setzen wir uns für eine klimaneutrale Buchproduktion ein, die den Erwerb von Klimazertifikaten zur Kompensation des CO_2-Ausstoßes einschließt. Weitere Informationen finden Sie unter: www.klimaneutralerverlag.de

FSC www.fsc.org
MIX
Papier aus verantwortungsvollen Quellen
FSC® C083411

Originalausgabe Mai 2020
Knaur Taschenbuch

Ein Imprint der Verlagsgruppe
Droemer Knaur GmbH & Co. KG, München

Redaktion: Clarissa Czöppan
Covergestaltung: Katharina Netolitzky
Coverabbildung: Katharina Netolitzky
Satz: Adobe InDesign im Verlag
Druck und Bindung: CPI books GmbH, Leck
ISBN 978-3-426-52565-4

2 4 5 3 1

Es war ein sonniger Julimorgen, als die Spülmittelseifenblase meines beschaulichen Hausfrauendaseins platzte.

»Ich hab eine Affäre«, gestand der Mann, dem ich vor zweiundzwanzig Jahren in einem gerüschten eierschalenfarbenen Kleid, das seine Mutter für mich ausgesucht hatte, ewige Treue geschworen hatte. Nach dieser Offenbarung schob er sich sein nackenfreundliches Kopfkissen umständlich zurecht, schloss die Augen und gönnte sich vor dem Wochenstart einen tiefenentspannten Moment der Ruhe.

Vor wenigen Minuten waren wir mit dem fertig geworden, was wir immer seltener taten, aber immer noch ganz gut konnten, fand wenigstens ich. Langsam stützte ich mich auf den rechten Unterarm und wartete auf eine weitere Erklärung, die jedoch ausblieb.

Obwohl es erst 7 Uhr war, war die Luft in unserem Schlafzimmer schwül und abgestanden. Pauls Witze überschritten regelmäßig meine natürliche Schmerzgrenze. Er hingegen amüsierte sich köstlich über meine konfusen Reaktionen auf seine Interpretation von Ironie. »Dummerchen« nannte er mich dann, und ich ging davon aus, dass es sich dabei um einen Kosenamen handelte.

Ich grinste ihn blöd an und schluckte den Schreck tapfer hinunter. Schließlich hatte ich mit seinem seltsamen Humor langjährige Erfahrung.

»Ist sie fünfundzwanzig Jahre jünger als ich, natürlich blond, trägt Kleidergröße 34 und hat Körbchengröße D?«, ließ ich mich auf das Spiel ein. »Hat sie veilchenblaue Augen, ist an bestimmten Stellen komplett rasiert und mit außerirdischen Schriftzeichen tätowiert?«

»Nein.«

»Sie trägt rotes Latex, Stiefel und peitscht treffsicher«, versuchte ich, witzig zu sein.

»Nein.«

»Sie ist ein Mann?«

»Nein, nur vierundzwanzig.«

»Was?«, fragte ich leise.

»Sie ist nur vierundzwanzig Jahre jünger als du. Aber deine Schätzung war wirklich gut.«

Eigentlich ist es unmöglich, in einem Bett liegend den Boden unter den Füßen zu verlieren, trotzdem passierte genau das. Ich schlug unsanft auf der Fünf-Zonen-Kaltschaummatratze, dem harten Boden der Tatsachen, auf und begann unter der Bettdecke nach meinem ausgeleierten Baumwollnachthemd zu suchen, während mein Gehirn fieberhaft rechnete. Ich war sechsundvierzig. Das minus vierundzwanzig war gleich zweiundzwanzig. Unser Sohn Elias war ebenfalls zweiundzwanzig Jahre alt.

»Du hast eine Freundin?«

War das meine Stimme? Die Worte zerbröselten auf meiner Zunge und hinterließen ein kratziges Gefühl. Der Zusatz »die so alt ist wie unser Sohn« war mir im Hals stecken geblieben. Ich setzte mich aufrecht hin und starrte Paul an.

»Nein, nein. Nur eine Affäre. Für unsere Beziehung bedeutet es nichts.«

Paul lag immer noch mit geschlossenen Augen auf dem Rücken. Seine behaarte Brust hob und senkte sich langsam. Gleich würde er einschlafen. Als Firmenchef hatte er keine festen Arbeitszeiten. Seine Sekretärin war es gewohnt, dass er irgendwann zwischen acht und elf im Büro erschien.

»Nichts«, wiederholte ich und spürte einen Kloß zwischen meinen Stimmbändern, der deutlich größer als nichts war. »Warum sagst du es mir dann?«, fragte ich schrill.

Jede meiner Körperzellen sehnte sich in die Ahnungslosigkeit zurück. Vor zwei Minuten war meine kleine Welt noch rund und sicher gewesen. Mit einem einzigen Satz war nun der globale Notstand ausgebrochen. Mein wild pochendes Herz war in meinem Brustkorb eingezwängt und drückte gegen meine Rippen. Mühsam unterdrückte ich ein Stöhnen und hoffte insgeheim, dass mein Mann jeden Moment zwinkern und »Reingelegt, Dummerchen« flüstern würde.

»Ich will keine Geheimnisse vor dir haben. Das belastet mich.«

Endlich hatte ich mein Nachthemd in der Matratzenritze gefunden und zog es mir irgendwie über den Kopf.

»Es belastet dich«, echote ich und kämpfte mit aufsteigenden Tränen und dem linken Ärmel.

»Ja, und bevor ich vor lauter Geheimnistuerei Schlafschwierigkeiten oder Sodbrennen bekomme, ist es besser, ich sag dir, wie es ist. Lügen stresst, und Stress habe ich in der Firma schon genug.«

Mein Mann hat eine Affäre, er betrügt mich, schrie es in meinem Kopf. Du warst nicht gut genug. Betrogen! Eine Zweiundzwanzigjährige! Ich konnte das Schluchzen nicht unterdrücken. Meine Augen und Nasenschleimhäute schalteten auf Spülgang. Paul beugte sich zu mir, um über meine Haare zu streichen, doch ich sprang aus dem Bett.

»Fass mich nicht an.«

»Ach, Elli, jetzt übertreibst du. Das ist typisch für dich.« Mit einem tiefen Seufzer ließ er sich auf seine lendenwirbelfreundliche Matratze zurückfallen. »Du machst aus einer Mücke eine galoppierende Elefantenherde. Immer geht bei dir wegen einer Kleinigkeit gleich die Welt unter, und alles muss kompliziert sein. Es ist nichts Ernstes, und es hat nichts mit dir zu tun. Ich brauche nur ein wenig Abwechslung, und sie ist unkompliziert, witzig und spontan. Das tut mir gut. Mir ist es hier manchmal zu eingefahren und zu anstrengend, aber deswegen musst du jetzt nicht gleich eine Szene machen.«

Ich rannte ins Bad und sperrte die Tür hinter mir ab. Fassungslos musterte ich mit verquollenen Augen mein Spiegelbild. Betrogen, raunte mir meine innere Stimme erneut zu.

Ich zog mein Nachthemd aus, warf es in den Wäschekorb und stand jetzt den nackten Tatsachen gegenüber. Die Stimme kam in Fahrt: zu alt, zu faltig, zu hässlich, zu schwammig. Wundert es dich, dass er lieber was Junges, Knackiges und Bewegliches will? Wärst du mal öfter zum Sport gegangen und hättest dich beim Essen nicht so gehen lassen.

Sie ist unkompliziert, witzig und spontan. Das heißt, sie ist das Gegenteil von mir. Ich bin anstrengend, kompliziert und einengend. Meine Knie zitterten. Bauch und Busen zitterten mit. Sie hat bestimmt noch kein schwaches Bindegewebe oder Schwangerschaftsstreifen.

»Elli, lass mich rein.«

Paul klopfte an die Tür. Ich reagierte nicht und starrte weiter auf mein Spiegelbild. In unserem Haus gab es schließlich noch zwei andere Bäder, wo er sich den ehelichen Paarungsschweiß abwaschen konnte. Wie betäubt stieg ich unter die Dusche und versuchte, auf Alltagsroutine umzuschalten. Minutenlang überbrühte ich mich unter dem Wasserstrahl und sah zu, wie sich meine Haut hummerrot verfärbte, spürte jedoch keinen Schmerz. Wenigstens nicht auf der Haut. Gleichgültig schaute ich zu, wie das Wasser in den Ablauf floss.

»Elli!«, rief Paul vom Erdgeschoss nach oben in den ersten Stock. »Ich fahr jetzt ins Büro. Beruhige dich erst mal, wir reden heute Abend. Und lass das Wasser nicht so lange laufen. Denk an die Wasserrechnung und an unseren Planeten.«

Typisch. Paul sorgte sich mal wieder um Klimaschutz und seinen Geldbeutel. Ich hielt meinen Kopf unter den Duschkopf und ließ Wasser in meine Ohren laufen. Als ich die Dusche verließ, war der Spiegel vom heißen Wasserdampf so beschlagen, dass er mich mit meinem Abbild verschonte. Sorgfältig rubbelte ich mich trocken, zog mir Jeans und T-Shirt an und ging die Treppe hinunter ins Erdgeschoss, wo Stille auf mich wartete.

Meine nassen Haare band ich in der Küche mit einem Haushaltsgummi zusammen. Seit Hannah, unsere Jüngste, vor drei Monaten für ein Kunststudium nach New York gegangen war, war ich viel alleine, und das Haus schien mir seitdem gewachsen zu sein. Es war zu groß geworden.

Früher war es voller Leben gewesen, und jetzt war es nur noch da, um von mir geputzt zu werden. Oder andersrum? Diente ich dem Haus? Als wäre ich ein seelenloser Haushaltsroboter, kochte ich Kaffee, räumte den Geschirrspüler aus und füllte die Waschmaschine.

Erst als beim Blumengießen das Wasser aus den Übertöpfen quoll und auf das Parkett tropfte, merkte ich, wie abwesend ich war. In die Kaffeemaschine hatte ich kein Kaffeepulver gefüllt, und das Scheppern der Waschmaschine drängte die Vermutung auf, dass ich das Geschirr aus dem Geschirrspüler zur Buntwäsche gesteckt hatte.

Kraftlos sank ich aufs Sofa und schluchzte vor mich hin. Die Türklingel riss mich aus meinem Selbstmitleid. Ich wischte mir die Tränen aus dem Gesicht und versuchte, meine Haare zu ordnen.

»Trali, trala, die Post ist da!«, tönte es vom Gartentürchen.

Unsere Postbotin Loreen Moll – eigentlich war sie nur eine Urlaubsvertretung – balancierte einen Stapel Pakete durch unseren japanisch gestalteten Vorgarten. Ich blickte auf den gekiesten Boden, weil ich meine verheulten Augen verstecken wollte.

Dabei bemerkte ich, dass ich unbedingt Unkraut jäten musste, bevor es sich in den Moospolstern ausbreiten konnte. Wehret den Anfängen, warnte Paul gern.

»Guten Morgen, Frau Taler. Ist mal wieder alles für Ihren Mann«, begrüßte sie mich fröhlich. »Obwohl«, sie stellte die Pakete ab und kramte in ihrer Tasche, »für Sie hab ich zwei Kataloge. Gesunde Reformkost und Yogamode. Was braucht man mehr?« Sie strahlte mich an, und sogar ihr silbernes Nasenpiercing glitzerte im Sonnenlicht.

»Guten Morgen, Frau Moll«, antwortete ich und versuchte ein Lächeln.

»Was ist denn mit Ihnen? Ist jemand gestorben oder geht heute nach dem Fünfuhrtee die Welt unter?« Schon stellte Loreen Moll ihre Postbotentasche ab und legte ihre Hand mitfühlend auf meinen Arm. »Geht es Ihren Kindern gut?«

»Ja, ja, danke. Mit den Kindern ist alles in Ordnung. Sind die Hormone. Die spielen verrückt. Wechseljahre und so«, erklärte ich.

»Aha.« Sie wirkte nicht überzeugt, hielt mir aber ihr Quittiergerät hin, und ich unterschrieb zittrig. »Ich helfe Ihnen, die Pakete reinzutragen. Es geht mich zwar nichts an, aber warum lässt sich Ihr Mann die Sachen nicht in seine Firma liefern? Das wäre doch viel praktischer, und Sie hätten den Krempel nicht rumstehen.« Die Postbotin stellte die Lieferung zu den anderen Paketen, die sich im Flur stapelten.

»Das sind Spezialteile und Sonderanfertigungen, die kontrolliert er gerne in Ruhe zu Hause. Das macht er am Abend, wenn er heimkommt«, erklärte ich.

»Na, dann hat er wohl schon länger nichts mehr kontrolliert. Schaut aus, als käme er nur selten oder zu spät nach Hause«, stellte Frau Moll sachlich fest und traf damit ins Schwarze.

Ich biss die Zähne zusammen und atmete mit einem hörbaren Seufzer aus. Paul hatte in den letzten Wochen tatsächlich viele Abendtermine gehabt, und jetzt wurde mir klar, wie seine langweiligen Geschäftsessen ausgesehen haben mussten. Halt suchend lehnte ich mich an den mahagonifarbenen Türstock.

»Haben Sie Schmerzen, Frau Taler? Brauchen Sie einen Arzt?«

»Nein, nein. Ist nur der Kreislauf. Das wird schon«, winkte ich ab.

Loreen Moll nickte und schob mich an den Paketen vorbei Richtung Küche. Ich stützte mich auf die Arbeitsplatte.

»Das kenn ich. Mein Kreislauf ist morgens auch ein Flachlauf. Ein halber Liter Espresso und ich kehr ins Leben zurück. Dann pack ich's mal wieder, und passen Sie auf Ihre Nerven und Ihren Kreislauf auf.« Ihr fürsorglicher Postbotenblick musterte mich.

»Möchten Sie etwas trinken, Frau Moll? Vielleicht einen Espresso?«, fragte ich spontan und wunderte mich im selben Augenblick über meine Einladung.

Mit unserem regulären Postboten hatte ich bisher nur wenige Sätze zwischen Tür und Angel gewechselt, und jetzt lud ich die Aushilfe zum Kaffeetrinken ein. Aber Loreen war sympathisch, und vor allem wollte ich in dem stillen Haus gerade nicht allein sein.

Die junge Frau nahm mein Angebot an, und wir setzten uns gemeinsam an den Küchentisch. Sie erzählte mir bei tiefschwarzem Espresso und von mir selbst gebackenen Keksen von ihren Zukunftsplänen. Dankbar hörte ich zu und stellte viele Fragen.

Loreen Moll studierte Soziale Arbeit in München und wollte später mit Flüchtlingen oder Frauen arbeiten. Die Kombination fand ich interessant. Sie brauchte den Ferienjob, um sich eine Neuseelandreise zu finanzieren. Es war ihr großer Traum, die Hobbithöhle von Frodo Beutlin zu sehen und über die endlosen Steppen Rohans zu reiten. Loreen war ein eingefleischter *Herr der Ringe*-Fan, sprach fließend elbisch und kannte jeden Ort in Mittelerde. Es entspannte mich, ihr zuzuhören, als sie von fremden Welten erzählte.

»Was klappert denn hier so?«, fragte sie kauend.

»Ach, das. Das ist nur das Geschirr in der Waschmaschine. Muss nur noch geschleudert werden«, antwortete ich mit einem Achselzucken.

»Hätt ich auch selber drauf kommen können«, entgegnete sie ernst und griff zum letzten Keks. Ein Cookie mit Cashewkernen und weißer Schokolade.

Ich brach in hysterisches Gelächter aus. Loreen Moll beobachtete mich aufmerksam.

»Und sonst?«, fragte sie vage. Wahrscheinlich fürchtete sie, einer Verrückten gegenüberzusitzen und mit bröseligen Süßwaren vergiftet zu werden. Sie ließ sich jedoch nichts anmerken. »Wie läuft das Leben?«

Als ich mich einigermaßen beruhigt hatte, berichtete ich von der erfolgreichen Firma meines Mannes und meinen drei wunderbaren Kindern, die im Abstand von drei Jahren geboren worden waren.

Elias, der Älteste, studierte in Regensburg Jura, Gabriel war Physiotherapeut in einer Rehaklinik am Chiemsee, und Hannah lebte zurzeit in New York und fotografierte im Rahmen eines Kunstprojektes den Inhalt von urbanen Mülltonnen.

»Und was ist bei Ihnen los?«, hakte Loreen nach. »Sie haben gar nichts von sich erzählt.«

Ratlos schaute ich auf meine Hände. Meine kurzen Fingernägel waren von der Gartenarbeit eingerissen. Die Haut war trocken. Gestern hatte ich die Natursteinmauer am Freisitz mit einem Spezialmittel abgebürstet und von Flechten befreit.

»Ach, ich hab immer viel zu tun, kümmere mich um das Haus und den Garten und irgendwie auch um den Müll«, antwortete ich.

Loreen zog fragend ihre schwarzen Augenbrauen hoch. Wie zum Beweis holte ich von der Kühlschranktür meine To-do-Liste für den heutigen Montag, die Paul dort hingepinnt hatte.

- *Anzug aus Reinigung*
- *Kaffeemaschine entkalken*
- *Zitronen- und Orangenbäumchen düngen*
- *Koi-Futter bestellen*
- *Rasen mähen*
- *Geschenk für Tante Edda*

Loreen überflog den Zettel. Ich legte meine Hände nebeneinander auf den Tisch und bewegte wie eine Marionette einen Finger nach dem anderen. Sie wartete geduldig auf meine Antwort.

»Mein Mann betrügt mich mit einer Zweiundzwanzigjährigen«, presste ich hervor und merkte, wie mir bei diesem Satz die Luft knapp wurde. »Er hat es mir heute erzählt, und ich weiß nicht, was ich jetzt tun soll.«

Loreen sog pfeifend Luft durch ihre violett geschminkten Lippen. Sie legte ihre Hand auf meine.

»Schneiden Sie ihm die Eier ab und braten Sie sie auf dem Grill. Das hilft und macht Mut.«

Ich verschluckte mich, hustete und brach erneut in hysterisches Lachen aus. Dieser Tipp war radikal, aber ausbaufähig.

»Er sagt, er brauche Abwechslung.« Ich kicherte immer noch.

»Vielleicht brauchen Sie ja auch mal Abwechslung und wollen nicht nur putzen, Rasen mähen, kochen, den Müll wegbringen und seine Pakete annehmen«, schlug Loreen vor.

Entgegen meiner strikten Regel, keinen Alkohol vor 18 Uhr zu trinken, ging ich zum Küchenschrank und holte eine Flasche Grappa heraus. Ich stellte zwei Schnapsgläser auf den Tisch und schenkte großzügig ein. Ohne abzuwarten, stürzte ich mein Glas in einem Zug hinunter.

»Er sagt, seine Freundin sei spontan und witzig. Vielleicht hat er ja recht.« Ich knallte das Glas mit Schwung auf die Edelholztischplatte und schenkte mir nach. »Ich mache mir schnell Sorgen, lasse mich von Vorahnungen, inneren Stimmen oder Träumen beunruhigen und bin in meiner Routine festgefahren. Alles dreht sich um die Kinder, den Haushalt und Pauls Firma. Unser Leben ist träge und vorhersehbar, und ich bin langweilig. Ich öde ihn an.«

Loreen schob ihr Glas zu mir. Natürlich konnte sie nichts trinken, sie musste schließlich das Postauto fahren. Wie hirnlos von mir, ihr ein Glas aufzudrängen. Typisch Dummerchen, schimpfte ich mich. Andere Leute mussten schließlich arbeiten.

»Und er sprüht vor guter Laune, wenn er abends heimkommt, und fragt interessiert, wie Ihr Tag gelaufen ist?«, fragte die Postbotin mit ironischem Unterton.

»Nein, natürlich nicht. Nach einem anstrengenden Arbeitstag muss er sich erholen. Er liest Zeitung, wartet auf sein Abendessen, beantwortet Mails oder kümmert sich um seine Pakete.«

Der Alkohol erreichte meinen Magen nicht, sondern stieg mir direkt in den Kopf.

»Klingt sehr unterhaltsam.« Loreen spielte mit dem Espressolöffelchen. Ihre Fingernägel waren schwarz lackiert.

»Wissen Sie, wir haben uns das doch so eingerichtet. Er hat die Firma aufgebaut, und ich hab ihm den Rücken frei gehalten. Ich hab mich um unsere drei Kinder und den Haushalt gekümmert und hoffte, dass er meine Arbeit schätzen würde.«

Loreen korkte die Grappaflasche zu.

»Sie haben seine Hemden gebügelt, seine Anzüge in die Reinigung gebracht, und natürlich haben Sie keinerlei Altersabsicherung und nicht mal ein eigenes Konto«, fasste sie meine Situation zusammen. Ich konnte ihr ansehen, dass sie über so viel weibliche Naivität innerlich den Kopf schüttelte.

»Aber das war doch nicht nötig. Wir lieben uns, und bei uns«, ich geriet ins Stocken, »war bisher auch alles gut. Ich dachte immer, das mit uns wäre etwas Besonderes. Trennungen und Affären gab es nur bei den anderen.« Ich schaute in mein leeres Glas. »Ich war wohl ziemlich gutgläubig.«

Loreen zuckte mit den Schultern und legte den Löffel zurück auf den Unterteller.

»Fast alle Männer sind ewig geile Idioten. Mein Vater ist auch so ein Jammerlappen, der mit fünfzig noch mal durchstarten wollte. So von wegen, er erwarte mehr vom Leben, das könne doch noch nicht alles gewesen sein. Er hat meine Mutter betrogen und mit seiner jungen, hübschen Freundin zwei süße Bälger gezeugt. Jetzt ist seine willige Bettgefährtin zum Muttertier mutiert, und er muss Windeln wechseln, Kohle heimschaffen und heulende Kleinkinder trösten. Das hat er sich vermutlich anders vorgestellt. Vorbei ist das süße Glück. Die einzigen Abenteuer sind inzwischen Elternsprechtage und die rektale Prostatauntersuchung beim Urologen.«

Mir war von zu viel Lebenserfahrung und Grappa schwindelig. Vorsichtig stand ich auf und kochte erneut zwei dreifache Espressi. Loreen schaufelte Zucker in ihre Tasse und rührte um.

»In dem Gebräu bleibt der Löffel von alleine stehen. Eine hübsche Zuckerdose haben Sie da übrigens.« Vorsichtig setzte sie den grün glasierten Deckel auf das dünnwandige, flache Gefäß.

»Hab ich in einem Töpferkurs der Volkshochschule gemacht. Im letzten Herbst, kurz nachdem meine Tochter ausgezogen ist.«

Ich hatte damals auch noch zwei Butterdosen, drei Milchkännchen und Gebäckschälchen für Weihnachten und Ostern getöpfert, die in einem Karton im Keller verstaubten.

»Und jetzt? Wie soll es jetzt weitergehen?«, fragte ich mich selbst.

Die junge Aushilfspostbotin griff nach meiner Hand und drückte sie entschlossen.

»Jetzt tun Sie mal was für sich. Das ist allerhöchste Zeit. Sonst werden Sie noch unsichtbar, und Ihr Mann nutzt Sie irgendwann als Fußabstreifer.« Sie stand auf und trug ihre Espressotasse zur Spüle.

»Danke fürs Zuhören und die Lebensberatung.«

»Immer wieder gerne«, erwiderte sie lächelnd und hängte sich ihre Briefträgertasche um. »Bis morgen.«

Ich erhob mich ebenfalls, um Loreen zur Tür zu begleiten, setzte mich aber sofort wieder. Nicht nur mein Lebensentwurf war ins Wanken geraten. Drei Grappa, eine Überdosis Koffein und ein untreuer Ehemann auf nüchternen Magen waren zu viel für meinen Gleichgewichtssinn. Als ich an Paul dachte, spürte ich sofort wieder Tränendruck auf den Augen.

Ich musste mich ablenken. Angetrunken, wie ich war, konnte ich die Hausarbeit vorerst abschreiben und entschloss mich, meine beste Freundin Inge anzurufen. Wir kannten uns seit der Schulzeit.

Ihr Mann Sven arbeitete in Pauls Maschinenbaubetrieb. Die beiden Männer kannten sich vom Studium, wobei Sven den Abschluss nicht geschafft hatte. Paul hatte ihm eine Anstellung angeboten, als er seine Firma gegründet hatte. Schließlich hatte Sven sich in meine beste Freundin verliebt, und so waren wir wie eine große Familie. Das Gespräch mit der Postbotin hatte mir gutgetan, und ich wollte nicht alleine in Selbstmitleid versinken. Inge wüsste bestimmt, was jetzt zu tun wäre. Ich erreichte sie zwischen Maniküretermin und Pilates. Inge hatte ihr Hobby zum Beruf gemacht und arbeitete stundenweise als Trainerin im örtlichen Fitnessstudio. Nach den üblichen wortreichen Begrüßungsformeln fiel ich mit der Tür ins Haus.

»Paul betrügt mich mit einer Zweiundzwanzigjährigen.« Der Satz ging mir inzwischen flüssig von den Lippen.

Am anderen Ende der Leitung kehrte Stille ein. Dann:

»Ach du Ärmste, jetzt ist es bei euch auch so weit. Ich dachte schon, Paul wäre ein Heiliger.«

Hörte ich Schadenfreude hinter diesen Worten?

»Was willst du damit sagen? Findest du das normal?«, fragte ich gereizt.

»Ich versteh ja, dass du aufgeregt bist. Aber glaub mir, du bist nicht die erste Frau, der das passiert. Das geht vorüber. Wir werden eben älter.«

Ich schluckte. Von was redete Inge? War Fremdgehen ein Naturgesetz? Eine Hitzewelle schlug über mir zusammen. Auf meiner Stirn bildeten sich spontane Schweißperlen.

»Und darum dürfen sich die Männer eine junge Freundin suchen?«, fragte ich ungläubig.

Ich stand vor dem geöffneten Kühlschrank und hielt mir zur Abkühlung eine Flasche Vollmilch an die Wange.

»Sie tun es einfach. Das ist die Realität. Solange sie immer wieder zu uns zurückkehren, ist doch alles gut.«

»Das meinst du nicht ernst.«

Telefonierte ich mit der zupackenden, selbstbewussten Inge oder hatte ich mich verwählt?

»Doch, doch. Ich spreche da aus Erfahrung.«

»Du willst sagen, Sven ...« Ich brach ab. Nein, das war unmöglich. Der dickliche, glatzköpfige Kerl hatte mit Inge eine attraktive, stets gepflegte Frau an seiner Seite, die noch dazu ein energiegeladenes Organisationstalent war. Keine andere Frau wollte den freiwillig.

»Ja, das will ich sagen. Wir haben schon mehr als einen Seitensprung hinter uns.«

Ich war sprachlos. Svens Sex-Appeal war mit dem von Nacktschnecken vergleichbar. Ich hatte nie verstanden, was Inge an diesem Mann attraktiv gefunden hatte. Ich legte meinen Kopf auf die Milchflaschen, sonst würde er platzen.

»Wie hältst du das aus?«, fragte ich.

»Wenn der erste Schmerz vorüber ist, wird es leichter, glaub mir. Du klingst komisch, Elenor. Wo bist du gerade?«

»Zu Hause. Nur mein Kopf steckt im Kühlschrank. Das verändert die Akustik«, erwiderte ich. Wo hatte ich bloß die Schnapsflasche hingestellt? »Hast du nie daran gedacht, dich zu trennen?«

Inge lief geschäftig Treppen rauf und runter. Ich hörte, wie sie die Waschmaschine anstellte.

»Anfangs schon. Aber es geht nicht. Bei einer Scheidung ist das Haus futsch. Alles, was wir uns aufgebaut haben. Ich müsste Vollzeit arbeiten, um mir irgendein schäbiges Appartement leisten zu können. Nicht mit mir.«

Sorgte sich Inge nur um ihren Lebensstandard? Das, was sie verteidigte, war doch kein Zuhause mehr. Das fühlte sich krank an. Ich zog die Gemüseschublade auf. Die Grappaflasche lagerte in einem wesentlich gesünderen Umfeld zwischen Spargel und grünem Salat.

»Will er sich denn von dir trennen?« Inge klang besorgt.

»Nein. Er sagt, er brauche nur Abwechslung.«

Mit dem Grappa in der Hand machte ich den Kühlschrank zu.

»Dann ist ja alles gut. Unternimm jetzt bloß keine unüberlegten Schritte, die du später bitter bereust.«

Mit den Zähnen zog ich den Korken aus der Schnapsflasche und spuckte ihn in hohem Bogen aus. Zufällig traf ich eine von Pauls Espressotassen, die klirrend zu Boden fiel.

»Was meinst du?«, fragte ich.

»Elenor, wir sind Hausfrauen. Wir haben nie richtig gearbeitet und in eine Altersversorgung eingezahlt, weil wir uns sicher gefühlt haben. Uns werden ein paar Jahre Pflichtbeiträge für die Kindererziehungszeit angerechnet, und das war's. Wir werden im Fall einer Scheidung keinen Unterhalt von unseren Männern sehen. Die Kinder sind aus dem Haus. Wir sind gesund und munter und können ab jetzt unseren Lebensunterhalt selbst bestreiten. Willst du die restlichen Jahre deines Lebens in einer Sozialwohnung verbringen und vor jedem Friseurbesuch überlegen, ob das wirklich nötig ist? Keine Reisen mehr, kein neues Auto, keine neuen Klamotten. Vom sozialen Abstieg will ich gar nicht reden. Verstehst du, was ich meine?«

Besteck klapperte. Räumte sie das Frühstücksgeschirr in die Spülmaschine, während sie mit mir telefonierte?

»Das glaub ich nicht. Uns steht die Hälfte des Vermögens zu«, erwiderte ich tapfer.

»Und du glaubst, dass du davon etwas bekommst?« Inge lachte auf. »Das meiste Geld steckt bestimmt in der Firma. Wie gut kennst du dich mit eurem Privatvermögen aus?«

»Gar nicht«, gab ich kleinlaut zu, »darum kümmern sich Paul und der Steuerberater.«

Inge startete den Geschirrspüler.

»Wenn du gehst, wird er dich abschreiben wie einen ausrangierten Bürostuhl mit kaputter Gasdruckfeder. Außerdem hast du doch bestimmt einen Ehevertrag unterschrieben.«

Das Gespräch mit Inge tat mir im Gegensatz zur Unterhaltung mit Loreen gar nicht gut. Ich wollte nicht mit einem schäbigen Bürostuhl und einer kaputten Gasdruckfeder verglichen werden. Aber Inge hatte leider recht. Tatsächlich hatte ich in grauer Vorzeit meine Unterschrift unter einen Ehevertrag gesetzt.

»Und darum akzeptierst du Svens Affären?«

Ich nahm ein Espressotässchen, ein schlichtes weißes mit Goldrand, aus dem Regal und ließ es fallen. Paul hatte es von einer Messe in Mailand mitgebracht. Es war erstaunlich stabil, nur der Henkel brach ab. Mit dem Fuß kickte ich es gegen die Wand.

»Was bleibt uns schon anderes übrig. Sieh die Situation mal realistisch, nicht nur emotional. Lass uns heute Nachmittag in die Stadt fahren. Dann kaufst du dir was Schönes. Das lenkt dich ab, und Paul fällt vielleicht auf, dass du immer noch eine schöne Frau bist. Verführ ihn. Zeig ihm, dass du ihn liebst. Das wird schon wieder. Du packst das.«

Gleich würde ich hyperventilieren. Die Tasse leistete immer noch Widerstand. Mit meinem ganzen Gewicht sprang ich auf das edle Porzellan, rutschte ab und schnitt mich am großen Zeh.

»Inge«, stöhnte ich, »ich habe für diesen Mann und unsere Kinder mein Studium abgebrochen. Und jetzt zerbricht gerade mein Leben.« Meine Stimme überschlug sich. Blut tropfte auf den Küchenboden. Dummerchen, flüsterte ich und schenkte ein Wasserglas voll Grappa. Wie hatte ich nur mit Birkenstock-Sandalen auf eine Tasse springen können? Paul achtete stets auf die perfekte Ausstattung. Er hätte zum Tassenzermalmen wahrscheinlich Sicherheitsschuhe mit Stahlkappe gewählt. Ich trank einen Schluck und verzog das Gesicht.

»Und wen soll das interessieren? Du bist jetzt siebenundvierzig. Du kannst nicht mehr von vorne anfangen. Außer du willst bei Aldi Regale auffüllen. Für uns interessiert sich kein Mann mehr. Die Jagdsaison ist vorbei.«

»Ich melde mich.« Ich legte auf. »Und danke für die aufbauenden Worte. Außerdem bin ich sechsundvierzig. Mach mich nicht älter, als ich bin«, murmelte ich.

Jahrelang war ich die verständnisvolle, anspruchslose Ehefrau gewesen, die sich aufopferungsvoll um den Nachwuchs und das Herdfeuer gekümmert, ressourcensparend den Planeten und den Geldbeutel meines Mannes geschont hatte, und jetzt wilderte mein Mann in fremden Revieren. Seit wann neigten Inge oder ich zu Jägervokabular, wunderte ich mich.

Ich schaute aus dem Küchenfenster. Auf unserem Garagendach saßen zwei turtelnde Tauben. Hätte ich ein Gewehr gehabt, hätte ich sie abgeschossen. Der Gedanke erschreckte mich, brachte mich aber gleichzeitig zum Lachen. War es der ungewohnte, vormittägliche Schnapskonsum oder Inges duldsames Verhalten, was meine Lebensgeister und meine Mordlust weckte?

Ich würde nicht um Pauls Liebe betteln, und ich würde ihn nicht mit einer zweiundzwanzigjährigen Frau teilen, geschweige denn versuchen, mit ihr zu konkurrieren. Niemals. Jetzt war es an der Zeit, meinen Anteil an unserem Leben zu sichern.

Ich kippte den hochprozentigen Inhalt des Glases in Pauls Yuccapalme und holte mir Stift und Papier. Für mein Vorhaben brauchte ich einen klaren Kopf. Mich weiter zu betrinken war keine Lösung.

Notfallplan schrieb ich auf das karierte Papier. Der erste Punkt war sonnenklar: *Schlösser austauschen,* gefolgt von *nach Versicherungs- und Bankunterlagen suchen, Termin bei Bankberater machen, Konten leeren* und *Auto auf mich ummelden.* Dann griff ich zum Telefon. Der Rosenkrieg konnte beginnen.

Ich hatte gerade mein Gespräch mit dem Schlüsseldienst beendet, als ich Pauls Audi vorfahren hörte. Normalerweise kam er über Mittag nicht nach Hause. Schnell versteckte ich meinen Notfallplan unter der Tageszeitung und griff zum Staubtuch. Ich wischte gerade über den Glasschirm der Küchenlampe, als er die Haustür aufsperrte.

»Elli«, rief er laut.

»Bin in der Küche.«

»Sind für mich Pakete gekommen?«

War das alles, was er wissen wollte?

Ich ging in den Flur. »Für dich kommen täglich Pakete.«

Er musterte mich. Mir war bestimmt anzusehen, dass ich getrunken und geweint hatte. Ich war das Gegenteil einer attraktiven Ehefrau.

»Geh bitte erst wieder unter Leute, wenn du dich beruhigt hast. Du machst dich und mich nur lächerlich«, ermahnte er mich in strengem Tonfall, als würde er mit einem dreijährigen, trotzigen Kind sprechen.

Auf diese Anweisung fiel mir wie so oft keine schlagfertige Antwort ein. Ich schluckte. Bloß nicht weinen, bloß nicht weinen, beschwor ich mich.

»Und wie geht es jetzt weiter?«, fragte ich leise.

»So wie immer natürlich. Du entspannst dich zu Hause, besuchst ein paar Kurse, töpferst oder malst irgendetwas, und ich geh arbeiten.«

Meine Augen brannten, meine Kehle sowieso. Das dachte er also von meinem Leben. Ich würde mich entspannen und VHS-Kurse besuchen. Fassungslos starrte ich ihn an. Wann hatte er sich in einen Vollidioten verwandelt? (Natürlich hatte ich ein anderes, weniger vornehmes Wort im Kopf.) Oder war er immer schon einer gewesen, und ich hatte es nicht wahrhaben wollen?

Meine häusliche Entspannung bestand darin, dass ich jeden Abend ein dreigängiges Menü zubereitete, jede Woche fünfzehn

Hemden wusch und bügelte, denn Paul wechselte nach dem Mittagessen immer sein Hemd, die restliche Wäsche machte, Getränkekisten und Einkäufe nach Hause schleppte, einen zweitausend Quadratmeter großen Garten nach Pauls Wünschen pflegte, Buchsbäume nach französischen historischen Vorbildern in Form schnitt, den empfindlichen japanischen Zwergazaleen gut zusprach, biologisch dynamisches Gemüse anbaute, Marmelade kochte, jede Woche das Bett neu bezog, jeden Freitag zwei Autos saugte, wusch und polierte, jahrelang als Nachhilfelehrerin meiner Kinder gewirkt hatte, Geburtstagskarten und -geschenke für Pauls große Verwandtschaft besorgte, meine Schwiegermutter …

Mein Mann unterbrach meinen gedachten Tätigkeitsbericht, den ich noch lange hätte fortführen können.

»Ich komm heute spät. Du kannst alleine zu Abend essen. In diesem Zustand kann man mit dir ja nicht vernünftig reden.«

»Triffst du dich mit ihr?«

Normalerweise wäre ich davon ausgegangen, dass Paul mit einem Geschäftspartner nach einer langen Besprechung essen ging. Ich war nie argwöhnisch gewesen, hatte seine Termine nie hinterfragt, ihm nie misstraut, hatte stattdessen seine Socken sortiert und seine Schuhe geputzt. Ich wunderte mich über meine grenzdebile Gutgläubigkeit.

»Darüber will ich nicht reden. Das ist für dich unwichtig.« Er nahm wahllos die obersten drei Pakete von einem der vielen Stapel und ging zur Haustür.

»Nein, ist es nicht. Ich bin kein Haustier. Du zerstörst gerade unsere Ehe. Ist dir unser gemeinsames Leben denn gar nichts wert?«

Sichtlich genervt drehte er sich zu mir um.

»Fang nicht schon wieder damit an. Dir fehlt es doch an nichts, und das wird auch so bleiben. Dein bequemes, sorgloses Leben würde ich auch gerne führen. Wenn du unbedingt Probleme herbeireden willst, wo eigentlich gar keine sind, such dir einen Therapeuten.«

Er stand auf einer der mittleren Treppenstufen, die zum Hauseingang hinaufführten. Sein grauer Anzug und der Granit der Stufen hatten dieselbe Farbe.

»Ich muss wieder los. Einer muss schließlich für das nötige Kleingeld sorgen, und während du ausnüchterst, könntest du die Treppenstufen mit dem Dampfstrahler reinigen. Das macht keinen guten Eindruck, wenn der Hauseingang ungepflegt ist und Moos auf den Steinen zu wachsen beginnt.«

»Und seine eigene Ehefrau betrügen macht einen besseren Eindruck? Das ist Ehebruch!«

»Elli, werd jetzt nicht aggressiv und unsachlich. Davon wird niemand erfahren, und außerdem leben wir nicht mehr im Mittelalter. Ich hätte dich besser kennen sollen und es dir nicht erzählen dürfen. Jetzt kannst du mal wieder in deiner Opferrolle aufgehen.« Resigniert verzog er die Mundwinkel und wendete sich ab.

»Wenn du mich weiterhin betrügst, wirst du dieses Haus nicht mehr betreten«, rief ich ihm hinterher. Dabei fiel mir zum ersten Mal auf, dass seine ehemals schwarzen Haare inzwischen genauso grau wie sein Anzug und genauso grau wie unsere Granitstufen waren.

Langsam drehte er sich um. Um seinen Mund waren tiefe Falten eingegraben, und seine Wangen folgten der Schwerkraft. Paul wurde alt, fiel mir im hellen Mittagslicht auf.

»Was willst du von mir? Ich habe dir schon erklärt, dass diese Affäre mir guttut und nichts mit dir zu tun hat.«

»Dann wirst du dieses Haus nicht mehr betreten.«

»Willst du mir drohen, Elli? Das ist lächerlich. Du hast ja nicht mal genügend Mut, um mit dem Auto alleine nach München zu fahren. Ohne mich bist du aufgeschmissen.«

Das hatte gesessen. Ich war tatsächlich ein lebensunfähiger Feigling und traute mich nicht mit dem Auto in die Stadt. Ich fuhr nur selten, und wenn, dann nur kurze Strecken, die ich gut kannte. Krachend schlug ich die Haustür zu und schob den massiven Türriegel vor, der unser Hab und Gut vor Räubern und Feinden schützen sollte. Paul hatte unser trautes Heim von einem Spezialisten für Sicherheitstechnik zur Burg aufrüsten lassen, nachdem die Einbrüche osteuropäischer Banden in der Nachbarschaft zugenommen hatten.

Ich rannte durch das Wohnzimmer und riss die Terrassentür auf.

»Schon mal was von S-Bahn gehört? Ist viel umweltfreundlicher, als die Stadt mit Abgasen zu verpesten. Komm zurück und rede mit mir«, rief ich ihm nach. Aber Paul kam nicht zurück. Natürlich nahm er mich nicht ernst. Das tat er vermutlich seit Jahren oder Jahrzehnten nicht mehr. Ich setzte mich erneut ans Telefon und arbeitete meinen Notfallplan ab. Dazwischen weinte ich, schlug auf Möbel ein oder warf zerbrechliche Gegenstände gegen die Wand.

Als ich mir gegen 16 Uhr sein häusliches Arbeitszimmer vornahm, hatte ich bereits alle Schlösser, samt Garage und Mülltonnenhäuschen, erneuern lassen, mir ein leichtes Abendessen gekocht, ein eigenes Konto bei einer Onlinebank eröffnet und mit dem Geld unseres gemeinsamen Girokontos gefüllt.

Außerdem hatte ich ein aufschlussreiches Gespräch mit unserem Bank- und Versicherungsvertreter geführt und bei dem Geldinstitut alles an Wertpapieren verkauft, was möglich war. Der Mitarbeiter hatte sich zwar gewundert, meine Aufträge jedoch ausführen müssen, da ich über unsere Privatkonten verfügungsberechtigt war, was ich bis zum heutigen Tag kaum genutzt hatte.

Mir war klar, dass Paul schnell von meinen Umtrieben erfahren würde, und die Zeit drängte, um meine Altersversorgung wenigstens ansatzweise zu sichern. Je länger ich nachdachte, desto klarer wurde mir, dass ich im Fall einer Scheidung das Nachsehen haben würde, so wie Inge es prophezeit hatte.

Paul betrachtete unseren Wohlstand als die Frucht seiner persönlichen Arbeit. Ich hatte in seinen Augen nichts dazu beigetragen. Wie hatte ich nur so beschränkt sein können. Was war ich für ein blödes Muttertier gewesen, das sich mehr um den Nachwuchs und den Blattlausbefall der Rosen als um die endlosen Überstunden des liebenden Gatten im Büro gesorgt hatte. Ich hatte Paul vertraut, blind und taub, und dafür würde ich bezahlen. Er aber auch.

Im holzvertäfelten Arbeitszimmer stand der massiv-scheußliche Schreibtisch von Pauls Vater. Ich plumpste in den Lederstuhl dahinter und öffnete Schublade für Schublade.

Ordentlich sortierte Stifte, weißes Papier, ein leerer Hefter und ein paar Büroklammern waren alles. Ich startete den Computer, der natürlich ein Passwort forderte, das ich nicht wusste. Auch den eingemauerten Tresor würde ich ohne Kombination nicht öffnen können.

Ich rief Elias in Regensburg an. Nachdem ich mich nach seiner Gesundheit, seinen Ernährungsgewohnheiten, seinem Sozialleben und seinen Studienfortschritten erkundigt hatte, fragte ich nach dem Passwort für den väterlichen Computer und gab vor, es vergessen zu haben.

»ordnungistdashalbeleben, alles kleingeschrieben und zusammen«, kam es wie aus der Pistole geschossen. Elias glänzte gerne mit seinem Wissen, und ich lobte sein ausgezeichnetes Gedächtnis. Davon ermutigt, erkundigte ich mich nach der Tresorkombination, die er auch auf Anhieb wusste. Mir kam die Zahlenreihe bekannt vor.

»Bist du dir sicher?«, fragte ich. »Das ist nicht ganz Papas Geburtstag.«

Elias lachte.

»Er sagt, er fühle sich mindestens zehn Jahre jünger. Daher die Abweichung. Außerdem soll man nie sein eigenes Geburtsdatum verwenden. Das wäre leichtfertig. Er hat es abgewandelt.«

Elias schöpfte keinerlei Verdacht. Wir verabschiedeten uns herzlich und beendeten das Gespräch. Ich kniete mich vor den Tresor und konnte ihn mühelos öffnen. Darin fand ich hauptsächlich Unterlagen zu Haus und Firma. Ohne sie aufmerksam durchzulesen, dazu fehlten mir die Nerven, machte ich von allen Dokumenten eine Kopie. In einem schwarzen Lederkästchen lagen alte Goldmünzen, die Krawattennadel und Armbanduhr seines verstorbenen Vaters. Ich legte die Familienerbstücke zurück (ich würde mich nicht an Dingen bereichern, die mir nicht zustanden) und sperrte den Tresor wieder ab. Als ich mich an den Computer setzte, warf ich aus Versehen Pauls Brieföffner, der die Form eines japanischen Samurai-Schwertes hatte, auf den Boden. Ich bückte mich. Das blöde Ding war weit unter den Tisch gefallen. Auf allen vieren kroch ich unter das Mahagonimonster.

Beim Rückzug schrammte mein Kopf an der Tischplatte entlang, ein paar Haare verhedderten sich, und ich riss sie mir aus. Als ich fluchend samt Brieföffner wieder aufgetaucht war, tastete ich mit der Hand nach der Unebenheit und stieß auf einen kleinen Gegenstand.

Erneut krabbelte ich unter den Tisch und fand einen mit Klebeband befestigten Schlüssel und ein Büschel meiner roten Haare. Ehrlicherweise waren einige graue darunter. Ich zog den Schlüssel ab und betrachtete ihn ratlos.

Diesen Schlüsseltyp kannte ich nur aus dem Fernsehen, und dort wurden damit Schließfächer geöffnet.

Dieser Sache würde ich nachgehen.

Ich steckte den Schlüssel in die Tasche meiner Jeans und machte mich an den Computer. Ich öffnete Facebook. Paul war angemeldet, und ich klickte mich durch die Liste seiner Freunde.

Fünf Minuten später saß ich Miss Spontanundwitzig Auge in Auge gegenüber. Marinda Bravo hielt ihre Namenswahl bestimmt für bravourös kreativ. Marinda hießen Tomaten, die in meinem

Garten wuchsen und an Braunfäule litten. Morgen würde ich sie endgültig in der Mülltonne entsorgen.

Die Tomaten.

Wobei.

Die Gefühle, die während der Konfrontation mit Marindas Facebook-Fotoalbum in mir auftauchten, waren mir neu.

Ich verschlang jede ihrer digitalen Äußerungen, suchte auf jedem Foto nach dem, was sie hatte und was mir fehlte.

Sie hatte weder Kleidergröße 34 noch Körbchengröße D. Ihr Busen war nur wenig größer als meiner. Vor den Kindern hätten wir wahrscheinlich Körbchengrößengleichstand gehabt, aber durch die Stillerei von drei gefräßigen Säuglingen waren ein Teil meiner Oberweite und vor allem die einstige pralle Fülle weggesaugt worden.

Marinda war weder besonders hübsch noch besonders exotisch, sondern einfach nur jung. In München studierte sie Literaturwissenschaft und Kunstgeschichte.

Seit wann war Paul unter die Schöngeister gegangen? Mit mir schaffte er es nicht einmal ins Kino.

Auf Marindas Facebookseite konnte ich mich über ihr mittelmäßiges Leben und ihren gigantischen Freundeskreis informieren.

Ich klickte auf das Nachrichtenfeld: *Hallo, ich bin die betrogene Ehefrau. Wenn Sie einmal in meinem Alter sind und gegen eine jüngere Frau ausgetauscht werden, werden Sie mit dem eigenen Herzen fühlen, wie es mir jetzt geht. Nur zur Info: Pauls ältester Sohn ist genauso alt wie Sie. Fahren Sie zur Hölle.*

Den letzten Satz löschte ich, in meinem fortgeschrittenen Alter wollte ich nicht niveaulos sein, und drückte mit wild klopfendem Herzmuskel auf Senden. Außerdem postete ich an Miss Witzigundspontans Pinnwand:

Achtung, diese Frau treibt's mit alten verheirateten Männern!

So viel zum Niveau, dachte ich kurz, aber noch nie hatte mir Facebook so viel Spaß gemacht. Ich recherchierte weiter im Internet, fand Marinda auf Instagram und diversen anderen Seiten. Es war beunruhigend, wie sorglos sie nicht nur mit ihren Reizen, sondern auch mit ihren Daten umging. Innerhalb einer halben Stunde wusste ich mehr von Marinda als von meiner langjährigen Nachbarin: Speiseplan der letzten Wochen, Inhalt des Kleiderschrankes, Reiseziele, Bücher, Partys, Selfies. Alles präsentiert in einer perfekt durchgestylten, spontan wirkenden Ego-Fotostrecke.

Ich wusste jetzt auch, wie das neue Gefühl hieß, das ich in meiner Magengegend und im Hals fühlte. Rachedurst!

Im Laufe des Nachmittags telefonierte ich mit einer Anwältin für Scheidungsrecht und bestellte für Marinda Bravo, die übrigens Martina Meyer hieß, eine Kiste ausgewählter Sextoys, inklusive Viagra, und ein zehnbändiges Lexikon zur christlichen Moraltheologie, natürlich auf Rechnung. Wobei die Sexspielzeugbestellung meinen Horizont eindeutig zweideutig erweiterte. Außerdem verfasste ich von seinem Account eine Rundmail an Pauls Firma, in der ich darüber informierte, dass von Anrufen bei seiner ehemaligen Privatadresse abzusehen sei, er wohne jetzt bei seiner jugendlichen Geliebten oder im Büro. Scheinbar hatten der vormittägliche Alkoholmissbrauch und das Gespräch mit der Postbotin einen Energieschub ausgelöst. Gegen Abend ließ die Wirkung jedoch spürbar nach.

Ich lag bereits im Bett und weinte meinem Eheleben nach, als Paul erst Sturm klingelte und dann gegen die Haustür hämmerte. Ich zog mir die Decke über den Kopf und biss die Zähne zusammen. Dann schrillte das Telefon durch das stille Haus, bis sich der Anrufbeantworter einschaltete. Anschließend vibrierte mein Handy auf dem Nachttisch. Als endlich Ruhe eingekehrt war, las ich die eingegangene SMS. *Das wirst du bereuen.*

Damit hatte er recht. Ich bereute dreiundzwanzig Jahre Ehe, die meinem Mann nichts wert und die zur Lüge geschrumpft waren, mein abgebrochenes Studium und mein sorgloses Vertrauen. Der Rosenkrieg blühte auf.

So schlecht hatte ich nicht mehr geschlafen, seit Hannah an einer Gehirnhautentzündung erkrankt war. Ich hatte mich von einer Bettseite zur anderen gewälzt und gegrübelt. Als es hell wurde, stand ich auf, zog meine Gartensachen an und ging hinaus. Die Farbe Grün sollte angeblich die Nerven beruhigen. Das hatte ich nötig. Ich steckte das Telefon in meine Gärtnerschürze, wo ich auch Bindebast und eine Gartenschere verwahrte. Die Scheidungsanwältin wollte mich am Vormittag zurückrufen. Dieses Gespräch durfte ich nicht versäumen. Es klingelte.

»Elenor, die ganze Firma weiß es. Gerade hat mich Sven angerufen. Paul hat eine Mail geschrieben. Du Ärmste, das ist so schrecklich. Jetzt weiß es jeder.«

Wieso nannte Inge mich seit gestern Ärmste, als wäre ich krank?

»Die Mail hab ich von Pauls Rechner geschrieben. Mit seinem Firmenverteiler war es kein Problem, alle zu erreichen.«

Inge schwieg. Sie brauchte ein paar Sekunden, um diese Mitteilung zu verarbeiten. Ich riss in der Zwischenzeit die Marinda-Tomatenstauden samt Wurzeln aus der Erde. In dem kleinen Foliengewächshaus war es stickig, und über mein Gesicht rannen Schweißtropfen. Ich ging wenigstens davon aus, dass es Schweiß war. Seit gestern war mein Gesicht ständig nass, und Tränen liefen völlig unkontrolliert von einem auf den anderen Augenblick. Es war durchaus möglich, dass ich weinte. Aber es störte mich nicht.

»Das hättest du nicht tun sollen. Kannst du dir vorstellen, wie es Paul jetzt geht?«

Hatte ich einen Hörschaden? Hatte Inge gerade meinen fremdgehenden Ehemann bemitleidet?

»Kannst du dir vorstellen, wie es mir gerade geht?«, fauchte ich zurück.

»Ja, das kann ich«, war die knappe Antwort.

Verdammt, vor lauter Selbstbeweinung hatte ich vergessen, dass Inge eine erfahrene betrogene Ehefrau war. Sie war meine

Freundin. Es war unfair, meine Rachegefühle auf sie zu projizieren.

»Ich fürchte, ich schaff das nicht so gelassen wie du. Wenn ich nur dran denke, könnte ich vor Wut platzen, und im nächsten Moment breche ich in Tränen aus und wünsche mir, Paul hätte mir nichts von seinem Mäuschen erzählt. Ich will mein altes Leben wiederhaben«, jammerte ich und griff zur nächsten Tomatenpflanze.

»Du machst dein altes Leben kaputt, nicht Paul.«

Wie war das noch? War Inge mit mir oder mit Paul befreundet? Irgendwie hatte ich mir mehr weibliche Solidarität erhofft.

»Aber ich hab doch nichts getan«, versuchte ich, mich zu rechtfertigen.

»Wenn ein Mann eine Affäre beginnt, fehlt ihm in seiner Ehe etwas. Die Männer sind nicht allein schuld. Du musst verzeihen lernen. Und auch an dir arbeiten.«

Inges Tonfall war dozierend. Mir blieb die Spucke weg.

»Du meinst, ich hab ihn dazu gedrängt?«

»Indirekt ja. Du hast ihm nicht mehr das gegeben, wonach er sich sehnte.«

»Kannst du konkreter werden?«

»Du achtest zu wenig auf dein Äußeres.«

Ich kniete gerade mit schlammfarbigen Gummistiefeln, abgeschnittener Jeans und einem alten T-Shirt von Hannah mit der Aufschrift *Dramaqueen* auf der feuchten Erde. Meine Haare hingen mir wirr ins Gesicht, und meine Hände waren schmutzverkrustet. Zu diesem Punkt wollte ich mich gerade nicht äußern.

»Immer dreht sich bei dir alles um die Kinder oder den Garten. Du verlässt kaum das Haus und bist ein richtiges altes Mütterchen geworden. Dein kulturelles Leben beschränkt sich auf VHS-Kurse und Fernsehen. Weißt du, Elenor, wenn eine Ehe scheitert, liegt das immer an beiden Partnern. Du kannst nicht nur Paul dafür verantwortlich machen. Sven sagt, der Ärmste ist heute Morgen völlig durch den Wind, unrasiert, in zerknittertem Hemd und übernächtigt im Büro erschienen. Wahrscheinlich hat er sogar dort übernachtet. Du kannst das nicht machen, Elenor. Wenn du ihn nicht mehr reinlässt, kann er seine Arbeit nicht ordentlich machen, und davon hängen Jobs und das Auskommen von Familien ab.«

Sorgte sich Inge, dass ihr nächster Karibikurlaub in Gefahr geriet, wenn Sven seine Arbeit verlieren würde?

»Paul will eine Frau, die ihn unterstützt und bewundert und die vorzeigbar ist. Paul will …«, plapperte sie weiter. Sie schien meinen Mann gut zu kennen. Ich warf die Tomatenstaude, die ich immer noch umklammerte, als wollte ich sie erwürgen, zurück ins Beet und verließ das Gewächshaus. Ich brauchte dringend mehr Sauerstoff und atmete einige Male tief durch, während ich mir Inges Paul-Bemitleidung anhörte. Warum glaubte Inge zu wissen, was dieser Mann wollte?

»Jetzt komm mal runter, das, was Paul will, kann ich ihm nicht geben. Ich kann mich nicht um zwanzig Jahre verjüngen. Ich bin schlicht und ergreifend älter geworden, mein Körper hat sich verändert, da kann ich so viel Pilates machen, wie ich will. Ich habe drei Schwangerschaften hinter mir und sechsundvierzig Lebensjahre. Das hinterlässt seine Spuren. Übrigens ist die Zeit auch an meinem Mann nicht spurlos vorübergegangen. Er hat Hühneraugen, Krampfadern und Probleme mit der Bandscheibe. Seine Haare sind grau und werden schütter. Das ist der Lauf der Welt, den er nicht akzeptieren will. Er kompensiert seine Midlife-Crisis mit einer jungen, knackigen Freundin. Soll ich mir den Busen aufpolstern und meine Wangen straffen lassen, damit er sich mit mir auf die Straße trauen kann?«

Gleichzeitig fragte ich mich, ob ich wirklich alt und unattraktiv war. Wenn man Inge glaubte, dann ja. Während ich mich in Rage redete, schichtete ich das Tomatengestrüpp auf dem gepflasterten

Gehweg zu einem Haufen auf und holte Streichhölzer aus der Küche.

»Du wirst unsachlich, meine Liebe. Männer altern anders als Frauen. Du kennst doch bestimmt den Spruch: Männer werden nicht älter, sondern interessanter. Paul ist ein sehr attraktiver Mann mit Sex-Appeal.«

Ich erstarrte mitten in der Bewegung und verbrannte mich am abbrennenden Streichholz.

»Bist du vielleicht scharf auf ihn, Inge?«

»Elenor!«

»Frag ihn doch. Vielleicht hat er Lust auf deinen silikonverstärkten Busen, der sich wie durch ein Wunder der Schwerkraft widersetzt. Bei Sven scheint deine Restaurierung ja nicht viel zu bewirken.«

Inge zog scharf die Luft ein. Sie hatte sich vor zwei Jahren die Brüste straffen und mit Silikon in Form bringen lassen. Seitdem trug sie nur noch enge Oberteile, um die beiden perfekten Halbkugeln zur Geltung zu bringen.

»Ist doch wahr.«

Ich legte auf und hatte das Gefühl, dass diese Freundschaft gerade zu Ende gegangen war. Mein Kommentar war fies gewesen, aber ich hatte mehr Verständnis und Unterstützung von Inge erwartet.

Die grünen Tomatenstauden wollten nicht brennen, sondern kokelten armselig vor sich hin.

Ich ging in die Garage, um Grillanzünder zu holen.

Obwohl dort penible Ordnung herrschte, konnte ich die Anzünder nicht finden. Dafür entdeckte ich den grünen Benzinkanister für den Rasenmäher und entschied mich für diesen Brandbeschleuniger. Ich zerrte die restlichen Tomatenstauden aus dem Gewächshaus und begoss das Grünzeug großzügig mit Benzin.

»Brennen sollst du, Marinda«, rief ich und warf mit theatralischer Geste ein brennendes Streichholz auf das Gestrüpp.

Eine Stichflamme schoss zum Himmel.

Ich spürte die Hitze schlagartig im Gesicht. Eine kräftige Hand packte mich am Oberarm und zog mich zurück. Ich taumelte und fiel hin.

»Frau Taler! Was machen Sie da?« Loreen Moll kniete neben mir und musterte mich besorgt. Ich hustete und strich mir übers Gesicht. »Und wer ist Marinda?«

»Ist so eine Art Hexenverbrennung. Die Tomate heißt wie die Freundin meines Mannes.«

»Und darum konnten Sie das Zeug nicht auf den Komposthaufen werfen, verstehe.«

Die Postbotin setzte sich neben mich auf die Wiese, und gemeinsam beobachteten wir die Flammen, bis sie erloschen.

»Ich bin vielleicht froh, dass Sie nicht in Flammen aufgegangen sind. Auf eine suizidale Selbstverbrennung hätte ich heute keine Lust gehabt. Aber jetzt brauchen Sie eine Typveränderung«, stellte Urlaubspostbotin Moll grinsend fest.

Vorsichtig tastete ich meinen Kopf ab und nahm den Gestank von verbrannten Haaren wahr.

»Keine Sorge, es hat hauptsächlich den Pony und die Augenbrauen weggeschmolzen. Das hätte ganz schön schiefgehen können, und Sie wären jetzt ein verkohltes Brandopfer.«

Ich schämte mich für meine dämliche Aktion.

»Ich hol dann mal die Pakete für Ihren Mann.« Loreen stand auf und ging zum Postauto.

»Frau Moll«, rief ich ihr nach, »die Pakete nehme ich nicht an. Nur Post, die an mich oder die Kinder adressiert ist.«

Loreen Moll kam mit zwei Werbesendungen und einer Postkarte von Hannah aus New York zurück. Sie grinste mich breit an.

»Sollen die Pakete an die Firmenadresse zugestellt werden?«

»Nein, der Empfänger ist unbekannt verzogen. Lassen Sie das Zeug zurückgehen. Ich nehm nichts mehr an«, erwiderte ich.

»Unbekannt verzogen. Annahme verweigert«, wiederholte sie. »Übrigens hübsches T-Shirt. Steht Ihnen.«

Ich schaute auf meinen Busen hinunter, der das glitzerfarbige Wort auf dem rosa T-Shirt-Stoff dehnte.

»Gute Wahl. Aber machen Sie das bloß nicht zu Ihrem Tagesmotto. Das könnte gefährlich werden.«

»Das T-Shirt gehörte meiner Tochter. Eine Zeit lang hat sie gerne beschriftete Kleidung getragen. Sie wissen schon, mit Aufdrucken wie *Zicke, Zuckerschnecke, Papas Liebling, Plage, Bin in der Pubertät, Sprechen Sie langsam* und so. Jetzt findet sie das nicht mehr lustig, und ich zieh die Sachen für die Gartenarbeit an. Zum Wegwerfen sind die einfach zu schade.«

Loreen zog die Augenbrauen samt diverser silberner Ringe hoch.

»Sie sind wie meine Mutter. Aber man soll die Sparsamkeit nicht übertreiben. Es gibt auch Altkleidersammlungen.«

War das eine Kritik oder eine Feststellung? Ich fragte lieber nicht nach.

»Wollen Sie was trinken? Einen Cappuccino?«

»Gerne das gestrige Programm. Wieder einen dreifachen Espresso, der hat mich gestern bis Mitternacht wach gehalten. Und vielleicht ein Glas Grappa dazu. Sie haben mir nämlich einen gewaltigen Schrecken eingejagt.«

Wir setzten uns, als ich mit einem Tablett aus der Küche zurückkam, auf die Eingangsstufen. Es stank penetrant nach Benzin und verkohltem Grünzeug. Benzin und Ruß hatten auf dem Granitpflaster einen schmierigen schwarzen Fleck hinterlassen. Marinda war vernichtet.

»Sie sollten zum Friseur gehen.«

»Das ist nicht nötig.«

Loreen kippte drei Löffel Zucker in ihren Espresso und rührte um. »Dann schauen Sie mal in den Spiegel.«

Folgsam stand ich auf, ging in den Flur und warf einen Blick in den Garderobenspiegel. Mein Gesicht war rußgeschwärzt, und meine rechte Augenbraue war angekohlt. Meine Haare beachtete ich lieber gar nicht. Ich setzte mich wieder zur Aushilfspostbotin, die gerade ihr Grappaglas leerte, auf die Stufen.

»Zum Friseur trau ich mich nicht. Der fragt bestimmt, wie das passiert ist. Ich schneid einfach die angesengten Stellen raus.«

»Aha«, war die einsilbige Antwort.

»Ich geh nie zum Friseur. Ich schneide meine Haare immer selbst.«

Loreens kurze schwarze Haare waren perfekt gestylt und schimmerten gepflegt. Dagegen wirkten meine spröden Locken, die von grauen Strähnen durchzogen waren, schäbig.

»So sehen Sie auch aus.«

Diese Postbotin war mir zu direkt. Mir hatten heute schon Inges Kommentare zu meinem Aussehen gereicht. Ich schwieg eisern und zupfte Unkraut aus den Moospolstern zu meinen Füßen.

»Frau Taler?«

»Sie müssen bestimmt weiter und die restliche Post zustellen«, erinnerte ich sie an ihre Pflichten.

»Jetzt seien Sie nicht eingeschnappt, und außerdem steht mir eine Pause zu. Für einen schnellen Haarschnitt hab ich immer Zeit.« Loreen Moll stellte Tasse und Glas neben den japanischen Fächerahorn. »Locken muss man mit Gefühl behandeln und nicht einfach mit der Schere ritsch, ratsch machen. Wenn Sie wollen, schneid ich Ihnen die verbrannten Haare ab.«

Mein Blick schien skeptisch zu sein.

»Schlimmer, als wenn Sie es selber machen, kann es kaum werden.«

Womit sie recht hatte. So wurde meine Postbotin zu meiner Friseurin. Meine Lebensretterin war sie schon.

»Ich heiße Elenor«, stellte ich mich vor und streckte ihr die Hand entgegen. Nur mein Mann nannte mich Elli, wie eine alte, grauhaarige Tante mit Dutt.

Loreen murmelte etwas Unverständliches, weil sie gerade eine Haarspange zwischen die Lippen geklemmt hatte. Sie versuchte, meinen Haarwust zu bändigen und in einzelne Partien einzuteilen.

Ich hatte mich vor der Friseursitzung geduscht, mir die Haare gewaschen und mich umgezogen. Aber der Ruß und vor allem der Lagerfeuergeruch waren hartnäckig. Jetzt saß ich in einem anderen alten T-Shirt, das einmal meinem Sohn Gabriel gehört hatte und das ohne Aufschrift und nicht rosa war, auf einem Hocker im Garten. Der Ginkgobaum spendete lichten Schatten, und das Gras musste spätestens morgen gemäht werden. Bienen summten geschäftig um die in sanften, in Apricottönen blühenden historischen Rosen, die sich Paul aus England hatte schicken lassen. Auf den Blättern erkannte ich bräunliche Flecken. War das ein Trockenschaden oder ein schwerwiegender Pilzbefall?

»Und du hast wirklich gar keine Haarpflege?«

Ich schüttelte den Kopf.

Die Rosen gefielen mir gar nicht. Vielleicht sollte ich mal wieder das biologische Kupferpräparat spritzen.

»Wie gesagt, Locken brauchen Zuwendung, sonst werden sie spröde und sehen nicht gut aus. Du musst regelmäßig eine Kur in die Spitzen einkneten.«

»Das sind doch nur Haare«, erwiderte ich. Als ich es ausgesprochen hatte, fiel mir auf, dass ich mich mehr um die Flecken auf den Rosenblättern als um meine Haare sorgte. Vielleicht hatte Inge doch recht, und ich wirkte ungepflegt. Tatsächlich hatte ich eigene Eitelkeit immer vermieden. Ich wollte mich nicht über mein Aussehen, sondern über meine Persönlichkeit und meine Fähigkeiten definieren, wenigstens war das früher mal so gewesen.

Heute definierte ich mich gar nicht mehr. Es war doch alles entschieden: Ich war Hausfrau und dreifache Mutter und konnte auf Imagepflege verzichten. Mein Mann wusste meine inneren Werte zu schätzen, hatte ich wenigstens bis gestern gedacht. Ihm gefiel meine Sparsamkeit. Das war mein Beitrag zum Familieneinkommen.

»Ich hol Öl aus der Küche. Vielleicht hilft das.«

Loreen verschwand im Haus, und ich hing meinen Gedanken nach.

»Frau Taler! Darf ich reinkommen?«, flötete Carolin Mangel, die Sekretärin meines Mannes, und stöckelte in hohen dunkelblauen Pumps über das asymmetrisch verlegte Granitpflaster, weil das die japanische Gartenkunst verlangte, durch unseren Vorgarten. Sie erschrak sichtlich, als sie mich in T-Shirt und Unterhose unter einem Baum sitzen sah.

»Ich will Sie nicht stören, wenn Sie gerade …«, ihr fiel kein geeigneter Satzschluss ein. Was ging ihr durch den Kopf? Wenn Sie gerade Bienen zählen, Löcher in die Luft starren, Racheaktionen gegen den Ehemann planen? Wenn Sie gerade durchdrehen?

Mit meinen verkohlten Augenbrauen und Haaren machte ich bestimmt einen irren Eindruck. Carolin Mangel sah dagegen wie immer aus, als wäre sie einem Damenbekleidungsprospekt entstiegen: dunkelblaues, tailliertes Kostüm, trotz sommerlicher Hitze dezente Nylons und eine weiße Bluse. Neu war, dass die Bluse zwei Knöpfe zu weit auseinanderklaffte und einen Blick auf den weißen Spitzen-Push-up-BH offerierte. War die Jagd auf den fast geschiedenen Chef schon eröffnet? Bestimmt wollte sie auch mit ihm ins Bett.

Aus der Haustür kam Loreen, die auf den Treppenstufen ihre Postbotenuniformbluse auszog. Darunter trug sie ein schwarzes Trägertop, aber, soweit ich das von meiner Entfernung beurteilen konnte, keinen BH.

Dafür prangte auf ihrem Dekolleté eine großflächige mehrfarbige Tätowierung.

»Ganz schön heiß«, kommentierte sie ihre Entblätterung.

Zu Carolin Mangel gewandt, deren Mund trotz regen Bienenfluges offen stand, erklärte sie mit einem angedeuteten militärischen Gruß an die nicht vorhandene Uniformmütze: »Bin quasi nicht mehr im Dienst. Muss nur noch ein paar unzustellbare Pakete zurückbringen. Aber das eilt nicht. Der Empfänger scheint unbekannt verzogen zu sein.«

In der einen Hand hielt Loreen eine Flasche italienisches Olivenöl, extra vergine, aus biologisch-dynamischem Anbau, in der anderen eine Flasche Grappa.

Paul hatte beides von einer Geschäftsreise aus Apulien mitgebracht und gerne betont, wie fruchtig und von ausgewogener Säure es doch sei, das Öl.

Der Grappa schmeckte mir ehrlicherweise besser. Olivenöl bevorzugte ich im Salat. Jetzt stand dem Öl jedoch eine ungeahnte Karriere als Haarkur bevor.

»Darf ich vorstellen«, mischte ich mich in die komische Szene, »Loreen Moll, obwohl der Nachname Dur bei ihrem heiteren Wesen viel besser passen würde, Aushilfspostbotin, Studentin der Sozialen Arbeit und meine Friseurin.«

Loreen verbeugte sich tief, hob dann die Grappaflasche hoch und grüßte freundlich: »Angenehm.«

»Und andererseits die Sekretärin und rechte Hand meines Mannes, Carolin Mangel. Zu diesem Namen möchte ich mich nicht weiter äußern.« Ich konnte mir ein Grinsen nicht verkneifen.

Carolin kam kein »Angenehm« über die Lippen. Sie hatte mich als Chefsgattin bereits abgeschrieben und ihre künstliche Höflichkeit aufgegeben. Ich hatte diese affektierte Frau noch nie ausstehen können.

»Frau Mangel unterstützt meinen untreuen Mann tatkräftig dabei, die Welt mit Hochleistungsscannern zu versorgen.«

»Zweifellos eine gute Tat«, kommentierte Loreen. »Auch ein Schlückchen Grappa?«

Carolin Mangel würdigte meine Aushilfspostfriseurin und mich keines Blickes.

»Ich soll für Herrn Taler einige persönliche Dinge abholen«, sagte sie frostig.

Interessant war, dass sie nicht mehr von meinem Mann sprach. In ihren Augen war ich schon vernichtet und geschieden. Sie machte sich tatsächlich Hoffnung auf meine Nachfolge.

Wie lange hatte sie wohl auf diesen Tag gewartet, überlegte ich und sah in ihren Augen ein triumphales Glitzern.

»Dann machen Sie das. Ich kann Sie gerade nicht begleiten, ich bin beschäftigt. Arbeitszimmer ist im ersten Stock gleich rechts. Den begehbaren Kleiderschrank finden Sie im Schlafzimmer, ist auch im ersten Stock«, sagte ich, die angekohlte Frau, im lichten Schatten eines Ginkgobaumes. »Wenn Sie Koffer brauchen, die finden Sie im Keller. Und packen Sie einen Schlafanzug ein, sonst verkühlt er sich die Schulter und jammert die nächsten zwei Wochen rum. Wie sein Vater, Gott hab ihn selig, hat er mit rheumatischen Beschwerden zu kämpfen. Und packen Sie die Hämorrhoidensalbe im Bad ein!«

Carolin Mangel drehte sich wortlos um und verschwand im Haus. Bestimmt würde sie Paul umgehend berichten, dass seine Frau halb nackt und nach Benzin stinkend im Garten saß, sich von einer tätowierten Pseudo-Postbotin die Haare schneiden ließ und dabei exklusives Olivenöl und exzellenten Grappa verschwendete.

»Hast du schon was getrunken?«, fragte Loreen.

Ich hielt die Grappaflasche, die Loreen mir in die Hand gedrückt hatte, wie einen Baseballschläger im bevorstehenden Straßenkampf.

»Nein. Ich bin mehr als nüchtern«, und das war die Wahrheit.

Dann lockerte ich den Griff, schloss die Augen und überließ mich Loreens Händen, während Carolin Mangel sich durch die Feinrippunterwäsche meines Mannes wühlte, die er jedes Jahr von seiner Mutter zu Weihnachten geschenkt bekam.

Ich dachte an die glücklichen Tage zurück, als Paul und ich jung verliebt gewesen waren. Meine Wangen fühlten sich mal wieder feucht an, und mein zweigeteiltes Herz jammerte vor sich hin.

Carolin Mangel verließ kurz darauf mit zwei Reisetaschen das Haus und würdigte uns keines Blickes. Effektiv und schnell war sie. Das musste man ihr lassen.

»Geht es dir gut?«, fragte Loreen besorgt.

»Ich denk nur an glückliche Zeiten, und das bringt mich zum Weinen.«

»Dann erzähl doch von den guten Zeiten mit deinem Ehemann«, forderte Loreen mich auf.

»Paul und ich haben uns in München während des Studiums kennengelernt. Ich bin in der Mensa über eine abgestellte Tasche gestolpert und habe ihm eine Portion Spaghetti Carbonara, grünen Salat mit Joghurtdressing und Quark mit Sauerkirschen auf die Jeans geleert. Vor Schreck war ich erstarrt und wusste nicht, was ich sagen sollte. Aber Paul hat nur gelacht und mir den freien Stuhl neben sich angeboten und gemeint, ich könne gerne das Essen von seiner Hose kratzen.«

»Wie erotisch«, kommentierte Loreen kichernd und massierte Olivenöl in meine Haarspitzen. »Fast ein wenig plump.«

»Ich bin nur gestolpert! Aber auf jeden Fall haben wir uns für den nächsten Tag zum Mittagessen verabredet. Paul hat Maschinenbau und ich Architektur studiert. Er wusste, was er wollte. Das hat mir damals gefallen.«

»Und er hat es abgeschlossen und du nicht, oder?«

»Elias kam dazwischen.«

»Aha«, Loreen griff zur Schere.

»Es war nach einer Feier im Wohnheim. Wir waren nicht einmal richtig zusammen, und dann ist es passiert. Das Kondom war gerissen.«

»Wie ungeschickt. Meistens ein Anwendungsfehler.«

Ich ging nicht auf die spöttische Bemerkung ein.

»Die ganze Schwangerschaft über plante ich, nach der Geburt möglichst schnell meinen Abschluss zu machen. Ich war mir nicht einmal sicher, ob er der richtige Mann für mich war. Es ging alles viel zu schnell. Paul hat mir einen Heiratsantrag gemacht und die Firma gegründet. Dann war bald schon Gabriel unterwegs. Und so kam eins zum anderen. Ich brauchte Paul nur anzuschauen und wurde schwanger.«

»Das halte ich für ein Gerücht. Dein Mann hätte endlich die Gebrauchsanweisung auf dem Kondompäckchen lesen sollen. Das kann man sogar mit nicht abgeschlossenem Ingenieurstudium hinbekommen.«

Tatsächlich war Paul im Umgang mit Kondomen immer ungeschickt gewesen und hatte sich ständig über die Dinger beschwert. Aber leider hatte ich die Pille nie vertragen.

Beim nächsten Gedanken zuckte ich zusammen, und Loreen überprüfte besorgt, ob sie mir mein Ohr abgeschnitten hatte.

Was, wenn er mit seiner spontanen Bettgespielin ungeschützten Sex gehabt hatte? In Gedanken schrieb ich *Aidstest machen* auf meine Notfallliste.

»Nach Hannah ließ ich mir die Eileiter abbinden«, fuhr ich in meinem Lebenslauf fort.

»Schade, schade.«

»Wegen der Eileiter?«

»Ach was! Drei Kinder sind mehr als genug. Die Weltbevölkerung explodiert. Wegen des Studienabschlusses natürlich. Wie viel hätte dir noch gefehlt?«

»Ein oder höchstens zwei Semester. Eigentlich ging es nur noch um die Diplomarbeit. Mit den Prüfungen war ich fertig.«

»Das hätte doch kein Problem sein sollen«, wunderte sich Loreen.

»Erst war mir ständig übel, und nach der Geburt fehlte mir die Energie«, rechtfertigte ich mich. In Wirklichkeit hatte ich von Paul null Unterstützung bekommen. Wir waren ins Münchner Umland gezogen, wo ich niemanden gekannt hatte. Elias hatte gebrüllt und Paul zwanzig Stunden täglich gearbeitet.

»Schade, schade«, murmelte Loreen vor sich hin.

Ich hörte das Schnippen der Schere und spürte die herabfallenden Haarsträhnen auf meinen nackten Oberschenkeln.

Als die Kinder noch klein gewesen waren, hatte ich ihnen auch die Haare geschnitten. Jetzt bloß nicht weinen, ermahnte ich mich. Schließlich waren die Kinder inzwischen erwachsen und gesund, und das war schließlich die Hauptsache.

Loreen und ich hingen schweigend unseren Gedanken nach.

»Elli!«

Ich schreckte aus meinen nostalgischen Vergangenheitsfantasien hoch.

»Elli!«, schrie Paul noch, bevor er die Autotür zugeschlagen hatte. Er hatte entgegen seiner Parkgewohnheit sein Audi-Cabrio direkt vor der Gartentür gestoppt und nicht im schattigen Carport. Er wollte bestimmt schnellstmöglich die unerhörten Aussagen von Frau Mangel überprüfen und in seinem trauten Heim für Ordnung sorgen. Wie ein Schwergewichtsboxer vor der nächsten Runde schloss ich kurz die Augen und atmete tief durch.

»Was ist hier passiert?«, seine Stimme bebte.

Ich drehte mich zu ihm um. Reglos stand er vor dem schmierigen, verkohlten Häufchen auf dem Gartenweg. Seine Gesichtszüge waren seltsam verrutscht.

»War nur eine Stichflamme, nichts weiter. Die Marindas hatten Braunfäule, da konnte ich nicht mehr tatenlos zusehen. Aber die Ansteckungsgefahr ist beseitigt«, beruhigte ich ihn, als hätte ich die Welt gerade vor einem drohenden Killervirenbefall gerettet.

»Braunfäule?«

»Genau, damit soll man nicht spaßen. Könnte sich ausbreiten und größeren Schaden anrichten. Ich dachte mir, eine radikale Lösung ist da am besten.«

»Du solltest zum Arzt gehen.« Paul stand immer noch wie angewurzelt vor dem Tomatenscheiterhaufen.

»Nein, nein, nicht nötig. War zwar ziemlich brenzlig, als eine Stichflamme in die Höhe schoss, aber Frau Moll hat mir todesmutig das Leben gerettet, und Braunfäule ist für Menschen nicht ansteckend.«

Den letzten Satz schien er überhört zu haben. Er reagierte nicht auf meine Worte.

»Bin gespannt, ob du diese Sauerei mit dem Dampfstrahler wegbekommst«, sinnierte er und versuchte mit der Schuhspitze seiner glänzenden italienischen Lederschuhe den rußigen Belag von der Granitplatte zu kratzen. Die Schuhe hatte ich ihm vorgestern erst poliert. »Außerdem wirst du dich jetzt endlich wieder beruhigen und für ein paar Wochen zu Hause bleiben, bis Gras über die Sache gewachsen ist.«

Wo war ich denn sonst? Auf Weltreise? Mit meinen VHS-Kursen auf den Bahamas zum Töpfern?

»Wohl kaum«, entgegnete ich, »und für den Rasen fühle ich mich auch nicht mehr zuständig. Der kann jetzt machen, was er will.«

Das englische Grün zu mähen, zu düngen und zu vertikutieren gehörte eigentlich zu meinen Aufgaben.

Paul musterte mich irritiert. »Was?«

Ich stand auf und ging auf ihn zu. »Ich werde weder dampfstrahlen noch Gras wachsen lassen, noch zu Hause bleiben und mich ruhig verhalten.«

Er seufzte tief. »Elli, ich versteh ja, dass du dich aufregst. Du stehst unter Schock. Aber lass dir Zeit und beruhige dich. Es bringt nichts, wenn du unsachliche Mails an die Firma und den Tennisklub schreibst.«

»Natürlich bringt es nichts. Aber mir hat es gutgetan.«

Paul war tatsächlich unrasiert und hatte das Hemd vom Vortag an, wie Inge erzählt hatte. Er sah alt, grau und müde aus.

»Du schadest dir nur selbst. Alle werden über dich lachen.«

Hatte er mit Inge telefoniert?

»Weil es ein Naturgesetz ist, dass alte Männer junge Frauen vögeln dürfen und die Ehefrauen milde lächelnd warten, bis sie fertig sind?«

Er strich sich mit der Hand über die Bartstoppeln. »Elli, du bist ordinär.«

»Nein, nur sachlich.« Ich fand mich eigentlich sogar ziemlich witzig.

Loreen hatte sich inzwischen auf den Hocker gesetzt, betrachtete konzentriert den Himmel und tat so, als würde sie uns weder hören noch sehen.

»Wer ist eigentlich diese Frau im Unterhemd?«, fragte Paul mich.

»Die Postbotin, meine Lebensretterin, psychologische Beraterin und Friseurin. Ihr war zu heiß. Darum hat sie ihre Uniform ausgezogen«, erklärte ich und rang um Fassung. Meinem Mann gegenüberzustehen schmerzte. Am liebsten hätte ich mich auf ihn gestürzt, ihn mit den Fäusten in den Bauch geboxt und vertrieben. Ich wollte ihn nicht sehen, nicht hören, nicht riechen. Andererseits war seine Nähe beruhigend normal. Er hat dich betrogen, flüsterte meine innere Stimme. Betrogen, gedemütigt, unser gemeinsames Leben verraten.

»Du wirst keine unüberlegten Schritte mehr unternehmen, verstehst du?« Seine Stimme war sanft, als würde er mit einem angeschossenen Chihuahua oder einer Geisteskranken sprechen. »Wir werden uns heute Abend in aller Ruhe aussprechen.«

Gib nach, drängte ein Teil von mir. Öffne ihm die Tür und sprich dich mit ihm aus. Es wird alles wieder gut werden.

»Nein. Solange ich hier wohne, wirst du dieses Haus nicht mehr betreten. Du kannst dich mit meiner Anwältin unterhalten. Ich maile dir ihre Nummer.«

»Weißt du, was du da sagst?« Dann entdeckte er die Flasche Olivenöl im Gras. »Und weißt du überhaupt, wie viel das Öl gekostet hat, das du dir in die Haare schmierst? Glaubst du, davon wirst du hübscher oder jünger? Ich fass es nicht. Was willst du überhaupt?« Ungehalten zog er sein Smartphone aus der Jackentasche seines Anzugs, das schon zum wiederholten Mal summende Geräusche von sich gegeben hatte.

»Die Scheidung, was sonst. Unsere Liebe ist aufgebraucht. Bei mir hat es nur etwas länger gedauert, es zu bemerken.«

Paul wischte sich durch eine Liste von Mitteilungen.

»Liebe«, wiederholte er abfällig. »Kannst du dir vorstellen, wie dein Leben nach einer Scheidung aussehen wird?«, fragte er beiläufig.

Er hatte sich definitiv mit Inge unterhalten.

»Nein, aber so wie jetzt werde ich auf keinen Fall weiterleben.«

Paul starrte auf sein Handy und zog seine linke Augenbraue hoch. Dann tippte er schnell eine Antwort. Ich war für ihn eine lästige Störung seines wichtigen Tagesgeschehens. Er hörte mir weder zu, noch nahm er mich ernst.

»Überleg dir das noch einmal gut und ruf Robert an«, murmelte er immer noch tippend. »Er wird sich darum kümmern und dich juristisch beraten. Er kennt unseren Ehevertrag. Wie willst du dir denn überhaupt einen eigenen Anwalt leisten? Mit Wegener zusammen werden wir eine Lösung finden, glaub mir.« Robert Wegener war Pauls langjähriger Rechtsverdreher. »Und deine unüberlegten finanziellen Transaktionen wirst du rückgängig machen. Ist schließlich nicht dein Geld.« Er steckte das Handy wieder weg. »Denk an die Kinder.«

»Hättest du auch mal tun sollen. Du gehst schließlich fremd«, erwiderte ich aggressiv.

Seine Gesichtsmuskeln spannten sich an. Er wurde blass um die Nase, was ein typisches Zorneszeichen bei ihm war. Ich wusste, dass ich mich jetzt ducken sollte, und trotzdem erwischte er mich eiskalt.

»Typisch Elli. Nichts als Vorwürfe. Mit dem Finger auf die Verfehlungen anderer zeigen, das kannst du.« Seine Stimme war ein polarer Eisklumpen. »Du bist hart und unversöhnlich geworden, und wie immer fühlst du dich moralisch überlegen. Eine Affäre gäbe es bei dir nicht. Du würdest nie fremdgehen«, er musterte mich abschätzig, »denn welcher Mann würde sich mit einer alten, übellaunigen Hexe wie dir einlassen wollen? Ich wundere mich, wie ich es überhaupt so lange mit dir ausgehalten habe.«

Nach diesem Tiefschlag japste ich nach Luft. Loreen war aufgestanden und stellte sich neben mich.

»Es reicht«, war ihr einziger Beitrag zu unserem Streit.

Mir fehlten die Worte. Zitternd schlich ich ins Haus und zog die massive Eingangstür hinter mir zu. Ratlos stand ich in der Diele, wo mich drückende Grabesruhe umgab. Wut, Trauer und Resignation wechselten im Dreivierteltakt. Ich fühlte mich hässlich und schmutzig. Mein eigener Mann hatte mich eine alte Hexe genannt. Mit Mühe hob ich meine Füße und schlurfte ins Wohnzimmer, schaltete den Fernseher an und stellte ihn auf höchste Lautstärke. Eine Talkshow brüllte Belanglosigkeiten in das gepflegte Eigenheim. Ich kauerte mich auf der Couch zusammen, schloss die Augen und überließ mich dem Schmerz.

Erst als ich dringend zur Toilette musste, war ich gezwungen, mich zu bewegen und in meinem Selbstmitleid eine Pause einzulegen. Zurück im Wohnzimmer, wurde die Talkshow von einer Putzmittelwerbung unterbrochen. Kurz starrte ich auf eine muntere Familie, die lachend zuschaute, wie ihr Riesenhund mit schmutzigen Pfoten über weiße Fliesen hüpfte, dann schlurfte ich zum Fernseher. Anstatt das exklusive Multimedia-Gerät ordnungsgemäß auszuschalten, zog ich einfach den Netzstecker, was laut Paul der Elektronik schaden konnte, mir aber kindliches Vergnügen bereitete. Der Ton erstarb mit einem hohlen Knacken. Wenigstens körperlich erleichtert kehrte ich auf die schwarze Ledercouch zurück und griff nach dem karierten Block, der aus Hannahs Schulzeit übrig geblieben war. Das Leder war trotz der sommerlichen Temperaturen kühl. Die Stille war drückend. Die Schallschutzfenster ließen nicht einmal Vogelzwitschern durch. Fröstelnd wickelte ich meine Beine in eine kratzige Kamelhaardecke. Auf der ersten Seite stand der gestrige Notfall- beziehungsweise Racheplan, und ich sah, dass einige Punkte noch unerledigt waren.

Autoreifen mit dem japanischen Keramikküchenmesser zerstechen stand da unter *Kopien der Einkommensteuerbescheide für Anwältin* oder *Mit den Kindern telefonieren*. Ich fügte *Aidstest* hinzu und strich die Autoreifen durch.

Dann checkte ich an meinem Laptop den Kontostand meines neuen Onlinekontos, der immerhin schon 9.889 Euro und 62 Cent betrug und der sich innerhalb der nächsten Tage hoffentlich noch erhöhen würde. Pauls Rechner hatte Carolin Mangel mitgenommen.

Ich rief in unserer örtlichen Bankfiliale an. Einige Wertpapierverkäufe, die außerbörslich gehandelt wurden, hatte Paul rückgängig gemacht.

Danach schrieb ich Hannah ein paar Zeilen und erkundigte mich, wie ihr Projekt mit dem New Yorker Zivilisationsmüll voranging. Ihr von unserer Ehekrise zu erzählen, fand ich nicht den Mut.

Wie würden die Kinder eine Trennung verkraften?

War ich egoistisch und unversöhnlich?

Hatte ich Paul durch mein Verhalten in die schlanken Arme einer jugendlichen Geliebten getrieben?

Könnten wir mit einer Paartherapie unsere Ehe retten? Sollte ich Paul mit Marindablättergemüse vergiften, unter den chinesischen Strauchpfingstrosen verscharren und die Lebensversicherung einheimsen? Schließlich waren Tomaten giftige Nachtschattengewächse, und Pfingstrosen brauchten viel organischen Dünger. Aber hatte er überhaupt eine Lebensversicherung?

Der Anruf der Scheidungsanwältin riss mich aus einer Endlosschleife potenzierter Selbstvorwürfe und mehr oder weniger ausgefeilter Mordpläne. Vernünftig erklärte mir die Juristin die weiteren Schritte und gab mir einen Beratungstermin in ihrer Kanzlei. Sie riet mir, eine sowohl emotionale als auch materielle Bestandsaufnahme meiner Ehe zu machen. Ich sollte prüfen, ob es für mich einen Weg zur Versöhnung geben könnte oder ob eine Trennung der bessere Weg wäre, meine Lebenswünsche zu verwirklichen.

Als ich aufgelegt hatte, starrte ich ratlos auf das Wort *Lebenswünsche* und überlegte, was sich dahinter verbergen mochte.

Wünsche hatten Kinder. Wunschzettel wurden in der Nacht vor dem ersten Advent auf das Fensterbrett gelegt und dort von einem kleinen Engel abgeholt. So war das wenigstens in unserer Familie abgelaufen.

Ich hatte mir schon seit Jahren nichts mehr gewünscht. Paul und ich hatten vereinbart, das gegenseitige Schenken und anschließende Umtauschen einzustellen. Was wir brauchten oder wollten, konnten wir uns schließlich selbst kaufen. Wobei ich immer ein schlechtes Gewissen gehabt hatte, Geld für mich auszugeben. Als ich über mein Konsumverhalten nachdachte, wurde mir klar, dass ich das Geld auf unserem gemeinsamen Konto nie als mein eigenes angesehen hatte.

Es für die Kinder, für Klavierunterricht oder ihre jugendliche Markenkleidung auszugeben war in Ordnung gewesen. Aber was mich betraf, war ich sparsam, trug die alten Sachen im Garten auf und kaufte meine Anziehsachen meist bei Tchibo, irgendwelchen Discountern oder im Schlussverkauf. Bücher oder Zeitschriften lieh ich in der Bibliothek aus. Mein persönlicher Luxus war, pro

Semester einen Kreativkurs bei der örtlichen Volkshochschule zu besuchen. Dabei entstand Krempel, den keiner wollte.

Ich grübelte.

Mir fiel kein einziger kleiner Wunsch ein, von einem Lebenswunsch ganz zu schweigen. Der alte Gefrierschrank müsste ersetzt werden. Aber das ließ ich nicht als Wunsch gelten. Immer noch war die Lebenswunschliste leer, und ich malte ein großes Fragezeichen zwischen die Karos.

»Du Ärmste!« Inge schlang ihre sonnengebräunten, tennisgestählten Arme um mich und drückte mich an ihr Pilates Power House. Dann schob sie mich mit eisernem Griff auf Armeslänge von sich und musterte mich von oben bis unten.

Ich trug immer noch T-Shirt und Unterhose und hatte die Kamelhaardecke um die Schultern gelegt.

»Du willst dich also tatsächlich scheiden lassen?«

»Jap«, antwortete ich lässig. Warum nur nutzte ich die Jugendsprache meiner Kinder, wunderte ich mich.

Hatte Paul jetzt Inge geschickt, um nach dem Rechten zu schauen?

Ich war misstrauisch und beäugte meine zukünftige Ex-beste-Freundin, die sich vermutlich mit meinem zukünftigen Ex-Mann über mich unterhalten hatte. Innerhalb von zwei Tagen zwei Exe dazugewonnen, dachte ich für mich und kicherte hysterisch.

»Möchtest du einen Kaffee?«, kam die gute Hausfrau und Gastgeberin in mir durch.

»Gerne. Wenn's keine Umstände macht.«

»Ich hab grad Zeit«, erwiderte ich.

Inge ging tatkräftig in die Küche voran, und ich folgte ihrem schwingenden Armani-Kleidchen.

»Hübsche Frisur. Bist du vernünftig geworden und warst für Paul beim Friseur?«

»Nein, die waren versengt«, gab ich zurück.

Seit Loreens Eingreifen hatte ich noch kein einziges Mal in den Spiegel geschaut. »Der Haarschnitt hat nur indirekt mit Paul zu tun.«

Inge reagierte nicht auf meine Bemerkung, sondern blieb abrupt stehen.

»Das warst nicht du, oder?«, fragte sie mit hochgezogenen Augenbrauen und schriller Stimme, als sie auf dem mattgrauen Schieferboden Scherben entdeckte.

Mit dem nackten Fuß schob ich die Reste von Paul Espressotassensammlung zur Seite.

»Nein, ich würde nie den heiligen Tassen etwas zuleide tun. Das Regal ist zusammengebrochen.«

»Das Regal hängt noch an der Wand.«

Beide starrten wir auf das letzte Tässchen, das meinen gestrigen Wutanfall unbeschadet überstanden hatte. Darauf war ein blöd glotzender Pandabär im Bambuswald gezeichnet. Paul hatte es von einer Chinareise mitgebracht.

Ich nahm die Tasse und warf sie auf den Scherbenhaufen, wo sie scheppernd zerbrach.

»Elenor! Er war so stolz auf seine Tassensammlung und konnte zu jeder einzelnen eine Geschichte erzählen«, jammerte Inge.

Seit wann interessierte sich Inge für Pauls langweilige Reiseheldengeschichten?

»Und ich habe sie regelmäßig gespült, wenn sie angestaubt waren.«

Inge kniete sich neben die Scherben und hob andächtig einzelne Bruchstücke wie Reliquien hoch.

»Pass auf, dass du dir nicht wehtust. Ich hab mich gestern schon daran geschnitten«, warnte ich.

»So endet also eure Ehe. Ich hätte nie gedacht, dass du zu einer solchen Tat fähig bist.«

Vergebens wartete ich, dass Inge über ihren Witz lachen würde.

»Jetzt übertreib mal nicht. Ich habe weder die Kois vergiftet noch unsere gemeinsamen Kinder in ihren Betten erstickt. Es waren nur scheußliche kleine Tassen.«

Meine Ex-beste-Freundin erhob sich mit knackenden Knien und drückte mir ein Buch in die Hand.

»Du hast dich verändert, Elenor«, attestierte sie mir mit klagender Stimme. »Kein Wunder, dass Paul aus dieser Ehe ausbrechen musste. Vielleicht kann dir dieses Buch Orientierung geben und dir helfen, zu dir zurückzufinden.«

Fassungslos starrte ich erst Inge und dann das Buch an: *Eat, pray, love.* In meinem bisherigen Leben hatte ich bestimmt mehr als genug gegessen und andere mehr geliebt als mich selbst. Das Beten, inspirierende Weltreisen und Begegnungen mit Weisheitslehrern hatte ich zugegebenermaßen etwas vernachlässigt.

»Und du weißt, wo die Tür ist. So weit bist du noch orientiert, oder?«

Ich wartete, bis ich die Tür ins Schloss fallen hörte, dann warf ich das Buch samt Inges Ratschlägen in den Mülleimer. Somit war unsere einundvierzig Jahre währende Freundschaft endgültig beendet.

Die Scherben ließ ich liegen.

Ich ließ meine Wut gerade an den wehrlosen Buchsbäumen aus und verpasste ihnen einen radikalen, postmodernen Formschnitt, als Loreen hupend mit dem gelben Postauto in die Einfahrt brauste. Schwungvoll stieß sie die Tür auf und sprang heraus.

»Ich bin mit meiner Runde fertig und wollte kurz vorbeischauen, wie's dir nach dem Gespräch mit deinem Göttergatten geht«, rief sie mir über den Zaun zu.

An die demütigenden Worte meines Immer-noch-Mannes wollte ich nicht erinnert werden, obwohl sie wie ein schmerzender Stachel in mir steckten. Nachdem ich nicht antwortete, fuhr sie munter fort. »Außerdem wollte ich dich fragen, ob du mit mir heute

Abend essen gehen willst. Du musst hier raus und unter Menschen. Allein in diesem möblierten Sarg bekommst du Depressionen.«

Ich legte meine Heckenschere weg. »In welchem möblierten Sarg?«, wiederholte ich Loreens Worte und fragte mich, ob ich mich verhört hatte.

»Na, in dieser Hütte eben. Überall Mahagoni, Edelstahl, Glas, Leder, hygienisch einwandfrei sauber und abwischbar. Wenn ich da reingehe, habe ich das Gefühl, ein Bestattungsinstitut zu betreten. So still, teuer und gediegen, aber eben tot und traurig. Eine aufwendige Fassade, die den Verfall verdecken soll, verstehst du?«

Ich schluckte.

»Sorry. Ich wollte dich nicht beleidigen. Ist schließlich dein Zuhause, und der Innenarchitekt war bestimmt nicht billig. Aber für mich fühlt sich das eben so an. Stagnierende Energie, Feng-Shui und so.«

Ich nickte unsicher.

»Also, heute Abend um sieben? Ich komm vorbei und hol dich ab?«

Wieder nickte ich und schaute Loreen Moll nach, die mit quietschenden Reifen wendete.

Die Julisonne brannte vom Himmel und trocknete mich aus wie eine reife Dattel. Ich hatte vergessen, Sonnencreme aufzutragen, und meine Haut war inzwischen gerötet und voller Sommersprossen, die Paul früher mit unermüdlicher Ausdauer gezählt und geküsst hatte.

Obwohl der Buchsbaum erst zur Hälfte geschnitten war und sein Aussehen unentschieden zwischen stolzem Pfau und gerupftem Hühnchen schwebte, brachte ich die Heckenschere zurück in die Garage und betrat den begehbaren, kühlen Sarg. Ich lauschte in der Diele und spürte, wie mein Herz sich jammernd zusammenzog. Diese Räume waren stiller als ein Bestattungsinstitut. Dort weinten wenigstens Menschen um ihre Liebsten und beklagten den Verlust.

Loreen hatte recht, ich konnte hier nicht bleiben, ohne depressiv zu werden. Schnell stürzte ich in der Küche zwei Gläser Wasser hinunter, die metallisch schmeckten, packte Badesachen ein und stieg aufs Fahrrad. Schweiß lief mir in Strömen über den Rücken und übers Gesicht, als ich einen kleinen Hügel hinaufstrampelte und ein Bus mich hupend überholte. Noch nie war ich alleine zum See gefahren. Badeausflüge hatte ich in den Sommermonaten mit den Kindern gemacht, und wir waren bepackt mit Luftmatratzen, Schwimmtieren und Kühltasche mit Snacks und Getränken losgezogen. Damals war sogar der Hügel niedriger gewesen, jammerten meine Oberschenkel. Ich lehnte mein Fahrrad an einen Baum und breitete mein Badetuch auf der Wiese aus. Aber hinlegen wollte ich mich nicht. Kurz entschlossen stürzte ich mich in den Baggersee und tauchte komplett unter. Das kalte Wasser nahm mir für einen Augenblick den Atem. Zweimal schwamm ich von einem Ufer zum anderen. Dann ließ ich mich auf der Wasseroberfläche treiben, spielte tote Frau und fühlte mich dabei selten lebendig. Als ich mich umzog, fiel der Schließfachschlüssel, den ich unter Pauls Schreibtisch gefunden hatte, aus meiner Hosentasche in die verdorrte braune Wiese, und ich überlegte, ihn einfach im See zu versenken, steckte ihn dann aber wieder ein. Erfrischt radelte ich zurück.

»Stell dir vor, mir ist kein einziger Lebenswunsch eingefallen«, berichtete ich von dem Telefonat mit der Anwältin und goss Öl über den grünen Salat.

»Nicht wahr, oder?« Loreen schraubte das Essigfläschchen auf. Sie hatte sich umgezogen und trug statt der Postuniform sehr kurze Jeansshorts und ein weißes T-Shirt mit weitem Ausschnitt, das mal von der einen, mal von der anderen Schulter rutschte und einen guten Blick auf ihr Dekolleté mit dem verschlungenen Tattoo freigab. Wanden sich dort Buchstaben einer mir unbekannten Sprache über ihren Oberkörper?

Ich und der junge italienische Kellner bewunderten jeder auf seine Weise die rätselhaften Zeichen, ohne nachzufragen.

»Ich wollte eine Liste machen und dachte stundenlang nach, und da war nichts. Nur die Träume anderer fielen mir ein. So was wie: einmal den Mount Everest besteigen. Aber das will Paul. Oder mit Delfinen schwimmen. Das wollte meine Tochter, als sie zehn war. Oder George Clooney küssen, das will Inge, meine Ex-beste-Freundin. Eine Kreuzfahrt machen. Das wünscht sich meine Schwiegermutter.«

»Vielleicht solltest du klein anfangen und dir jeden Tag einen Miniwunsch erfüllen. Dann fallen dir vielleicht auch die großen wieder ein«, schlug Loreen vor und schüttete viel zu viel Essig über den Salat.

»Ich werde heute zum Beispiel den Partnereisbecher mit einer doppelten Portion Sahne als Nachtisch essen.«

Sie probierte den Salat, verzog das Gesicht und griff zum Zuckerstreuer.

»Kannst du dich noch an Wünsche aus deinem früheren Leben erinnern?«

»Welches frühere Leben? Glaubst du an Wiedergeburt?«, fragte ich und nippte an meinem Rotweinglas.

»Das auch. Aber ich meine das ganz profan. Dein eigenes Leben, bevor du es Ehe und Kindern geweiht hast.«

»Also«, ich strich mir durch meine Haare, die sich seit Loreens Behandlung füllig und weich zugleich anfühlten. »In meinem früheren Leben wollte ich in einer WG wohnen«, ich zögerte.

Loreen wartete und unterbrach mich nicht.

»Mein eigenes Haus entwerfen und bauen, jeden Tag schwimmen gehen, mich für die Rettung des Regenwaldes einsetzen, einen Winter in Venedig verbringen, quer durch Europa trampen und alle gotischen Kathedralen besuchen, alte Häuser zeichnen und ihre Seele sichtbar machen, exotische Liebhaber haben, alle Werke von Tolstoi am Kaminfeuer lesen.« Obwohl ich langsam in Fahrt kam, brach ich ab und lauschte auf den Nachhall meiner Wünsche. Kein einziger war in Erfüllung gegangen. Oder anders formuliert: Ich hatte mir keinen einzigen dieser Wünsche erfüllt. Ich zog die Glasschale zu mir und schob mir eine Gabel voll süßsaurem Salat in den Mund.

»Und du glaubst wirklich an Wiedergeburt?«, fragte ich Loreen, um das Thema zu wechseln und nicht schon wieder in Tränen auszubrechen wie eine sentimentale alte Kuh.

Sie zog die Schultern hoch.

»Ist eine einleuchtende Möglichkeit, oder? Aber verlassen würde ich mich nicht drauf. Da halt ich's lieber mit yolo.«

Dieses Lebensmotto kannte ich von meinen Kindern: You only live once.

Überhaupt erinnerte mich Loreen an meine Kinder, vor allem an Hannah. Beide waren voller Lebenshunger und Selbstbewusstsein. Als würde die Welt auf sie warten, stürzten sie sich in dieses eine Leben und forderten ihren Platz ein. Daneben fühlte ich mich, obwohl ich die Ältere war, unsicher und klein. Immerhin hatte ich mich heute in unseren kalten Baggersee gewagt.

Der Abend verlief heiter. Trotz oder vielleicht aufgrund unseres großen Altersunterschiedes hatten Loreen und ich uns viel zu erzählen. Wir redeten über Bücher und Kunst, über Brustvergrößerung und schlechten Sex (da konnte ich nach einer langen Ehe einiges beitragen), über Gott und die Welt und lachten viel.

Weit nach Mitternacht machten wir uns auf den Heimweg. Ich hatte Loreen einen Schlafplatz angeboten. Freie Zimmer und Betten gab es in unserem Haus schließlich genug. So sparte sie sich eine lange Autofahrt, und ich musste mich im möblierten Sarg, die Formulierung gefiel mir allmählich, nicht alleine zur Ruhe betten.

Mit offenen Fenstern fuhren wir durch Raps- und Maisfelder. Die kühle Nachtluft strömte ungehindert ins Auto. Ich schloss die Augen und fühlte mich trotz zunehmender Müdigkeit hellwach.

Ob meine überreizten Nerven eine Reaktion auf die Flasche samtweichen Brunello oder meine zerbrechende Ehe waren, war mir egal.

Wie ein Teenager streckte ich die Hand zum Fenster hinaus und spielte mit dem Fahrtwind. Am klaren Himmel funkelten Sterne, deren Namen ich nicht kannte, und zeigten mir die unendliche Weite des Universums. Die irdische Enge in meinem Inneren schrumpfte.

Was für ein vollkommener Augenblick!

Tief in mir meldete sich ein fast vergessenes Gefühl. Trotz der nagenden, bitteren Enttäuschung, die mich erfüllte, war da immer noch ein Funke kindlicher Neugier. Ich dachte nach. Meine Kinder waren erwachsen, mein Mann liebte mich nicht mehr, Haus und Garten konnten wegen mir zu Ruine und Wildnis verkommen. Nichts, keine Verpflichtung band mich mehr an mein altes Leben. Aber finanziell war ich abhängig. Das war mir klar, und darum musste ich mich kümmern. Ich dachte an eine Postkarte, die mir Inge zum letzten Geburtstag geschenkt hatte.

»Hast du schon mal den Spruch gehört: Wenn das Leben dir Zitronen schenkt …«

»… mach Limonade daraus«, vervollständigte Loreen den Satz. »Ich steh ja total auf Kalenderspruchweisheiten. Nur ist der mit den Zitronen inzwischen schon ein wenig ausgelutscht. Aber Zucker kann bestimmt nicht schaden.«

Sie kicherte.

Ich streckte ihr die Zunge raus.

»Ich fürchte, ich werde ziemlich viel Zucker brauchen«, schlussfolgerte ich.

»Bei unserem Salat heute Abend hat es doch auch funktioniert. Du darfst dich von dem Sauren einfach nicht abschrecken lassen. Alles hat eine süße Seite.«

»Bist du eigentlich ein Berufsorakel?«

»Nur in Teilzeit«, erwiderte sie lachend. »Vollzeit hält das keiner aus.«

In dieser Nacht träumte ich von Zitronenbäumen. Korb um Korb erntete ich die säurehaltigen Früchte. Die Zitronen tropften. Ihr Saft tränkte meine Kleidung, brannte in meinen Augen und klebte an meinen Händen. Als ich aufwachte, war mir klar, dass ich dringend mein Säure-Basen-Gleichgewicht wiederherstellen musste, das hieß, mehr auf mich zu achten und der drohenden Übersäuerung meines Lebens gegenzusteuern.

Ich stand auf und kochte Kaffee. Loreen klopfte mit einer Bäckertüte und nassen Haaren an die Terrassentür.

»Wann bist du denn aufgestanden?«, fragte ich überrascht.

Es war gerade mal halb sieben, und Loreen war frisch geduscht und munter.

»Um sechs. Ich brauch nicht viel Schlaf.«

Die Croissants waren warm und dufteten verführerisch.

»Stell dir vor, beim Bäcker hab ich Frau Mangel getroffen. Die hat sich mit der Verkäuferin ausführlich über eure Ehe unterhalten.«

»Ach.«

Fahrig verschüttete ich einen Löffel Zucker. Süßes hilft gegen Saures und Bitteres, erinnerte ich mich und kippte den Inhalt des Untertellers in meine Tasse.

»Die Verkäuferin war der Ansicht, du hättest dir einen Liebhaber zugelegt, weil dein Mann immer arbeitet und dich vernachlässigt.«

Jetzt musste ich lachen und fühlte mich ein wenig geschmeichelt. Ich stach gerade die Eierschale an.

»Und, was willst du tun?«

Ich ließ die Eier ins kochende Wasser gleiten.

»Ich werde die Scheidung einreichen. Nächste Woche habe ich einen Termin bei einer Anwältin. Bis dahin werde ich versuchen, mir ein paar finanzielle Reserven zusammenzusammeln, und ausziehen. Die Zeit im möblierten Sarg ist abgelaufen.«

Ich hörte meinen mutigen Worten staunend zu. Den letzten Satz, »wahrscheinlich werde ich unter der Brücke enden«, sparte ich mir. Ich zog den Schließfachschlüssel aus der Hosentasche und legte ihn auf den Tisch.

»Als Erstes werde ich heute nach diesem Schließfach suchen. Paul hatte den Schlüssel unter seinem Schreibtisch versteckt. Bin schon gespannt, was ich finde. Vielleicht beschert mir der Inhalt ja finanzielle Unabhängigkeit und ein Leben in purem Luxus.«

Loreen pfiff durch die Zähne und drehte den Doppelbartschlüssel hin und her.

»Nicht das neueste Modell. Weißt du, bei welcher Bank es ist?«

Ratlos zuckte ich mit den Schultern. Ich hatte keine Ahnung. Andererseits gehörte es zu den Kernkompetenzen einer Hausfrau und Mutter, Dinge zu finden und Verlorenes aufzuspüren. Ob Socke oder Schließfach war letztendlich egal, redete ich mir ein.

Loreen war zur Arbeit gefahren, und ich hatte mir mein gutes lindgrünes Seidenkostüm angezogen, das ich zu den Abiturfeiern und Abschlussbällen meiner Kinder getragen hatte. Die Bluse war rostrot, wie meine Haare und meine explodierten Sommersprossen. Ich widerstand dem Impuls, meine Haare zu einem praktischen Pferdeschwanz zusammenzunehmen, sondern brachte die Locken mit einem groben Kamm in Form. Dann tuschte ich mir die Wimpern, trug Lipgloss auf und musterte mein Spiegelbild, als es an der Haustür klingelte.

Robert Wegener trug Trauermiene, dazu einen schwarzen Anzug und eine große Aktentasche.

»Guten Morgen, Elenor. Gut siehst du aus. Hätte ich nicht erwartet.«

»Danke.«

Er trat einen Schritt auf mich zu. Ich wich nicht zurück.

»Was hättest du denn erwartet?«

Er überging den aggressiven Ton meiner Frage.

»Paul hat mich angerufen und gebeten, mit dir, sozusagen als unabhängiger Dritter, Kontakt aufzunehmen. Darf ich reinkommen?«

Bei der Formulierung »unabhängiger Dritter« musste ich grinsen. Der Anwalt stand seit Jahren auf Pauls Gehaltsliste und würde ganz gewiss seine Interessen, und ebenso sicher nicht meine, vertreten.

»Nein. Meine Anwältin, Annette Schweiger, wird sich mit dir in Verbindung setzen.« Mir machte es großen Spaß, diesen typischen Fernsehkrimisatz auszusprechen.

»Das ist ein Fehler. Lass Zeit vergehen und überleg dir, ob du diese Ehe nicht doch aufrechterhalten möchtest.«

Ich schüttelte den Kopf.

»Wenn das so ist. Dein Mann will sich mit dir gütlich einigen. Ich habe ein Schriftstück vorbereitet, das du nur zu unterschreiben brauchst. Dann kümmere ich mich um die einvernehmliche Scheidung, und du kannst dir einen eigenen Rechtsbeistand sparen. Paul ist sehr großzügig und bietet dir eine mehr als angemessene Versorgung an.«

Ich überflog den Text, der sich wie eine betriebliche Abfindungsvereinbarung las.

»Nein, danke.« Mein Herz klopfte wild. Die beiden hielten mich für völlig bescheuert.

»Elenor, du verleumdest ihn öffentlich, verwehrst ihm den Zutritt zu seinem Haus und beschädigst sein Eigentum.«

»Willst du mir drohen? Sein Eigentum? Sein Haus? Schon mal was von Zugewinngemeinschaft oder Versorgungsausgleich gehört?« Ich war blass vor Wut. Wahrscheinlich hatten sich auch meine Sommersprossen entfärbt.

»Ich verstehe deine emotionale Reaktion. Aber rechtlich ist es tatsächlich sein Haus, das er von seinen Eltern geschenkt bekommen hat. Das ist alles im Ehevertrag geregelt. Firma, Autos, läuft alles auf Paul. Dir gehört so gut wie nichts. Ich rate dir dringend, sein Angebot anzunehmen oder auf eine Scheidung zu verzichten. Paul will, dass ihr eine Familie bleibt.«

Krampfhaft suchte ich nach einer handfesten Beschimpfung.

»Wenn du nicht sofort verschwindest«, Loreens Worte kamen mir in den Sinn, »schneide ich dir die Eier ab und grille sie über würzigem Wacholderfeuer am offenen Kamin.«

Dr. jur. Robert Wegener drehte sich auf dem Absatz um und verschwand kopfschüttelnd auf Pauls Granitpflaster. Sein Schlichtungsversuch war gescheitert. So einfach, wie die zwei dachten, würden sie mich nicht über den Tisch ziehen.

»Dieser Schlüssel gehört nicht zu unseren Schließfächern, Frau Taler«, klärte mich die grauhaarige Bankangestellte unserer Hausbank auf. Ihr Blick verriet Misstrauen.

»Jetzt, wo Sie's sagen. Wie dumm von mir. War die Macht der Gewohnheit«, redete ich mich um Kopf und Kragen. »Schönen Tag noch.« Schnell verschwand ich aus der Filiale und ließ mich in Pauls Opel Adam fallen, von dem ich bisher gedacht hatte, er würde mir, zumindest aber uns gehören. Ich musste mich beeilen, bevor die Bank Paul über meinen seltsamen Besuch informierte.

Bei der nächsten Bank war ich ebenfalls erfolglos. Jetzt blieb nur noch eine Filiale in der näheren Umgebung. Eines war mir klar: Wenn der Schlüssel zu einem Schließfach in München oder einer anderen Stadt gehörte, hätte ich keine Chance.

»Einen Moment, bitte.« Der junge Mann im billigen Anzug befragte seinen Computer. »Das Schließfach läuft auf Paul Taler«, stellte er fest.

Ich legte siegessicher meinen Ausweis auf den Tisch.

»Mein Name ist Elenor Taler. Ich bin seine Ehefrau.«

»Ich kann leider nur der eingetragenen Person Zutritt gewähren. Tut mir leid.«

Das hatte ich befürchtet. Normalerweise hätte ich sofort den Rückzug angetreten, doch seit der Begegnung mit Wegener war mein Adrenalinspiegel deutlich erhöht.

»In der Theorie mag das so sein. Aber wir sind seit über zwanzig Jahren Kunden dieser Bank. Sie wissen doch, wie das auf dem Land ist … Die Männer werden eingetragen und die Ehefrauen laufen einfach so mit. Macht sich keiner die Mühe. Sein Auto, sein Haus, sein Bankschließfach. Sind auf dem Papier alles Machos. Aber nur auf dem Papier«, ließ ich den Satz vielsagend unvollendet und lächelte demenziell.

Auszubildender Peter Frank, so stand es auf seinem Namensschildchen, schaute mich skeptisch an.

»Mein Mann hat panische Angst, dass in unser Haus eingebrochen werden könnte«, das war nicht gelogen, »und hat deshalb meinen gesamten Schmuck in dieses, sein Schließfach gesperrt. Jetzt ist er auf Geschäftsreise, und ich will heute Abend nach München in die Oper fahren. Ohne Schmuck! Können Sie sich das vorstellen! Das ist so, als würde ich nackt aus dem Haus gehen.«

Schweißperlen traten auf Herrn Franks Stirn. Er schluckte. Wahrscheinlich war ihm die Nackt-Vorstellung unangenehm.

»Ist doch keine große Sache. Ich mach das immer so. Hol mir, was ich brauche, und morgen bringe ich es zurück. Sie haben doch meinen Ausweis gesehen, und ich unterschreib auch dafür, wenn Sie wollen. Auf dem Land ist man da nicht so genau. Man kennt sich eben«, redete ich den armen Kerl in Grund und Boden.

Herr Frank kam wahrscheinlich aus der Stadt und hatte von den Landsitten keine Ahnung. Offensichtlich war er weder Mitglied des ortsansässigen Golf- noch Tennisklubs oder hatte einen Bekannten in Pauls Firma. Von unserem Ehestreit hatte er keine Ahnung, und seine einzige Kollegin war gerade in einem Beratungsgespräch und schwatzte jemandem eine überteuerte Anleihe auf. Sie konnte den Azubi nicht von der folgenden Fehlentscheidung abhalten. Herr

Frank begleitete mich in den Tresorraum, sperrte das Fach mit dem Bankschlüssel auf und ließ mich anschließend diskret allein.

Mit zitternden Händen entsperrte ich die zweite Sicherung und hob die Kassette heraus. Was würde ich dort finden? Schmuck, Gold, Bargeld, Erpresserfotos, Unterlagen über ein außereheliches Kind? Enttäuscht zog ich einen roten, schmalen Ordner heraus. Die englischsprachigen Schriftstücke voller langer Zahlenreihen sagten mir nichts. War bestimmt etwas Geschäftliches. Schnell steckte ich den Ordner in meine Umhängetasche. Sonst war das Fach leer und war meine Aufregung offensichtlich nicht wert gewesen. Ich sperrte ab.

Auf dem Weg zum Auto zitterten meine Knie, und mir war übel. Nie hätte ich mir träumen lassen, dass ich Paul einmal hintergehen würde. Ich hatte in dem Schließfach ein Geheimnis erwartet und hatte Geschäftsunterlagen gefunden. Ziellos fuhr ich mit offenen Fenstern umher. Aber das freie Gefühl von gestern Nacht wollte sich nicht einstellen. Traurigkeit drückte mir wie ein Korsett den Brustkorb zusammen. Ich war leer geweint, die Tränenströme ausgetrocknet wie die Wüste Gobi, und selbst das süße Rachegefühl legte eine Pause ein. Schließlich fuhr ich in das verlassene Haus zurück, das sich nicht mehr wie mein Zuhause anfühlte.

Auch wenn ich es den Kindern und mir gerne erspart hätte, musste ich mich melden und ihnen die Trennung erklären. Sie sollten es nicht von Dritten erfahren. Mein Herz klopfte laut, und ich redete mir ein, sie seien unabhängig und der heilen Familienwelt längst entwachsen. Ihre Reaktionen waren dann so unterschiedlich wie ihr Charakter. Elias schickte ich eine Mail, die er umgehend las und beantwortete.

Das kannst du nicht machen, war sein schriftlicher Kommentar, *ich rede mit Papa über die Sache. Wir werden eine Lösung finden.*

Elias war schon immer wie sein Vater, lebenstüchtig und vor allem pragmatisch.

Gabriel erwischte ich telefonisch in seiner Mittagspause. Er machte gerade einen Spaziergang am See und hörte mir aufmerksam zu. Im Hintergrund hörte ich Enten quaken.

»Du musst tun, was du für richtig hältst, Mama. Es ist dein Leben«, war seine ruhige Antwort, und ich hätte ihn am liebsten durch den Telefonhörer umarmt. Gabriels Seele war weit und tief wie ein Ozean. Er war das mitfühlendste meiner Kinder, Veganer, Pazifist und Yogaübender.

Hannah sah ich per Skype. Ihre Reaktion auf meine Ankündigung war schonungslos.

»Das wurde aber auch Zeit.«

Mit offenem Mund starrte ich meine Tochter an, die unscharf und verzerrt durch das Glasfaserkabel flimmerte. Ihre roten langen Haare umrahmten ihr milchweißes, ungeschminktes Gesicht. Sie hatte Haut- und Haarfarbe von mir geerbt. Nur die Locken waren ihr erspart geblieben. Sie war eigenwillig hübsch und wirkte zerbrechlich. Aber sie war unbeugsam und stärker als ihre Brüder.

»Wie lange wolltest du dich noch blind und taub stellen und dich in deine bequeme Unsichtbarkeit zurückziehen? Papa hat dich gedemütigt.« Ihr Ton wurde sanfter. »Komm mich besuchen, Mama. Ich kann gerade nicht weg.«

Als ich erklärte, dass mir im Moment dazu das Geld fehlte, ermahnte sie mich, dass ich mich von ihrem Vater, der ihr selbstverständlich das Studium in New York bezahlte, bloß nicht über den Tisch ziehen lassen sollte.

Hannah verfolgte zielstrebig einen Weg, den nur sie kannte.

»Verlier ihn bloß nicht«, flüsterte ich ihr zu, als die digitale Verbindung schon längst beendet war.

Was für eine seltsame Familie wir doch waren, und die bedrückende Frage war: Wer war ich ohne sie?

Planlos wanderte ich durchs Haus und erinnerte mich wehmütig. Im Dachgeschoss, das einmal das Spielzimmer gewesen war und jetzt kahl und leer geräumt war, hingen die Schnappschüsse gemeinsamer Sommerurlaube in Italien: erste Schwimmversuche der Kinder, Floßbau, Hannah mit Rieseneis, Grillen mit feuchter Holzkohle, unser Zelt zwischen Schatten spendenden Pinien am Meer. Unbeschwerte Wochen.

Dann hatten wir nach dem Tod von Pauls Vater die mäkelige Schwiegermutter in den Ferien dabeigehabt, und auch die pubertierenden Kinder hatten proportional zum Lebensalter mehr und mehr genörgelt. Das orange Zelt war zu eng, zu unbequem und mit den Jahren auch undicht geworden.

»Vergangenheit«, flüsterte eine vorlaute Stimme in meinem Inneren. »Geschichte, Altertum, Steinzeit«, steigerte mein Negativ-Motivator sogleich.

Weiter ging die häusliche Zeitreise durch die Kinderzimmer, vorbei an Comics, Büchern, Starpostern und allerhand Kleinkram. Im Gegensatz zu mir waren Elias, Gabriel und Hannah aus diesen Räumen herausgewachsen. Nur ich hing hier fest und verstaubte wie unnützer Nippes in der Vitrine, den man irgendwann, wenn die Erinnerungen verblassten, auf dem Sperrmüll entsorgen würde.

In unserem Schlafzimmer mit Tageslichtwecker und reizarmer Möblierung ließ ich mich erschöpft auf die Matratze plumpsen.

»Hier schlafen Sie wie ein Toter«, murmelte ich vor mich hin. »Vielleicht sind Sie auch schon tot.«

Wo waren in diesem Haus meine Spuren? Keines meiner Bilder oder Zeichnungen hatte es an eine Wand geschafft, da sie nicht in das ausgeklügelte Farbsystem des Innenarchitekten gepasst hatten. Er hatte freundlich lächelnd bemerkt, dass ein selbst gemaltes Bild ein sehr persönliches Geschenk sei und ich damit jemandem bestimmt eine Freude machen könne.

Und so hatte ich meine Werke, genauso wie meine diversen Basteleien, in Schränken oder Kartons im Keller versteckt. Dort lagerten auch meine Studienunterlagen und Fotos von meinem früheren Leben.

Obwohl drei Kinderzimmer frei waren, hatte ich keines leer geräumt und mir ein eigenes Zimmer eingerichtet.

Warum hatte ich für mich keinen Platz beansprucht? Warum war ich so klein und unscheinbar geworden? Hannah hatte von Unsichtbarkeit gesprochen. Wie recht sie doch hatte. Ich war in diesem Haus nicht mehr als unauffälliges, diensteifriges Hauspersonal. Und dafür war ich allein verantwortlich.

Gegen Mittag klingelte die vielseitigste Aushilfspostbotin der Welt und überreichte mir drei Werbesendungen: Gefrierkost, Pizzaservice und eine Zahnzusatzversicherung.

Marinda Bravo würde heute einen Katalog von Beate Uhse und die erste Ausgabe eines Jahresabos von *Geile Senioren – Fick dich in den Himmel* in ihrem Briefkasten finden. Loreen lachte darüber, bis ihr die Tränen kamen, als ich es ihr erzählte.

»Du, ich hab über deine Auszugspläne nachgedacht. Wahrscheinlich willst du möglichst schnell weg, und da dachte ich mir, du könntest während meiner Neuseelandreise mein WG-Zimmer in der Stadt haben. Dann hast du Zeit, dich umzusehen und dabei ganz in Ruhe nachzudenken, wie es weitergehen soll. Hier erdrückt dich doch die Erinnerung.«

Hatte Loreen telepathische Fähigkeiten und konnte meine trübseligen Gedanken lesen?

»Ich flieg am Samstag.«

Das war übermorgen, und schnelle Entscheidungen setzten mich unter Druck.

»Meine Mitbewohner sind echt in Ordnung. Melanie ist einundzwanzig und arbeitet als Tierpflegerin in der Forschung.« Loreen sah meinen panischen Blick und setzte zu einer Erklärung an. »Soll aber viel besser sein, als man so denkt. Ich meine, wie die mit den Mäusen umgehen. Melanie steht total auf Japan, Mangas und so und verkleidet sich gerne. Der erste Eindruck ist strange, aber …«

»Möchtest du etwas trinken?«, unterbrach ich den Redefluss von Loreen, die doch nicht Gedanken lesen konnte. Sie hatte meinen Blick falsch interpretiert.

Umzug am Samstag, das war Versprechen und Drohung zugleich.

Der Beruf ihrer Mitbewohnerin war mir egal.

»Bei der Hitze gerne. Ich hab auch was mitgebracht.«

Sie lief zum gelben Postauto und holte eine Flasche Sprite, deren Inhalt kurz vor dem Siedepunkt war.

Wir setzten uns auf die Terrasse und füllten hohe Gläser mit vielen Eiswürfeln und Zitronenlimonade.

»Zac, mein anderer Mitbewohner, ist Narkoleptiker und fast den ganzen Tag zu Hause. Er schläft ein und steht wieder auf. Aber er kommt ganz gut damit klar. Er arbeitet mit Computern, designt und betreut Homepages. Ist ein netter Kerl, wenn auch etwas verschlafen. Dafür kocht er sehr engagiert!«

Ich nickte und traute mich nicht zu fragen, was das Wort Narkoleptiker bedeutete. Es klang zwar nach einer Krankheit, aber die Beschreibung »einschlafen und wieder aufstehen«, schien mir ziemlich normal. »Engagiert kochen« beunruhigte mich deutlich mehr.

»Das Zimmer kostet vierhundertfünfzig Euro im Monat und liegt im Münchner Norden. Nicht das hippste Viertel, aber die U-Bahn-Haltestelle ist zu Fuß in drei Minuten zu erreichen. Wir haben eine Küche, ein gemeinsames Wohnzimmer und ein Bad mit Badewanne und Fenster«, fuhr sie im geschäftsmäßigen Ton einer Immobilienmaklerin fort, »mein Zimmer ist möbliert, und du darfst alles benutzen, sogar meine Anziehsachen.« Ihr Blick sprach Bände.

»Gefällt dir mein Kostüm nicht?«

»Doch, doch. Nur ein wenig zu gediegen, und der Schnitt ist altmodisch, und außerdem ist es dir zu groß. Die Farbe steht dir zwar, macht dich aber blass. Ein dunkleres Grün wäre schöner.« Loreens Nebenbei-Modeberatung war noch nicht zu Ende. »Rothaarige müssen nicht immer Grün tragen. Sei mal etwas mutiger. Mit Grau kannst du natürlich gar nichts falsch machen, aber von Braun und diesem schlammigen Zeugs musst du dich fernhalten. Wir haben eine Gemeinschaftswaschmaschine im Keller und einen Geschirrspüler in der Küche.«

»Und für deine Mitbewohner wäre es in Ordnung, dass du untervermietest?«

»Klar. Die wissen noch nichts von ihrem Glück, mit einer voll funktionstüchtigen Hausfrau zusammenleben zu dürfen. Sie haben sich bisher auf einen irischen Improvisationsmusiker eingestellt. Aber der hat gestern per Mail abgesagt, weil er noch in Afrika sei und dort auf Kpanlogos trommeln lernen wolle. Schön für ihn, aber ich steh jetzt blöd da, weil mir jeden Monat vierhundertfünfzig Euro fehlen, und die Miete ist fester Teil meiner Reisekalkulation.« Loreen nahm die Spriteflasche und schenkte sich nach. »Und jetzt gehst du vor mir fast in Flammen auf. Es war bestimmt kein Zufall, sondern kosmische Fügung, dass wir uns kennengelernt haben. Beworben hatte ich mich eigentlich auf eine Stelle in der Stadt, aber dann hat mich die Post ins Münchner Umland geschickt. Erst wollte ich das gar nicht annehmen. Aber die Bezahlung war okay. Ich glaub an Schicksal und so was, weißt du. Du brauchst eine Bleibe und ich die Miete. Win-win.« Loreen strahlte mich an.

»Glaubst du wirklich an kosmische Fügung?«

»Glaubst du an Zufälle?«, kam die Gegenfrage.

»Ich weiß nicht«, erwiderte ich unentschlossen.

Loreen lachte. »Seit ich Auto fahre, bestelle ich beim Universum meine Parkplätze. Klappt bestens. Und jetzt habe ich eben eine Zwischenmieterin angefordert, und schwuppdiwupp ist sie geliefert.«

Klirrend stießen wir auf den mündlich geschlossenen Mietvertrag für vier Monate an, und so erfüllte sich einer meiner Wünsche. Ich würde schneller als erwartet, nämlich morgen Nachmittag, in eine WG ziehen.

Jetzt musste ich nur noch packen und ausmisten. Zu Beginn arbeitete ich mich durch meinen Kleiderschrank und stopfte die abgetragenen Sachen in Müllsäcke. Die mehr oder weniger ansehnlichen Teile passten in zwei Koffer.

Schließlich hing nur noch mein eierschalenfarbenes, gerüschtes Brautkleid, wie eine Leiche in einem schwarzen Plastiksack verpackt, auf der Stange.

Ich legte es aufs Bett, schnitt es in Streifen und summte dazu Mendelssohns *Hochzeitsmarsch*.

Meinen Ehering legte ich probeweise neben die Inszenierung, steckte ihn dann aber wieder ein, um ihn später zu Geld zu machen. Er war immerhin aus Platin. Schuhe, wichtige Unterlagen, Fotos, von mir Gebasteltes und allerlei Kleinkram füllten drei Kartons und würden hoffentlich in Loreens Ford Fiesta passen.

Als ich fertig war, erinnerte nichts mehr daran, dass ich einmal in diesem Haus gelebt hatte. Die Mülltonne war voll und mein Herz leer.

Wie ein unerwarteter Übernachtungsgast richtete ich mir einen improvisierten Schlafplatz auf dem Sofa ein. Selbst die Küche wollte ich an meinem letzten Abend nicht mehr benutzen. Deshalb bestellte ich mir telefonisch Nasigoreng beim Chinesen. Zum Essen setzte ich mich an den Gartenteich und blieb dort, bis es dunkel war. Ab jetzt würde ich allein sein, dachte ich bitter. Glühwürmchen gesellten sich zu mir.

Am nächsten Morgen stellte ich mein Gepäck auf die Terrasse. Dann kehrte ich die Reste der Espressotassensammlung zusammen, packte sie in einen Karton, legte die Schlüssel der ausgewechselten Schlösser dazu und adressierte das Päckchen an Pauls Firma, die lange für mich nur »unsere Firma« geheißen hatte. Zu Fuß brachte ich die Sendung zur Post. Bei jedem Schritt klirrten die Scherben im Inneren.

»Ist der Inhalt zerbrechlich?«, fragte der Postangestellte, als ich das Paket auf die Theke legte.

Ich nickte.

»Die Post haftet nicht für Beschädigungen.«

»Wer tut das schon«, erwiderte ich und bezahlte.

Ungeduldig wartete ich auf Loreen, verabschiedete mich von duftenden Rosensträuchern, dem Ginkgobaum und den längst verblühten Pfingstrosen. Der Garten würde mir fehlen. Ich hatte hier mehr Löcher als ein hyperaktiver Maulwurf gegraben, erfolglose Kriege gegen Nacktschnecken geführt und an Altersschwäche verstorbene Haustiere beerdigt. Trotz Wehmut summte in meinem Körper eine kleine Hummel, die so schnell wie möglich starten und wegfliegen wollte. So überdreht hatte ich alter Dinosaurier mich seit der Jungsteinzeit nicht mehr gefühlt. Die Distanziertheit des gestrigen Abends hatte sich im hellen Tageslicht verändert. Weh-mut, was für ein treffendes Wort. Abschiede und Veränderungen brauchen beides, Schmerzen und Mut.

Mein bescheidener Hausstand war auf der Rückbank und im Kofferraum verstaut. Ich schloss die Haustür ab. In hohem Bogen versenkte ich den Zweitschlüssel im Koiteich und schluckte die Abschiedstränen ungeweint hinunter.

»Was ist mit dem roten Ordner?«, fragte Loreen und deutete auf meine Banküberfallbeute, die ich achtlos auf dem Terrassentisch abgelegt hatte.

»Den hab ich im Schließfach gefunden. Nichts als langweilige Zahlen. Ich hab auf einen Schatz gehofft, so wie im Märchen, mit Gold und Edelsteinen«, zuckte ich mit den Schultern.

»Und wenn sie nicht gestorben sind, lebt die Königin endlich ihr eigenes Leben«, murmelte Loreen und überflog die Zahlenreihen.

Die Fische schwammen in freudiger Futtererwartung auf mich zu. Ich streichelte vorsichtig über die Rückenflossen der zahmen Tiere. Loreen klappte den schmalen Ordner zu und schob ihn unter meine T-Shirts und Socken.

Während der Fahrt wechselte meine Stimmung im Minutentakt zwischen Angst, Verzweiflung, Vorfreude und Fassungslosigkeit. Loreen hatte das Autoradio bis zum Anschlag aufgedreht und übertönte trotzdem jeden Sänger. Stumm beobachtete ich den dichter werdenden Verkehr. Das war zu viel, zu laut, zu eng. Wie die Kois im Gartenteich öffnete ich meinen Mund und schnappte nach Luft. Loreen beachtete mich nicht. Konzentriert schlängelte sie sich durch verstopfte Straßen und quetschte ihr Auto in eine Parklücke. Als ich mich schließlich hinter der energiegeladenen Aushilfspostbotin die Treppe des Mietshauses hinaufschleppte, schleifte mein Herz irgendwo auf Höhe der Kniekehlen. Ich schaute mich um. Die Wände waren schmuddelig grau und von vielen Umzügen angeschlagen. Vor den Wohnungstüren lagerten Schuhe, Werbesendungen oder leere Pfandflaschen in durchsichtigen Mülltüten. Es roch nach angebranntem Curry und Fußschweiß. Staubteilchen schwebten in der Luft.

In jeder Hand zerrte ich einen Koffer über die Stufen und trug dabei am schwersten an mir selbst. Schweißtropfen bahnten sich, der Schwerkraft folgend, ihren Weg über Stirn und Rücken.

Warum nur gab ich mein sicheres Leben auf? Mein verletzter Stolz hatte mich hochmütig gemacht.

Loreens knackiger Po wackelte auf meiner Augenhöhe. Es war einfach zu verlockend gewesen, mich an ihrer Jugend zu orientieren. Aber im Treppenhaus realisierte ich die Wahrheit. Sie war jung, und ihr Leben lag vor ihr. Ich war tatsächlich ein Dinosaurier aus der Jungsteinzeit, und mein Leben war fast vorbei. Ich hatte den biologischen Auftrag der Fortpflanzung und Brutpflege erfüllt und war nur noch eine ökologisch wertlose Nahrungs- und Energieverbraucherin.

Neu anfangen!

Womit?

Wozu?

Wie blauäugig ich gewesen war. Und so ging das, Stufe für Stufe, Selbstzweifel um Vorwurf, nach oben.

Vor der Wohnungstür war ich am Höhepunkt meiner Abrechnung angekommen. Bestimmt würde ich depressiv, hässlich, alt und verlassen sterben. Unter einer S-Bahn-Brücke liegend, in einer öffentlichen Toilette an die Kabinentür gelehnt, auf einer Parkbank frierend, in einem Systemgastronomierestaurant an einem Strohhalm nippend.

»Da wären wir«, frohlockte Loreen.

Sie balancierte mühelos meinen Bastelkramkarton auf dem Unterarm und sperrte mit der freien Hand auf.

»Hallo, hallo!«

Im Flur ließ sie den Wohnungsschlüssel in ein ausgetrocknetes Aquarium plumpsen. Was wohl aus den Fischen geworden war? Klebten sie noch an den Steinen?

Loreen schleuderte ihre Schuhe von den Füßen unter eine mit rotem Kunstleder bezogene Sitzbank.

»Wahrscheinlich schläft Zac mal wieder.«

Mit einem dumpfen Knall landeten meine gehäkelten Topflappen, gefilzten Eierwärmer und getöpferten Zuckerdosen auf dem rostroten, staubigen PVC-Boden. Die Staubmäuse stoben auseinander, und ich zuckte zusammen.

»Nein, ich bin hellwach«, entgegnete eine ruppige Stimme, und ein Mann mit dunklem Vollbart, Boxershorts und weißem Unterhemd riss eine der Zimmertüren auf. Auf seine Unterarme waren Strichcodes tätowiert, die ich von Supermarkteinkäufen kannte.

»Hallo, ich bin Elenor.« Meine Stimme krächzte.

Möglichst jugendlich stellte ich mich mit Vornamen vor. Außerdem war ich unsicher, welchen Nachnamen ich benutzen sollte. Taler, der Name von Paul, der Name meiner Kinder, der Name meiner gescheiterten Ehe? Oder Simon, mein Mädchenname, den ich meinem französischen Großvater, der meine Großmutter kurz nach der Geburt meines Vaters verlassen hatte, verdankte? Mein Vater wiederum war verschwunden, als ich in den Kindergarten gekommen war, und jetzt hatte mein Mann mich betrogen. Untreue Männer zogen sich wie ein Muster oder wie ein Webfehler durch unser Familiensystem. Oder wie eine Laufmasche, überlegte ich, während Zac mich unverhohlen von den Fuß- bis zu den Haarspitzen musterte. Er war groß, muskulös und jung.

»Zac«, und damit verschwand er in seinem Zimmer.

Loreen strahlte mich an. »Dann kennst du schon mal Zac. Melanie kommt erst heute Abend. Ich bin dann we-h-eg«, rief sie dem Hünen nach, der jedoch nicht mehr reagierte.

Sie schob mich durch den schwarz gestrichenen Flur.

»Jetzt zeig ich dir dein Zimmer und den Rest der Wohnung, damit du dich schnell einlebst.«

Die feindselige Begrüßung meines Mitbewohners hatte meiner schwindenden Zuversicht den Todesstoß versetzt.

Loreen brauchte das Geld und hatte daraus nie einen Hehl gemacht. Sie war zwar sehr mitfühlend, aber im Grunde waren ihr meine Probleme egal. Ich hatte hier nichts zu suchen, das hatte mir Zac unmissverständlich klargemacht.

»Und hier die Spülmaschine. Aber damit kennst du dich ja aus. Bist ja eine perfekte Hausfrau. Ich wette, wenn ich zurückkomme, glänzt hier alles und ist tipptopp aufgeräumt«, beendete Loreen ihre Wohnungsführung, an der ich wie ein willenloser Zombie teilgenommen hatte.

Zu tief hatte ich mich in meinem Angst-Dschungel verirrt.

»Ich will dich nicht drängen, aber ich hab heute noch viel vor. Hast du das Geld dabei?«

Ich nickte, griff mechanisch zu meiner Handtasche und holte die achtzehn Hunderteuroscheine, die von Paul und meinem gemeinsamen Konto stammten, aus meiner Geldbörse. Die Geldübergabe fühlte sich gleichzeitig wie Verrat, Diebstahl und Betrug an. So viel Drama in einer einzigen Handlung. Wie in einem Groschenroman.

»Mit der WG habe ich schon Abschied gefeiert. Heute bin ich mit Freunden von der Uni unterwegs. Dann schlaf ich bei meiner Mutter. Sie bringt mich morgen zum Flughafen.« Loreen drückte mir einen Kuss auf die Wange und griff nach der Türklinke. »Genieß dein neues Leben und lass dich überraschen!«

Ich versuchte ein Lächeln. »Schönen Urlaub und grüß die Elben von mir«, bemühte ich mich, cool und tapfer zu klingen.

»Und die Pferdemenschen von Rohan«, schrie Zac so laut aus seinem Zimmer, dass ich zusammenzuckte. »Und heirate bloß keinen Hobbit!«

Nachdem hinter Loreen die Tür ins Schloss gefallen war, begann die Blaue Phase, die, anders als bei Picasso, nicht in die Geschichte der Menschheit eingehen würde.

Ich sperrte mich mit meinen Koffern und Kartons in Loreens Zimmer ein und setzte mich aufs Bett. Der Blick aus dem Fenster verdiente das Wort Ausblick nicht. Er endete abrupt am etwa fünf Meter entfernten grellblauen Nachbarhaus.

Wie hypnotisiert starrte ich auf die blaue Wand. Ab und zu flog eine Taube, auf der Suche nach einem stachelfreien Fenstersims, vorbei.

Die Farbe verschlimmerte die tief sitzende Trostlosigkeit des Gebäudes. Übertünchen funktioniert nie, hing ich meinen Gedanken nach. Ein Hausverwalter hatte es vermutlich gut gemeint und gehofft, Farbe würde helfen. Aber wenn der Entwurf krankte, half es nicht, an der Fassade herumzudoktern. Das hatte ich während meines Studiums gelernt, und diese Weisheit galt für Häuser und das Leben.

Manchmal war ein Abriss die beste Sanierungsmaßnahme. Langsam wechselte das Blau in der Dämmerung zu Dunkelgrau, und ich zählte mit, wie viele Fenster sich nach und nach erhellten.

Meine Beine, die ich im Schneidersitz untergeschlagen hatte, waren eingeschlafen. So viel Akrobatik und Stillsitzen waren sie nicht gewohnt. Ich hörte in der Dunkelheit meinem Atem und dem Knurren meines Magens zu.

Seit dem Beginn meiner Ehe konnte ich mich nicht an eine derart unproduktive Zeit erinnern. Irgendetwas war immer zu tun oder zu erledigen gewesen. Mein eigenes Leben war mir in dieser Geschäftigkeit abhandengekommen, und ich hatte es nicht mal vermisst. Hier saß ich mit leichtem Gepäck und begann zu trauern. Obwohl ich mich verloren fühlte, war ich seltsam ruhig. Nichts und niemand wollte etwas von mir. Wie ein schiffbrüchiges Floß auf dem Ozean trieb ich dahin. Allein. Endlich fühlte ich mich so allein, wie ich war.

Es war kurz vor Mitternacht. Meine Fußsohlen fühlten sich pelzig an, als ich mit pochendem Herzen, drückender Blase und meiner Anti-Plaque-Zahnbürste in den Flur humpelte.

Dort lag Zac auf dem Bauch und rührte sich nicht. Wenigstens atmete er laut und röchelnd.

Vor Drogen hatte ich meine Kinder immer gewarnt. Ihr Konsum führte zu Realitätsverlust, Wahnvorstellungen und körperlichem Verfall, dozierte mein mütterliches Ich.

Bei mir hatte eine langjährige Ehe ähnliche Folgen gehabt, musste ich zugeben.

Um ins Badezimmer zu gelangen, musste ich über Zacs verdrehten Körper steigen.

Mit zitternden Händen sperrte ich zweimal ab und deckte die Klobrille mit Toilettenpapier ab. Während ich mich erleichterte, rutschte ich in eine Position, wo mein Urinstrahl kaum zu hören war. Auf keinen Fall wollte ich Zac aus dem Drogenrausch ins Bewusstsein zurückplätschern. Trotzdem hoffte ich, dass er möglichst bald aufwachen und in sein Zimmer verschwinden würde. Ich schaute mich um. Im Spiegelschrank lagerte eine beeindruckende Sammlung von Skalpellen, Spritzen, Tabletten, Kondomen und Schminksachen, und ich konnte mir lebhaft vorstellen, wie das WG-Leben ablief: Drogen, Orgien, Pornodrehs, Piercingworkshops und Ähnliches.

In der Badewanne stand ein emaillierter Dampfentsafter. Meine Großmutter hatte damit in meiner Kindheit Johannisbeergelee eingekocht. Ich wollte mir gar nicht vorstellen, wozu er hier genutzt wurde.

Während ich gründlich die Hände wusch, musterte ich im Spiegel die Frau, die noch nie in ihrem Leben eine Zigarette geraucht oder einen Vollrausch ausgeschlafen hatte, und streckte ihr die Zunge raus.

Im Waschbecken lagen lange blaue Haare, die ich kurzerhand in den Abfluss spülte.

»Elli, das verstopft die Rohre«, lauschte ich Pauls mahnender Stimme in meinem Kopf, wo er immer noch einen Stammplatz hatte. Er hatte sich regelmäßig über Hannahs und meine roten Haare in der Duschwanne und die verheerenden Folgen für die Haustechnik aufgeregt.

Jetzt würden hier bald rote und blaue Haare in die Kanalisation rauschen. Dieser Gedanke gefiel mir.

Als ich nach ausgiebigem Zähneputzen in den Flur lugte, war Zac verschwunden. Ich atmete auf. Dafür drangen aus der Küche undefinierbare Geräusche. Klang gleichzeitig wie Schnitzel klopfen, Schweine schlachten und eine Schrottpresse bedienen. Wirklich Erfahrung hatte ich zugegebenermaßen nur mit der Zubereitung von Schnitzeln.

Obwohl es beim herrschenden Lärmpegel unnötig war, schlich ich in Loreens Zimmer zurück und sperrte ab. Mein Magen jammerte. In meiner rosa La-La-Welt hatte ich mir das WG-Leben gesellig und aufregend vorgestellt. So wie das gemeinsame Essen mit Loreen beim Italiener, als wir mit dem Auto durch die Nacht gefahren waren und ich nicht genug vom Fahrtwind bekommen konnte.

»Hey!« Eine Faust donnerte gegen die Zimmertür. »Schläfst du etwa schon? Bist du da drinnen?«

Erneutes Klopfen. Ich zog mir die Blümchenbettwäsche über Nase und Augen und atmete dabei Loreens holziges Parfum ein. Sie hatte die Bettwäsche nicht für mich gewechselt.

»Elenor! Komm raus!«

Lass mich verschwinden, flüsterte ich zur Bettdecke wie zu einer Tarnkappe. Aber Magie bot keine Lösung.

»In fünf Minuten!«, befahl Zac.

Loreens antikes, tickendes Weckerungetüm zeigte 1.25 Uhr, und mein Biorhythmus jammerte was von Tiefschlafphase.

Noch einmal schlug Zac wie ein Berserker gegen die Tür, und ich saß aufrecht im Bett.

»Sonst komm ich rein und hol dich. Die Schweine sind fertig.«

Ich war zu erschöpft, um Angst zu haben, fragte mich aber, welche Schweinerei mich hinter dieser Tür erwarten würde. Schicksalsergeben drehte ich den Schlüssel um.

»Hi, ich bin Melanie«, rief mir eine junge Frau in Schulmädchen-Uniform und karierten Kniestrümpfen im Flur entgegen. Von ihr stammten offensichtlich die blauen Haare im Waschbecken. Ich folgte ihr in die Küche.

Dort hantierte Zac mit Töpfen und Pfannen. Seine Kochkluft bestand aus einer grauen Jogginghose und einem rot-weiß karierten Geschirrtuch über der linken Schulter. Er würdigte mich keines Blickes. Auf seinen breiten Rücken waren Zahlenkolonnen tätowiert.

»Freut mich«, erwiderte ich mechanisch.

Meine Haare hatte ich zu zwei Zöpfen zusammengebunden, und ich trug einen Snoopy-Shorty von Hannah. Der kleine Hund spannte sich über meinem Busen und zeigte dadurch ein breites Grinsen.

»Komm, setz dich«, forderte Melanie mich auf. Ich sank auf einen gelben Plastikstuhl. Meine Oberschenkel klebten augenblicklich fest.

»Zac ist gleich fertig. Ich bin halb verhungert.«

»Du bist so spät heimgekommen. Ich koche erst, wenn du da bist. Dann musst du eben warten. Hast dich bestimmt wieder mit deinen militanten Tierschützern rumgetrieben und wehrlose Frösche über die Straße getragen.«

Zacs unfreundlicher Ton gehörte scheinbar zum WG-Standard. Ich wusste nicht, ob mich das beruhigte oder erst recht nervös machte. In der Pfanne zischte heißes Fett. Es roch nach Butter und Zitrone.

»Schon okay. Wo ist eigentlich Lorn?«

»Feiern und dann pennt sie bei ihrer Mutter.«

»Lorn?«, wiederholte ich fragend.

Melanie lächelte und strich sich eine Strähne ihrer kinnlangen blauen Haare hinters Ohr.

»Zac, der eigentlich Zacharias heißt, kann sich nur einsilbige Namen merken. Liegt an seiner eindimensionalen Weltsicht. Muskel- oder Hirnmasse. Man muss sich entscheiden.«

Zac schlug mit dem Geschirrtuch nach Mel, was sie ihm mit einem wimpernverlängerten Augenaufschlag dankte.

»Daher heißt er Zac, ich Mel, und Loreen nennt er Lorn. Bin gespannt, wie er dich abkürzen wird.«

Mit ausladender Geste servierte Zac eine Platte mit panierten Schnitzeln.

»Elenor bleibt Elenor.«

Melanie verdrehte die Augen.

»Gibt noch Grünfutter, keine Panik, Mel.«

»Warum?«, fragte ich.

Zac stellte Schalen mit gebratenem Gemüse und Kartoffelsalat auf den Tisch.

»Sie ist Veganerin und eine große Tierfreundin. Daher beutet sie keine Lebewesen aus und arbeitet als Tierpflegerin in der Forschung.«

Mel drehte an dem schwarzen Ring, der ihre Nasenscheidewand zierte.

»Den Mäusen im Labor geht es besser als den armen, gequälten Schweinen, die auf deinem Teller landen«, erwiderte sie süß. »Wir halten uns an sehr strenge Tierschutzauflagen.«

Ich blickte von Mel zu Zac.

»Und daher infiziert ihr eure süßen Nager mit Aids und Ebola«, konterte Zac und drohte Mel mit einer Fleischgabel.

»Quatsch. Du solltest die Verschwörungstheorien im Internet nicht glauben. Wir forschen an Stoffwechselerkrankungen.«

Das war eine alte Schlacht, die hier geschlagen wurde. Das kannte ich von zu Hause.

»Warum muss ich Elenor heißen?«, unterbrach ich den Schlagabtausch. »Mein Mann nennt mich Elli.«

»Das sind zwei Silben, und das ist für Zac eine zu viel. So viel Hirnkapazität ist nicht verfügbar.« Mel klopfte sich an die Schläfe.

»Ach was! E-le-nor hat drei Silben, du Gnom. Aber El-li«, Zac schüttelte den Kopf, »als würde Elli zu ihr passen! Schau sie dir doch an!«

Mel und Zac musterten mich und meinen blauen Snoopy-Schlafanzug.

»Elli, das geht gar nicht. Das klingt noch älter, als sie ist. Elenor ist gut. Aber vielleicht wäre El tatsächlich besser.« War das ein Lächeln? Doch bevor ich seinen Gesichtsausdruck genauer ergründen konnte, gabelte er entschlossen eines der Fleischstücke auf.

»Schnitzel?«

Mit einem Seitenblick auf Mel, die sich gerade eine große Portion Kartoffelsalat auflud, nickte ich. Der Geruch war zu köstlich. Zac legte ein Zitronenscheibchen auf die goldbraune Panade.

»Ist Biofleisch, artgerechte Haltung, vom Bauern auf grünen, saftigen Wiesen massiert und so. Bei mir wird nichts und niemand gequält. Preiselbeeren?«

Wieder nickte ich ergeben.

Für Mel fischte Zac aus einer anderen Pfanne eine knusprig braun gebratene Scheibe heraus und knallte sie ihr auf den Teller. »Selbst gemachter Tofu, in Dunkelbier mariniert auf Kartoffelsalat.«

Ich schlief bis zehn, blieb im Bett und starrte wie gestern auf die blaue Fassade. War das Nachtmahl ein absurder Traum gewesen? Aber ich war eindeutig satt. Warum sollte ich aufstehen? Um mein faltiges Gesicht im Spiegel zu betrachten? Um meine Koffer auszupacken, wie im Urlaub? Aber der Schrank und das ganze Zimmer waren mit Loreens Sachen vollgestopft. Hier war kein Platz für mich. Es war gerade einmal fünf Tage her, dass meine Welt aus den Angeln gehoben worden war und schien mir doch wie eine Ewigkeit. Freiwillig hatte ich mein Zuhause, den möblierten Sarg, verlassen und gegen eine WG-Vorhölle getauscht. Völlig ausgelaugt wollte ich einfach nur liegen bleiben. Wieder war es meine Blase, die mich schließlich ins Badezimmer trieb. Dort wich

ich meinem Abbild konsequent aus und trank aus dem Wasserhahn.

Zurück in meinem Zimmer, setzte ich mich an den Schreibtisch und entdeckte dort ein Schulheft mit der Aufschrift: *Elenors Wünsche*. Darauf lagen eine Zitrone und ein Salzstreuer. Loreen hatte ihre Widmung, die von Ausrufezeichen wimmelte, auf die erste Seite geschrieben.

Jeden Tag ein Wunsch! Mindestens! Und wenn er noch so klein ist! Sonst darfst du nicht ins Bett gehen! Und vergiss nicht, wenn das Leben dir eine Zitrone schenkt …

Ich blätterte um und fand einen Rezeptausdruck aus dem Internet für Zitronenlimonade. Die Zuckermenge hatte sie verdoppelt. In jede Ecke hatte Loreen in ihrer schwungvollen Handschrift einen Kommentar gezwängt. Oben links: *Und erfüll dir auch ab und zu einen Wunsch!* Oben rechts: *Suche dir jeden Tag ein kleines Glück!*

Unten links: *Oder ein großes Glück!* Unten rechts: *Und wenn's ganz schlimm sein sollte …*

Ich blätterte erneut um: *… dann greif zu Salz und Zitrone und hol aus der unteren Schreibtischschublade die Flasche Tequila!* Daneben hatte sie eine Smiley-Zitrone gezeichnet. *Aber ich hoffe, du brauchst diese Medizin nicht allzu oft! In vier Monaten sehen wir uns wieder! Mach's gut und pack an! Deine Loreen!*

Ich weinte – mal wieder. Aber diesmal vor Rührung.

Entschlossen griff ich nach einem abgekauten Bleistift, schrieb das Datum auf und wartete auf eine Eingebung. Nichts. Abwechselnd starrte ich auf die leeren Zeilen und die blaue Wand. Ich erinnerte mich an das berauschende Abendessen mit Loreen und schrieb die Wünsche aus dem früheren Leben auf.

- *mein eigenes Haus entwerfen*
  (Dafür fehlte mir momentan das nötige Kleingeld.)
- *alte Häuser zeichnen und ihre Seele sichtbar machen*
  (völliger Unsinn)
- *alle Werke von Tolstoi am Kaminfeuer lesen*
  (Möglich, wenn ich das Kaminfeuer gegen Kerzenlicht ersetzte und die Bücher in der Stadtbibliothek auslieh.)
- *Rettung des Regenwaldes*
  (mindestens zehn Nummern zu groß)
- *einen Winter in Venedig verbringen*
  (zu feucht und zu kalt)
- *in einer WG wohnen*
  (Dahinter konnte ich einen Haken machen. Was genau hatte ich mir dabei gedacht?)

Ich betrachtete die alten Wünsche und strich Tolstoi, die alten Häuser und Venedig durch. Nur Haus und Regenwald ließ ich stehen. Ich brauchte neue Wünsche, so viel war klar, aber weil mir nichts einfiel, zeichnete ich stattdessen die Zitrone ab.

Schließlich nahm ich die Frucht und tappte in die Küche, wo Mel in Umzugskartons wühlte. Sie trug ein weißes Babydoll-Nachthemd und eine rosa Schleife in den blauen Haaren.

»Morgen, El«, murmelte sie.

»Ziehst du aus?«, fragte ich irritiert. »Hoffentlich nicht wegen mir.«

Mel hielt einen Walkman hoch. »Quatsch. Ich geh morgen zum Flohmarkt und miste hier mal ordentlich aus.« Suchend schaute sie sich in der Küche um und nahm eine Pfanne vom Herd. »Brauch eine kleine Finanzspritze, und hier steht genügend unnützes Zeug herum, das sich verkaufen lässt.«

»Du wirst nichts aus der Küche verkaufen. Stell sofort die Pfanne zurück«, brüllte Zac.

Ich hatte ihn nicht kommen gehört und zuckte erschrocken zusammen. Barfuß schlurfte er, nur in schwarzen Boxershorts, ins Zimmer und strich sich über sein makelloses Sixpack. Mich schaute er nicht einmal an.

»Weil du unbedingt zwölf Pfannen brauchst?«

Grimmig nahm er Mel die Pfanne ab.

»Ja, eine für Crêpes, eine beschichtete für Eier, eine aus Gusseisen für Steaks und Schnitzel, eine aus Edelstahl für Gulasch, eine Wok-Pfanne für Gemüse und …«

»Ist ja schon gut. Verschon mich mit deinem Gourmetgeschwätz. Ich komm mir sonst vor, als würden wir heimlich für eine Kochshow gefilmt.« Sie zog eine Grimasse.

Zac setzte sich an den Küchentisch. Mel holte eine elektrische Zitronenpresse aus dem Küchenschrank und hielt sie Zac vors Gesicht.

»Stell sie zurück.«

»Du benutzt das Ding nie.«

»Doch, tu ich.«

»Ich bekomm mindestens fünf Euro dafür. Garantiert!«

»Mel!«

»Schon gut.« Mel inspizierte weiter den Küchenschrank. »Manchmal glaub ich, wir sind ein Museum für aussterbende Kochutensilien. Was ist das?«

»Ein Flockenquetscher?«

»Ein was?«

Zac gab keine Antwort. Er saß mit geschlossenen Augen da und legte seinen Kopf in den Nacken. Verstohlen musterte ich sein auffallend blasses Gesicht: ein ausgeprägtes Kinn, das vom Bartschatten noch betont wurde, leicht geschwungene, breite Augenbrauen und eine schlanke Nase. Insgesamt schnell zu erfassen, da seine Gesichtszüge kaum von der Idealproportion abwichen. Wie lange hatte ich vor der Zitronenskizze nicht mehr gezeichnet, überlegte ich. Plötzlich riss Zac die Augen auf.

»Was guckst du?«, fuhr er mich an.

Ertappt sah ich weg und begutachtete demonstrativ die Küche, die einem gut sortierten Haushaltswarengeschäft glich. Puddingformen aus Messing, unterschiedlich lange und dicke Nudelhölzer, Siebe, Kochlöffel und Bratenwender hingen an den Wänden und waren von einem Staubfettfilm bedeckt. Selbst in den Flur waren schon Kochgeräte wegen Platzmangels ausgewandert und hingen an der Garderobe zwischen Jacken und Taschen. Ich nahm mir vor, die Sachen zu spülen. Paul hätte hier keinen Bissen heruntergebracht. Schmutz konnte er nicht ertragen. Aber es ging jetzt nicht mehr um Paul, ermahnte ich mich.

Mel ließ derweil nicht locker. »Wenn ihr doch was verkaufen wollt, nehm ich es mit. Zwanzig Prozent Provision ist ein faires Angebot.«

»Wucher«, kommentierte Zac. Dann sank sein Kopf auf die Tischplatte.

»Dafür stell ich mich den halben Sonntag in die pralle Sonne«, beschwerte sich Mel. »Egal, der pennt mal wieder, und wegwerfen kann der eh nichts. Wie schaut's bei dir aus, El?«

Während ich die Zitrone auspresste und Teewasser aufsetzte, überlegte ich, was ich loswerden könnte und warum mein WG-Name jetzt doch El lautete.

»Ich hab eine Kiste mit Selbstgebasteltem«, bot ich an.

Obwohl ich gerne kreativ war und gestaltete, hing ich nicht an den Sachen. Bei Paul hatte ich sie jedoch nicht zurücklassen können. Er hatte jede Gelegenheit genutzt, sich über meine dilettantischen Versuche vor anderen, am liebsten vor seiner Mutter, lustig zu machen. Daher waren getöpferte Butterdosen, gehäkelte Mützen oder Tiffany-Lampenschirme im Keller verstaubt.

»Nehm ich mit. Stell die Kiste in den Flur und der Krempel ist so gut wie verkauft.«

»Das würde ich nicht tun. Mel ist eine schlechte Verkäuferin.« Zac schüttelte sich und gähnte. »Sie verrechnet sich, fällt auf Jammergeschichten herein und bringt mehr Zeug heim, als sie losbringt.«

Mel rückte ihre Haarschleife zurecht. »Was hältst du von Frühstück machen, Zac?«, fragte sie zuckersüß.

Zac ging zum Kühlschrank. »Willst du auch was, El?«

Ich nickte.

»Das Beste an dir ist, dass du keine Ansprüche oder Allergien hast.«

Ich war mir nicht sicher, wie Zac das meinte. War das ein Lob oder eine Beleidigung?

»Wie funktioniert bei euch die Haushaltskasse?«, fragte ich.

Zac zeigte mit dem Kinn zu einem roten Emailletopf auf der Fensterbank.

»Wenn der Topf leer ist, legt jeder fünfzig Euro rein. Lorn oder ich oder eben du kaufen ein, Zac kocht. Ganz einfach«, erklärte Mel.

Der mürrische Mitbewohner stellte Sojamilch, Speck, Eier, eine halbe Ananas und Erdbeeren auf den Tisch und machte sich ans Werk.

»Für mich bitte Mandelmilch-Porridge mit frischen Früchten und Soja-Cappuccino«, bestellte Mel fröhlich. »Für dich gibt's wohl Eier mit glücklichem Speck, Toast und Zitronentee.«

Zac drehte uns seinen beschriebenen Rücken zu.

»Ich hol das Geld«, bot ich an und war froh, die Küche zu verlassen. Zac verunsicherte mich. Ich fragte mich, ob ich überhaupt noch WG-tauglich war.

Als ich aus meinem Zimmer mit einem Fünfzigeuroschein zurückkam, lag Zac am Boden, und Mel schob ihm gerade sanft ein Kissen unter den Kopf. Er hatte die Augen geschlossen und atmete ruhig. Verdattert blieb ich im Türrahmen stehen.

»Ist er krank?« Nach Drogen traute ich mich nicht zu fragen.

Mel deckte seinen Bauch mit dem karierten Geschirrtuch zu.

»Er ist Narkoleptiker. Hat dir Lorn nichts davon erzählt?«

»Doch. Sie hat es erwähnt. Aber ich weiß nicht, was das bedeutet«, gab ich zu.

»Narkolepsie ist so 'ne Art Schlafkrankheit, die sich ganz unterschiedlich auswirkt. Zacs Schlafverhalten ist völlig gestört. Tagsüber schläft er immer wieder plötzlich ein, und in der Nacht kann er nicht durchschlafen. Manchmal verliert er die Kontrolle über seine Muskeln und fällt um. Dabei hat er sich einige Male schon verletzt. Ist 'ne komische Sache. Zac behauptet, es komme von der Schweinegrippeimpfung. Aber das ist nicht anerkannt.«

Zac rappelte sich auf. »Nicht anerkannt«, wiederholte er Mels Worte. »Kein Impfschaden. Von wegen. Vorher war ich kerngesund und jetzt. Schaut mich an. Ich bin ein Wrack.« Er zeigte auf seinen athletischen Körper und drehte sich einmal um die eigene Achse. Dann blickte er mir zum ersten Mal direkt in die Augen. »Ich schlafe ein und falle um. Seitdem brauche ich Aufsicht wie ein Kleinkind. Wenn ich koche, damit ich nicht die Bude abfackle.« Tatsächlich rauchte die Butter schon in der Pfanne auf dem Herd. »Wenn ich bade, damit ich nicht in der Wanne ertrinke. Wenn ich rausgehe, damit ich nicht auf der Straße einschlafe und überfahren werde. Den Impfstoff hätte man erst mal an Mäusen statt an Menschen testen sollen. Aber das konnte man den armen Mäusen nicht antun. So human geht's da in der Forschung zu. Und ich kann jetzt schauen, wie ich damit klarkomme«, schrie er.

Professionell schlug er mit einer Hand ein Ei auf und ließ es in die Pfanne gleiten. Ruhig griff er zum nächsten. Kochen schien ihn augenblicklich zu entspannen. Mel ordnete weiter ihre Flohmarktkisten, als wäre nichts gewesen.

»Übrigens könnte ich deinen Schlafanzug verkaufen. Der ist dir zu klein«, schlug sie vor.

Zac lachte, Snoopy grinste schadenfroh, und ich zog verlegen das Oberteil in die Länge.

Hier war der erste Punkt für meine neue Wunschliste:

- *passender Schlafanzug ohne Motiv*

»El, deine Eierwärmer waren der Renner«, drängte sich Mel einige Stunden später durch die Küche auf den kleinen Balkon, wo Zac und ich schweigend auf zwei wackeligen Klappstühlen saßen.

Er hatte sich vor einer Stunde wortlos neben mich gesetzt, und seitdem starrten wir die blaue Hauswand gemeinsam an. Zac verschluckte sich an seiner Limo. Es war Sonntagnachmittag. Die vergangene Zeit hatte ich entweder mit Wunscherforschung oder mit Selbstvorwürfen verbracht. Meistens hatte ich jedoch die blaue Fassade auf mich wirken lassen.

»Vielleicht kannst du mir auch mal ein paar machen.« Er grinste mich an. »Im Winter stell ich mir Eierwärmer voll angenehm vor.«

»Nein, die Eierwärmer sind für gekochte Eier am Frühstückstisch«, versuchte ich, das Missverständnis aufzuklären.

Zac japste nach Luft. Augenblicklich schämte ich mich für meine naive Erklärung. Ich wusste, was Paul jetzt gesagt hätte: Dummerchen.

Bevor mich eine rührselige Welle mitreißen konnte, sackte Zac plötzlich zusammen und fiel vornüber. Seine Stirn ruhte auf dem Balkontischchen. Die Arme hingen schlaff neben dem Körper.

Mel ignorierte ihren Mitbewohner und streckte mir achtzig Euro entgegen.

»Ich hab fast alles verkauft. Die Tiffany-Lampe wollte zwar keiner, aber Butterdosen, Teekannenwärmer, Mützen und Blümchenketten waren schon nach einer Stunde weg.«

»Was ist mit Zac?«

»Nichts weiter, das passiert, wenn er sich aufregt. Kataplexie, geht wieder weg. Ist eine gerechte Strafe.«

Mel griff nach Zacs Limoglas und trank es aus. »Du kannst von dem Zeug ruhig mehr machen und ich verkauf es für dich. Ich hab zwanzig Euro Verkaufsprovision behalten. In der Hitze rumstehen ist echt kein Vergnügen.«

Und so gesellte sich zur Blauen Phase die Bastelphase, die wie eine Mondphase vier Wochen dauerte.

Ich erstickte meine Traurigkeit und Ratlosigkeit mit Filzen, Häkeln und Stricken. Meine Rachegefühle gegenüber Paul und seiner jugendlichen Geliebten ertranken dabei in Kernseifenlauge, und mein Elan löste sich in der Herstellung putziger Kindermützchen und Krabbeldecken auf. Wenigstens wurde ich davon müde, war beschäftigt und verdiente ein paar Euros, redete ich mir gut zu und werkelte von früh bis spät. Es tat mir gut, etwas mit meinen Händen zu tun.

Mel verkaufte meine Werke überaus erfolgreich auf Flohmärkten und im Internet.

Ich verließ die Wohnung kaum. Bastelmaterialien bestellte Mel für mich, und Lebensmittel besorgte ich für Zac im Supermarkt und Gemüseladen um die Ecke. Langsam arrangierte ich mich mit Zacs ruppiger Einsilbigkeit, zuckte aber regelmäßig zusammen, wenn er wie aus dem Nichts plötzlich neben mir stand. Anschleichen und erschrecken machte ihm großen Spaß. Mir weniger.

Am Nachmittag schauten wir manchmal sogar zusammen Kochsendungen. Außerdem half ich ihm wortlos in der Küche, spülte ab, schnippelte und schälte. Mehr als Hilfstätigkeiten ließ er nicht zu.

So versteckte ich mich vor mir selbst und verdrängte konsequent. Niemand kannte meine neue Adresse. Daher bekam ich keine Post, und auch mein Mailpostfach ruhte in Frieden. Ich schaute einfach nicht rein. Meine Lebensenergieanzeige wurde von Tag zu Tag schwächer.

Meine einzigen Kontakte zur Außenwelt pflegte ich mit Hannah und Frau Dr. Schweiger, meiner Scheidungsanwältin, die mir empfohlen hatte, eine Psychotherapeutin zu konsultieren. Ich hatte ihr beim ersten Treffen alle Unterlagen vorbeigebracht, die ich in Pauls Arbeitszimmer raubkopiert hatte.

Hannah berichtete ich begeistert via Skype von meinem aufregenden neuen Leben in München. Sie glaubte mir kein Wort.

Jeden Abend brütete ich vor der Wunschliste und nahm einen Schluck aus der Tequila-Flasche.

Mit der Zeit hatte ich einige neue Punkte angesammelt:

- *Friseurbesuch*
- *Schokoeis*
- *Lebenssinn*
- *mehr Mut*
- *Pinguine streicheln*
- *unter freiem Himmel schlafen*
- *Zwetschgendatschi mit Sahne*
- *straffer Busen*
- *Amazonaskreuzfahrt*
- *besserer Schnaps*

Mit einem grünen Leuchtstift markierte ich unmögliche Wünsche, mit einem gelben unnötige. Leicht umsetzbar schienen mir Schokoeis, Zwetschgendatschi und besserer Schnaps. Alles andere lag zwischen Mond, Mars und Venus.

Inzwischen war es August und der Sommer in Hochform. Die Wohnung, die Zac und ich nur selten verließen, hatte sich in einen Backofen verwandelt. Mel machte oft Überstunden, weil das Mäuselabor klimatisiert war.

»Soll das so weitergehen?«, holte mich Zac eines Morgens aus dem fernen Basteluniversum auf Erdniveau zurück.

Ich kochte Filzblüten in Essigwasser aus. Heißer Wasserdampf und Schweiß liefen mir übers Gesicht. Meine Hände waren rau und rissig, meine Locken ungekämmt. Seit ich in der WG lebte, achtete ich noch weniger als früher auf mein Äußeres. Im München kannte mich keiner. Ich konnte auf die Straße gehen, wie ich wollte. Zac und Mel war mein Aussehen egal. Die Energie, die ich in den Gesprächen mit Loreen gespürt hatte, war längst verflogen, wie eine Traumerinnerung nach dem Aufwachen.

»Willst du nicht endlich dein verfilztes Leben ordnen?«, fragte der Mann, der in roten Boxershorts gerade Eier pochierte. Sollte ich mich vor ihm rechtfertigen?

Ich starrte zu den blauen Wollblüten in den Topf und schwieg.

»Oder versuchst du, dich langsam in Essigsäure oder Seifenlauge aufzulösen?«, stichelte er weiter.

»Aber ich verdiene damit Geld«, rechtfertigte ich mich.

Er würdigte weder mich noch mein Argument eines Blickes, sondern beobachtete das rohe Ei, das im simmernden Wasser auseinanderlief.

»Die Wolle kostet mehr, als du mit deinen Filzblumen verdienst.« Vorsichtig schob er mit dem Schaumlöffel die ausfransenden Eiweißfasern zusammen. »Wartest du auf die Scheidung und das Geld deines Alten und strickst bis ans Ende deiner Tage im stillen Kämmerlein, wo wir dich dann als Mumie finden werden?« Er starrte in seinen Topf und beobachtete das Eigenleben der Eiweißskulpturen. »Du willst keine Verantwortung übernehmen, El. Das ist dein Problem.«

Klimakterische Hitze wallte hoch und wollte ausgespuckt werden.

»Und du, übernimmst du vielleicht Verantwortung? Stehst bis ans Ende deines Lebens in der Küche und arbeitest dich durch Kochbücher von Sterneköchen? Was ist daran besser?«

Zac kniff seine Augen zu Schlitzen zusammen und holte das Ei aus dem Wasser.

»Das ist mein Hobby. Im Gegensatz zu dir kann ich von meiner Arbeit leben und hab genügend Kohle. Ich verdiene genug, dass ich mir ausgezeichnete Lebensmittel kaufen kann, sogar biologisch-dynamisch erzeugt.«

Zac betreute und programmierte Internetseiten. Das konnte er zu jeder Tages- und Nachtzeit in seinem Zimmer tun, und es war egal, ob er zwischendurch einschlief oder nicht. Kontakt zu seinen Kunden hielt er dank der virtuellen Welt von zu Hause aus. Wenn er nicht kochte, saß er meistens vor seinem Computer, hörte Musik und schaute Youtube-Videos von irgendwelchen Influencern, Extremsportlern oder Weltreisenden. Sie lebten sein Leben.

Er drehte mir seinen Rücken zu. Die tätowierten Zahlen stellten einen Quellcode dar, hatte er mir erklärt. Aber von Computern und Programmieren verstand ich kaum etwas. Auf seinen Unterarmen war der Strichcode der Schweinegrippeimpfung eingestochen, die Zacs Leben verändert und ihn zum Narkoleptiker gemacht hatte.

»Ich krieg mein Leben in den Griff. Darauf kannst du wetten. Ich brauch nur etwas Zeit, mich an die neue Situation zu gewöhnen«, erwiderte ich genervt.

Natürlich war mir klar, dass ich eine Versagerin war.

»Du machst dir doch ins Höschen. Krieg endlich deinen faltigen Arsch hoch und geh raus.«

Sprach man so mit alten Leuten?

Noch nie hatte mir jemand, außer Paul, eine derartige Beleidigung an den Kopf geworfen. Was hatte Zac gegen mich? Ich machte doch alles, was er wollte. Polierte Kupfertöpfe und putzte bündelweise Schwarzwurzeln oder Spargel, ohne zu murren. Was bildete er sich überhaupt ein, sich in mein Leben einzumischen? Ich starrte zu den Filzblüten in den Topf und merkte, wie mir Tränen in die Augen stiegen.

»Heul jetzt bloß nicht rum.«

Mit dem Handrücken wischte ich mir über Augen und Nase.

»Das liegt am Essig. Der reizt die Augen.«

Zac richtete die pochierten Eier seelenruhig auf einem Teller an und schüttelte dabei den Kopf. Da spürte ich, wie es in mir zu brodeln begann.

»Ich geh zur Studienberatung und mach meinen Abschluss nach«, schrie ich und stürzte aus der Küche. Zum Teufel mit der Filzerei, Zac und der WG!

»Dann mal los«, rief er mir hinterher. »Mach das mal, bevor du einen Rollator brauchst.«

Ich rannte in mein Zimmer und schlug die Tür hinter mir zu.

»Außerdem geht dich das gar nichts an«, erklärte ich der geschlossenen Zimmertür. Türenkrachen hatte eigentlich bis zur Pubertät zu Hannahs bevorzugtem Repertoire gehört. Sie hatte ihren Gefühlen immer freien Lauf gelassen, Gegenstände durchs Zimmer geworfen oder war vor Wut wie ein Gummiball herumgehüpft. Im Vergleich zu ihr war mein Ausbruch nicht mehr als eine Kleinkindtrotzreaktion, die schnell abebbte. Ausgelaugt sank ich aufs Bett. Die anfängliche Enttäuschung und Racheaktionen gegen Paul und sein Tomaten-Mäuschen hatten meine Fantasie angeregt und mich kurzfristig motiviert. Loreen auch. Aber auf mich allein gestellt, fühlte ich mich machtlos. Der Energieschub reichte fürs Filzen, aber nicht dazu, meinen faltigen Hintern hochzubekommen.

An diesem Tag ließ sich das Universum allerdings nicht so leicht abschütteln und schickte mir direkt einen weiteren Boten. Blutdruck und Puls lagen noch im ungesunden Stressbereich, als mein Handy einen Anruf von Inge anzeigte.

Seit wir gemeinsam um die Espressotassensammlung getrauert hatten, hatte ich nichts mehr von ihr gehört. Instinktiv wollte ich sie wegdrücken, aber nach Zacs Vorwürfen gierte ich nach sanften

Worten und einer Schulter zum Jammern und Ausweinen. Ich brauchte eine Freundin und drückte auf den grünen Hörer.

»Hallo, Inge«, meldete ich mich.

»Elenor. Nein, so was. Ich hab gar nicht damit gerechnet, dich zu erreichen. Paul hat mir gesagt, du würdest nie an dein Telefon gehen.«

»Ich sehe, wer anruft«, erwiderte ich kühl. »Und Pauls Nummer habe ich blockiert.«

Offensichtlich hatte Inge mehr Kontakt zu Paul als zu mir gesucht. Der Gesprächseinstieg hätte besser laufen können.

»Da freue ich mich, dass du ausgerechnet bei mir abhebst«, plapperte sie los.

»Wir waren ja mal eng befreundet«, erinnerte ich sie.

»Sind wir immer noch, meine Liebe. Wir sind doch zusammen durch dick und dünn gegangen.«

Sie kicherte, und ich fragte mich, was sie mit »dick und dünn« andeuten wollte. Verärgert hievte ich mich von der geblümten Bettwäsche und straffte meine Schultern. Das würde kein vertrautes Freundinnengespräch werden. Eher ein Schlagabtausch. Ich stellte mich direkt vor den Ventilator, der im Dauerbetrieb vor sich hin summte. Bei der Hitze konnte man nur in der Nacht lüften.

»Warum rufst du an?«

Für Small Talk fehlten mir die Nerven.

»Ja. Hm. Ich …«, stammelte sie.

Wir schwiegen beide. Ich stand am Fenster und schaute auf die blaue Fassade, die steingewordener Ausdruck meiner eigenen Trostlosigkeit war.

»Ich wollte hören, wie es dir geht. Und außerdem will ich dich bestärken, wieder nach Hause zu kommen. Paul wird dir bestimmt verzeihen. Man weiß ja, dass Frauen in unserem Alter schwierig sind und Verständnis brauchen. Wegen der Hormone und so.«

»Meinen Hormonen geht es ausgezeichnet.«

»Keine Hitzewallungen? Stimmungsschwankungen?«

Ich drückte beim Ventilator auf Maximum und zog die Vorhänge zu.

»Nein«, erwiderte ich. »Kühl und ausgeglichen wie ein klarer Bergsee.«

»Ach, mach's dir doch nicht so schwer. Komm zurück. Die Beleidigte zu spielen ist keine Lösung. Es wird einen besseren Weg geben, und dir wird es damit gut gehen. Mach eine Ayurveda-Kur, die entgiftet deine Gedanken, und du bist danach ein neuer Mensch. Ein Stirn-Öl-Guss wirkt Wunder. Lerne vergeben! Fahr nach Indien. Ich hab schon ganz tolle Sachen darüber gelesen. So ein Erlebnis kann alles verändern. Denk doch an die Kinder.«

»Inge, die Kinder sind erwachsen.«

Ich saß am Schreibtisch und kritzelte Galgen samt Stricken und Gehängten auf kariertes Papier.

»Eine Trennung belastet Kinder immer, egal wie alt sie sind«, sprach die Hobbypsychologin und Ratgeberleserin ihr Urteil.

Bestimmt telefonierte Inge mit einer Freisprecheinrichtung und sortierte nebenbei ihren begehbaren Kleiderschrank oder arrangierte exotische Blumen in einer Versace-Vase oder tat etwas anderes ungemein Nützliches.

»Sonst noch was?«, fragte ich und übte, Henkersknoten zu zeichnen. Mit eingeklemmtem Telefon nicht einfach.

»Wie geht es dir eigentlich, Elenor? Wo wohnst du?«

»Mir geht es blendend«, erwiderte ich und hörte mein Blut in den Ohren rauschen. Wahrscheinlich stand ich kurz vor einem Gehörsturz.

Das Blatt war mit Hinrichtungsstätten übersät.

»Ich wohne in einer gepflegten, kleinen Wohnung im Münchner Norden in der Nähe der U-Bahn-Station Frankfurter Ring. So ein Singlehaushalt hat auch seine Vorteile. Da muss ich nur meinen eigenen Dreck beseitigen. Kein Garten, kein Rasen zu mähen, nicht einmal um die Mülltonnen kümmere ich mich. Das macht alles der Hausmeister.« Meine Zehen krallten sich in den abgewohnten braunen Veloursteppich. »In die Innenstadt ist es von hier nur ein Katzensprung. Endlich kann ich nachholen, was ich in all den Jahren versäumt habe. Ich gehe ins Theater, in Museen, besuche Konzerte und genieße das Stadtleben.«

Wahrscheinlich würde Inge, sobald ich aufgelegt hatte, bei Paul anrufen und ihm von seiner verschwenderischen Ehefrau berichten.

»Endlich habe ich Zeit zu lesen und mich um mich selbst zu kümmern«, schwärmte ich weiter. »Ich besuche einen Aktzeichenkurs, und zu schreiben habe ich auch angefangen. Für die eigene Biografie ist es ja nie zu früh. Es ist so aufregend, Inge. Es ist, als wäre ich wieder zwanzig. Ich will nicht zurück.«

Inge schwieg. »Gib mir deine Adresse«, forderte sie schließlich, »dann besuch ich dich.«

Ihr Tonfall hatte sich verändert. Misstrauen kroch über meinen Rücken zum Gehirnstamm hinauf. Paul hatte schon über meine Anwältin versucht, an meine Adresse zu kommen.

»Hat Paul dir diesen Anruf befohlen?«

Ich pfählte einen Gehängten mit der Bleistiftspitze.

»Sagen wir mal, er hat mich darum gebeten.«

In den Zimmerecken lauerten die Staubmäuschen.

»Dann sag ihm, er soll mich in Ruhe lassen.«

»Elenor! Stell dir vor, er hat sogar einen Privatdetektiv angeheuert, um dich zu suchen. Wenn das keine Liebe ist! Ich weiß zwar nicht, was er an dir findet, aber irgendetwas will er von dir.«

Was wollte Inge damit sagen?

»Was auch immer er will, es ist mir egal.«

Ich zerriss das Blatt und warf es in den Papierkorb. Die Kontrolle zu verlieren, konnte Paul nicht ertragen.

»Du bist allein, Elenor. Was wirst du denn jetzt machen?«

Ich atmete tief ein.

»So, jetzt noch mal ganz langsam für dich zum Mitschreiben. Hast du Stift und Papier?«

»Wieso sollte ich mitschreiben?« Inge wirkte verunsichert.

»Weil Zuhören nicht zu deinen Stärken gehört, und ich will, dass du Paul meine Botschaft korrekt wiedergibst. Bereit?«

Inge schwieg. Das Gespräch begann mir doch noch Spaß zu machen. Ich wartete.

»Ja«, gab sie schließlich nach.

»Schreib auf: Elenor geht es blendend. Die Hormonlage ist unauffällig. Sie wird endlich ihren Studienabschluss nachholen und auf eigenen Füßen stehen. Danke fürs Gespräch.« Ich legte auf und ließ mich aufs Bett fallen.

Wie ein Mantra flüsterte ich den Satz: »Ich werde meinen Studienabschluss nachholen und auf eigenen Füßen stehen.«

In einem von Inges unzähligen Lebensratgebern, die sie mir zu Weihnachten und zum Geburtstag geschenkt hatte, hatte ich gelesen, dass Affirmationen das Leben spielend leicht verändern konnten. Man musste sie nur oft genug aufsagen. Auf die blaue Wand starrend, wiederholte ich mich in Trance.

Ich werde auf eigenen Füßen meinen Studienabschluss nachholen. Ich werde meine eigenen Füße beim Studienabschluss abholen. Meine eigenen Füße werden stehend den …

Zwei Stunden später band ich meine Locken zu einem Pferdeschwanz zusammen, zog mein lindgrünes Seidenkostüm an und entsorgte niedliche Schnullerketten und blumigen Haarschmuck in der Mülltonne. Die Bastelzeit war vorbei.

»Ich werde mein Studium abschließen«, wiederholte ich mein Mantra und wartete, dass der verbale Großangriff bis in meine Gehirnwindungen vordrang. Zusätzlich schrieb ich es auf meine Liste:

Studium abschließen

Darunter kritzelte ich:

- *ehrliche Freundschaften*
- *Schlangenbiss-Set* (falls ich Inge noch mal begegnen sollte)

An der U-Bahn-Haltestelle glaubte ich kurz, Svens Glatzkopf in der Menge gesehen zu haben. Vielleicht sollte ich beim Optiker meine Augen überprüfen lassen. Schon oft hatte ich jemanden verwechselt. Paul hatte es meist zum Piepen gefunden. Er hatte immer behauptet, ich würde nicht mal George Clooney erkennen, wenn er an der Haustüre klingeln würde.

Auf dem Weg von der Haltestelle zur Technischen Universität lief ich mir an der Ferse eine ordentliche Blase und humpelte ins Unigebäude. Der Weg war mir immer noch vertraut, auch wenn jetzt neue bunte Beschriftungen durch das Gebäude lotsten. Junge Menschen strömten aus einem Hörsaal. Sie trugen Laptops und fröhliche Gesichter und wirkten sehr beschäftigt.

Sofort waren die Erinnerungen an meine Studienzeit wieder da. Die langen Tage in den großen Zeichensälen, wo wir an Entwürfen gefeilt oder für Prüfungen gelernt hatten. Oder die durchtanzten Nächte in Wohnheimkellern. Schlaf war damals Mangelware. Nach einer behüteten Kindheit und Jugend genoss ich das freie Leben in der Stadt, Ausstellungen und Theaterbesuche. Vom ersten Semester an waren wir fünf gute Freunde und meistens zusammen unterwegs: Eva, Maria, Jan, Sebastian und ich. Sebastian und Eva wurden im fünften Semester ein Paar und zogen sich in die traute Zweisamkeit zurück.

Paarbildung ist der Anfang der Probleme. Aber das erkennt man erst, wenn man älter ist.

Zu dritt wurde es dann kompliziert. Jan und ich hingen viel aufeinander, was Maria nervte. Jan hatte die schönsten Augen, die ich je gesehen hatte, und verstand mich oft ohne Worte. Er war schüchtern und seiner Körpergröße von über eins neunzig nicht gewachsen. Immer wieder hatte er kleine Unfälle, stieß sich den Kopf oder fiel vom Rad. Mit ihm wanderte ich stundenlang durch die Stadt, und wir erkundeten Häuser, Keller und Hinterhöfe. Er fotografierte und entwickelte die Fotos selbst. Wir waren unzertrennlich. In Vorlesungen saßen wir nebeneinander und diskutierten anschließend das Gehörte. Was für eine schöne Zeit!

Als ich mich von Paul schwängern ließ, blieb er bei Maria. Von da an brach unser Kontakt ab.

Was wohl aus meinen vier Freunden geworden war? Wahrscheinlich waren sie alle erfolgreiche Architekten. Ich hatte sie aus den Augen verloren, mich nicht mehr um sie bemüht, und jetzt wollte ich an mein altes Leben anknüpfen. Der innere Demotivator begann wieder auf mich einzureden.

»Ich werde auf eigenen Füßen stehen«, murmelte ich mir auf dem Weg zum Studentensekretariat Mut zu.

Sogar den Geruch des Gebäudes erkannte ich wieder. Ob sie immer noch das gleiche Putzmittel verwendeten? Jeder Schritt war eine Qual. Und das nicht nur wegen der Blase.

»Hallo. Ich hätte gerne einen Termin in der Studienberatung«, startete ich forsch, als ich das kleine Büro mit dem großen, hölzernen Tresen betreten hatte.

Die Sekretärin hob müde ihren Blick vom Bildschirm und musterte mich. Sie war in meinem Alter. Ihre Haare waren von grauen Strähnen durchzogen, die mit grauen Perlenohrsteckern harmonierten und ausgezeichnet zu ihrem betongrauen Hosenanzug passten.

»Es ist besser, wenn Ihre Tochter oder Ihr Sohn den Termin selbst ausmacht. Es bringt nichts, wenn die Eltern sich einmischen«, erläuterte sie gelangweilt.

Wie bei einem Fisch auf dem Trockenen öffnete sich mein stummer Mund, einmal, zweimal, dreimal.

»Es ist schließlich ihr Leben, und das muss jeder selbst organisieren. Ist gut, wenn man das früh genug lernt«, gab mir die graue Frau den Todesstoß.

Mir fiel keine Antwort ein. Sie hatte recht. Wie ein geprügelter Hund schlich ich aus dem Büro.

Auf dem Gehweg stopfte ich die grünen Schuhe in den nächsten Abfalleimer. Sie hatten mir noch nie gepasst. Ich hatte sie für Elias' Abiturfeier gekauft, weil sie im Sonderangebot gewesen waren. Meine Ferse war blutig.

Barfuß lief ich über die Rasenfläche vor der Alten Pinakothek. Es war heiß. Daher zog ich meine lindgrüne Seidenjacke aus und hängte sie über eine Bronzeskulptur von Moore. Der liegenden Dame stand sie besser als mir.

Im angrenzenden Stadtteil Schwabing drängte ich mich auf dem Gehweg an Straßencafés und Restaurants vorbei. Studenten saßen dort an kleinen Tischen in der Sonne, lachten, unterhielten sich oder tippten eifrig in ihre Laptops oder Smartphones. Ich dachte, den Tiefpunkt meines heutigen Absturzes erreicht zu haben, irrte mich jedoch. Es ging immer noch ein Stückchen tiefer.

Als Marinda Bravo alias Martina Meyer mit zwei anderen Frauen aus einem Hauseingang auf den Bürgersteig trat, erkannte ich sie sofort.

Ich erstarrte und beobachtete, wie sie sich lachend verabschiedete und ihre Tasche umhängte. Wahrscheinlich kam sie gerade aus einer Vorlesung.

Leichtfüßig schwebte sie zu ihrem Fahrrad und beugte sich zum Aufsperren hinunter. Dabei sprangen ihre Brüste fast aus dem schwarzen, eng anliegenden Trägertop. Ihre Haut war makellos, prall und samtig. Als sie sich aufrichtete, streifte mich ihr gleichgültiger Blick. Wie in Zeitlupe schwang sie sich aufs Rad und trat im Stehen in die Pedale. Dabei wackelte ihr knackiger Po einladend in den knappen Hotpants.

Ein Passant und ich, die betrogene Alte, schauten ihr nach, wie sie sich ins pralle Leben stürzte.

Durchgeschwitzt, mit schmutzigen Füßen und wirren Haaren, sperrte ich eine Stunde später die Wohnungstür auf. Ich war den ganzen Weg durch die Hölle zurückgelaufen. Achtunddreißig Grad! Die Stadt glühte.

Zac kam gerade aus dem Bad und musterte mich. Er war frisch rasiert und roch nach Aftershave und kühlem Wasser. Meine Bluse hing über den Rock. Schweiß und Tränen hatten, den Falten folgend, Lidschatten und Wimperntusche über mein Gesicht verteilt.

»Läuft bei dir?«, fragte er scheinheilig.

»Nichts läuft«, schrie ich ihn an, zog die durchgeschwitzte Bluse aus und feuerte sie auf den Boden. In BH und Rock stand ich vor ihm.

Mein Mitbewohner machte große Augen.

»Ich krieg's nämlich nicht hin. Ich bin zu alt und zu doof. In der Studienberatung haben sie mich für eine hyperaktive Helikoptermutter gehalten, die sich in das Leben ihrer Kinder einmischt, und auf der Straße bin ich der halb nackten Geliebten meines Mannes begegnet, die mich wahrscheinlich für eine verwirrte Pennerin gehalten hat.«

Dämlich grinste Zac mich an und starrte wie hypnotisiert auf meinen schlaffen Bauch.

»Mein Leben ist vorbei«, steigerte ich Tonlage und Dramatik. »Ich bin fertig. Da ist nichts mehr zu machen.«

Zac rollte mit den Augen. »Hör doch endlich mit der Rumjammerei auf. Das macht mich noch krank«, beschwerte er sich und wischte sich mit der Hand über die Augen.

»Ich geh zurück. Ich will dich nicht belasten.« Meine Stimme klang schrill. Auf dem Weg ins Zimmer kickte ich einen verirrten

Kochlöffel zur Seite. »Und kümmre du dich besser um deine Sachen.«

In Loreens Zimmer kniete ich mich vor das Bett und zog meinen Koffer heraus.

Mit dem Kochlöffel in der Hand folgte er mir, setzte sich auf den Schreibtischstuhl und beobachtete mich.

»Und du glaubst, irgendjemand hat Lust auf diese Mitleidsnummer? Hör endlich auf, die Schuld bei anderen zu suchen. Fang an, dein Leben zu leben.«

Zac verwandelte sich zunehmend in einen von Inges Lebensratgebern. Schweigsam wäre er mir im Moment wesentlich lieber gewesen.

»Wolltest du nicht dein Studium fertig machen?«, hakte er nach.

»Das habe ich gerade versucht. Hast du mir zugehört?«

Amüsiert schüttelte er den Kopf. »Du lässt dich doch nicht von einem dämlichen Missverständnis davon abhalten? Geh noch mal hin und klär das. Oder schreib eine Mail oder ruf an.« Er drehte sich auf dem Bürostuhl um seine eigene Achse.

»Das wird nichts mehr. Dazu bin ich zu alt«, erwiderte ich aggressiv. »Zu alt. A-L-T. Verstehst du?«

Er stoppte seine Karussellfahrt. »El, du bist zwar alt, aber das ist weder eine Krankheit noch eine Behinderung.«

»Du bist jung. Du hast leicht reden.«

»Ich hab leicht reden?!« Zac sprang auf. Der Bürostuhl krachte gegen die Wand. »Ich bin jung. Okay. Aber hast du schon einmal aus deinem Jammertal rausgeschaut? Dann wäre dir nämlich aufgefallen, dass ich das Leben eines Greises führe.« Er stand jetzt sehr nah vor mir. Mit einem hohlen Knacken zerbrach der Kochlöffel in seiner Hand. Ich wich zurück. »Glaubst du, das gefällt mir? Ich will Spaß haben, tanzen, ausgehen, schwimmen, ans Meer fahren, kitesurfen und diesen Körper benutzen.« In einem Ruck zog er sich sein T-Shirt über den Kopf und präsentierte mir den trainierten

Oberkörper eines Halbgottes. »Stattdessen sitze ich in dieser Wohnung und pflege meinen kranken Körper. Ich habe keine Freundin. An Sex kann ich mich kaum noch erinnern. Wie soll ich einer Frau erklären, dass ich vielleicht kurz vor dem Höhepunkt einschlafe, aber es bestimmt nicht an ihr liegt?«

Er hatte die Kochlöffelteile fallen lassen und die Hände zu Fäusten geballt. Ich konnte das Spiel seiner Muskeln beobachten. Seine Augen glänzten verdächtig. Wut oder Traurigkeit. Ich schluckte.

»Tut mir leid«, murmelte ich.

»Und jammere ich deswegen rum?« Sein Tonfall wurde wieder aggressiver.

Ich schüttelte den Kopf und schämte mich.

»Ich weiß einfach nicht, wie es weitergehen soll. Ich sehe keinen Weg«, gestand ich kleinlaut.

»Dann geh. Der Weg wird dich schon finden.«

Mit diesem Orakelwort verließ Zac zornig mein Zimmer. Ich starrte auf die blaue Wand.

»Du solltest Ratgeber schreiben«, rief ich ihm nach. »Inge würde die bestimmt kaufen.«

»Opfer«, brüllte er zurück.

Ich saß bereits mit entschlossenem Gesichtsausdruck vor meinem Wunschbuch und notierte:

- *meinen Weg finden*
- *Wanderkarte kaufen*
- *passender Schlafanzug*
  (kein Platz im Rucksack)

Der Weg wird dich schon finden. Dieser denkwürdige Rat von Zac leitete eine neue Ebene meines Selbstfindungsprozesses ein, der in Romanen in langen Weltreisen oder schweigsamen Klosteraufenthalten gipfelte. Aus Mangel an Mut und finanziellen Rücklagen begann mein Weg zu mir vor der Haustür eines Mietshauses im Münchner Norden.

Vorher suhlte ich mich noch in Erinnerungen und öffnete eine Kiste mit alten Fotos. Bevor ich zu Paul gezogen war, hatte ich mein altes Leben in einem schäbigen Turnschuhkarton abgelegt. Die Schnappschüsse und Architekturfotos hatte ich seitdem nicht mehr angeschaut. Mein jüngeres Ich blickte mir von einem verschossenen Polaroid erwartungsvoll entgegen. Lebenshungrig.

Wie hübsch ich gewesen war, staunte ich. Ich hatte fast vergessen, wie sehr sich Männer für mich interessiert hatten und wie normal ich das damals gefunden hatte. Auf einem anderen Bild warfen Jan und Sebastian mich im hohen Bogen in den Starnberger See. Sie waren anschließend zu mir ins Wasser gesprungen. Wie lange das her war. Vorbei war vorbei. Kleinlaut gestand ich meinem jüngeren Ich, dass mein derzeitiger Lebenshunger auf Diät war und kläglich an der Vorzimmerdame gescheitert war. So groß war mein Traum ja offensichtlich nicht, wenn ich nicht einmal diese kleine Hürde überwinden konnte. Zum Erwachsensein gehört, sich der Realität zu stellen. Dieser Spruch stammte von Paul.

Energisch stopfte ich Anziehsachen, Wunschbuch, Geldbörse und Handy in Loreens Rucksack, den ich neben meinem Koffer unter dem Bett gefunden hatte.

Das knallgelbe Stück hätte besser zu dem erlebnispädagogischen Programm eines Waldkindergartens als zu einer ziellosen Frau gepasst. Aber ein Koffer taugte für eine Reise mit Ziel. Ich würde umherirren. Dazu brauchte man einen Rucksack.

Keine Minute glaubte ich an Zacs esoterische Wegtheorie. Kein Weg würde mich finden. Wege kümmerten sich nicht um die Gehenden. Trotzdem würde ich abhauen.

Alle meckerten an mir rum. Hannah fand mich unsichtbar, Zac hielt mich für bequem und lebensunfähig, Inge diagnostizierte eine klimakterische Hormonstörung, und Paul war ich zu langweilig und zu alt. Mel forderte, ich solle produktiver sein und mehr Flohmarktware produzieren. Kurz zusammengefasst: Ich war keinem gut genug.

Immer erfüllte ich die Ansprüche der anderen. Damit war jetzt Schluss. Ich zog die Riemen des Rucksackdeckels fest. Es war Zeit, allein zu sein. Sollten sie doch sehen, wo sie ohne mich blieben, sollten sie sich jemand anderen zum Schikanieren suchen. Immer weiter steigerte ich mich in mein Elend hinein. Meine postpubertäre Fantasie blühte dabei auf. Wenn mir unterwegs etwas zustieße, wenn ich verhungerte oder erfror oder von einem Wolfsrudel in Stücke gerissen würde, was zugegebenermaßen unwahrscheinlich war, würden alle meinen wahren Wert und meine Verdienste erkennen. Meine Beerdigung wäre ein dramatisches Ereignis, voller Schuldbekenntnisse, üppiger Blumenbuketts und tiefen Bedauerns. Dieser Gedanke gefiel mir. Nur meine Kinder sollten da nicht dabei sein. Blöd war auch, dass ich nichts mehr davon mitkriegen würde. Ohne mich zu verabschieden, verließ ich die Wohnung und startete meine Wegfindungsphase.

Ich ging los und wartete, dass mein inneres Navigationssystem anspringen würde. Etappenziel: Lebenssinn. Aber kein Weg zeigte sich. Straßen mündeten in andere Straßen, Gehwege endeten und wurden wegen Baustellen auf die gegenüberliegende Seite umgeleitet. So gut es unter städtebaulichen Voraussetzungen möglich war, lief ich einfach geradeaus. Das war meine grandiose Routenplanung.

Büroheimkehrer und Eltern mit Kindern hasteten an mir vorbei. Jeder wollte so schnell wie möglich ins nächste Schwimmbad oder in einen schattigen Biergarten. Keiner beachtete mich. Über die Unsichtbarkeit, die es so nur in Großstädten gibt, war ich seltsam erleichtert. Endlich kritisierte niemand an mir herum. Unterwegs kühlte ich meine Füße in einem Brunnen und beobachtete Tauben.

Davon wurde ich müde und legte mich im Alten Botanischen Garten auf eine Parkbank. Die Augen fielen mir zu.

Eine kalte Hundeschnauze ignorierte meine Unsichtbarkeit und weckte mich mit einem feuchten Schlecker über die Wange auf. Ich fand mich Auge in Auge mit einem aufgeregt hechelnden Schäferhund wieder. Besorgt legte das Tier den Kopf schief und musterte mich.

»Geht es Ihnen gut?«, stellte der Hundebesitzer die Frage seines Hundes.

»Alles wunderbar, danke«, antwortete ich und setzte mich auf. »Ich war wandern«, zum Beweis deutete ich auf den gelben Rucksack, »und wollte mich nur kurz ausruhen. Dabei muss ich eingeschlafen sein.«

Der Mann schüttelte den Kopf und zog den Hund mit sich. »Was für eine verrückte Idee. Mit Ihren Schuhen! Außerdem ist es viel zu heiß zum Wandern.«

Typisch. Selbst in der Großstadtanonymität schaffte ich es, von einem Wildfremden kritisiert zu werden. Ich kramte umständlich mein Notizbuch hervor und strich den Punkt *Wanderkarte kaufen* wieder durch. Es war wirklich zu heiß zum Wandern.

Eine Weile betrachtete ich den wolkenlosen Himmel. Ein Tag konnte verdammt lang dauern. Ich hatte das Gefühl, schon ewig unterwegs zu sein. In den nahen Kaufhäusern suchte ich Abkühlung und Ablenkung. Dabei arbeitete ich mich von den Schreibwaren über die Damenunterwäsche bis zu den Kurzwaren vor. Kein einziger kleiner Wunsch regte sich in mir. Gleichgültig streifte mein Blick über die bunte Warenwelt, die Erfüllung und Glück versprach. Die Ladenschließung schickte mich zurück auf die Straße. Meine Füße taten weh. In einer U-Bahn-Haltestelle setzte ich mich auf einen der blauen Gittersitze und betrachtete das Kommen und Gehen der Menschen, die wussten, wo sie hingehörten. Ich wusste es nicht mehr. Wie ein vergessener Schirm oder ein gelesenes Buch war ich nutzlos. Für verlorene Dinge gab es Fundbüros, für erwachsene Menschen gab es die Freiheit. Im Sitzen nickte ich wieder ein. Der Sicherheitsdienst vertrieb mich, und ich schämte mich vor mir selbst.

Vorbei an verliebten Paaren, betrunkenen Partygängern und an stillen, schlafenden Häusern, lief ich durch die Nacht. Ich hatte schrecklichen Durst und hämmernde Kopfschmerzen. Im erstbesten Hotel nahm ich mir ein Zimmer und zuckte bei dem Wucherpreis nicht einmal mit der Wimper. Geld brauchte nur, wer Ziele hatte. Ich machte mir nicht einmal mehr Sorgen.

Die nächsten Tage verliefen ähnlich. Stundenlang starrte ich von Brücken in die Isar und erhöhte den Wasserspiegel des Flusses. Wenigstens meine Tränen gingen auf Reisen und jammerten den Fischen etwas vor. Vielleicht würden meine Tränen irgendwann im Donaudelta ankommen und sich dann im Schwarzen Meer auflösen. Aber Fische interessierten sich vermutlich nicht für Menschengeschichten und gescheiterte Ehen. Wie in Hypnose beobachtete ich das fließende Wasser. Meine Traurigkeit verwandelte sich in Gleichgültigkeit. Ich ging weiter. In Buchhandlungen las ich von fremden Schicksalen und fühlte mich dabei meinerseits wie ein kalter Fisch. Ich hatte immer gerne gelesen, aber selbst Bücher drangen nicht mehr zu mir durch. Nicht einmal die Aufführungen der Straßenmusiker erreichten mein gefriergetrocknetes Herz. Ich existierte, mehr nicht, und nicht einmal da war ich mir sicher. Meine Trinkflasche füllte ich an öffentlichen Trinkbrunnen oder Waschbecken auf und ernährte mich von belegten Semmeln, Keksen, Joghurt und Obst. Täglich wechselte ich von einem zufällig ausgesuchten Hotel zum nächsten und störte mich dabei weder an Verkehrslärm noch an Haaren im Waschbecken.

Einmal saß ich abends so lange still in den Isarauen, bis ich unter einem Busch einschlief. Um mich herum rauchten Grillfeuer und feierten glückliche Menschen. Die abschätzigen Blicke der Leute, die am nächsten Morgen vor der Arbeit ihre Hunde ausführten, nahm ich kaum wahr. Überhaupt kümmerte ich mich immer weniger um die Meinung der anderen. Meine Haare waren zerzaust und meine Hände schmutzig. Ich fror. Der Hochsommer ging langsam zu Ende, und die Nächte wurden kühl. Als ich nach der unbequemen Nacht auf einer Parkbank saß und auf die ersten wärmenden Sonnenstrahlen wartete, warf mir eine ältere Dame eine Zwei-Euro-Münze vor die Füße. Ich kaufte mir von der milden Gabe eine Tasse Kaffee. Während ich an der heißen Flüssigkeit nippte, spürte ich, dass ich weg musste.

Der knallgelbe Rucksack war inzwischen saharabraun. Loreens Wunschbuch mit den lächelnden Zitronen diente mir als Sitzunterlage. Wünsche interessierten mich nicht mehr. Ich stellte mich meinen eigenen Grübeleien gegenüber taub und sprach weder mit mir noch mit anderen. Alles, was ich wollte, war Ruhe. Die Stadt war mir dafür zu laut und zu eng, und ich verließ sie ohne Pläne. Dass ich eigentlich einen Weg gesucht hatte, hatte ich verdrängt. Auch an Paul dachte ich kaum noch. Das Etikett »betrogen« begann zu verblassen. Selbst an meine Kinder dachte ich selten. Früher hatte ihnen mindestens jeder dritte Gedanke und jede zweite Sorge gegolten. Aber sie waren groß und kamen seit Langem gut ohne mich zurecht. Nur in den Nächten konnte ich meiner Vergangenheit nicht entfliehen. Oft wachte ich mit verweinten Augen auf. Dagegen halfen kaltes Wasser und starker Kaffee.

Ich trieb von Tag zu Tag, von Landstrich zu Landstrich. Schritt für Schritt entfernte ich mich von meinem alten Leben. Ich gewöhnte mich ans Alleinsein und an mich. Einen Fuß vor den anderen zu setzen war einfach. Mehr als den Augenblick zu leben schaffte ich nicht.

Nach einem langen Wandertag stand ich in einer kleinen Pension am Waschbecken und weichte meine Anziehsachen in Seifenwasser ein. Da T-Shirt, Socken und Unterwäsche nicht über Nacht trockneten, musste ich sie am nächsten Morgen entweder feucht einpacken oder anziehen. Dafür wurde es zu kalt. Mir war klar, ich musste meine Ausrüstung der Witterung anpassen.

Ich setzte mich auf das schmale Bett, holte das Heft von Loreen aus dem Rucksack und strich die zerknitterte Seite glatt. Auf dem Nachttisch lag ein eingetrockneter Werbekugelschreiber, der nur zögerlich, erst nach mehrmaligem Kringelmalen, schrieb. Ich überlegte:

- *feste Schuhe*
- *Hut*
- *2 Paar Wandersocken*
- *2 schnell trocknende Funktionsshirts*
- *eine Fleecejacke*
- *Zipp-off-Hose*

Streng genommen war das keine Wunschliste, sondern ein Einkaufszettel, fiel mir auf. Ich schrieb nicht auf, was ich mir wünschte, sondern was ich brauchte.

Lange betrachtete ich die beiden Zitronen auf dem Papier. Loreens grinsenden Zitronensmiley und meine relativ naturgetreue Bleistiftzeichnung. Entschlossen setzte ich noch drei echte Wünsche auf meine Einkaufsliste.

- *Bleistifte*
- *Skizzenbuch oder Block*
- *ein Stück spanische Vanilletorte*

Noch am selben Abend kürzte ich mit einer Nagelschere meine Haare auf praktische Kinnlänge. Dann würden sie schneller trocknen. Vom Gewicht befreit, sprangen meine Locken auf, und ich amüsierte mich über meinen roten Wuschelkopf.

In einem Sportgeschäft startete ich meine Shoppingoffensive. Ohne auf Farben oder Muster zu achten, entschied ich mich für Sonderangebote. Grundsätzlich lebte ich sparsam und schonte damit meinen Kontostand. Für meine abgetragenen Sommersachen hatte ich jedoch keinen Platz und warf sie weg.

Kurz überlegte ich, ob ich für mein Handy ein Ladekabel besorgen sollte. Seit ich unterwegs war, lag es ungenutzt, mit leerem Akku im Rucksack. Aber eigentlich vermisste ich es nur, um Fotos zu machen. Ich entschied mich dagegen. Da ich Zeit im Überfluss hatte, konnte ich mir den Luxus leisten zu zeichnen, statt einfach schnell ein Foto zu schießen.

Es juckte mich in den Fingern. Wenn ich mich umschaute, entdeckte ich überall Motive. Aber es dauerte zwei Tage, bis ich einen gut sortierten Schreibwarenladen fand. Dort brauchte ich für den Einkauf bedeutend länger als im Sportgeschäft. Ich strich über Papier und inhalierte den Geruch von Leinöl und Terpentin. Eigentlich wollte ich nur Bleistifte und Papier, kaufte mir dann aber ein Zeichenbrett, Feder und Tusche, einen kleinen Aquarellmalkasten, ein Schwämmchen und eine kleine Auswahl Pinsel dazu. Die freundliche Verkäuferin packte meine Ausstattung in einen Umhängebeutel aus Stoff und wünschte mir viel Spaß.

Mein erstes Motiv war eine neugierige Ziege mit Charakterkopf. Zufrieden zeigte ich ihr nach einer gemeinsamen Stunde auf der gänseblumenübersäten Wiese meine Zeichnung, die sie kurzerhand auffraß. Ich wertete das als Kompliment.

Unterwegs entdeckte ich Balkonmuster, Wiesenblumen, Kühe, Steine, Insekten und Gebäude. Besonders Häuser zeichnete ich oft.

Ich wollte festhalten, was ein Haus ausmachte, und entdeckte unscheinbare Hinweise auf das Eigenleben der Gebäude. Manchmal bildete ich mir sogar ein, den Herzschlag eines Hauses zu spüren. Wenn ich lange genug still saß, hörte ich die Mauern und Fenster knarren, kichern oder gelassen warten. Einige begannen, mir ihre Geschichten und Tragödien und die ihrer Bewohner zu erzählen. Und ich kann nur sagen, ein Haus erlebt viel.

Immer wieder blieben Passanten, Landwirte oder Kinder stehen und warfen einen Blick auf meine Skizzen. Oft verschenkte ich dann das Blatt. Ein paar Mal tauschte ich eine Zeichnung sogar gegen ein warmes Essen oder ein Stück Kuchen (darunter auch die spanische Vanilletorte) ein. So lief ich ziellos, aber mit offenen Augen durch die Welt, und zwei meiner Wunschlisten-Punkte, darunter der bereits durchgestrichene Eintrag *alte Häuser zeichnen und ihre Seele sichtbar machen,* bekamen ein Häkchen.

An einem besonders sonnigen Tag schlenderte ich an blühenden Sonnenblumenfeldern vorbei zu einem Dorf, das auf einem kleinen Hügel lag. Die gelben Blüten strahlten im Mittagslicht. Ich hatte Hunger und hoffte, im Ort eine Bäckerei oder einen kleinen Supermarkt zu finden. Die fröhlichen Klänge einer Blaskapelle führten mich jedoch direkt zum Kirchplatz. Das ganze Dorf war auf den Beinen und feierte das hundertjährige Bestehen der Freiwilligen Feuerwehr. Die Löschfahrzeuge glänzten frisch gewaschen und poliert um die Wette.

»Komm, setz dich zu uns«, rief mir der Kommandant in blauer Uniform zu. »Gibt Spanferkel und Freibier. Bist herzlich eingeladen.«

Die Feuerwehrler und ihre Familien rückten auf den Bierbänken zusammen und stellten einen gut gefüllten Maßkrug vor mich. Ich setzte mich und tat mir mit den neugierigen Fragen schwer. Meine Antworten waren einsilbig. Mir fiel einfach nichts Unterhaltsames ein, und daher wollte ich mich noch vor dem Essen so schnell wie möglich verabschieden. Eine ältere Frau legte mir die Hand auf den Arm und drückte ihn sanft.

»Passt schon«, beruhigte sie mich.

Ich entspannte mich und genoss Braten, Knödel, Krautsalat, Bier und die lebhaften Gespräche um mich herum. Schließlich wollte ich mich für die selbstverständliche Gastfreundschaft bedanken und half beim Kinderschminken. Eine lange Schlange bildete sich vor mir, und ich malte auf Wunsch Tiger, Katzen und diverse Superhelden und Feen auf kleine Gesichter. Aufgeregt oder schweigsam beobachteten die Kinder ihre Verwandlung.

»Was würdest du gerne sein?«, fragte mich ein blondes Mädchen, das ich in einen Bären verwandelt hatte.

»Eine alte Hexe«, antwortete ich spontan.

Das Mädchen lachte, bedankte sich und lief zu ihren Freunden.

»Du bist schon eine Hexe«, rief sie mir nach, als ich den Pinsel auswusch. »Eine ganz liebe! Und zaubern ist cool.«

»Danke«, murmelte ich gerührt.

Ich merkte, wie meine eingerosteten Mundwinkel sich zu einem Lächeln verzogen. Lange hatte ich näheren Kontakt zu Menschen vermieden. Meine Stimmbänder waren eingerostet, und wahrscheinlich war ich tatsächlich zu einer alten Hexe mutiert, leider einer nutzlosen, ohne Zauberkräfte.

Das Gefühl dazuzugehören wärmte meine Seele unerwartet, und ich bemalte weiter Kindergesichter. Das konnte ich wenigstens.

Als ich durch die sanfte Flusslandschaft des Isentals streifte, ahnte ich nicht, dass meine Wanderschaft zu Ende ging. Eigentlich hatte ich Ortsschilder und Wegbeschreibungen bisher so weit wie möglich ignoriert. Aber der Name Isen gefiel mir. Er erinnerte mich an Loreen und ihre Reise nach Mittelerde. Wie mochte es ihr gehen? Hoffentlich fand sie auf ihrer Reise, was sie sich erträumt hatte.

Es war ein schöner Morgen, und ich war früh aufgebrochen. An einer Flussbiegung setzte ich mich auf einen großen Stein, packte meine Zeichensachen aus und hörte dem Wasser zu. In meiner Fantasie und auf meinem Blatt tauchten kleine Wassernixen aus dem Indigoblau auf und verwirbelten die Wasseroberfläche. Ich ließ die kleinen Wesen mit meinem Pinsel spielen. Eine wunderbare Wasserwelt entwickelte sich vor meinen Augen. Erst als das Blatt trocken war, lief ich weiter und gönnte mir um die Mittagszeit eine ausgestreckte Pause im hohen Gras. Bienen summten, Ameisen integrierten mich in ihre Straße, und ich suchte den strahlend blauen Himmel nach Wolken ab, was sehr einschläfernd war.

Eiskalte Hagelkörner rissen mich in die Wirklichkeit zurück. Am düsteren Himmel türmten sich Gewitterwolken, und heftige Böen peitschten um mich herum die langen Grashalme und Wiesenblumen. Ich rappelte mich auf und hielt mir zum Schutz den Rucksack über den Kopf. Dank erfolgreicher Flurbereinigung gab es in der Nähe weder Baum noch Heuschober als Unterstand. Ich rannte los, ziellos, aber schnell. Donner und Blitze waren mir auf den Fersen. Innerhalb von Minuten verwandelte der Hagelschauer die Wiesen und Getreidefelder in eine Wintersportlandschaft, und ich rutschte über die körnige Eisschicht des Feldweges. Dann setzte Starkregen ein. Wasser lief mir über Gesicht und Körper in die Schuhe. Dort sammelte es sich und quatschte bei jedem Schritt.

Keuchend reduzierte ich das Tempo. Rennen war nicht mein Ding. Paul hingegen war ein leidenschaftlicher Läufer und trainierte seit Jahren für seinen ersten Marathon. Mit Seitenstechen blieb ich stehen. Während ich in die Schulterriemen des Rucksacks schlüpfte, fiel mir auf, dass ich nur dann an meinen Noch-Ehemann dachte, wenn ich mich kleinmachte. Diese Erkenntnis war wichtig. Das spürte ich in jeder Körperzelle.

Realistisch betrachtet, tat Paul sich inzwischen mit dem Laufen schwer. Er hatte Probleme mit der Achillessehne. Obwohl er in eine professionelle Laufanalyse, Barfußschuhe und für ihn zusammengestellte Stretching-Übungen investiert hatte, humpelte er bereits nach fünfhundert Metern. Mein Sprint war wesentlich länger gewesen. Langsam ging ich weiter und grübelte über meine verzerrte

Selbstwahrnehmung. Dann richtete ich mich zu voller Größe auf. Ducken half nicht. Nasser konnte ich schließlich nicht mehr werden. Mit der Hand strich ich mir die Regentropfen aus dem Gesicht. Es waren keine Tränen dabei. Das machte mir Mut.

Frierend erreichte ich die nächste Ortschaft. Es dämmerte bereits, und ich hoffte, dass es neben der Dorfkirche eine Gaststätte geben würde. Früher war das in bayerischen Dörfern obligatorisch gewesen. Aber inzwischen waren viele geschlossen, abgerissen oder für landflüchtende Stadtbewohner luxussaniert worden. Ich hatte Glück. Der Gasthof Zum Alten Wirt grenzte an die Friedhofsmauer der barocken Kirche und war geöffnet.

In der holzvertäfelten Gaststube traf ich die junge Wirtin des Alten Wirts und fragte nach einem Zimmer für eine Nacht.

»Ah, eine Pilgerin«, begrüßte mich die Frau strahlend.

Unter mir bildete sich eine Pfütze.

»Natürlich haben wir für Sie ein Zimmer frei, und ein günstiges Pilgeressen bekommen Sie bei uns auch. Kommen S' rein und wärmen Sie sich erst einmal auf. So ein heftiges Gewitter hatten wir lang nicht mehr.«

Unsicher nickte ich.

Sie nahm einen Zimmerschlüssel vom Haken.

»Sind Sie schon lang unterwegs?«, fragte sie munter weiter, während sie mich die Treppe hinauf zu meinem Zimmer führte. Meine Zähne klapperten.

»Ja, schon ein paar Tage«, antwortete ich ausweichend.

Ich wusste selbst nicht, wie viel Zeit vergangen war, seit ich Zacs Rat gefolgt war, mich von meinem Weg finden zu lassen. Zu sehr war ich damit beschäftigt gewesen, mit Häusern zu sprechen, zu zeichnen und einen Fuß vor den anderen zu setzen. Nachrichten der Außenwelt und Datumsanzeigen hatte ich während meiner Irrwanderungen gemieden oder nicht ins Bewusstsein gelassen.

Die Frau sperrte mir die Tür auf und drückte mir den Zimmerschlüssel in die Hand.

»Dann kommen Sie von weit her.« Anerkennung und Respekt lagen in ihrer Stimme.

Ich lächelte unverbindlich.

»Nein, ich kenn bloß den Weg nicht«, sagte ich, doch die Tür hatte sich bereits geschlossen.

Vom Pilgern hatte ich überhaupt keine Ahnung. Vor Jahren hatte mir Inge zu Weihnachten *Ich bin dann mal weg* von Hape Kerkeling geschenkt, und ich hatte es interessiert gelesen. Die Faszination des Jakobswegs und des Pilgerns war mir jedoch rätselhaft geblieben. Warum lief man zu Fuß über Berge und endlose Weiten, wenn man nur ins Auto zu steigen brauchte? Während ich mir diese Frage stellte, fiel mir auf, dass ich die letzten Wochen genau das gemacht hatte. Aber eine Pilgerin war ich damit noch lange nicht. Ich duschte heiß und lange. Dann wusch ich meine Anziehsachen im Waschbecken, räumte den Rucksack leer und verteilte alles in Zimmer und Bad zum Trocknen. Nur gut, dass meine Zeichensachen zusätzlich in einer Plastiktüte steckten. Sie hatten den Wolkenbruch unbeschadet überstanden. Erschöpft und hungrig betrat ich mit feuchten Haaren und feuchter Wechselwäsche die Wirtstube, wo wenige Minuten später das angekündigte Pilgeressen dampfend vor mir stand: eine klare Brühe und danach Gulasch mit Spätzle und gemischtem Salat. Frisch gehackte Petersilie war kreuzförmig über den Teller gestreut.

Ein Mann am Stammtisch nickte mir statt eines Grußes zu. Seinen Hut hatte er tief in die Stirn gezogen.

»Ist es ein Gelübde?«, fragte er, als wäre das eine selbstverständliche und naheliegende Frage.

Ich schaute mich um. Aber wir beide waren die einzigen Gäste. Ich schüttelte den Kopf.

»Eine Bitte?«

Wieder schüttelte ich den Kopf und hoffte, dass meine Keinsilbigkeit den Redebedarf des Mannes zum Erliegen brächte. Er nahm einen kräftigen Schluck aus seinem Bierglas.

»Ein Dank?«

»Bestimmt nicht.« Ich tunkte die Gulaschsoße mit einem Stück Brot auf und unterdrückte ein hysterisches Lachen.

»Dann suchen Sie eine Antwort«, stellte er selbstzufrieden die Diagnose.

»Ich habe nicht einmal eine Frage«, gab ich zu.

Der Mann lächelte.

»Sie werden's schon finden. Manchmal kriegt man erst die Antwort, und dann kennt man auch die Frage.«

Dann vertiefte er sich wieder in sein Bierglas und verstummte. Ob ich ihm Zacs Telefonnummer geben sollte, fragte ich mich. Wahrscheinlich würden sich die beiden Orakel gut verstehen.

In dieser Nacht wurde ich krank und bekam Schüttelfrost und Fieber. Durstig trank ich aus dem Wasserhahn und fror, zitterte und glühte abwechselnd. Ich wusste, es wäre besser gewesen, im Bett zu bleiben. Trotzdem brach ich am nächsten Vormittag auf. Ich wollte auf keinem Fall länger für eine Pilgerin gehalten werden, die ich nicht war. Pilger folgten einem Weg und hatten zumindest ein geografisches Ziel. Ich hingegen hatte mich einfach nur verirrt. Eine Hochstaplerin wollte ich nicht sein.

Meine Anziehsachen waren klamm und kalt. Ich bibberte, und meine Zähne klapperten hektisch, obwohl über Nacht der Sonnenschein zurückgekehrt war. Der Boden unter meinen Füßen fühlte sich nachgiebig an. Bei jedem Schritt hatte ich das Gefühl, in Schlamm zu sinken. Der Rucksack war steinschwer. Mein Hals war wund, und das Schlucken schmerzte. In der nächsten Unterkunft würde ich mich auskurieren. Mir war schwindelig, und der Himmel wich vor mir zurück.

Bald darf ich mich ausruhen, nicht mehr weit, murmelte ich vor mich hin. Schritt für Schritt schleppte ich mich dahin und sprach mit mir selbst. Ich wollte mich hinlegen, nur noch schlafen. Sofort.

Dann quietschten Bremsen. Aus dem Augenwinkel erkannte ich silbern glänzendes Metall. Ein dumpfes Klatschen. Ich roch verbrennenden Gummi und Lackpolitur. Mit Wucht erfasste mich eine Schmerzwelle, riss mich mit sich und schlug über mir zusammen.

Meine Synapsen veranstalteten zum letzten Mal ein Feuerwerk und schufen einen zeitlosen Raum. Dort traf ich meine Kinder, meine Mutter, meine Großmutter und sogar meinen Immer-noch-Ehemann. Sie umarmten mich stumm. Meine Freunde aus Studientagen liefen mir entgegen. Maria, Eva und Sebastian Hand in Hand. Der schüchterne Jan drückte mir einen Kuss auf den Mund. Das hatte er in Wirklichkeit nie getan. Seine Augen waren noch blauer, als ich sie in Erinnerung hatte. Mitfühlend schaute Jan mich an. Bedauern lag in seinem Blick.

Zac legte tröstend seinen gestreiften Arm um Jans schmale Schultern und zog ihn zu Mel und Loreen. Alle lächelten mir zu, und ich war glücklich. Ich ging an ihnen vorbei. Mein Weg führte von ihnen weg.

Gleichzeitig erkannte ich mich im Hintergrund. Es war meine Einschulung. Im gelben Kleid mit einer großen Schultüte im Arm ging ich durch die Schultür. Mein Blick war neugierig, und meine roten Haare waren wie bei Pippi Langstrumpf zu zwei Zöpfen geflochten. Ich erinnerte mich, wie sehr ich mich damals auf das Leben gefreut hatte. Wie gespannt ich gewesen war, wo es mich hinführen würde.

Unterwegs roch ich Erdbeeren, trank Zitronenlimonade und streichelte Luna, meine schwarze Katze.

Dann glitt ich in einen See, kraulte durch kühles Wasser und streckte mein Gesicht zur Sonne.

Plötzlich wurde mein Körper leicht.

Die Erdanziehungskraft war aufgehoben.

Die Zurückgebliebenen verblassten. Ich fühlte mich frei.

»Das war's«, dachte ich. »Das Ende.«

Etwas Hartes krachte gegen meinen Brustkorb. Während ich durch die Luft geschleudert wurde, löste ich mich von diesem Leben.

Beim Aufprall auf den Asphalt hatte mein Herz bereits aufgehört zu schlagen.

Stille.

Gleißend helles Licht und eine Rosenduftwolke umgaben mich. Ich erkannte den Geruch meiner Lieblingsrose. Die englische Züchtung Jane Austen hatte ich als erste Pflanze in unseren Garten gepflanzt, noch bevor der Rollrasen vom Gärtner verlegt worden war.

Wie aufmerksam und persönlich der Himmel seine Neuzugänge empfing.

»Elenor, meine liebe Tochter. Vertrau auf dich. Du trägst deinen Weg in dir.« Eine Frau, so strahlend wie das Licht, lächelte mich an. »Nur du kannst ihn finden.«

Meine Begeisterung ließ spürbar nach. Ich hatte endgültig genug von Wegen. Selbst im Jenseits wurde ich von Orakelsprüchen und esoterischen Ratgebern verfolgt.

Konnte man denn nirgends von diesem Geschwafel verschont bleiben? War vielleicht Inge mit mir ins Jenseits gereist? Bei der improvisierten Abschiedsfeier meines Gehirns war sie nicht dabei gewesen.

Oder war ich in die Hölle geschickt worden? Würde mich der Teufel auf ewig zu Pilates- und Aerobic-Stunden verdammen und dabei mit Lebensweisheiten quälen?

Gnädig empfing mich die Stille.

Endlich war Ruhe.

»Können Sie mich hören?«, fragte mich jetzt eine andere Stimme.

Sie war angenehm sanft und gehörte bestimmt einem Engel. Schon spürte ich seine weichen Flügelspitzen auf meiner Schulter.

Wahrscheinlich wollte mir das Himmelsgeschöpf eine Ersteinweisung geben. Vielleicht war auch schon die Zeit für meine erste Flugstunde gekommen.

Mühsam kämpfte ich mit meinen bleischweren Augenlidern und war auf das Jenseits und meine Engelsflügel gespannt. Blöderweise ließen meine Augen sich nicht öffnen. Aber immerhin ging es nach dem Tod weiter. Da war ich mir im Leben nicht sicher gewesen.

Vielleicht hatte mein Astralleib gar keine Augen, oder sie waren an einer anderen Stelle, überlegte ich.

Bestimmt sah mein neuer Körper ganz anders aus als mein alter. Vielleicht war die Sache mit den Flügeln auch ein irdisches Gerücht. Hauptsache, mein neuer Körper war jünger beziehungsweise altersresistent, faltenfrei, belastbar, ohne Altersflecken und Cellulitis. Eine gewisse Perfektion konnte man vom Jenseits bestimmt erwarten.

Ich war aufgeregt, wunderte mich aber, Schmerzen zu haben. Das viel gelobte Paradies wies unerwartete Mängel auf.

Der Rosenduft war verflogen, aber ich roch zum Glück auch kein Höllenfeuer. Ich lag weich und warm auf einer Wolke. Oder war ich die Wolke?

Fragen über Fragen drängten aus der Gedankenwarteschleife, lösten sich aber sogleich wieder spurlos auf.

Ich versank im stillen Nichts.

Meine erste Flugstunde musste warten. Zeit war bedeutungslos.

»Hallo? Können Sie mich hören?« Wieder erklang die Engelsstimme.

Hören konnte ich. Erst die Stimme des Engels, und jetzt drangen auch noch andere Geräusche zu mir durch: leises Klirren, ein saugender Luftstrom und ein hoher, unregelmäßiger Ton, der wiederholt mit einem dumpfen Krachen endete.

Das klang weder nach einer Engelschorprobe noch nach Sphärenklängen, sondern banal und alltäglich. Ein schrecklicher Verdacht keimte in mir. War ich nicht tot?

Schlagartig erkannte ich die gewohnten Geräusche: aneinanderschlagendes Geschirr, Schnarchen und das Leeren der Biotonne.

Ernüchtert kehrte ich ins Diesseits zurück.

»Wo bin ich?« Meine Stimme klang wie ein eingerosteter Roboter.

»Sie sind im Krankenhaus.«

Ich stöhnte auf. Aus der Traum vom faltenfreien, glücklichen Dasein.

»Haben Sie Schmerzen?«

Tränen traten in meine Augen.

»Ich erhöhe die Dosis des Schmerzmittels. Gleich wird es besser«, versprach die freundliche Stimme, die leider keinem Engel, sondern der Internistin Dr. Marlena Niedermüller gehörte. »Sie hatten gestern einen Unfall. Ein Auto hat Sie angefahren. Dabei haben Sie einen heftigen Schlag auf Ihren Brustkorb erlitten. Als Folge dieser Erschütterung kam es zum Herzstillstand. Aber sie hatten großes Glück.« Sie sprach sehr langsam und deutlich. »Der Fahrer hat sofort Erste Hilfe geleistet und mit der Reanimation begonnen. Der Notarzt konnte Sie stabilisieren. Sie werden wieder völlig gesund. Wir haben Ihren Mann informiert. Schlafen Sie jetzt.«

Und wie auf Knopfdruck reiste ich zurück ins Traumland.

So viel zum Fliegen.

Als ich zum dritten Mal aufwachte, funktionierten meine Augenlider, und ich blinzelte vorsichtig.

Goldenes Sonnenlicht flutete durch den gelb gestrichenen Raum und brachte den Sonnenblumenstrauß auf meinem Nachttisch zum Leuchten. Überirdisch schön war das.

»Mei, wie geht's Ihnen denn?«, fragte das Nachbarbett.

Der Blumenstrauß versperrte mir den Blick auf meine Zimmergefährtin. Ich versuchte mich aufzurichten, aber mein Kopfdröhnen mahnte mich zum Stillhalten. Jeder Atemzug tat weh.

»Danke, besser«, log ich.

»Das freut mich. Mein Name ist Edeltraud März. Aber sagen S' doch Traudl zu mir«, bot die körperlose Stimme an.

»Elenor«, antwortete ich einsilbig, weil auch mein Hals beim Reden und Schlucken schmerzte. Blütenstaub lag auf der weißen Kunststoffoberfläche des Nachttisches, und Staubkörnchen tanzten in der Luft. Die Welt schien sich seit meiner Bewusstlosigkeit erneuert zu haben. Sie war bunter, detailreicher und strahlender.

»Wo bin ich?«, krächzte ich mühsam.

»Im Altöttinger Krankenhaus. Sie sind beinahe am Ziel Ihrer Pilgerreise angekommen.« Traudls Stimme tropfte salbungsvoll.

Ich stöhnte genervt auf, was meine Nachbarin als Schmerzäußerung interpretierte.

Die Pilgerei verfolgte mich.

»Das vergeht. Da brauchen Sie sich keine Sorgen zu machen. Bei der Wiederbelebung haben s' Ihnen ein paar Rippen gebrochen. Aber des wächst alles wieder zusammen«, tröstete mich Traudl.

Hätte mein Hals nicht wie Feuer gebrannt, hätte ich wortstark protestiert. Aber mein Rachen fühlte sich an, als wäre ich in den letzten Wochen als Feuerschluckerin über die Jahrmärkte gezogen. Wobei Feuerspucken bestimmt angenehmer war, sinnierte ich.

»Es passiert immer wieder«, kam die Stimme aus dem Kissen-Off und unterbrach meinen tiefsinnigen Vergleich, »weil keiner glaubt, wie schnell man übersehen wird.«

Hörte das denn niemals auf?

Ich schloss die Augen und wartete auf die weiteren Mitteilungen des Universums. Über dieses Thema hatte mir Inge mal ein rätselhaftes Buch geschenkt.

»Und auf den Kopf sind Sie auch gefallen«, informierte mich die Frau. »Vielleicht klappt's da oben jetzt nicht mehr ganz so wie früher.«

Das machte mir Mut.

Vorsichtig tastete ich nach meinem Kopf. In meinem Handrücken steckte eine Infusionsnadel.

»Aber das geht schnell. Man muss gut auf sich aufpassen, wenn man unterwegs ist. Nicht nur wenn es dunkel ist.«

Das hatte ich in den letzten Jahren definitiv verlernt. Aber ich hatte keine Lust mehr auf Lebensweisheiten. Mit zusammengekniffenen Augen betrachtete ich das Muster auf meinem Krankenhausnachthemd.

»Verkehrsunfälle sind bei Pilgern eine häufige Todesursache. Aber die Gottesmutter hat Sie beschützt und Ihnen ein neues Leben geschenkt«, kam meine Nachbarin zum Höhepunkt ihrer Unfallinterpretation. »Sie haben Ihr Ziel erreicht.« Sie klang wie ein zufriedenes Navigationsgerät.

Wie sollte Traudl wissen, dass mir jegliche Qualifikation fehlte, Ziele zu erreichen? Ich war ja nicht mal im Jenseits angekommen.

Das Nachdenken machte mich müde. Ob die Blumen auf meinem Nachttisch von Paul waren? Mein Herz zog sich bei diesem Gedanken ein klein wenig zusammen, klopfte sich aber dann in einen ruhigen Schlaf.

Schwere Schritte weckten mich.

Ein junger Mann in schwarzer Lederjacke stand vor meinem Bett.

»Wie geht es Ihnen?«

Ich verpasste meinen Einsatz, weil ich beobachtete, wie er nervös eine kleine Schachtel zwischen seinen großen Händen rotieren ließ.

»Es tut mir so leid. Ich habe Sie wirklich nicht gesehen.« Die Schachtel war mit geblümtem Geschenkpapier und einer roten Satinschleife verpackt. Waren Pfingstrosen oder Rosen aufgedruckt?

»Aber so klein sind Sie eigentlich gar nicht. Als wären Sie unsichtbar gewesen. Dann der Aufprall. Es tut mir wirklich leid«, sprudelten die Sätze aus ihm heraus und versiegten dann. Ungelenk legte er sein Geschenk zwischen meinen Füßen ab und wusste dann nicht, was er mit seinen leeren Händen machen sollte.

»Ich bin sofort ausgestiegen«, er stockte, »Ihr Herz hat nicht mehr geschlagen, und geatmet haben Sie auch nicht. Ich habe sofort mit der Herzrhythmusmassage begonnen. Ich habe eine Ausbildung zum Ersthelfer. Hätte nie gedacht, dass ich die mal brauchen würde. Ich hatte solche Angst, etwas falsch zu machen. Der Notarzt war schnell da. Aber jede Minute schien mir eine halbe Ewigkeit.«

Von seinen großen Händen stammte also der Bluterguss auf meinem Brustkorb. Dabei hatte er mir zwei Rippen gebrochen und mein Leben gerettet.

»Sie ist auf den Kopf gefallen«, moderierte meine Bettnachbarin in die Stille hinein. »Sie braucht immer ein bisserl, bis sie antwortet.«

Der junge Mann hielt sich jetzt am Fußteil des Bettes fest. Er war besorgt.

Langsam fuhr mein Hirn aus dem Stand-by-Modus hoch.

»Die Blumen sind von Ihnen?«, fragte ich. Mein Hals fühlte sich besser an.

Er nickte, und ich war beruhigt.

»Es tut mir so leid. Ich habe Sie wirklich nicht gesehen«, beteuerte er erneut.

»Machen Sie sich darüber keine Gedanken. Das ist mir schon öfter passiert.«

»Dass Sie angefahren werden?«, fragte er entgeistert.

»Nein, dass ich übersehen werde.«

Wieder dachte ich an Paul. Mein gebeuteltes Gehirn erstellte ungefragt eine schonungslose Eheanalyse. Bisher war es eine Ahnung gewesen, jetzt sah ich es glasklar. Im Lauf der Jahre war ich an der

Seite meines Mannes geschrumpft. Wie bei einer alternden Fotografie waren meine Farben verblasst. Hannah hatte recht: Ich war mir selbst verloren gegangen.

»Wie hatte das nur passieren können«, murmelte ich.

»Ich weiß es nicht«, erwiderte der junge Mann, »wahrscheinlich standen Sie im Gegenlicht, und die Sonne hat mich geblendet. Aber eigentlich kann man Sie nicht übersehen. Ihre Haare leuchten wie Feuer.«

Ob das ein Kompliment war? Ich lächelte vorsichtshalber.

Mein Kopf hämmerte.

»Die Polizei hat das Unfallgeschehen aufgenommen und wird sich bei Ihnen melden«, fügte er hinzu. »Wenn Sie Fragen haben oder etwas brauchen, melden Sie sich bei mir.«

Ich nickte vorsichtig. Es war besser, meinen Kopf möglichst wenig zu bewegen.

»Machen Sie sich keine Sorgen. Mir geht es gut. Unkraut vergeht nicht.«

Sein Blick zeigte, dass er da so seine Zweifel hatte.

»Das wird schon wieder«, bestätigte Frau März.

»Sie dürfen sich keine Vorwürfe machen. Ich hätte nicht an der Straße entlanglaufen dürfen. Ich werde wieder vollständig gesund und höre mit dem Unsichtbarsein auf.«

Der Mann griff nach dem Päckchen zwischen meinen Füßen und wartete, bis ich es auspackte. Ich bedankte mich artig für die zwölf Schokoherzen mit Nugatfüllung und sprach ihn erneut von allen Vorwürfen frei.

»Mir fällt ein Stein vom Herzen. Seit dem Unfall habe ich für Sie gebetet. Alles Gute und schnelle Genesung.« Er legte mir einen Zettel mit Namen und Adresse auf den Nachttisch und verließ das Krankenzimmer.

Jonathan Herbst, ein schlecht rasierter, höchstens zwanzigjähriger Lederjackenträger hatte für mich gebetet. Den plötzlich auftretenden Tränendruck entschuldigte ich mit dem Unfallschock und fortschreitender hormoneller Unausgeglichenheit.

In den folgenden Tagen schlief ich viel und erholte mich schnell. Nur die gebrochenen Rippen würden noch länger schmerzen.

»Hat sich Ihr Mann gemeldet?«, fragte mich Frau Dr. Niedermüller im Krankenzimmer.

Ich schüttelte den Kopf, hörte aber sofort wieder damit auf.

»Werden Sie abgeholt?« Sie drückte mir meinen Entlassungsbrief in die Hand.

»Nein. Auf mich wartet niemand.«

Was für ein bitterer Satz.

Der Blick der Ärztin war mitfühlend.

»Doch, doch«, Frau März setzte sich im Bett auf, »die Muttergottes wartet auf Sie. Die müssen Sie noch besuchen und für das Wunder Ihrer Rettung danken.«

Herzlich verabschiedete ich mich von meiner Nachbarin, Ärzten und Pflegepersonal.

Nachdem ich von verschiedenen Menschen für eine Pilgerin gehalten worden und immer wieder der Begriff Wunder gefallen war, schulterte ich vorsichtig Rucksack und Zeichentasche und fragte mich zur Altöttinger Gnadenkapelle durch. Meine angeknacksten Rippen schmerzten bei jedem Schritt und bei jedem Atemzug, aber ich ging weiter. Langsam setzte ich einen Fuß vor den anderen. Das hatte ich in den letzten Wochen trainiert.

Alles um mich war laut und bunt. So viel zu sehen und zu spüren. Autoabgase, Vogelgezwitscher, Hundegebell, Kinderlachen, Bäckereiduft, Löwenzahn in Pflasterritzen, Kieselsteinchen unter meiner Schuhsohle. Meine Bettnachbarin Traudl hatte schon recht. Der Weg und der Schlag auf den Kopf hatten mich verändert. Ich wartete neben einer kichernden Kindergartengruppe an einer roten Ampel und war vom Leben verzaubert. Ich würde vermutlich sehr viel zeichnen müssen, um mit meiner veränderten Detailwahrnehmung klarzukommen. Aber Papier war geduldig.

Je näher ich dem Kappellenplatz kam, desto zahlreicher reihten sich Läden mit Andachtskitsch und christlicher Kunst aneinander. Riesige Wachskerzen, Heiligenfiguren und Rosenkränze zierten die Schaufenster.

Was wollte ich hier? Unentschlossen umkreiste ich die Kapelle und staunte über alte Holztafeln, die von Wundern erzählten, von geheilten Kindern, von überstandenen Unfällen und überwundenen Krankheiten.

Schließlich trat ich ein. Mein Herz klopfte, und ich schob es auf die Schwäche nach dem Krankenhausaufenthalt.

Im hintersten Raum erkannte ich eine schwarze Marienfigur und zwängte mich in eine Holzbank. Das musste das berühmte Gnadenbild sein.

Menschen kamen und gingen, knieten sich auf die Steinstufe vor der Absperrung, beteten, bekreuzigten sich und verließen die Kapelle durch einen kleinen Seitenausgang.

Es herrschte hier ein klar geregelter Einbahnstraßenbetrieb.

Zum ersten Mal, seit ich in München aufgebrochen war, dachte ich über meine Wanderschaft nach. Es war nie um den Weg gegangen, sondern um Bewegung. Ganz ruhig saß ich in diesem Raum, der außerhalb der Welt zu liegen schien, und atmete eine tiefe Stille ein. Die Stunden vergingen. Das Licht veränderte sich. Ein Mann erneuerte die abgebrannten Kerzen am Altar. Ich blieb sitzen, bis mich am Abend der Mann freundlich bat zu gehen. In einem nahen Gasthof nahm ich mir ein Zimmer.

Am nächsten Morgen kehrte ich zurück.

Bis dahin hatte ich nie meditiert. Aber Altötting war für mich ein Crashkurs.

Ich unterbrach meine Versenkung für eine kurze Mittagspause, weil mein Magen lautstark protestierte und die Betenden irritierte.

Gestärkt mit Käsespätzle und Salat nahm ich meine Sitzmeditation wieder auf und schlief prompt dabei ein.

Im Traum sah ich ein kleines Haus auf einem Hügel. Ich ging zur Haustür, drückte die Klinke hinunter und trat in einen hellen, quadratischen Raum. Warmes Nachmittagslicht flutete durch die Fenster. Unter meinen Füßen spürte ich den kühlen, glatten Steinboden und wusste plötzlich, dass ich zu Hause war.

»Elenor, endlich! Jetzt für dich und deine Listen zum Mitschreiben: Deine Heimat liegt in dir. Wie sollst du verloren gehen oder dich verlaufen?«, hörte ich eine Stimme, die mich verdächtig an meine johannisbeergeleekochende Oma erinnerte. »Geh und lebe! So wie du bist, braucht dich die Welt. Bleib bei dir und vergib.«

Ein kleines Mädchen mit dünnen Zöpfen puffte mir seinen spitzen Ellbogen in die Seite.

»Hier darf man nicht schlafen«, ermahnte es mich streng. »Hier muss man aufpassen und zuhören. Vielleicht sagt die Maria etwas.«

Ich nickte. »Anfängerfehler«, flüsterte ich. »Ich bin zum ersten Mal da.«

Ich verschwieg, dass ich gerade eine Stimme gehört hatte. Aber die zählte bestimmt nicht, denn ich war eingenickt und hatte nur meine Oma gehört. Das fand ich bedeutend beruhigender, als im Wachzustand von Maria angesprochen zu werden. Obwohl meine Großmutter auch Maria hieß. Wie auch immer, es war egal, ob ich gerade eine Erscheinung gehabt hatte oder einfach Blind- und Blödheit der letzten Jahrzehnte von mir abgefallen waren. Ich fühlte mich tief mit mir und der Welt versöhnt.

Auch wenn ich es nur ungern zugab, war ich zum Ende meiner Wanderschaft doch noch zu einer Pilgerin geworden.

Alle hatten es gesehen, nur ich hatte es nicht kapiert. Blind und ignorant war ich durch Oberbayern geirrt. Dabei hatte ich mir nichts erhofft. Absichtslos, nannte man das in der Fachliteratur. Aus Inges

Büchern wusste ich, dass spirituelle Erfahrungen am Ende der Welt lauerten und nicht in erweiterter Gehentfernung. Jetzt aber verstand ich, dass Orte bei der Selbstfindung völlig egal waren. Die Schritte waren es. Unterwegs sein, bei sich selbst sein, heimkommen.

Der Begriff Seelenhaus kam mir in den Sinn. Inge hatte mir dazu einen ihrer langen spirituellen Vorträge gehalten. Einen Ort in sich selbst, den man betreten und zu dem man jederzeit zurückkehren konnte. Die Vorstellung gefiel mir. Häuser mochte ich, und das, was ich gefühlt hatte, kam dem schon verdächtig nahe. Vielleicht würde ich Inge irgendwann einmal davon erzählen. Ihre esoterischen Seminarbesuche und Buchkäufe spiegelten bestimmt eine tiefe innere Sehnsucht wider. Wahrscheinlich würde sie mir kein Wort glauben und lieber für eine bewusstseinserweiternde Trommelreise zu südamerikanischen Schamanen sparen.

Am nächsten Morgen stand ich sehr früh auf, kaufte Kerzen und spendete sie am Eingang der Kirche. Noch einmal genoss ich die tiefe Ruhe. Dann stand ich auf. Meine Wegsuche war beendet, und es war mir gleichgültig, ob ich ein Wunder oder einfach eine Bewusstseinsstörung erlebt hatte. Immerhin hatte ich auch eine beeindruckende Nahtoderfahrung gemacht. Mein Bewusstsein hatte sich mit einem Best-of-Life von mir verabschiedet. Ehrlicherweise hatte ich danach das Licht am Ende des Tunnels verpasst. Ich war nicht einmal bis zum berühmt-berüchtigten Tunneleingang gekommen und war sehr dankbar, dass der junge Autofahrer mich so schnell und beherzt reanimiert hatte.

Auf jeden Fall kannte ich jetzt mein Ziel. Ich war es selbst. Der Weg zurück zu mir konnte also beginnen.

Am Bahnhof kaufte ich mir eine Fahrkarte nach München. Als ich das aufgedruckte Datum sah, rechnete ich. Der Streit mit Zac lag fast vier Wochen zurück. Inzwischen war es September, und das

Laub an den Bäumen begann sich zu verfärben. Die Luft war nebelfeucht und kühl. Ich hätte gerne tief eingeatmet, aber das gefiel meinen Rippen nicht. Als verwirrtes Trennungsopfer war ich aufgebrochen, als angeknackste Trennungsüberlebende kehrte ich mit neuem Mut zurück. Mit einem Lächeln auf den Lippen wartete ich auf dem Bahnsteig und beobachtete die anderen Reisenden. Viele erwiderten meinen Blick und lächelten zurück. Was für ein Glück ich hatte, noch am Leben zu sein. Ich freute mich auf meine Kinder, auf Mel und sogar auf Zac.

Während ich durch das Zugfenster die vorbeihuschende vertraute Landschaft betrachtete, merkte ich, dass die Wut auf Paul weg war. Hatte sie sich während des Gehens abgenutzt? Oder hatte ich sie irgendwo dort draußen unter einem Baum liegen lassen und vergessen? Ich holte aus Loreens Rucksack mein Wunschheft. Es war Zeit für neue Einträge.

- *eigenes Haus entwerfen*
  (unwichtig – Ab jetzt wäre ich überall zu Hause, wo ich meinen Herzschlag hören konnte.)
- *Studienabschluss nachholen!*
  (bekam ein Ausrufezeichen)
- *neue Garderobe*
- *Schlafanzug – unbedingt mit Snoopy-Aufdruck*
- *Friseur*
- *Museumsbesuche*
- *Erste-Hilfe-Kurs auffrischen*

Ich betrachtete die Liste. Insgesamt würde ich in meinem neuen Leben mehr zeichnen, mehr malen, mehr fühlen, mehr Musik hören, mehr leben und nicht schon im Vorzimmer der Studienberatung aufgeben, versprach ich mir.

»Hi, El.«

Zac hing im Flur an seiner Klimmzugstange und grüßte so beiläufig, als wäre ich nur fünf Minuten beim Bäcker gewesen. Scheinbar mühelos zog er sich dann erneut zur Zimmerdecke hoch.

Tatsächlich hatte ich eine weiße Papiertüte mit duftenden Croissants und Nusshörnchen dabei. Vor 12 Uhr Mittag bedeutete in dieser WG Frühstückszeit.

Zac ließ sich langsam auf den staubigen Boden sinken und verlor gnädigerweise kein Wort über meine grün karierte Wanderbluse und die beigen Dreiviertelhosen. Ich stellte Loreens Rucksack ab, warf den Wohnungsschlüssel in das ausgetrocknete Aquarium, ging auf Zac zu und umarmte ihn. Erst hielt er die Arme abwehrend hoch, dann drückte er mich kurz an sich und tätschelte mir vorsichtig den Rücken. Für meine Rippen war es gut, dass er nicht zu Gefühlsausbrüchen neigte. Ich kämpfte gegen aufsteigende Tränen.

»Kaffee ist gleich fertig«, flüchtete er vor meiner Zuneigungsattacke in die Küche.

Als ich aus dem Bad kam, hatte er bereits auf dem Balkon gedeckt. Der Himmel und das blaue Nachbarhaus strahlten um die Wette.

»Und? Was macht dein Weg?«

»Er hat mich gefunden«, gab ich ernst zurück und strich Zitronenmarmelade auf mein Croissant.

Zac nickte, als wäre das normal, und erzählte mir dann von seinen letzten Einkochexperimenten. Die Zitronenmarmelade mit Gin war seine neueste Kreation. Ein Rechthaber war er nicht, das musste man ihm lassen.

»Und Loreen?«

»So wie du, bis jetzt ist Lorn wie vom Erdboden verschwunden. Hat ewig nichts mehr hören lassen.« Zac öffnete ein neues Marmeladenglas. »Schattenmorellen mit Bitterschokolade«, verkündete er und hielt es mir zum Riechen unter die Nase. »Na ja, du bist immerhin wieder aufgetaucht. Moderne Kommunikationswege sind wohl nicht so dein Ding. Du weißt schon, diese kleinen Kästchen, die man mit sich rumträgt und die man für Nachrichten und zum Telefonieren nutzen kann? Ist ja nicht so, dass sich jemand Sorgen machen würde. Bist ja schließlich alt genug.«

Er klatschte mir einen großen Löffel der rotbraunen Masse auf den Teller. Am liebsten hätte ich ihm einen Kuss auf die Wange gedrückt, hielt mich aber zurück.

»Lorn hat in den ersten zwei Wochen einen minutiösen Blog verfasst. Sie hat wirklich alles erzählt, sogar, wo sie auf dem Klo war. Aber jetzt ist Sendepause. Wahrscheinlich hat sie uns vergessen.«

Ich glaubte, in Zacs Stimme einen resignierten Unterton zu hören. Er zeigte mir ihren Reisebericht auf seinem Handy. Loreen hatte sich seit drei Wochen gar nicht mehr gemeldet. Zuvor waren ihre Nachrichten immer seltener und kürzer ausgefallen: *War heute baden* oder *All-you-can-eat-Buffet geplündert*. Später schrieb sie nur noch Einwort-Posts, die sich sogar wiederholten: *sonnig*, *müde* oder *unterwegs*. Schließlich war sie ganz verstummt.

Zac mutmaßte, dass sie in eine Hobbithöhle ohne WLAN gezogen oder von einem Wal verschluckt worden war und in seinem Bauch durch die Weltmeere reiste.

Ich dachte an meine Wanderschaft zurück und wie sehr ich das Alleinsein gebraucht hatte, um zu mir zu finden. Vielleicht ging es Loreen ähnlich. Wobei ich mir Loreen ehrlicherweise weder still noch allein vorstellen konnte.

»Und Mel?«

»Hat neue Freunde gefunden, mit denen sie sich die halbe Nacht rumtreibt«, beschwerte er sich. »Geregelte, warme Mahlzeiten sind kaum möglich, und wenn sie mal da ist, weigern sich ihre Freunde, in der ›Tierfresserküche‹ etwas zu sich zu nehmen. Alles Veganer. Nicht ganz richtig im Kopf. Für die koche ich nicht!«

»Und sonst so bei dir?«, fragte ich und versuchte, ernährungsethische Grundsatzfragen zu vermeiden.

»Alles beim Alten. Ich bin echt froh, endlich wieder ordentlich kochen zu können. Du isst wenigstens alles. Heute 19 Uhr! Ich leg dir noch eine Einkaufsliste hin.« Demonstrativ schloss er die Augen und ließ sich mit einem zufriedenen Grinsen die Sonne ins Gesicht scheinen. Somit war die Unterhaltung beendet, und ich räumte ab.

Wenigstens als Kochassistenz und -aufsicht war ich hier vermisst worden.

Für mich war es höchste Zeit, mein neues Leben in Angriff zu nehmen. Nach dem marmeladenlastigen Frühstück hängte ich mein Handy ans Netz und duschte ausgiebig.

Dann vereinbarte ich einen Termin in der Studienberatung, rief meine Anwältin an und checkte Kontostand und Mails.

358 Mails! Die meisten Nachrichten waren Werbemails. Die anderen stammten mehrheitlich von Paul und hatten unfreundliche Betreffzeilen, die sich bis zur Drohung in Großbuchstaben steigerten. Ich leitete sie ungeöffnet an meine Anwältin weiter.

Frau Dr. Schweiger hatte mir bereits am Telefon berichtet, dass Paul wiederholt versucht hatte, über sie an meine Adresse zu kommen, und sehr aufgebracht war.

Er behauptete, ich hätte ihn beklaut und betrogen. Das war in meiner Erinnerung irgendwie anders abgelaufen.

Frau Dr. Schweiger wusste, dass ich das gemeinsame Girokonto geplündert hatte. Ich hatte ihr den genauen Betrag mitgeteilt.

Geduldig hatte sie versucht, Paul zu erklären, dass die Summe bei der Scheidung angerechnet werde und ich mich nicht unrechtmäßig bereichern wolle. Natürlich hatte sie meine Kontaktdaten geschützt.

Ich wunderte mich, dass Paul wegen ein paar Tausend Euro einen derartigen Aufstand veranstaltete. Aber Kontrollverluste konnte er nicht ertragen.

Zum ersten Mal seit Jahrzehnten tanzte ich nicht nach seiner Pfeife, und das jagte ihn, wie einen Affen auf Kokosnusssuche, auf die Palme. Der Vergleich gefiel mir. Dann gab es noch Mails von Hannah, Gabriel und Inge.

Elias hatte nur einmal geschrieben und riet mir eindringlich, Paul zu kontaktieren. Unser ältestes Kind war schon immer ein Papakind gewesen und schlug auch charakterlich nach seinem Vater. Ihm ging es um Karriere, Kontrolle und Geld. Wahrscheinlich fürchtete er, dass ich einen Großteil seines Erbes mit Kreuzfahrten und Goldschmiedekursen durchbringen würde.

Ich antwortete ihm freundlich per Mail, dass ich mich anwaltlich vertreten ließe und im Moment keinen direkten Kontakt zu Paul wolle.

Gabriel erkundigte sich nach meinem Befinden und bot sich als Zuhörer an. Sein Mitgefühl und seine Zuwendung schafften sogar den Weg durch die digitale Welt. Telefonisch verabredeten wir uns für das kommende Wochenende zu einem Biergartenbesuch im Englischen Garten.

Werbemails und Newsletter schob ich in den Papierkorb.

Von Hannah stammten folgende Betreffzeilen:

Melde dich!

Lebst du noch?

Wie ist das Wetter?

Schon beim Friseur gewesen?

Muuuuttteeeer?

Hallooo, Universum?

Die größte Offenbarung ist die Stille – Laotse an Mami

Ich musste lachen, als ich Hannahs Botschaften aus der Neuen Welt las.

Ohne an die Zeitverschiebung zu denken, startete ich einen Skypeanruf. Meine schlaftrunkene Tochter nahm das Gespräch an und küsste den Bildschirm ihres Smartphones, als sie mich erkannte. Sie hatte ihre langen Haare zu zwei Zöpfen geflochten. Ich erwiderte den Kuss auf meinem Laptop. Dann weinten wir fünf gemeinsame, erleichterte Minuten.

»Schlaf weiter«, flüsterte ich meiner schönen Tochter zu.

Sie wischte sich mit beiden Händen übers Gesicht.

»Ich bin froh, dass du lebst.«

»Ich auch«, antwortete ich.

Hannah lächelte und unterbrach die Verbindung. Ich blieb sitzen und speicherte dieses Gefühl fest in meinem Herz. Diese Funktion war an Computern noch nicht erfunden.

Dann rief ich in der Studienberatung an und vereinbarte einen Termin. Inges Mails hob ich mir für später auf. Nach der Begegnung mit Hannah wollte ich mir die Stimmung nicht verderben lassen. Stattdessen entsorgte ich wie nach einer Häutung meine abgelegten Hüllen. Schonungslos warf ich die abgetragenen Kleidungsstücke in den Müll. Von meiner Wanderschaft behielt ich nur das Wunschbuch und meinen Zeichenblock.

Loreens Rucksack steckte ich in die Waschmaschine.

Ich war eine andere geworden, oder vielleicht hatte ich mich auch nur selbst wiedergefunden.

Am liebsten hätte ich nichts behalten und wäre nackt einkaufen gegangen. Sicherheitshalber zog ich mir jedoch eine Jeans, ein weißes T-Shirt und Turnschuhe an.

Der Friseur verpasste mir eine Kurpackung und schnitt die Spitzen nach. Mit der von mir gewählten Länge war er sehr zufrieden. Meine Locken jubelten über die Fürsorge und kringelten sich vergnügt um die Finger des Maestros.

»Voilà, ein ganz neuer Typ«, beglückwünschte er sich und mich zum Ergebnis und drückte mir an der Kasse einen Kuss auf die Wange.

Dezent geschminkt, manikürt und frisch geföhnt stürzte ich mich in den Umkleidekabinen-Nahkampf. In der Unterwäscheabteilung erweiterte ich meinen Horizont und staunte, was technisch möglich war. Geeignete Unterstützung brachte meine Oberweite zu neuer Höchstform. Ich entschied mich jedoch für elegante, aber bequeme Modelle ohne Hochstapelei. Kurz vor der Kasse legte ich dann doch ein schwarz gespitztes Push-up-Exemplar für den Außeneinsatz dazu. Mein Leben war schließlich noch nicht vorbei.

Zwischen BH-Beratung und Hosenkauf stärkte ich mich mit einem dreifachen Espresso und einem Stück sizilianischer Zitronentorte. Als die Zitronencreme herb-süß auf meiner Zunge zerging, erinnerte ich mich an Loreens Mode- und Lebensberatung. Sie hatte mir geraten, Grau zu tragen. So stellte ich meine Grundgarderobe aus unterschiedlichen Grautönen zusammen: Graphit, Schiefer, Maus, Stein, Nebel, Beton.

Bevor das Grauen zu groß wurde, setzte ich mit Blusen, Shirts und Accessoires lebendige Farbakzente.

Das Kombinieren von Farben und Schnitten machte mir Spaß, und ich genoss die Wandlungsfähigkeit der neuen Elenor.

Wie lange hatte ich mir nicht mehr gefallen?

Ich kaufte die Sachen passend. Früher hätte ich eine Kleidergröße mehr gewählt, falls ich zunehmen sollte, was man mit dem Alter gemeinhin tat. Das war vorbei. Tapfer ignorierte ich im Schuhladen die Preisschilder und gönnte selbst meinen Füßen Luxus.

Durch das Wandern war ich zwar nicht schlanker, aber muskulöser geworden. Im Freudentaumel und angetan von mir selbst, machte ich mich kurz vor Ladenschluss auf den Weg zur U-Bahn.

»Oho, Elli, die Shopping-Queen!«, begrüßte mich der glatzköpfige Sven beim Einsteigen in die U-Bahn. »Ich hätte dich beinahe nicht wiedererkannt.«

Er leckte sich mit der Zungenspitze über die Lippen. Einem Fluchtimpuls folgend stolperte ich rückwärts. Aber die nachströmenden Arbeitsheimfahrer leisteten Widerstand, und die Türen schlossen sich.

»Hallo, Sven«, würgte ich hervor und versuchte, die vierzehn gut gefüllten Papiertaschen namhafter Marken und Designer zu verbergen, was mir nicht gelang. Ich und mein neues Outfit belegten im Waggon mindestens zwei Stehplätze.

»So bringst du also Pauls hart verdientes Geld unter die Leute.« Er grinste grenzdebil. »Das hätte ich eher von Inge als von dir erwartet. Du warst immer so selbstlos und sparsam.«

»Nächster Halt Odeonsplatz«, kündigte der Fahrer in breitem Sächsisch an.

Ich machte mich zur Flucht bereit. Kurz vor Abfahrt schlüpfte ich durch die Tür. Sven hatte zu spät reagiert. Als die Bahn losfuhr, klebte seine dämliche Visage an der Türverglasung. Seine wulstigen Karpfenlippen öffneten und schlossen sich stumm.

Mein Hochgefühl war gedämpft.

Natürlich würde der fette Sven seinem Chef und Anführer umgehend von mir und meinem Beutezug erzählen. Wahrscheinlich tippte er bereits auf seinem Smartphone. Ich stieg in die nachfolgende U-Bahn und beschloss, die Nachrichtenlage durch eigene Berichte anzuheizen und Sven damit seine Exklusivmeldung zu vermiesen.

Zurück in meinem Zimmer, setzte ich mich sofort an meinen Rechner.

Liebe Inge begann ich, nachdem ich mich durch die ausführlichen Tätigkeitsberichte voller Belanglosigkeiten und Konsumaufzählungen meiner Ex-besten-Freundin gelesen hatte. Ich starrte aus dem Fenster auf die blaue Hausfassade und trauerte um unsere Freundschaft.

Ein Neuanfang ist aufregend und traurig zugleich, weil Gewohntes verloren geht, schrieb ich und löschte den Satz sofort wieder. *Die letzten Wochen waren turbulent, und ich war viel unterwegs,* startete ich einen zweiten Versuch. *Du hast völlig recht. Es war höchste Zeit, dass ich mehr auf mich achte. Daher beschloss ich, mir einige wenige meiner Lebensträume zu erfüllen. Und das, meine Liebe, war eine sehr gute Idee! Viel zu lange habe ich mich in unserer miefigen Kleinstadt versteckt und wäre dort noch als Pauls Haushälterin versauert.*

Wie du als meine Kindergartenfreundin weißt, träumte ich schon im Sandkasten von der weiten Welt. Aber immer gab es Wichtigeres. Immer ging die Firma vor.

Ungebunden und frei, wie ich jetzt bin, packte ich drei große Koffer und brach zu einer ausgedehnten Weltreise auf.

Ich hielt inne und überlegte. Von einem kleinen rot-weiß geringelten Leuchtturm auf Loreens Schreibtisch ließ ich mich zu meiner ersten Etappe inspirieren.

Gestartet bin ich auf Sylt und hab beobachtet, wie Wind und Wasser an der Insel nagen. Das Meeresklima wirkte auf meine Psyche und meinen Körper reinigend und belebend. Thalassoanwendungen und Heilfasten taten ihr Übriges. Ich wurde mutiger und wagte mich in die Ferne.

Mit einem Postschiff kreuzte ich auf dem Amazonas. Papageienschwärme begleiteten das Schiff, und im Wasser konnte man manchmal die silbern glitzernden Körper von gefräßigen Piranhas aufblitzen sehen. Reinfallen sollte man da nicht. :)

Das Schreiben machte mir Spaß, und ich gab meiner Fantasie Freilauf.

Abends knüpfte die Besatzung an Bord Hängematten auf. Dort schlief ich wie ein neugeborenes Baby. Die Geräusche des Urwalds waren weit beruhigender als Pauls Dauergeschnarche. In Florida war ich mit Delfinen schwimmen, habe auf einem Hochhausdach in Hongkong in einem Infinity Pool geplanscht und den Blick auf die atemberaubende Skyline genossen. Zwischen Reisfeldern wartete ich auf den Sonnenaufgang, fütterte Babygorillas mit der Flasche und las an weißen Sandstränden Jane Austen. In Indien habe ich einen ayur-

vedischen Kochkurs besucht und Yoga geübt. Seitdem bin ich beweglicher, schlanker und vollständig entgiftet.

Vielleicht sollte ich meine Reiseabenteuer für Inge in einem Buch zusammenfassen, überlegte ich. *Reise und kehre zu dir zurück* oder noch besser *Dein Weg wird dich finden*, das klang nach Titeln, die Inge kaufen und an mehr oder weniger spirituell Bedürftige verschenken würde.

Wie von alleine tippten meine Finger weiter. Meine Augen folgten staunend.

Meiner fast vergessenen Liebe zum Aktzeichnen habe ich mich in der Toskana gewidmet und junge Männer schön wie Michelangelos David skizziert – in allen erdenklichen Stellungen. Dadurch habe ich die ersten Anzeichen von Altersweitsichtigkeit überwunden.

Mühsam zügelte ich meine Fantasie. Schließlich wollte ich nicht übertreiben.

Erst vor zwei Tagen bin ich nach München zurückgekehrt. Heute habe ich in der Stadt ein paar Kleinigkeiten besorgt und treffe prompt Sven in der U-Bahn. Was für ein Zufall! Falls er es noch nicht getan hat, grüße ich dich sehr herzlich aus meinem neuen Leben. Deine Elenor

Ohne den Text noch einmal zu lesen, drückte ich auf Senden. Beschwingt tänzelte ich in die Küche, wo ich Zac bei der Zubereitung einer Quiche Lorraine assistierte, das hieß, ich spülte das Kochgeschirr und wusch den Salat.

Männertypisch ignorierte er meine Typveränderung.

Nach einem üppigen Abendessen öffnete ich neugierig mein Mailpostfach. Tatsächlich hatte Inge von ihrem neuesten iPhone-Modell geantwortet, wahrscheinlich irgendwo zwischen Tennis und Fatburning-Work-out.

Schön für dich, lautete ihre schmallippige Reaktion auf meinen ausufernden Erlebnisbericht.

Ernüchtert löschte ich ihren Kontakt.

Sie verstand wirklich keinen Spaß mehr. Was vorbei war, war vorbei.

LETZTE WARNUNG!!!!!, kündigte sich großspurig eine Nachricht meines Göttergatten an.

Ungelesen leitete ich sie an meine Anwältin weiter. Wahrscheinlich kochte er vor Wut, weil Inge ihm meinen kostspieligen Abenteuerbericht weitergeleitet hatte.

Das Bild eines brodelnden Pauls beflügelte meine Fantasie, und ich stellte mir meinen Noch-Ehemann am Herd vor, wie er angekohlte Kohlrouladen röstete. Kochende Männer hin oder her: Ich konnte nicht glauben, dass Paul die absurde Mail an Inge ernst nahm. Er hielt mich für ein feiges und orientierungsloses Huhn, das sich nicht einmal mit dem Auto in die Stadt traute. Davon abgesehen: Wie hätte ich dieses Reiseprogramm in zwei Monaten absolvieren sollen und woher hätte ich das nötige Kleingeld haben sollen?

Alleine meine Shoppingtour hatte mein Konto schwer strapaziert. Es war höchste Zeit, dass ich für eine Einnahmequelle sorgte. Aber das gehörte zum morgigen Zukunftsgestaltungsprojekt.

Am Abend war ich zufrieden müde. Herrlich. Eingekuschelt in Loreens geblümte Bettdecke, schlief ich sofort ein und trieb im Traum auf dem Atlantik. Hohe nachbarhausblaue Wellen warfen das schmale Bett hin und her. Nebelhörner dröhnten und lotsten mich an Eisbergen vorbei durch die Nacht. Hoffentlich zu neuen Ufern.

Am nächsten Morgen versuchte ich trotz des arktischen Albtraums, so zuversichtlich und jugendlich wie möglich in der Studienberatung aufzukreuzen. Nachdem ich die notwendigen Unterlagen gemailt hatte, hatte ich umgehend einen Termin bekommen. Ich schminkte mich sorgfältig und dachte dabei über den Begriff der »aufgetakelten Fregatte« nach. Vielleicht kam ich langsam ins Kreuzfahrtalter.

»Eine Seefahrt, die ist lustig, eine Seefahrt, die ist schön …«, sang ich auf dem Weg zur Küche, wo Zac am Fenster stand und Kaffee trank. Er war unrasiert und hohlwangig.

Meine Heiterkeit abwehrend, hob er die linke Hand.

»Schlecht geschlafen?«, fragte ich überflüssigerweise.

»Keine Minute«, erwiderte er, und ich wusste nicht, ob er das ironisch meinte.

»Ich werde heute …«, versuchte ich ein Gespräch.

»El, verschon mich mit deinen Zukunftsplänen und geh auf eine Kaffeefahrt oder eine Flusskreuzfahrt, brenn mit einem Piraten durch oder was immer du tun musst. Aber mach einfach und hör auf zu quatschen!«

Ich zuckte nicht mehr zusammen, wenn Zac laut wurde, fiel mir auf. Und ich nahm, was er sagte, nicht mehr persönlich. Das war neu. Zac litt an Hafenkoller.

Ich verzichtete auf ein Frühstück. Für mich war es Zeit, die Segel zu hissen und in See zu stechen. Ich setzte Südkurs und nahm die U-Bahn. Unterwegs beugte ich drohendem Skorbut und Zahnausfall mit Orangensaft und Lachssandwich vor.

Vor meinem zweiten Studienberatungsanlauf atmete ich tief durch. Dann klopfte ich und nannte mein Anliegen. »Frau Professor Klarwein erwartet Sie in Zimmer 102«, informierte mich die Sekretärin und lächelte mich freundlich an.

Heute trugen wir beide Grau. Auf dem Weg zum angegebenen Zimmer grübelte ich. Der Name Klarwein kam mir bekannt vor. Als ich die Tür öffnete, wusste ich, warum.

»Maria!«

Meine ehemalige Kommilitonin lachte.

»Schön, dass Sie doch noch Ihren Abschluss nachholen wollen, Frau Simon«, begrüßte mich Professorin Klarwein mit meinem Mädchennamen und kam mir entgegen. Herzlich umarmten wir uns. Nachdem wir uns eine angemessene Zeit gemustert und vor allem angestrahlt hatten, sagte sie geradeheraus:

»Ich habe nie verstanden, dass du so knapp vor dem Ziel abgebrochen hast.«

»Im Nachhinein verstehe ich es auch nicht mehr«, gab ich zu.

»Gut schaust du aus.«

Dieses Kompliment konnte ich an die schwarz gekleidete Dame mit eleganter Kurzhaarfrisur nur zurückgeben. Während des Studiums war Maria eine pummelige Latzhosen- und Zopfträgerin gewesen. Ihr lautes Lachen war unverändert.

»Mit dir habe ich nicht gerechnet«, gab ich zu. »Ich bin sprachlos.«

Maria lachte wieder.

»Eigentlich hättest du ein Gespräch mit einer unserer Studienberaterinnen gehabt. Aber Frau Gerst hat mich angerufen, weil ihr bei deinen Unterlagen aufgefallen ist, dass wir während des Studiums an einigen Projekten zusammengearbeitet haben. Ehrlicherweise war ich neugierig, dich nach so langer Zeit wiederzusehen, und habe deine Unterlagen angefordert. Im Gegensatz zu dir konnte ich mich vorbereiten.«

Vorsichtig erkundigte ich mich nach meinen Chancen.

Maria bot mir einen Stuhl an und klickte sich durch meine Unterlagen.

»Du hast alle notwendigen Hauptdiplomsprüfungen mit ausgezeichneten Noten bestanden. Nur deine Diplomarbeit fehlt. Ich werde mich mit meinen Kollegen und dem Prüfungsamt besprechen. Wir werden einen Weg finden«, versprach mir die Professorin. »Es wird eine Sonderlösung geben. Nach so langer Zeit ist vieles anders. Es gibt ja auch kein Diplom mehr. Sondern Bachelor und Masterabschlüsse. Ich melde mich in den kommenden Tagen bei dir.«

Ich kniff mich unauffällig in den Arm, um einen Traum auszuschließen. Sollte es wirklich so einfach sein?

»Hast du Zeit?«, fragte sie.

Ich nickte.

»Dann lass uns einen Kaffee trinken gehen. Ich bin einfach zu neugierig, wie es dir ergangen ist.«

Im Innenhof der Glyptothek setzten wir uns mit zwei Cappuccinos in angenehm warme Spätsommersonne und erzählten aus unseren Leben. Die Atmosphäre war so vertraut, als hätten wir uns gestern zum letzten Mal gesehen.

Maria hatte nach dem Studium in namhaften Architekturbüros in Frankreich und Spanien gearbeitet und schließlich in der Schweiz ihre Doktorarbeit geschrieben. Ihr Leben klang wie eine stolpersteinfreie Bilderbuchkarriere. Seit drei Jahren arbeitete sie wieder in München. Sie berichtete auch von Eva und Sebastian, die inzwischen in einer geräumigen Blockhütte in Kanada lebten und Hunde züchteten.

»Ich hab sie dort schon dreimal besucht. Die zwei sind echte Aussteiger geworden«, lachte sie. »Sebastian trägt jetzt einen dicken Vollbart und ist breit und kräftig wie ein Bär. Er leitet Erlebnisseminare für Stadtmenschen. Wie fälle ich einen Baum und baue eine Hütte oder so. Von ihrem Wohnzimmerfenster aus blickst du direkt aufs Meer, atemberaubend. Eva singt. Sehr experimentelle Sachen.«

Was auch immer das heißen sollte. Ich war ehrlich erstaunt, was die beiden aus ihrem Leben gemacht hatten. In meiner Erinnerung waren sie angepasst bis unauffällig.

Maria zeigte mir auf ihrem Smartphone Fotos.

»Ich hätte weder Sebastian noch Eva wiedererkannt«, gab ich zu und wischte mich durch Urlaubsschnappschüsse.

»Sind zwei richtig Verrückte«, nickte Maria anerkennend. »Verbringen ihre Zeit am liebsten mit Sturm- und Walbeobachtung.« Sie legte ihr Handy zurück auf den Tisch.

»Und Jan?«, fragte ich vorsichtig nach dem letzten Mitglied unserer kleinen Freundesgruppe. Seit er mich bei meinem Nahtoderlebnis geküsst hatte, dachte ich öfter an ihn.

Konzentriert löffelte Maria den Milchschaumrest aus ihrer Tasse.

»Wir haben zwei Wochen nach der Diplomfeier geheiratet.«

Sie schleckte den Löffel ab und schaute mir direkt in die Augen. Ich schluckte. Meine Finger krampften sich ineinander.

»Du hast ihn mit deiner Blitzhochzeit dazu inspiriert. Wie hieß dein holder Ritter, dieser eingebildete Maschinenbauer noch mal?«

»Paul Taler«, antwortete ich. »Und er ist kein holder Ritter.«

Maria nickte. »Das sind sie nie«, antwortete sie. »Aber man glaubt es eine Zeit lang gern.«

Unsere Tassen waren ausgetrunken. Vielleicht war damit alles gesagt. Wir schwiegen. Jan und Maria waren ein Paar. Irgendwie störte mich das. Aber ich konnte den Gedanken nicht greifen.

»Da staunst du, oder?«, fragte Maria. »Alle haben sich damals über seinen Antrag gewundert. Am meisten ich selbst.« Sie lächelte versonnen.

Ihr Telefon vibrierte. Maria entschuldigte sich, stand vom Tisch auf und nahm das Gespräch an. Problemlos wechselte sie ins Italienische. Schon wieder staunte ich über meine ehemalige Freundin. Alle hatten sich weiterentwickelt. Nur ich war in meiner Entwicklung stehen geblieben. Wahrscheinlich hatte ich sogar mehrere Schritte zurückgemacht.

Ich schloss die Augen und ließ mir die Sonne ins Gesicht scheinen. Welche Chancen hätte ich gehabt? Wo wäre ich jetzt, wenn ich in der Mensa mein Essen nicht auf Pauls Hose gekippt hätte? Welche Häuser hätte ich entworfen? Wo würde ich leben? Ob ich überhaupt Kinder bekommen hätte? Wäre ich erfolgreich, reich, aber einsam? So war ich erfolglos, mittellos und einsam.

Maria rückte mit einem durchdringenden Quietschen ihren Stuhl zurecht und unterbrach meine Grübelei. So viele Fragen, die nie beantwortet würden.

»Zwischen Jan und mir hat es nicht lange gehalten«, setzte sie unser Gespräch fort. Ich öffnete die Augen. Versonnen drehte Maria ihren silbernen Daumenring. Das einzige Schmuckstück, das sie trug.

»Jan hat eine Seelenverwandte gesucht. Er wollte Nähe, alles, jeden Gedanken teilen. Aber so ein Bedürfnis nach trauter Zweisamkeit und Harmonie hatte ich nie. Ich musste raus. Ungebunden sein. Jan wollte Wurzeln schlagen, ein gemeinsames Leben aufbauen. Ich hatte Angst, wie meine Mutter in die Hausfrauennummer zu rutschen. Natürlich war das mein Thema.«

Klirrend stellte Maria die Tasse auf den Unterteller. Ich musterte meine Schuhspitzen und fühlte mich mit dem Hausfrauenvergleich angesprochen.

»Außerdem wollte er dich. Ich war nur ein schnell verfügbarer Ersatz, ein Trost in der Not. Wirklich scharf war er auf dich. Ich war die zweite Wahl. Das war mir unterbewusst klar, aber eben nur dort. Wusstest du es?«

Ich schüttelte den Kopf.

»Jetzt schau nicht so betreten. In unserer Hochzeitsnacht hat er mich Leno genannt«, beschwerte sie sich. »Diese Abkürzung hat nur Jan für dich benutzt.«

Als sich unsere Blicke trafen, brachen wir beide in prustendes Lachen aus.

»Das ist jetzt nicht wahr«, sagte ich.

»Aber natürlich. Wenn dieser Timm Thaler dir kein Kind angehängt hätte, wäre es nie zu dieser peinlichen Situation gekommen. Ich musste raus aus dieser Nummer. So schnell wie möglich. Auch wenn Jan das nie richtig verstanden hat.«

»Paul«, berichtigte ich.

Maria zog irritiert ihre Augenbrauen hoch.

»Paul Taler, nicht Timm Thaler.«

»Das war ein Witz, Elenor! Den hörst du bestimmt nicht zum ersten Mal. Aber mir ist völlig egal, wie dein Mann heißt. Unsere Ehe war keine Liebe. Bei Jan war es eine Übersprunghandlung und bei mir bestätigte Eitelkeit. Ich fand ihn immer schon süß.«

»Und?«, fragte ich ein bisschen zu schnell und ein bisschen zu neugierig.

»Nach einem halben Jahr hatte ich meine liebestolle Betriebsblindheit überwunden und die Scheidung eingereicht. War das Beste, was ich in dieser Ehe je getan habe.«

Maria stand auf und ging zum Tresen. Ich schaute ihr nach und war für die Gesprächspause dankbar. Langsam kamen ihre Worte bei mir an. Wie kam sie drauf, dass Jan etwas von mir gewollt hatte? Er war mir gegenüber immer zurückhaltend gewesen. Wir waren einfach sehr gute Freunde gewesen, mehr nicht. Oder war ich nicht erst als Hausfrau und Mutter gegenüber männlichem Charme blind und taub geworden? Vielleicht litt ich schon wesentlich länger unter einer gestörten emotionalen Wahrnehmung.

Maria kam mit zwei großen Stücken Schokoladenkuchen zurück.

»Gegen die Bitterkeit«, schob sie eine der süßen Kalorienbomben vor mich.

»Wie lief's bei dir?«, fragte sie mit vollem Mund.

»Im Ergebnis ähnlich.« Ich steckte mir ebenfalls ein kleines Stück Kuchen in den Mund und überlegte. Herbsüß zerging die Schokolade auf meiner Zunge. »Nur hab ich für meine Entscheidung länger gebraucht. Die Scheidung läuft, und meine erfolgreichsten Karriereschritte heißen Elias, Gabriel und Hannah.«

»Klingt gut«, antwortete sie neutral.

Ohne zu sprechen, verdrückten wir unsere Kuchenstücke. Seite an Seite blickten wir dabei durch die hohen Glasfenster in die Ausstellungsräume des Museums. Dort stand eine antike Jünglingsstatue neben der anderen.

»Männer«, fasste ich das Thema und den Ausblick zusammen.

Einige Minuten später vervollständigte Maria unsere lebensphilosophische Betrachtung:

»Nackt, schön und schweigend – ideal.«

Wie Teenager kicherten wir beide los.

Von Jan erzählte sie mir nichts weiter, und ich traute mich nicht zu fragen. Eigentlich hätte ich gerne ein Foto von ihm gesehen, so wie von Sebastian und Eva. Aber vielleicht hatte sie keines auf ihrem Handy. Schließlich war er ihr Ex-Mann.

Maria verabschiedete sich. Sie musste zurück ins Büro. Allein schlenderte ich durch die hohen Räume und schaute in die Gesichter der Marmorstatuen. In ihrem Blick erkannte ich Zuversicht und traumgleiche Hingabe hinter den geschlossenen Lippen. Wie gerne hätte ich die polierten Steinoberflächen gestreichelt, die so viele Gefühle aufgenommen hatten und mir aus längst vergangenen Tagen berichten wollten. Aber ein streng blickender Aufseher folgte mir durch die Säle und verhinderte jede Liebkosung.

Ich wollte dem Ungesagten, das die Räume füllte, unbedingt nachspüren und mit den stummen Männern ins Gespräch kommen. Leider hatte ich meine Zeichensachen nicht dabei. Daher verließ ich das Museum und kaufte mir in einem Künstlerbedarf um die Ecke einen neuen Zeichenblock, Bleistifte und eine Mappe. Die Zeichenmappen gab es in neutralen Farben oder mit putzigen Tierfotos: galoppierende Pferde, lächelnde Delfine, ein Babygorilla mit großen Augen, spielende Kätzchen. Ich entschied mich für den Babygorilla. Als ehemalige Pilgerin vertraute ich neuerdings meiner Intuition.

In der Mail an Inge war nicht alles gelogen. Aktzeichnen, Menschen per Bleistiftstrich erforschen war einmal eine meiner Leidenschaften gewesen, und junge Männer waren ein erfrischendes Motiv.

So verbrachte ich einen entspannten Nachmittag im Zwiegespräch mit idealen Menschen in der Glyptothek. Ich nahm mir einen Klappstuhl und streifte durch die Säle. Was für eine Abwechslung!

Ich fragte mich, wie es mit mir und den Männern weitergehen würde. Mir gingen Marias Worte durch den Kopf. Jan habe immer nur mich gewollt. Hatte ich mich damals für den falschen Mann entschieden? Streng genommen hatte ich nie eine Entscheidung getroffen, sondern war einfach der gesellschaftlichen Norm gefolgt und hatte den Vater meines Kindes geheiratet.

Um 17 Uhr unterbrach der Aufseher meine Reise in die Antike und meine Überlegungen zur Männerwahl. Mein Block war gefüllt mit Porträts, Körpern und Detailstudien.

Zu Fuß ging ich zum Stachus. Gehen war mir seit meiner Wanderschaft ein Bedürfnis geworden.

Unterwegs fiel mir Zacs morgendlicher Frust wieder ein. Leider konnte ich an seiner Situation nichts ändern, aber ich wollte ihm eine Freude machen und ihn ablenken.

In der Buchhandlung Hugendubel stöberte ich durch die Kochbuchabteilung. Vielleicht brauchte Zac einfach neue Inspiration. Während ich mich durch das bunte Nahrungsangebot der Welt blätterte, fragte ich mich, warum Zac wie ein Einsiedler lebte. Trotz seiner plötzlichen Schlafanfälle könnte er in Begleitung doch ohne Weiteres die Wohnung verlassen. Aber er versteckte sich, und mit Verstecken kannte ich mich aus. Auf diesem Gebiet war ich Expertin.

Nach längerer Überlegung kaufte ich drei Bücher mit tollen Fotos: Fisch, Meeresfrüchte und Algen.

Meine nächtlichen Traumbilder vom Meer hatten in der Glyptothek nicht nachgelassen. Schließlich waren die großen Helden der Griechen Seefahrer gewesen und hatten sich in Gefahren und Abenteuer gestürzt.

Auch Zac musste raus. Was hinderte ihn?

Vielleicht schämte er sich, wenn andere seine Schwäche erkennen würden. Aber das Leben beginnt erst, wenn wir zu unseren Schwächen stehen. Erst dann wird es interessant. Sie übertünchen ist feige und vergeudet wertvolle Zeit, in der wir Erfahrungen machen können.

Diesen für meine Verhältnisse ungewohnt philosophischen Gedanken folgend, wagte ich mich an einen eigenen Orakelspruch und schrieb in das Meeresfrüchtebuch eine Widmung:

Lass die Enge hinter dir und koste die Weite!
Geh, und dein Weg wird dich finden.
Es funktioniert wirklich.
El

Wieder stieg ich am Marienplatz in die U-Bahn und entdeckte Sven zufällig am Bahnsteig. Seine polierte Glatze blitzte aus der Menge der Wartenden heraus.

Unauffällig schob ich mich mit einer Gruppe italienischer Touristen in die Bahn. Hatte er seine Stelle gewechselt und arbeitete jetzt in der Innenstadt? Es konnte kein Zufall sein, dass ich ihn schon wieder sah. Nach seinem gescheiterten Studienabschluss hatte er Paul bisher unterwürfig die Treue gehalten. Was wäre ihm auch anderes übrig geblieben. Paul hatte in ihm einen ergebenen Mitarbeiter beziehungsweise Leibeigenen gefunden und auf diesen Status und seine chefliche Großzügigkeit immer mal wieder mehr oder weniger dezent hingewiesen.

Svens wiederholtes Auftauchen beunruhigte mich. Der Gedanke, er könnte nach mir Ausschau halten, behagte mir nicht. Ich erinnerte mich an Inges Worte, Paul habe sogar einen Privatdetektiv engagiert, um mich zu finden.

Lächerlich!

Als Mel am Abend die Kochbücher durchblätterte, rümpfte sie die weiß gepuderte Nase. »Diese armen Kreaturen willst du kochen, braten und aus ihren Panzern pulen?«

Zac saß am Küchentisch und schrieb eifrig Einkaufslisten. Mein Mitbringsel hatte den gewünschten Erfolg erzielt. Zacs Stimmung hatte sich aufgehellt. Seit Stunden studierte er Rezepte. Meine Widmung hatte er großzügig übersehen.

Ich zweifelte inzwischen an meiner Idee und fragte mich, wo ich die ausgefallenen Zutaten auftreiben sollte. Schließlich lag München nicht am Meer. Wahrscheinlich würde ich demnächst Irrfahrten durch die halbe Stadt unternehmen, um nach tiefgekühlten Algensträngen oder exotischem Getier zu suchen.

»Du weißt, wie industrieller Fischfang ausschaut? Der Meeresboden wird aufgerissen. Riesige Netze pflügen durch das Wasser. Darin verenden Delfine und viele andere Tiere. Ich sag nur unerwünschter Beifang.« Mel hatte ihre Haare gefärbt und trug sie jetzt meerjungfrauengrün.

»Du bekommst das Algenzeug«, beruhigte Zac die Tierschützerin.

»Gefüllt mit Mikroplastik und Schwermetallen«, konterte Mel.

»Du kannst auch zu essen aufhören und die Welt fastend verbessern«, schlug er mit sanfter Stimme vor, »das würde mir das Kochen leichter machen. Dieser ganze vegane Kram geht mir langsam auf den Sack.«

Ich mied die Seeschlacht und zog mich ohne Abendessen aus der Kombüse zurück. Auf dem Bett sitzend, ordnete ich meine Zeichnungen der letzten Wochen und steckte sie samt Zeichenblock in meine neue Gorilla-Mappe.

»Für dich«, brüllte Zac durch die Wohnung und riss mich aus dem Schlaf, »die Zukunft!«

Ein Blick auf Loreens Weckerungetüm. 10 Uhr!

Beinahe hätte ich die Zukunft verschlafen. Schnell sprang ich aus dem Bett und lief barfuß in die Küche. Dort hielt Zac in der rechten Hand einen kapitalen Karpfen und in der linken das Telefon. Grinsend streckte er mir den Fisch entgegen. Ich freute mich über seine gute Laune und griff nach dem Telefon, das genauso glitschig war wie der Fisch.

»Frau Taler? Frau Professor Klarwein will Sie heute um 14 Uhr zu einer weiteren Besprechung treffen. Passt Ihnen der Termin?«

»Ja, ganz wunderbar.«

Zac entschuppte den Fischkörper mit einem Spezialwerkzeug. Er trug eine weiße Gummischürze und gestreifte Boxershorts. Es fehlten nur noch weiße Gummistiefel. Ich fühlte mich wie auf einem Fischkutter. Sogar der Boden schien ein wenig zu schwanken. Vorsichtshalber hielt ich mich am Türrahmen fest.

»Gut, heute 14 Uhr, im Innenhof der Glyptothek«, wiederholte die Sekretärin und legte grußlos auf.

Wie einfach plötzlich alles war und wie schnell es ging.

Der Innenhof der Glyptothek schien eine Außenstelle von Marias Büro zu sein.

»Woher hast du das Tier?«, fragte ich Zac und roch an meiner Hand.

»Fangfrisch von Herrn Edelhuber, unserem Hausmeister. Er ist passionierter Angler und kommt heute zum Mittagessen. Es gibt frittierten Karpfen im Bierteig mit Kartoffelsalat und frischer Remoulade.«

Auf dem Tisch schwammen undefinierbare tierische Reste in einer Schüssel Milch.

»Das ist Trockenfisch, Kabeljau. In Portugal eine Spezialität«, klärte mich Zac auf. »Frühstück?«

Ich lehnte dankend ab. Das hatte ich jetzt von meinem stürmischen Traum. Ich hätte Zac lieber ein Muffin-Backbuch schenken sollen. Trockenfisch auf nüchternen Magen war mir zu abenteuerlich.

Aber das ausgezeichnete Mittagessen versöhnte mich. Herr Edelhuber und Zac verstanden sich prächtig.

»Kommst du vom Fischmarkt«, fragte Maria, als sie mir einen Kuss auf die Wange hauchte. Mit ihr am Tisch saß ein junger, modisch hornbebrillter Mann. Er nickte mir freundlich zu.

»Ich kehre gerade von den Weiten des Meeres zurück, wenigstens hatte ich heute Mittag einen frittierten Süßwasservorgeschmack davon«, entschuldigte ich mich.

Maria verzog keine Miene.

»Ich habe kurzzeitig befürchtet, du hättest schon wieder kalte Füße bekommen und lieber einen Job bei Nordsee angenommen.«

Der junge Mann am Tisch lachte über Marias Witz.

Geschäftsmäßig nüchtern stellte sie mir Luca Marinelli als ihren Doktoranden vor und klärte mich über die Entscheidung des Prüfungsausschusses auf. Gefordert wurden eine schriftliche Arbeit und eine dazugehörige mündliche Prüfung. Dann bekäme ich einen Bachelor-Abschluss.

»Das schaffst du in einem Semester. Ich bin deine Betreuerin. Hier ist dein Thema.« Damit drückte sie mir einen Umschlag in die Hand. »Du meldest dich bei mir, wenn du Probleme hast. Mir liegt persönlich daran, dass du dein Studium fertig bekommst. Bei Fragen und Computerproblemen – und glaub mir, die wirst du haben – wendest du dich an Luca. Als wir vor zwanzig Jahren studiert haben, war die Welt noch eine andere.«

Eingeschüchtert und unendlich dankbar zugleich nickte ich.

Nachdem Maria den offiziellen Teil zügig abgeschlossen hatte, schickte sie Luca freundlich, aber bestimmt zum Kaffeeholen. Ihre Augen folgten dem schlanken jungen Mann auf dem Weg zum Tresen.

»Und Luca?«, flutschte die Frage wie eine kühle Auster über meine Lippen. »Er ist …«

»Na, was glaubst du wohl? Talentiert in vielen Bereichen«, erwiderte sie mit einem hintersinnigen Lächeln auf den dunkelrot geschminkten Lippen.

Ich verschluckte mich.

»Schau nicht so moralsauer.«

Marias Blick war amüsiert.

»Weißt du, wie viele Professoren ein Techtelmechtel mit ihren Studentinnen haben? Bei Männern hält man das für normal, aber Gott bewahre, eine Frau dreht den Spieß um! Ich zwinge Luca zu nichts. Wir sind einfach zwei erwachsene, ungebundene Menschen.«

»Entschuldige meine unpassende Reaktion. Ich wollte dich nicht kritisieren.«

Luca winkte Maria zu.

Sie ignorierte ihn.

»Warum hilfst du mir eigentlich?«, lenkte ich ab.

»Weil es zu meinem Job gehört«, sie überlegte und strich sich eine Haarsträhne hinters Ohr, »und aus alter Freundschaft. Früher war ich neidisch auf dich. Du warst schön und talentiert, und dann tappst ausgerechnet du in diese jahrtausendealte Falle. Das hat mich gewarnt. Daher bin ich dir was schuldig.«

Luca brachte die bestellten Espressi.

Maria belohnte ihn mit einem liebevollen Lächeln. Er hauchte ihr einen Kuss in den Nacken.

Ich fühlte mich unwohl und studierte den Fußboden.

»Zeichnest du noch?«, fragte Maria und deutete auf meine Mappe, die an meinem Stuhl lehnte.

»Gelegentlich«, wich ich aus.

Fordernd streckte mir Maria ihre Hand entgegen.

»Putziger Gorilla«, kommentierte sie das Fotomotiv und schlug die Mappe auf.

»Gehörte Hannah«, log ich und schämte ich mich für meine kindische Mappenwahl. Aber wer konnte diesen Augen widerstehen?

Schnell blätterte Maria durch meine Skizzen. Darunter waren auch ein paar Blätter von meiner Wanderschaft.

Meine Bluse war inzwischen durchgeschwitzt.

Luca blickte über Marias Schulter und nickte zustimmend, wenn Frau Professor Klarwein ein Detail lobte.

»Ein guter Blick, technisch perfekt umgesetzt, ganz wie früher.« Sie blieb bei einem alten Bauernhaus hängen. »Aber jetzt gehen deine Zeichnungen über das Sichtbare hinaus. Du erfasst, was unter der Oberfläche liegt.« Langsam blätterte sie weiter. »Das schaffst du ganz erstaunlich! Bei diesem Gesicht …«, sie musterte einen der antiken Marmormänner, den bekannten Faun, »es ist, als würde er atmen und jeden Moment die Augen aufschlagen. Und dann erst die anderen Häuser!«

Verlegen knetete ich meine Hände. Ich war es schon lange nicht mehr gewohnt, gelobt zu werden.

Maria legte ihre Hand auf meine verknoteten Finger. »Du hast dich weiterentwickelt. Das ist dein Kapital, Elenor.«

Meine Hände waren kalt. Ich zuckte mit den Schultern. »Ein wertloses Kapital. Keiner kauft das.«

Wie gestern drehte Maria an ihrem silbernen Daumenring und musterte mich wie ein seltenes Tier im Zoo.

»Seit wann bist du so pessimistisch, Elenor? Früher warst du nicht aufzuhalten, wenn du dir eine Idee in den Kopf gesetzt hattest. Und war sie auch noch so verrückt. Weißt du noch, als du Professor Deuter den Entwurf für einen Springbrunnen in seinem Garten verkauft hast? Ich konnte es nicht fassen. Du warst nicht mal billig.«

Natürlich erinnerte ich mich. Aber es hörte sich an, als würde Maria von einer anderen Person, zumindest aber aus einem fremden Leben erzählen.

»Du siehst zwar nicht so aus«, spielte sie auf meine teure neue Garderobe an, »aber falls du Geld brauchst, melde dich bei Jan. Der sucht immer gute Zeichner, die ein Gebäude verstehen und das Wesentliche herausarbeiten können«, schlug sie vor.

»Aber jedes Computerprogramm kann das besser«, wandte ich ein. Vor lauter gewohnheitsmäßigem Kleinmachen merkte ich gar nicht, welchen Namen sie gerade genannt hatte.

Maria stützte ihr Gesicht in die Hand. Ihre Fingernägel waren in der Farbe des Lippenstiftes lackiert.

»Details darstellen, ja. Das Ganze intuitiv zu erfassen geht mit der Digitalisierung verloren. Jan bietet seinen Kunden gerne künstlerisch hochwertige Zeichnungen an, und er zahlt ordentlich dafür. Er will seine Idee, seine Gedanken sichtbar machen und braucht Künstler, die das verstehen. Er nennt dieses Etwas gerne Zauber. Ist aber nicht leicht mit ihm. Deine Arbeiten passen da perfekt.« Maria musterte ihre manikürten Nägel. »Außerdem wird er sich freuen, dich zu sehen. Besuch ihn. Er weint dir schon sein halbes Leben nach.«

Erst jetzt wurde mir bewusst, dass Maria von *dem* Jan sprach. Hatte sie das wirklich gerade gesagt oder hatte ich mich verhört?

»Ich weiß nicht«, stotterte ich und begann, die Blätter in die Mappe zurückzusortieren.

Luca und Maria wechselten einen vielsagenden Blick.

Jan hatte sich in über zwanzig Jahren nie bei mir gemeldet. Ich hatte die ersten paar Jahre noch Weihnachtskarten geschrieben, die aber immer unbeantwortet geblieben waren. Dann hatte ich aufgegeben. Mit drei Kindern war eh immer zu viel zu tun gewesen. Ich wusste nichts von ihm. Auch wenn wir uns einmal gut verstanden hatten, würde er mich inzwischen schon längst vergessen haben. Maria übertrieb und wollte mich entweder aus der Reserve locken oder dass ich mich besser fühlte. Das war alles.

Ein älteres Ehepaar in einheitlichem Seniorenbeige setzte sich an den Nachbartisch, nickte uns freundlich zu und warf dabei einen neugierigen Blick auf meine Zeichnungen. Daraufhin steckten sie die Köpfe zusammen und tuschelten. Plötzlich stand der Mann auf, rückte seine Strickkrawatte zurecht und trat an unseren Tisch.

»Guten Tag, mein Name ist Rainer Michler. Entschuldigen Sie die Störung. Ich möchte nicht aufdringlich sein. Aber meine Frau und ich sind von Ihren Werken begeistert. Vor allem das Porträt des Fauns. Das würde ich Ihnen sofort abkaufen«, bot der Mann an. »Wunderbar getroffen. Der Faun ist das Lieblingsstück meiner Frau. Sie bewundert es seit ihrer Jugend. Wir haben uns hier in der Glyptothek kennengelernt. Zweiundsechzig Jahre ist das jetzt her«, erzählte er und schaute zu seiner Frau hinüber. »Ingrid stand damals vor dem nackten Mann, und ich hab sie angesprochen.« Er schmunzelte, als er daran zurückdachte.

»Was er wohl träumt, hat mich Rainer damals gefragt«, ergänzte die ältere Dame. Ihre blassblauen Augen blitzten vergnügt.

»Seitdem kommen wir einmal im Monat in die Glyptothek, zu dem Ort, wo unsere Liebe begann.«

»Für hundert Euro gehört er Ihnen«, ging Maria auf das Angebot ein.

Entsetzt schüttelte ich den Kopf.

»Oder ist es unverkäuflich?«, fragte sie mich mit zuckersüßer Stimme.

Mein Mund stand offen. Ich war sprachlos.

Wieder an Rainer Michler gewandt, fuhr Maria fort. »Ein absoluter Sonderpreis. Normalerweise sind Frau Talers Zeichnungen wesentlich teurer. Aber ihre gemeinsame Geschichte ist einfach zu schön. Eine filmreife Liebesgeschichte.«

»Da haben Sie recht«, stimmte Ingrid zu und nippte damenhaft an der Teetasse.

Schon zückte der Mann seine Geldbörse und drückte mir zwei Fünfzigeuroscheine in die Hand. Seine von Altersflecken übersäten Hände zitterten ein wenig.

»Vielen Dank. Wissen Sie, in unserem Alter weiß man nicht, wie lange wir es noch ins Museum schaffen. Das Bild können wir uns ins Wohnzimmer hängen und an unsere Jugend zurückdenken. War eine schöne Zeit.«

»Ist es immer noch«, erwiderte Ingrid und lächelte ihren Mann liebevoll an.

Wie schön, wenn die Liebe hält, dachte ich und spürte einen kleinen Stich im Herzen. Die beiden hatten sich das Verliebtsein über zweiundsechzig Jahre bewahrt. Das war eine bewundernswerte Kunst.

Auf Wunsch von Rainer und Ingrid signierte ich meine Zeichnung und drückte ihnen ergriffen die Hand. Natürlich kämpfte ich mit der einen oder anderen Träne. Die beiden rührten mich und erinnerten mich an mein eigenes Eheversagen. Ich wollte das Geld nicht annehmen.

»Ihre Geschichte war Bezahlung genug«, sagte ich und legte die Scheine auf ihren Tisch zurück.

Ingrid winkte ab. »Verkaufen Sie sich niemals unter Wert, meine Liebe.«

Mit dem gerollten Bild verabschiedeten sich die Senioren und machten sich Hand in Hand auf den Heimweg. Dabei stützte Ingrid ihren Mann unauffällig.

»Siehst du«, stellte Maria grinsend fest, »du kannst mit deiner Zeichnerei Geld verdienen. Hab ich's nicht gesagt? Du berührst die Menschen. Daher hörst du jetzt mit deiner Kleinmacherei und hausfraulichen Bescheidenheit auf und zeigst deine Sachen Jan.«

Maria schnappte sich einen der beiden Fünfziger und reichte Luca den Schein.

»Komm, hol uns von meiner Vermittlungsprovision Prosecco zum Feiern.«

Ihr vielseitiger Doktorand kam mit einer Flasche und drei Gläsern zurück.

»Auf die Kunst und die Liebe«, prostete Maria uns beiden zu.

»Und auf eine erfolgreiche Abschlussarbeit«, schlug Luca pragmatisch vor.

»Auf die Freundschaft«, ergänzte ich.

Während wir die Flasche leerten, hoffte ich, dass Maria nicht mehr auf Jan zurückkommen würde. Der Gedanke an meinen ehemaligen Studienkollegen und ehemaligen guten Freund machte mich nervös.

Aber so schnell verlor die umsichtige Professorin den roten Faden nicht.

»Jan hat ein sehr erfolgreiches, nicht zu großes Büro in München. Wenn du magst, kündige ich dich an und schwärme von dir und deinen Zeichnungen. Wobei das wahrscheinlich nicht nötig ist. Ich schick dir den Termin.«

Ein hormoneller Hitzeschub erwischte mich.

»Du hast noch Kontakt zu ihm?«, fragte ich ungläubig.

Maria lachte. »Wir haben unsere Ehe aufgelöst, nicht unsere Freundschaft. Ich mag ihn immer noch, auch wenn er langsam alt und grau wird. Außerdem ist er ein guter Architekt, und ich sehe ihn regelmäßig.«

Luca war in sein Smartphone vertieft.

»Aber sei gewarnt, er schläft mit jeder, die nicht bei drei auf dem Baum ist. Eine längere Beziehung hält er nicht durch.«

»Für so was bin ich zu alt«, rutschte es mir heraus. »Wegen dem Baum und …«, versuchte ich zu erklären und brach hilflos im Satz ab.

Luca blickte von seinem Telefon auf.

Maria brach in Lachen aus.

»Eigen- und Fremdwahrnehmung. Ein schwieriges Thema. Aber das wollen wir jetzt nicht diskutieren.«

In diesem Punkt stimmte ich ihr voll und ganz zu.

»Könntest du ihm bei Gelegenheit ein paar Zeichnungen zeigen? Mir wäre es lieber, wenn er nicht weiß, dass sie von mir sind. Ich will nicht, dass er mich aus Mitleid einstellt.«

»Oder aus alter Zuneigung? Dass du nicht gut genug sein könntest, auf so eine Idee wärst du früher nie gekommen. Wo hast du nur dein Selbstbewusstsein verloren, Elenor?« Maria schenkte Prosecco nach. »Aber wenn du dich damit wohler fühlst, mach ich das.« Sie leerte ihr Glas in einem Zug. »Schluss mit der Vergangenheitsbewältigung und alten Geschichten. Ich muss zu meiner Vorlesung. Alles Weitere machst du mit Luca aus. Er bespricht deine Arbeit mit dir. Und noch ein Tipp: Glaub endlich an dich. Ist höchste Zeit.«

Weg war sie und ließ uns beide mit diesen Worten am Tisch zurück. Luca räusperte noch das Sex-Thema und sein Kopfkino weg und begann mit mir dann ein möglichst sachliches Gespräch zu meiner Abschlussarbeit. Es ging um leicht transportierbare, menschenwürdige Flüchtlingsunterkünfte.

Luca stellte mir unterschiedliche Ansätze vor und was bereits umgesetzt und geplant worden war. Das Thema gefiel mir. Einmal pro Woche würde ich meine Fortschritte mit dem jungen Assistenten besprechen. Maria wollte offensichtlich sichergehen, dass ich zügig vorankam und nicht wieder kurz vor dem Zieleinlauf aufgab.

»Lassen Sie sich nicht abschrecken, sondern arbeiten Sie sich Schritt für Schritt durch die Aufgabenstellung. Das wird schon«, drückte mir Luca zum Abschied die Hand.

Ich bedankte mich und wandte mich meiner nächsten Aufgabe zu. Zac hatte mir die Einkaufsliste für ein leichtes, nach seinen Worten unkompliziertes Abendessen mitgegeben:

- *Soba- oder Udonnudeln*
- *japanische Sojasoße*
- *Misopaste*
- *Tofu*
- *Shitakepilze*
- *Zuckerschoten*

- *Brunnenkresse*
- *Lauchzwiebeln*
- *Jakobsmuscheln, frisch*

Ich hoffte, an den gut sortierten Ständen und Läden des Viktualienmarktes fündig zu werden. Aber wahrscheinlich würde ich noch einen Asialaden aufsuchen müssen.

Meiner neu entdeckten Wanderlust frönend, spazierte ich über den Karolinenplatz, Richtung Feldherrnhalle. In der Theatinerkirche legte ich eine Pause ein, setzte mich auf die schmale Holzbank und tauchte in die Ruhe des Raumes ein. Wie in der Gnadenkapelle in Altötting umspülte mich ein Gefühl tiefer Geborgenheit. Es war die Stille, die ich all die Jahre vermisst und vernachlässigt hatte. Einfach da sein. Was für eine Wohltat.

Ich hörte mir selbst zu. Es war Zeit, an die losen Lebensfäden anzuknüpfen. Der Studienabschluss war ein erster Schritt in ein selbstständiges Leben. Vielleicht hatte Maria recht, und ich konnte sogar mit meinen Zeichnungen etwas Geld verdienen. Warum nicht? Einen Versuch war es wert. Wenn Jan die Sachen gefielen, würden wir uns wiedersehen, und dann … Dann wusste ich nicht weiter.

Ich schaute mich im Kirchenschiff um. Touristen schlenderten den Mittelgang entlang. Betende knieten oder zündeten Kerzen an. Das Kommen und Gehen störte mich nicht. Meine Gedanken waren auch in ständiger Bewegung. Vielleicht würde ich irgendwann einmal Eva und Sebastian in Kanada besuchen. Bären und Wale in freier Natur zu sehen klang traumhaft. Mit meinem Zeichenblock die Welt entdecken und einfach nur aufmerksam zuhören. Eine schöne Vorstellung.

Ich erinnerte mich an Hannahs Mail. Sie hatte mir einen Spruch von Laotse geschickt: Die größte Offenbarung ist die Stille. Was für ein weiser Chinese!

Ich notierte diesen Satz auf meinem Zeichenblock und nahm mir vor, ihn nicht mehr zu vergessen.

Egal, wie sehr sich mein Leben in den letzten Monaten gewandelt hatte, es blieb eine der unumstößlichen Regeln meines Universums, dass der Haustürschlüssel zuverlässig unter den Einkäufen lag. So auch an diesem Abend. Daher stellte ich die Taschen vor der Tür ab und tastete mich mühsam an Pilzen, Nudeln und Muscheln vorbei.

»Hier wohnst du also!«

Ich zuckte zusammen.

Sven stand hinter mir und wischte sich mit einem weißen Taschentuch über die Stirn.

»Nach Inges Beschreibung hatte ich eine hübschere Wohngegend erwartet. Da konnte ich ja lange suchen.«

Er stützte sich mit der Hand an der Hauswand ab. Immer noch glitzerten Schweißperlen auf seiner Stirn.

»Was soll das?« Ich richtete mich auf. »Spionierst du mir nach?« Meine Stimme klang schrill.

»Paul sagt, du möchtest ihm etwas zurückgeben.«

Er grinste vielsagend und saugte an einer dieser seltsamen E-Zigaretten. Eine Rauchwolke hüllte ihn ein. Bestimmt durfte er wegen Inges Gesundheitsfimmel keine normalen Zigaretten mehr rauchen.

»Paul sagt …«, wiederholte ich, um Zeit zu gewinnen. Wo war der dämliche Schlüssel! »Warum fragt er mich nicht selbst danach?«

»Wie soll er das anstellen? Du reagierst ja nicht, und zum Suchen hat er keine Zeit«, entgegnete Sven.

»Er hätte im Krankenhaus vorbeischauen können. Ich hatte nämlich einen Unfall. Die Klinik hat ihn darüber informiert. Aber vielleicht hatte er da auch keine Zeit.«

Sven machte ein blödes Gesicht und wusste keine Antwort.

»Paul sagt, du musst zurückkommen – mit allem, was ihm gehört«, spulte er seinen Text ab.

»Nein, das werde ich ganz bestimmt nicht«, antwortete ich laut. »Aber du wirst mich jetzt in Ruhe lassen.« Endlich hatte ich den Schlüssel unter der Brunnenkresse gefunden.

»Zeig mir doch dein neues Domizil.« Mit seiner fleischigen Hand griff er nach meinem Arm. »Wir sind doch alte Freunde. Also rück damit raus. Dann bist du mich los und hast deine Ruhe.«

Was wollte Paul von mir, rätselte ich. Mich wollte er bestimmt nicht zurück. Sven drückte fester zu.

»Du wirst mich jetzt auf der Stelle loslassen und verschwinden«, schrie ich und versuchte mich aus seinem Griff zu befreien.

»Auf keinen Fall. Ich werde nicht mit leeren Händen zurückkehren. Pauls Geduld ist erschöpft.«

»Ich denke doch!« Das war Zacs Stimme. Er hatte die Tür aufgerissen und baute sich gegenüber Sven auf. Sein Blick war herablassend. Er trug Jeans und ein schwarzes Unterhemd, das sowohl seine Tätowierungen als auch seine Muskeln ausgezeichnet zur Geltung brachte. Sven ließ mich los und machte einen Schritt rückwärts.

»Mir geht es wie Ihnen. Meine Geduld neigt sich auch dem Ende zu. Sie sind nicht der Einzige, der etwas von dieser Frau will. Sie hat nämlich etwas, was ich unbedingt brauche, und das gibt sie mir jetzt. Ich werde nämlich auch nicht mit leeren Händen nach oben gehen.« Damit zog er mich ins Haus und hob die Einkaufstaschen hoch.

Sven glotzte wie der Karpfen, der heute Vormittag auf dem Küchentisch gelegen hatte, und mit diesem Vergleich beleidigte ich den armen Fisch.

»Und wer sind Sie?«, versuchte Sven einen forschen Ton anzuschlagen. Mit seiner Plastikzigarette deutete er auf meinen Mitbewohner, wahrte aber Sicherheitsabstand. »Unsere Unterhaltung geht Sie nämlich einen feuchten Dreck an.«

Zac musterte den Störenfried wie seltenes Ungeziefer.

»Da liegst du falsch. Du löst dich jetzt mal besser samt deiner Nebelmaschine in Luft auf, sonst helfe ich nach!« Dabei spannte er wie nebenbei seinen beeindruckenden Bizeps an. Sven wurde blass, der Mut verließ ihn.

Zac blieb an den Türrahmen gelehnt stehen und blickte dem entschwindenden Sven nach. Ich sank erschöpft auf die Treppenstufen. Meine gebrochenen Rippen beschwerten sich.

»Warum bist du an die Tür gekommen?«

Zac drängte sich mit den Tüten an mir vorbei.

»Ich war auf dem Balkon und hab auf die Einkäufe gewartet. Da hab ich dich rumschreien gehört und hatte Sorge, dass der Kerl dir das Essen abnimmt. Du bist ja immer so gutmütig.«

Typisch Zac. Trotz des Schrecks folgte ich ihm grinsend die Treppe hinauf. Wenn man ihn nicht kannte, konnte er wirklich einschüchternd wirken.

»Wie schaust du denn aus? Hattest du Zombiealarm?«, begrüßte mich Mel, als wir uns um 22.30 Uhr um den Esstisch versammelten. »Du bist richtig blass um die Nase.«

Mel trug einen schwarzen Overall und war selbst kreidebleich geschminkt. So viel zum Zombiealarm.

»Oder graut dir vor Zacs neuesten Kochabenteuern?«, fragte sie weiter.

»Ein Typ wollte ihr heute vor der Haustür das Essen abnehmen«, erklärte Zac meinen Teint und kommentierte den Vorfall. »Wenn ich nicht gekommen wäre, würden wir jetzt hungern. Aber ich habe die Mahlzeit gerettet. Es gibt Sobanudeln mit Zuckerschoten und Pilzen für alle und zusätzlich Jakobsmuscheln für zwei. Und zum Dessert Avocado-Nocken mit grünem Tee und Passionsfruchtsoße«, zählte er auf.

»Jemand wollte dir das Essen klauen? Kanntest du ihn?«, fragte Mel besorgt. »Hatte der Mann Hunger?«

Ich schüttelte den Kopf.

»Vielleicht einer deiner militanten Tierschutzfreunde«, schlug Zac vor.

»Sven Nilsson, ein Mitarbeiter meines Mannes, der mich …«, blieb ich im Satz stecken.

»Der dich ausspionieren und einschüchtern soll«, folgerte Mel.

»Der und einschüchtern!« Zac spannte wieder demonstrativ seine Oberarmmuskeln an und schöpfte Suppe in Schälchen.

»Jetzt weiß er, wo ich wohne«, jammerte ich.

»Was ist schon dabei? Er glaubt, du wohnst bei deinem jugendlichen Liebhaber«, ergänzte Mel grinsend, »der dich beschützt.«

Zac verfehlte mit offenem Mund sein Ziel und goss sich heiße Fischbrühe auf den Fuß. Wie von der Tarantel gestochen sprang er in der Küche herum.

»Ich bin doch nicht pervers.«

Die Vorstellung einer alten Geliebten erschütterte ihn bis ins Mark.

Mel amüsierte sich prächtig. Maria hatte das mit der Ausstrahlung auf junge Männer eindeutig besser im Griff als ich.

Wenigstens das Essen schmeckte wunderbar.

Irgendetwas lief hier gewaltig schief.

Mit einem Wattepad schminkte ich mich ab und betrachtete mich dabei im Spiegel. Paul wollte nicht verstehen, dass ich nicht zu ihm und zu meinem alten Leben zurückkehren würde. Er kannte noch die frühere Variante der Elenor. Ich musste ihm endlich die neue zeigen.

Nach einer unruhigen Nacht verabredete ich mich mit meiner Anwältin. Ich brauchte Rat.

»Es freut mich, dass Sie den ersten Schock überwunden haben«, begrüßte mich Frau Dr. Schweiger am Vormittag in ihrem Büro. »Ich will Sie nicht beunruhigen, aber ich mache mir Sorgen. Haben Sie mir wirklich alle finanziellen Transaktionen mitgeteilt? In den

Mails, die Sie mir weitergeleitet haben, erhebt Ihr Mann schwere Anschuldigungen.«

»Auf den Cent genau«, erwiderte ich und setzte mich.

»Ich fürchte, Ihr Mann kommt mit der Trennung nicht zurecht. In der letzten E-Mail spricht er von sehr viel Geld, das Sie ihm gestohlen hätten. Er sagt, er würde alles vergessen, wenn Sie nur zu ihm zurückkämen.«

Ich erzählte ihr von dem Zwischenfall mit Sven Nilsson und meiner Blödsinns-Mail an meine Ex-beste-Freundin Inge. Als sie meine Erlebniserzählung überflog, konnte sie sich ein Lachen nicht verkneifen. Wenigstens die Anwältin verstand meine Ironie. Inge und vor allem auch Paul hatten meine blühende Fantasie scheinbar für bare Münze genommen.

Die Anwältin informierte mich über meine rechtlichen Möglichkeiten und versprach, unverzüglich mit Paul und seinem Anwalt ein klärendes Gespräch zu führen.

Als ich die Kanzlei verließ, fühlte ich mich sicherer.

Frau Dr. Schweiger war eine erfahrene Scheidungsanwältin und es gewohnt, Emotionen zu neutralisieren.

Auf dem Rückweg kaufte ich mir eine Kugel Zitroneneis und kühlte meine Wut gegen Sven auf eine angenehme herbstliche Außentemperatur herunter.

Im Wohnungsflur erstarrte mein gekühltes Blut vollends in den Adern.

»Du nimmst einen Stock und haust damit fest auf den Kopf. Bis er aufhört zu zappeln.«

War Sven zurückgekommen? Vorsichtig näherte ich mich der Küche. Dort saß Herr Edelhuber mit einem grauen Trachtenhut auf dem Kopf und holte gerade zum finalen Schlag aus.

»So«, seine Hand krachte auf den Küchentisch.

Zac nickte.

»Hallo«, grüßte ich vorsichtig. »Wird hier ein Mord geplant?«

»Wir gehen angeln«, erklärte Zac gut gelaunt, »und der Franz gibt mir gerade eine theoretische Einführung.« Er trug gelbe Gummistiefel und Tarnkleidung.

»Nur gut, dass Mel arbeiten ist, sonst würde sie sofort PETA verständigen«, stellte ich fest.

»Hör mir bloß auf. Hast du schon ihren Besserwisserfreund Domenik kennengelernt? Einer von der ganz üblen Sorte! Dem traue ich keinen Zentimeter über den Weg.«

Ich schüttelte den Kopf. Domenik kannte ich nicht. In letzter Zeit war ich viel unterwegs.

»Das ist kurz und schmerzlos«, rechtfertigte sich der Hausmeister, »das ist nicht damit zu vergleichen, was die Tiere im Schlachthof oder in der industriellen Fischerei mitmachen.«

Noch einmal holte er zur Schlagdemonstration aus. Zac brachte die Zuckerdose in Sicherheit.

Der Knüppel schlug hart auf der Tischkante auf.

»Ein sauberes, ehrliches Ende«, kommentierte der Hausmeister.

Das war mein Stichwort, als ich zum Telefonhörer griff.

Ein sauberes, ehrliches Ende war genau, was ich wollte. Ich brauchte keine Mittelsmänner oder die Anwältin. Ich würde Paul meine Entscheidung in klaren Worten erklären und mir weitere Drohungen verbieten. Vielleicht konnten wir ähnlich erwachsen mit der Scheidung umgehen wie Maria und Jan.

Ich tippte seine Büronummer auswendig und kam nur bis zu seiner Vorzimmerbewacherin.

»Scan Plus. Carolin Mangel. Guten Tag, was kann ich für Sie tun?«, fragte sie professionell freundlich.

»Elenor Taler«, meldete ich mich in ehelicher Ungeschiedenheit. »Ich will meinen Mann sprechen.«

»Frau …«, sie blieb mir die namentliche Zuordnung schuldig. »Was wollen Sie von ihm?«, fragte sie barsch.

»Ich glaube nicht, dass Sie das etwas angeht«, konterte ich und lehnte meine Stirn an die Wand.

»Da liegen Sie falsch. Mich geht alles an, was Herrn Taler betrifft. Dafür bezahlt er mich nämlich.«

Ich biss mir auf die Unterlippe. Plötzlich war mir klar, warum Paul nicht in die Klinik gekommen war. Das Krankenhaus war bestimmt an Carolin Mangels Zensur gescheitert.

»Wofür bezahlt er Sie genau?«, fragte ich nach.

Sie ging nicht auf meine Frage ein.

Ich wartete darauf, durchgestellt zu werden. Es knackte in der Leitung.

»Herr Taler konferiert und will nicht gestört werden.«

Ich musste mir ein Lachen verkneifen. Konferiert! Er war schlicht und ergreifend zu feige, um mit mir zu sprechen, oder die eigenmächtige Sekretärin hatte es nicht mal versucht.

»Dann notieren Sie sich meine Botschaft und geben sie ihm nach seiner dringenden Besprechung weiter: Wenn er mich weiter bedroht oder andere dazu anstiftet, zeige ich ihn an. Alle Anfragen laufen über meine Anwältin Frau Dr. Schweiger.«

Die Leitung war kurz vor der Eisstarre.

»Notiert.«

»Schläft er eigentlich schon mit Ihnen?«, fragte ich, weil es mich ehrlich interessierte. Früher hatte Paul über die offene Bewunderung seiner Sekretärin gelästert.

Carolin Mangel legte auf. Auch wenn sie dafür nur eine Taste drücken musste, tat sie das sehr laut.

Innerhalb einer Woche veränderte sich der Lebensrhythmus unserer WG.

Zac ging mit Franz angeln. Der wortkarge Hausmeister reagierte auf Zacs Schlafanfälle gelassen. Zusammen präparierten sie am Küchentisch Köder oder zerlegten Fische küchenfertig.

Die meiste Zeit saßen sie jedoch schweigend in Ruderbooten oder an Seeufern. Zac wurde braun und war auffallend gut gelaunt. Ich hatte die Küche ab und zu sogar für mich allein, was in dieser WG ungewohnt war. Aber mehr als einen Tee oder Kaffee kochte ich selten. Die letzten Jahre hatte ich einfach zu viel Zeit in der Küche zugebracht. Ich fühlte mich leergekocht.

Am Abend briet, räucherte oder dünstete Zac den Tagesfang, und Franz Edelhuber kam zum Essen vorbei. Manchmal fischten sie auch die Nacht durch und kamen am Vormittag zurück. Sogar unter den Nachbarskatzen hatte sich schon herumgesprochen, dass es täglich frische Fischabfälle gab. Miauend tauchten die vom Dosenfutter gelangweilten Tiere auf unserem Balkon oder vor der Wohnungstür auf.

Mel hingegen weigerte sich, mit den Tiermördern an einem Tisch zu sitzen, und mümmelte ihren Salat lieber in ihrem Zimmer. Sie sagte, sie könne den Blutgeruch und die stummen Schreie der Fische nicht ertragen.

Spät kam besagter Domenik vorbei und holte Mel zu einem nächtlichen Ausflug ab. Ich traf die beiden im Flur. Er trug schwarze Sachen und blickte genauso düster drein.

Mel zerrte eine große Reisetasche aus ihrem Zimmer.

»Hallo, ich bin Elenor«, grüßte ich und versteckte ein geräuchertes Fischhäppchen hinter meinem Rücken.

Der junge Mann würdigte mich keines Blickes und keines Wortes. Mühelos nahm er Mel die schwere Tasche ab und schulterte sie. Der Inhalt klapperte metallisch.

»Wie hältst du es in diesem Schlachthaus nur aus? Wie kannst du mit Mördern unter einem Dach leben?«, fragte er Mel und schüttelte angewidert den Kopf.

Kescher, Angelruten und anderes Fischerzubehör hingen an der Garderobe.

Tatsächlich roch es unangenehm nach Fisch und Moos.

Mel warf mir einen entschuldigenden Blick zu.

»Das ist Domenik«, sagte sie, als wäre der Name Erklärung genug. Sie schob ihn den Gang entlang und verhinderte, dass der zornige Tierschützer zufällig die Küche betrat, wo gerade Forellen ausgenommen und filetiert wurden.

»Ich komm spät zurück. Zac muss nichts für mich kochen. Ich kann nichts mehr essen, was in dieser Küche zubereitet worden ist.«

Was hatte ich nur mit den Kochbüchern angestellt!

Die Fischerei spaltete unsere kleine Wohngemeinschaft. Aber ehrlicherweise mochte ich Fisch schon immer gerne, und durch die Selbstversorgung der Männer musste ich kaum noch einkaufen gehen. Die Zeit investierte ich lieber in meine Abschlussarbeit. Ich vergrub mich in meinem Zimmer, arbeitete an meinen Entwürfen und versuchte, meine Ideen in den Rechner zu bekommen. Mit Zacs ungeduldiger, aber fundierter Hilfe erweiterte ich meine Computerkenntnisse. Immer wieder musste ich nachfragen, weil ich über Nacht vergessen hatte, wie manche Anwendungen funktionierten.

»Das muss Demenz sein«, beleidigte er mich regelmäßig. Er als digitaler Native konnte meine Schwierigkeiten nicht verstehen.

»Du musst mehr Fisch essen«, schlug er dann hämisch vor. »Omega-3-Fettsäuren sind gut für den Hirnstoffwechsel.«

Luca war wesentlich geduldiger und beantwortete meine Fragen bei unseren wöchentlichen Treffen wertungsfrei.

Ich kam gut voran. Die Arbeit machte mir Spaß. Der erste grobe Entwurf stand innerhalb weniger Tage, und ich ging völlig in meiner Arbeit auf. Maria lobte und korrigierte mich. Beides schonungslos. Meine Zeichnungen und ob sie sie an Jan weitergegeben hatte, erwähnte sie mit keinem Wort. Wahrscheinlich hatte Jan kein Interesse, und ich schrieb die Sache gedanklich ab. Trotz dieses Misserfolges machte ich weiter. Für die Küche malte ich ein Stillleben, das Zac und Herrn Edelhuber sehr gut gefiel: Karpfen und Zitronen. Während meiner Auszeit hatte ich gelernt, auf mich und meine Bedürfnisse zu hören. Zeichensachen standen seitdem auf meiner Wunschliste ganz weit oben:

- *Buntstifte*
- *Kohle, Kreide*
- *Zeichenkarton*

Ich füllte gerade meinen Einkaufskorb in einem Laden für Künstlerbedarf, als mein Handy summte. Vielleicht meldete sich jemand auf mein Zimmergesuch, das ich auf zwei Onlineportalen eingestellt hatte. Wenn Loreen zurück war, brauchte ich eine neue WG.

»Du wirst am kommenden Dienstag um 10 Uhr bei Jan im Büro vorsprechen. Ich hab ihn angelogen und einen Studenten erfunden. Jan kann es kaum erwarten, den begabten vierundzwanzigjährigen Arndt Fliege kennenzulernen.« Maria lachte laut. Mein Mund war plötzlich staubtrocken. »Luca schickt dir den Termin noch mal. Geh da hin. Du musst mir danach unbedingt alles erzählen. Haarklein! Jetzt muss ich los.«

Schon hatte sie aufgelegt. Ich starrte das Telefon an und setzte mich zwischen Leinwände und Staffeleien auf den Boden. Ein besorgter Mitarbeiter brachte mir ein Glas Leitungswasser. Den Schreck bekämpfte ich schließlich mit einem Gegenschreck und leistete mir einen Satz hochwertiger Aquarellstifte im Holzköfferchen für über dreihundert Euro.

Auf dem Heimweg kämpfte ich mit einer schweren Tasche und großformatigen Zeichenblöcken. Die Qualität meiner Arbeit hatte Jan neugierig gemacht. Darauf war ich stolz.

Am Samstag läutete es an unserer Wohnungstür Sturm, und Loreen kam mit dem Wind der großen, weiten Welt in die Wohnung geweht. Zwei Wochen früher als geplant. Inzwischen war es vollends Herbst geworden. Die Bäume leuchteten, und die Oktobernächte waren bereits kalt.

Mel, Zac und ich stürmten aus unseren Zimmern.

»Tatatata!«, imitierte Loreen Fanfarenklang und warf ihren Haustürschlüssel in hohem Bogen ins ausgetrocknete Aquarium.

Wie ein Klammeräffchen sprang Loreen erst Zac an, hangelte sich dann zu Mel, um letztendlich an meinem Hals hängen zu bleiben. Sie war schwerer als erwartet.

»Was machst du schon hier?«, fragte Mel und zupfte ihren grünen Pferdeschwanz zurecht.

»Iestadelbâr a aderthad«, antwortete Loreen grinsend und drückte mir einen Kuss auf die Wange.

»Sie hat ihren Verstand Down Under verloren. Die dortige UV-Strahlung sollte man nicht unterschätzen«, bemerkte Zac.

»Das war elbisch«, vermutete Mel.

»Richtig! Mich trug die Sehnsucht heim oder so ähnlich«, übersetzte Loreen.

»Du spinnst.« Zac schüttelte den Kopf und wuschelte Loreen durch die schwarzen Haare. »Ich glaub dir kein Wort.«

»Na gut, mir ist das Geld ausgegangen und …«

»Und du musstest hungern«, beendet Zac ihren Satz. »Nur gut, dass ich gerade gekocht habe.«

Loreen strahlte in die Runde. »Es ist so schön heimzukommen. Ich hab euch alle so vermisst.«

Als wir wie die Ritter der Tafelrunde um den Esstisch versammelt waren und Zac auftischte, bis sich die Resopalplatte durchbog, erzählte Loreen von ihren Abenteuern in Mittelerde. Selbst Mel hatte in der Wiedersehensfreude ihre Küchenverweigerung vergessen und saß vor ihrem Teller.

Loreen hatte Erdbeeren gepflückt, war mit Walen geschwommen und hatte Neuseeländer geküsst. Nach drei Wochen war ihr Handy bei einer halsbrecherischen Kletterei abgestürzt, und sie hatte es nicht ersetzt.

»Offline sein. Das war das größte Abenteuer«, schwärmte Loreen. »Wenn mein Handy nicht kaputtgegangen wäre, hätte ich das nie gemacht. Aber ich sag euch, offline war ich wie neugeboren. Ich frag mich, ob ich mir überhaupt wieder so ein Teil zulegen soll.«

Zac und Mel zollten ihr Bewunderung für ihren Mut. Beide schienen mit ihren Smartphones verwachsen zu sein und checkten es mindestens alle fünf Minuten.

»Und bei dir, Elenor? Wie läuft's mit der Wunscherfüllung?«, fragte Loreen mit vollem Mund und griff nach einem Hühnerbein.

Hausmeister Franz war nach Italien in Campingurlaub gefahren, und Zac hatte die WG-Fischdiät beendet. Alleine angeln gehen war zu gefährlich. Die Männerfreundschaft hatte eine Zwangspause eingelegt.

»Nach ein paar Anlaufschwierigkeiten und einer erfolgreichen Reanimation ganz gut«, antwortete ich wahrheitsgemäß.

Loreen nagte am Knochen und griff zum nächsten Hühnerbein.

»Ja, ja, manchmal muss man einfach reanimiert werden. Sonst vergisst man, dass man noch nicht tot ist«, antwortete sie.

Zac holte einen Apfelkuchen mit karamellisierten Walnüssen aus dem Ofen. Daraufhin brach unter den Tischgefährten frenetischer Jubel aus.

»Hast du dir neue Klamotten gekauft?« Loreen musterte mich.

»Als gäbe es nichts Wichtigeres«, meckerte Zac und schlug lautstark Sahne.

»Außer Kochen und Essen wohl kaum«, erwiderte Mel kauend. Auch sie trug ein neues Outfit: weiße Lackstiefel und ein grell gemustertes Minikleid.

»Ja. Ich hab meine Garderobe ein wenig erweitert«, untertrieb ich maßlos.

»Grau?«, fragte Loreen.

»Alles! Sie arbeitet an ihrem Graue-Maus-Image. Als hätte sie das nötig.« Zacs unqualifizierte Modeeinschätzung blieb unkommentiert.

Loreen lächelte mich an. Sie selbst trug einen pinken Kapuzenpulli aus neuseeländischer Schafwolle. Ihr Lippenstift passte farblich perfekt.

»Außerdem schreibe ich gerade meine Abschlussarbeit, und am Dienstag treffe ich mich mit einem früheren Kommilitonen. Vielleicht hat er einen Job für mich«, erzählte ich von meinen Erfolgen.

»Sieht er gut aus?«, fragte Loreen interessiert.

»Früher schon. Ich hab ihn seit zwanzig Jahren nicht mehr gesehen.« Ich wollte nicht zugeben, wie sehr ich mich vor der Begegnung mit Jan fürchtete.

Wie würde er reagieren? Enttäuscht?

Wäre die frühere Nähe zu spüren?

So wie mit Maria?

Würde er mich überhaupt wiedererkennen?

Mein Herz machte sich auf jeden Fall Hoffnungen und klopfte hektisch.

»Ohoho«, frohlockte Mel. »Dann mal ran an die Naschereien.« Genießerisch schob sie sich eine Gabel Apfelkuchen in den Mund.

»Aufhören! Keine Gespräche über Seniorensex beim Essen«, beschwerte sich Zac. »Sonst vergeht mir der Appetit.«

Was eher unwahrscheinlich war.

Nach dem Essen setzten wir uns auf den Balkon und hörten Loreens ausführlicher Reisebeschreibung zu. Da sie keine Fotos gemacht hatte, beschrieb sie uns Landschaften, Erlebnisse und Menschen. Zac servierte zwischendurch Kaffee, Schnaps und Kekse. Es dämmerte bereits, als Loreen mit einem nachdenklichen Lächeln endete.

»Und jetzt bin ich wieder da«, stellte sie fest, als könnte sie es selbst noch nicht glauben, und musterte uns.

Zac war eingeschlafen. Sein Kopf lehnte am Balkongeländer, und seine Augenlider zuckten. Mel lackierte sich die Fußnägel weiß.

Loreen stand auf. »Ich muss ein paar Herbstsachen einpacken. Dann bin ich auch schon wieder weg. Aber ihr wart meine erste Adresse.«

Ich folgte ihr in ihr Zimmer, schließlich bedeutete ihre frühere Wiederkehr für mich, dass es nicht mehr länger meines war.

»Ich bin schon auf Zimmersuche«, erklärte ich. Sie musterte meine Entwurfszeichnungen.

»Kein Stress. Du bleibst, bis du was gefunden hast. Schließlich ist die Miete im Voraus bezahlt. Ich penn in der Zwischenzeit bei meiner Mutter. Die freut sich bestimmt, wenn ich sie mit meiner nächtlichen Anwesenheit beehre.« Sie bückte sich und holte ihren ehemals knallgelben Rucksack unter dem Bett hervor.

»Wie Dinge doch altern«, stellte sie fest.

»Entschuldige. Ich hab den Rucksack für meine Selbstfindung benutzt. Ich kauf dir natürlich einen neuen.«

Loreen strich über den ausgebleichten, abgewetzten Stoff.

»Scheint anstrengend gewesen zu sein. So gefällt er mir auf jeden Fall besser.« Ihr forschender Blick traf mich. »Und du mir auch. Du bist eine andere geworden.«

»Das gilt wohl für uns alle.«

Loreens Augen erzählten von gesehener Weite und Einsamkeit. »Da hast du recht. Veränderung gehört zum Leben.«

Summend stopfte sie T-Shirts und Socken in den Rucksack.

Wie ich mich freute, meine ehemalige Aushilfspostbotin zu sehen.

»Was hat es eigentlich mit dem roten Ordner aus dem Schließfach auf sich? Hast du inzwischen verstanden, um was es geht?«

Entgeistert starrte ich Loreen an. Den Ordner hatte ich völlig vergessen. Er war nicht bei den gesammelten Unterlagen, die ich meiner Anwältin überlassen hatte.

»Keine Ahnung. Ich weiß nicht einmal, wo er ist«, gestand ich.

»Ich hab ihn damals in deine Kleiderkiste gesteckt, irgendwo zwischen T-Shirts und Unterwäsche«, erinnerte sich Loreen.

»Die Kiste habe ich Mel für den Flohmarkt mitgegeben«, gab ich kleinlaut zu. Ich hatte mir nicht die Mühe gemacht, die abgetragenen Sachen durchzusehen.

Loreen wirkte enttäuscht. »Na, dann ist es zu spät, und wir werden das Geheimnis des roten Ordners nie mehr lüften. Ich wäre ja vor Neugierde geplatzt, und du wirfst das Ding einfach weg.« Loreen schüttelte ungläubig den Kopf.

»Meine Hirnkapazität war mit meinem eigenen Leben ausgelastet. Von Pauls Kram habe ich ein für alle Mal genug.«

Loreen lächelte. »Eine gute Entscheidung.«

Ich zeigte ihr die Zeichnungen, die ich unterwegs gesammelt hatte, und Loreen verliebte sich in ein leeres Schneckenhaus zwischen bunten Kieselsteinen. Ich schenkte ihr das Blatt.

»Das hänge ich mir auf«, bedankte sie sich mit einer Umarmung. »Ein Schneckenhaus ist mein Traumhaus. Damit ist man überall zu Hause, es ist individuell gemustert und leicht. Einfach perfekt an das Leben unterwegs angepasst.«

»Es ist eng und zerbrechlich, und irgendwann traut man sich vielleicht gar nicht mehr heraus. Die Schnecke ist immer mit ihrem Haus verwachsen. Wirklich frei ist sie nie. Sie kann nie ausziehen«, ergänzte ich.

»Höre ich da Sarkasmus oder die Weisheit des Alters?«, scherzte sie.

»Weder noch«, antwortete ich. »Lebensberatung ist definitiv nicht mein Ding.«

Dann entdeckte Loreen auf dem Schreibtisch mein Wunschheft.

»Darf ich reinschauen?«, fragte sie.

Ich gab es ihr in die Hand. Sie blätterte es langsam durch. Dann nahm sie mich in den Arm und drückte mich fest.

Das Architekturbüro Meinhart war nicht zu übersehen. An den großen Fensterscheiben war der Schriftzug über die ganze Breite am unteren Rand angebracht. Jan erwartete einen jungen Mann und keine alte Freundin. Vielleicht hätte Maria die Täuschung im Vorfeld aufklären sollen, aber dafür hatte sie ihr letztendlich zu viel Spaß gemacht. Jetzt war es zu spät. Jan würde einen gewaltigen Schreck bekommen. Wenigstens ich hatte versucht, mich darauf vorzubereiten, und heute Morgen zwei Stunden im Bad verbracht. Damit hatte ich Zac zur Weißglut getrieben. Danach hatte ich mich mindestens dreimal umgezogen und zwei Strumpfhosen kaputt gemacht.

»Auf keinen Fall unter zwanzig Euro die Stunde«, hatte Zac mir aus der Küche nachgerufen. »Sonst kannst du dir meinen Computersupport nie leisten.«

Durch die große Fensterscheibe sah ich Jans Mitarbeiter an ihren Computern planen. Konzentriert und fast bewegungslos starrten sie auf große Bildschirme und ignorierten die vorbeilaufenden Passanten. Als ich eintrat, streiften mich kurze Blicke, die schnell zu den Bildschirmen zurückkehrten.

Eine ältere Frau kam mit einem freundlichen Lächeln auf mich zu. Sie trug eine schwarze Hose und einen schwarzen Rollkragenpullover. Ihre silbergrauen, zum perfekten Bob gestylten Haare bildeten einen starken Kontrast zur Kleidung. In diesem stilvollen auf Schwarz und Weiß reduzierten Ambiente war ich ein wahres Farbfeuerwerk. Zu meinem grauen Etuikleid mit passender Jacke hatte ich mich für einen schmalen Gürtel und Schuhe in meiner Haarfarbe entschieden. Das Highlight bildete jedoch meine Baby-Gorilla-Zeichenmappe, die erfolgreich von meiner Nervosität ablenkte.

»Hallo, ich habe einen Termin mit Herrn Meinhart.«

»Und Sie sind?«, fragte sie und blickte dabei fassungslos in die großen, glänzenden Augen des Babygorillas.

»Elenor«, setzte ich an und stolperte mal wieder über meinen Noch-Nachnamen, »Taler. Ich meine Simon. Ich komme wegen der Zeichnungen von Arndt Fliege.«

Ich drehte die Zeichenmappe um. Die Rückseite war neutral dunkelblau.

»Ja, Herr Fliege steht im Kalender. Und er schickt Sie?«

Ich nickte.

»Jan, hier ist dein Arndt-Fliege-Termin«, rief die Mitarbeiterin.

Eine satinierte Glastür öffnete sich, und der erfolgreiche Büroinhaber Jan Meinhart trat heraus. Ungläubig schüttelte er den Kopf. Beide schwiegen wir sichtlich ergriffen. Innerhalb von Sekunden mussten wir über zwanzig Jahre überbrücken.

»Alles in Ordnung?«, erkundigte sich die Mitarbeiterin. »Sie sagt, sie ist der Ersatz für deinen Termin.«

»Danke, Marlene«, erwiderte Jan, ohne mich aus den Augen zu lassen. »Es ging nie um Arndt Fliege.«

Ich erkannte den schlaksigen, unsicheren Jüngling aus Studententagen kaum wieder. Jan war zwar immer noch schlank, bewegte sich jetzt aber stimmig. Bestimmt fiel er nicht mehr über seine eigenen Füße oder stieß sich den Kopf an der Tür. Er trug ein weißes Hemd mit Manschettenknöpfen, schwarze Hosen und Schuhe. Alles sehr schlicht und sehr edel. Wie Geld und Erfolg verändern, staunte ich. Auch Maria hatte diese Verwandlung durchgemacht.

Jans Augen hingegen waren gleich geblieben. Ich freute mich über den amüsierten Ausdruck im dunklen Blau. Sie waren immer schon schön gewesen, erinnerte ich mich an dieses fast vergessene Detail. Wie gut, dass er weder meine noch ich seine Gedanken lesen konnte.

Der Arbeitsbann der Bildschirmsklaven war gebrochen. Gespannt wartete die Belegschaft auf eine Reaktion. Hektisch strich ich mir eine Locke aus dem Gesicht. Mein Puls raste in einem für mein Alter bestimmt lebensbedrohlichen Bereich.

»Leno«, überwand Jan die Stille, trat auf mich zu und hauchte mir einen Kuss auf die Wange. Er verwendete die Abkürzung meines Namens aus Studententagen. Nur er hatte mich so genannt. Das fühlte sich vertraut und fremd zugleich an. Ich hielt vor Schreck die Luft an. Mein Herzschlag erfüllte den Raum. Oder hörte nur ich ihn in meinen Ohren hämmern?

Jans linkisches Verhalten war vollends verschwunden. Meines hatte sich im Lauf der letzten Jahre erst entwickelt. Welterfahren überspielte er die Unsicherheit des Augenblickes. Berührungslos schob er mich in sein Büro.

»Arndt Fliege hatte ich mir ehrlicherweise anders vorgestellt.« Er lachte. »Die Sachen waren von dir?«

Ich nickte und ging auf einen großen Tisch zu, der Jan offensichtlich als Schreibtisch diente. Jan nahm mir die Jacke ab und hängte sie auf. Ich schaute mich um. Auch hier war die Einrichtung schlicht und edel und bestimmt sehr teuer. Paul hätten der asketische Raum und Jans Armbanduhr bestimmt gefallen.

Trotz der nüchternen Ausstattung war das Zimmer angenehm hell und freundlich und der mir angebotene Stuhl bequemer, als er zunächst vermuten ließ.

Die lange Fischdiät zeigte Nachwirkungen. Ich war immer noch stumm. Wortlos schob ich ihm meine Mappe über den Tisch.

Jan beobachtete mich, während er blind die Schleife öffnete und die Mappe aufschlug. Das Gorillababy hatte er übersehen.

»Die paar Zeichnungen von Maria haben mich neugierig gemacht. Es ist genau das, was ich schon lange suche.«

Ich nickte mehrmals.

»Möchtest du etwas trinken? Kaffee, Wasser, Saft?«

Ich schüttelte den Kopf.

»Viel geredet hast du noch nie, Leno. Aber sprachlos hatte ich dich nicht in Erinnerung.« Neugierig musterte er mich.

Mir brach kalt-heißer Schweiß aus. Blöd glotzte ich auf meine Schuhe.

»Ich hab einfach in letzter Zeit zu viel Fisch gegessen«, erwiderte ich.

Jan lachte. »Dann ist ja alles klar.«

Er schlug die Mappe auf. Schon bei der ersten Zeichnung nickte er.

»Sehr schön. Wo steht das Haus?«

»In der Nähe von Altötting. Ein alter, unbewohnter Bauernhof.«

»Mit langer Geschichte, die vergessen wird«, ergänzte er und blätterte weiter, »und du fängst sie mit ein paar Strichen ein. Eigentlich hätte ich deine Handschrift an den Bildern erkennen müssen. Du konntest das schon immer. Aber ich hatte keine Ahnung, dass du wieder zeichnest.«

Ich entspannte mich ein wenig. Jan war ein guter Beobachter. Er verstand, was ich sah. Das kannte ich von unseren langen Stadtspaziergängen.

»Ihr beide habt mich ganz schön an der Nase herumgeführt. War dieser Student Marias Idee?«, versuchte er, ein Gespräch in Gang zu bringen. Aber meine Kehle war zugeschnürt, und ich schüttelte nur den Kopf.

»Also deine? Maria meinte, der Zeichner würde mir alles erklären«, ein jungenhaftes Lächeln huschte über sein Gesicht.

»Ich wollte, dass du mich wegen meiner Zeichnungen einlädst und nicht …«, blieb ich stecken.

Jan schaute mich nachdenklich an. »Nicht wegen der alten Zeiten?«

»Mir ist deine ehrliche Meinung sehr wichtig. Bitte schau dir meine Mappe an.«

Konzentriert blätterte er weiter. Ich betrachtete seine schlanken Hände und sein Gesicht und verglich es mit meiner Erinnerung. Er hatte sich kaum verändert. Anders als Sebastian und Eva hätte ich ihn auch auf der Straße sofort wiedererkannt. Plötzlich schaute er hoch, und unsere Blicke trafen sich.

»Und was macht Paul?«, fragte er direkt. Anders als Maria konnte er sich an den Namen meines Mannes erinnern.

»Er betrügt mich mit einer Zweiundzwanzigjährigen.«

Seine blauen Augen hielten mich fest. Nervös kämpfte ich mit einer der vielen widerspenstigen Locken und klemmte sie hinters Ohr.

»Er war schon immer ein Idiot«, sprach er sein Urteil.

Fast hätte ich meinen Noch-Ehemann instinktiv in Schutz genommen, biss mir aber auf die Lippen.

»Tut es weh?«

Seine Stimme war sanft, und ich fragte mich, ob ich ihn richtig verstanden hatte. Er ließ mir Zeit und griff ruhig zum nächsten Blatt. Bei den Hauszeichnungen nickte er wieder anerkennend, betrachtete lange das Porträt einer alten Frau und lächelte bei den nackten Griechen.

»Am Anfang dachte ich, ich müsse sterben. So enttäuscht und gedemütigt war ich«, antwortete ich und wunderte mich über meine Offenheit. Obwohl ich diesen Mann über zwanzig Jahre nicht gesehen hatte, vertraute ich ihm mein Innerstes wie einem Beichtvater an.

»Aber der Schmerz ist vorbei. Geblieben ist«, ich zögerte und suchte nach Worten für mein Gefühl. »Geblieben ist Bedauern, eine schwindende Bitterkeit. Ich muss mein Leben neu ordnen.«

Ohne mich anzusehen, blätterte Jan weiter.

Die Trauer um mein vergangenes Leben stand wie ein ungebetener Gast im Raum.

»Schrecklich«, murmelte er beim Anblick der blauen Fassade.

»Der Blick aus meinem WG-Fenster auf das Nachbarhaus«, erklärte ich.

»Du musst da ausziehen. Sofort«, sagte er streng.

Ich lachte, und es fühlte sich befreiend an.

»Das muss ich tatsächlich. Meine Vermieterin ist aus dem Urlaub zurück. Ich war nur Untermieterin. Ich brauche eine kleine Wohnung. Wie schwierig das in München ist, brauche ich dir nicht zu sagen.«

Er strich über seinen dunklen Bartschatten.

»Dabei könnte ich dir helfen.«

»Kann ich mir dein Angebot leisten?«

Er zuckte lässig mit den Schultern, als würde Geld keine Rolle spielen.

»Du zeichnest einfach für mich, wenn du magst«, schlug er vor.

»Nein. Ich will ein klar geregeltes Arbeitsverhältnis. Auf keinen Fall will ich schon wieder von einem Mann abhängig sein.«

»Dieser Satz könnte von Maria stammen. Mach dir keine Sorgen. Natürlich biete ich dir einen anständigen, transparenten Vertrag.« Er lächelte. »Aber ich verstehe, was du meinst. Auch wenn unsere Ehe gescheitert ist, habe ich von meiner Ex-Frau viel gelernt. Ich werde schauen, was ich für dich tun kann.«

»Meine Zeichnungen?«, hakte ich nach.

»Sind fantastisch. Ich glaube, Maria hat es Arndt Fliege schon gesagt. Dieser erstaunliche junge Mann sieht den Zauber, das, was darunter ist.«

»Du doch auch«, erwiderte ich ehrlich.

Er überlegte. »Ja, vielleicht. Aber du kannst es sichtbar machen. Darum bin ich Architekt geworden. Du aber bist eine Künstlerin.«

Mir war schwindelig.

»Und wie soll es weitergehen?«

Jan lehnte sich in seinem Bürostuhl zurück.

»Ich fahre mit dir zu den Grundstücken und erzähl dir meine Überlegungen. Du musst unbedingt die Umgebung und die Bauherren kennenlernen. Dann zeige ich dir die Entwürfe am Rechner oder am Modell, und du zeichnest mir die Vision, wie sie sich mit Leben anfühlt. Ich stelle dich entweder fest an oder bezahle dich auf Stundenbasis. Was für dich besser passt. Die vertraglichen Details regelst du mit meiner Büroleiterin«, schlug er vor.

»Ich kann das nur stundenweise machen. Ich hole meinen Abschluss nach.«

»Bei Maria?«

Ich nickte.

»Das freut mich. Betreut Luca dich?«

»Du kennst ihn?«, fragte ich verblüfft.

»Natürlich. Ein netter Kerl. Er hat schon als Student bei mir gearbeitet. Wenn du Fragen hast, bekommst du von mir und meinen Mitarbeitern jegliche Hilfe.«

Ich nickte wieder.

Jan schenkte ein Glas Wasser ein und stellte es vor mich. Ich leerte es wie eine Verdurstende in einem Zug.

»Warum?«, fragte ich leise.

»Warum was?«

»Warum hilfst du mir?«

Jan stand auf und ging zum Fenster, das den Blick auf einen kleinen begrünten Innenhof freigab.

»Zum einen, weil ich tatsächlich schon sehr lange einen Zeichner suche, der etwas von Häusern versteht.«

Pause. Ich musste mich zum Atmen zwingen.

»Zum anderen, weil ich die Art vermisse, wie du Dinge erspürst«, erzählte er dem Kastanienbaum im Innenhof. Jan zog seine Schultern zu den Ohren hoch. »Es ist schon so lange her, aber es hat nie wirklich nachgelassen. Als ich dich vorher im Büro gesehen habe, war das Gefühl sofort wieder da. So als hättest du auf den Lichtschalter gedrückt. Leno, ich vermisse dich seit über zwanzig Jahren.« Er drehte sich um, und plötzlich wirkte der souveräne Geschäftsmann verletzlich. Mein Herz zerfloss wie Schokolade in der Sonne.

Unruhig tigerte er hinter seinem Schreibtisch von rechts nach links und wieder zurück.

Irgendwann einmal würde ich ihm vielleicht von meinem Nahtoderlebnis erzählen und wie er mich zum Abschied geküsst hatte. Wollte mir das Schicksal eine zweite Chance geben? Wäre Jan für mich der richtige Mann gewesen, mein Mr. Right? Wenn es so etwas wie füreinander bestimmt sein überhaupt gab.

Ich betete um eine schlagfertige Eingebung.

»So ehrlich?«, fragte ich schließlich.

»Liegt am Alter«, erwiderte er lächelnd und blieb stehen. »Die Zeit wird knapper, und man kennt sich selbst besser. Aufschieben gilt nicht mehr. Früher habe ich zu lange gezaudert, und dann war es zu spät. Du hast gefragt, und ich sage dir die Wahrheit.«

Ich schluckte mühsam. Seine aufrichtige Antwort stürzte mich in ein Gefühlschaos, und das war das Letzte, was ich im Moment wollte. Davon hatte ich in den vergangenen Monaten zu viel gehabt.

»Im Moment brauche und will ich keine neue Beziehung, Jan. Ich bin noch nicht einmal geschieden«, klärte ich die Fronten und legte den Rückwärtsgang ein. »Ich will mir ein eigenes Leben aufbauen. Mir ist klar, dass das für eine sechsundvierzigjährige Berufsanfängerin nicht einfach wird. Ich bin hier, weil ich arbeiten will.«

»Ist angekommen. Danke für deine klaren Worte. Trotzdem freue ich mich, dich zu sehen.« Er setzte sich wieder. Seine Hände lagen ruhig auf der Tischplatte.

»Außerdem bin ich nicht mehr die, die du von früher kennst. Ich habe emotionale Altlasten und drei erwachsene Kinder«, versuchte ich, seine hohen Erwartungen weiter zu dämpfen. »Ich bin langweilig und alt geworden.«

»Und schonungslos«, ergänzte er. »Das Gleiche gilt für mich. Ich schlage vor, wir lernen uns einfach neu kennen. Was hältst du davon?«

Das klang schon besser, aber immer noch beunruhigend.

»Maria hat dich bestimmt vor mir gewarnt.«

Meine Gesichtsfarbe glich sich meiner Haarfarbe an. Ton in Ton war der neue Trend. Nichtssagend zuckte ich mit den Schultern.

Er grinste.

»Lass uns rausgehen. Was hältst du von einem kleinen Spaziergang durchs Viertel zum nächsten Italiener? Ein bisschen so wie früher. Wir unterhalten uns dann bei fischlosem Essen und feiern einfach das Wiedersehen.« Er klappte meine Mappe zu und verschnürte sie. »Als alte und vielleicht neue Freunde, mehr nicht.«

Das Mittagessen und der gemeinsame Spaziergang endeten feuchtfröhlich. Nach einem üppigen Menü mit Prosecco und Rotwein erwischte uns auf dem Rückweg ins Büro ein kalter Regenschauer. Innerhalb weniger Minuten waren wir bis auf die Haut durchnässt.

Jans Mitarbeiter musterten uns irritiert, als wir tropfend die Tür zum Großraumbüro aufstießen. Die Frau in Schwarz reichte mir ein Handtuch. Jan stellte mir Marlene Ober als seine Büroleiterin und rechte Hand vor.

»Frau Simon«, wie selbstverständlich verwendete er meinen Mädchennamen. Paul samt seinem Nachnamen war für ihn bereits Geschichte, »ist unsere neue Zeichnerin. Ich zeig dir später ihre Mappe, und ihr macht einen Vertrag, wenn sie wieder trocken ist.«

Wir gaben uns die Hand.

Meine Haare, die ich am Morgen sorgfältig geföhnt hatte, klebten mir erst am Kopf und kringelten sich dann vergnügt. Ich war zu beschwipst, um mir Sorgen über mein Aussehen zu machen.

»Komm mit nach oben. Dann kannst du dich umziehen und heiß duschen«, bot Jan an. »Ich wohne in der Dachgeschosswohnung.«

Marlene Ober schien dieser Vorschlag nicht zu irritieren. Jan nahm offenbar öfter Damenbesuch mit nach oben.

Jans Wohnung war gemütlich. Ganz anders als die nüchtern leeren Büroräume vermuten ließen.

Schon im Treppenhaus hingen Schwarz-Weiß-Fotos in unterschiedlichen Formaten dicht nebeneinander. Alle zeigten Gebäude. Vom Klohäuschen, einem Wohnblock über eine Fabrikhalle oder eine Autobahnkapelle war alles dabei. Stufe für Stufe schaute und staunte ich mich nach oben und hinterließ eine Tropfspur. Er musste viel und weit gereist sein.

»Alles deine Fotos?«, fragte ich.

»Ja. Was würde ich ohne das Treppenhaus machen?«, scherzte er.

»Irgendwann will ich auch reisen«, stellte ich fest.

Jan stand hinter mir.

»Ja, reisen verändert den Blick auf die gewohnte Umgebung. Ich komme immer wieder dankbar zurück.«

Vor einer Münchner Stadtansicht, dem Auer Mühlbach, blieb ich stehen.

»Ich hab mir erst vor Kurzem alte Fotos angeschaut. Da waren auch Bilder von dir dabei. Wir waren damals in der Au unterwegs und haben das Dorf in der Stadt gesucht.«

Er lächelte. »Du hast die Abzüge noch? Die Häuser sind inzwischen fast alle abgerissen. War ein heißer Sommernachmittag.«

»Wir sind später in die Isar gesprungen«, erinnerte ich mich.

»In Unterwäsche«, ergänzte er. »Die Kieselsteine waren sonnenwarm, und wir sind liegen geblieben, bis wir trocken waren. Damals …«

»… war es heiß. Es hat in diesem Sommer so gut wie nicht geregnet.«

Lachend deutete Jan auf die kleinen Wasserpfützen, die wir auf den Treppenstufen hinterließen.

»Jetzt aber ab nach oben. Die Fotos kannst du dir später anschauen.«

Sanft zog er mich an der Hand die Treppe nach oben.

Ich war mir nicht sicher, ob Mitgehen eine gute Idee war. Meine Hände waren eiskalt.

Oben angekommen, versorgte Jan mich mit Jogginghose, dicken Wollsocken, T-Shirt und Pulli und zeigte mir das Badezimmer.

»Ist nicht nötig. Ich zieh einfach den Pulli drüber«, wehrte ich ab.

»Keine Chance. Du wärmst dich unter der heißen Dusche auf oder nimmst ein Bad. Deine Lippen sind blau, und du zitterst.«

»Und du?«, fragte ich.

Auch Jan war völlig durchnässt. Er hatte mir für den Rückweg sein Anzugjackett gegeben. Sein weißes Hemd klebte ihm auf der Haut.

»Ist das eine Einladung?«, lächelte er.

»Nein«, antwortete ich erschrocken und vermisste den schüchternen Jan von früher. Mit der selbstbewussten Variante seines Selbst kam ich noch nicht klar.

»Ich hab ein zweites Badezimmer. Du musst dir keine Sorgen um meine Gesundheit machen.«

Frisch geduscht, völlig ungeschminkt und in unförmiger Bekleidung ging ich ins Wohnzimmer. So gnadenlos ehrlich hätte unser erstes Treffen wegen mir nicht unbedingt verlaufen müssen. Aber es war schließlich nur ein Geschäftstermin, redete ich mir ein. Hohe, gut gefüllte Bücherregale machten mich neugierig. Architekturbildbände standen neben Fachbüchern und einer Auswahl von Reiseführern, Krimis und Romanen. Die Bücher waren wie die Einrichtung eine stimmige, aber bunt zusammengewürfelte Mischung persönlicher Erinnerungen. Ein bequemes Ledersofa stand neben einem dänischen Designerstuhl. Der Couchtisch musste ein Erbstück sein. Hier war kein Innenarchitekt am Werk gewesen. Alles wirkte gewachsen und spiegelte die Vorlieben des Bewohners wider. Das gefiel mir.

Jan musste in der Küche sein. Ich hörte einen Wasserkocher brodeln.

»Tolle Wohnung«, stellte ich fest.

»Danke.« Er holte eine schlichte weiße Teekanne aus dem Küchenschrank und wärmte sie mit heißem Wasser vor.

»Da denke ich mir doch, ich hätte Architektin werden sollen. Scheint ein lukrativer Job zu sein. Bei der Lage und dem Ausblick.«

Er lächelte. Seine kurz geschnittenen Haare waren wieder beziehungsweise immer noch nass. Er war barfuß. Aber das Parkett war angenehm warm. Zur Jeans trug er ein frisches weißes Hemd. Im Gegensatz zu mir sah er sehr attraktiv aus.

»Darjeeling?«, fragte er und hielt mir eine Dose mit duftenden Teeblättern unter die Nase. »Immer noch dein Lieblingstee?«

»Du erinnerst dich daran?«, fragte ich verblüfft. Schließlich erinnerte ich mich kaum selbst daran.

»An deine Tee-Zeremonien und Verkostungen? Natürlich. Ich kannte von zu Hause nur schwarzen oder Pfefferminztee. Vielleicht noch Kamille. Aber da musste schon jemand schwer krank sein.« Jan füllte ein Teesieb. »Du hast mir gezeigt, wie man Tee trinkt, hast von unterschiedlichen Anbaugebieten und Sorten geschwärmt. Als ich einmal beruflich in Indien war, habe ich sogar eine Teeplantage besichtigt. Grüne Teesträucher wachsen auf sanften Hügeln, so weit das Auge reicht. Ich hab damals an dich gedacht. Irgendwo habe ich Fotos davon.«

Wieder traf ich auf ein Puzzleteil aus meinem früheren Leben. Paul war Kaffeetrinker und konnte Tee nichts abgewinnen. Ich war irgendwann von losem Tee auf günstige Teebeutel umgestiegen. Mein geliebtes Teeritual hatte ich aufgegeben. Inzwischen trank ich mehr Kaffee als Tee.

Wie gut der frisch aufgebrühte Tee roch. Ich schloss die Augen und inhalierte den Duft längst vergangener Tage. In meinem Wohnheimzimmer hatte es keine Küche gegeben, aber einen Wasserkocher. Immer wenn ich Besuch bekommen hatte, hatte ich Tee gekocht. Jan war damals oft bei mir gewesen.

»Geht's dir gut?«, fragte Jan und füllte Kandiskristalle in ein Glasschälchen.

Ehrlich antwortete ich mit Ja. So wohl wie in diesem Moment hatte ich mich schon lange nicht mehr gefühlt.

Wir setzten uns auf die Couch ins Wohnzimmer, blickten auf die Dächer Münchens und erzählten aus unseren Leben. Der Ausblick war wirklich fantastisch. Wie üblich schwärmte ich von meinen Kindern. Jan interessierte sich vor allem für Hannah und ihr Kunstprojekt. Er wunderte sich, dass ich meine Tochter noch nicht in New York besucht hatte.

»Eine tolle Stadt«, schwärmte er.

Dazu konnte ich nichts sagen. Ich war bisher aus Europa nicht herausgekommen.

Jan erzählte mir von seinen Reisen und wo er überall schon Häuser gebaut hatte. Er schaffte das, ohne dass es nach Angeberei klang.

»Ich bin froh, dass die Nebenwirkungen des Fischverzehrs nachgelassen haben. Anfangs habe ich mir wirklich Sorgen gemacht«, zog er mich nach unserem mehrstündigen Gespräch auf.

Wir hatten bestimmt drei Stunden ununterbrochen geredet und saßen dicht nebeneinander. Wie selbstverständlich legte Jan seinen Arm um meine Schulter und zog mich an sich.

»Du hast mir gefehlt, Leno. Ich bin so glücklich, dich endlich wiederzusehen«, stellte er leise fest.

Nickend stimmte ich zu. Erst jetzt, wo ich Jan wiedersah, spürte ich, dass ich ihn auch vermisst hatte. Für eine Freundschaft war in meinem Leben mit Paul keine Zeit und kein Platz gewesen. Für zu viele Dinge war in diesem Leben kein Platz gewesen.

Jan wickelte sich eine meiner Haarsträhnen um seinen Zeigefinger, zog sie in die Länge und beobachtete, wie sie sich erneut kringelte.

»Das wollte ich schon immer einmal ausprobieren«, stellte er fest.

»Lockenwickeln?«

»Unter anderem, ja.« Seine Finger streichelten sanft über meine Stirn, die Nase bis zu den Lippen.

Mein Herz schlug Purzelbäume, und meine Hände wollten den Mann berühren, den ich schon so lange kannte, der mir aber inzwischen aufwühlend fremd war. Verkrampft lag ich in Jans Umarmung und erinnerte mich an einen Eintrag in meinem Wunschbuch: mehr spüren, mehr leben, mehr lieben. Mutig schaute ich ihm in die Augen. Ohne zu zögern, küsste er mich.

Wie von Maria prophezeit, wechselten wir kurz darauf ins Schlafzimmer. Zur Vorbereitung der finalen Wiedervereinigungsfeier zog mir der Stararchitekt gerade den Pulli über den Kopf, als mein Handy vibrierte.

»Vielleicht die Kinder«, entschuldigte ich mich und kramte nervös nach dem Gerät in meiner Tasche.

Zac.

Er rief mich nie an. Mit schlechtem Gewissen drückte ich ihn weg. Aber er war schließlich keines meiner Kinder. Bald wären wir nicht einmal mehr Mitbewohner. Ich schaltete das Telefon aus. Wahrscheinlich wollte er mich nur mit dem Einkauf einer exotischen Zutat für das Abendessen beauftragen.

Jan lehnte am Türrahmen und beobachtete mich ruhig, was die Situation verschärfte.

Das Telefon fiel mir aus der Hand und krachte auf den Boden. Über das Display zog sich ein langer Sprung. Erschrocken starrte ich auf das Gerät.

»Darum kümmern wir uns später«, nahm Jan mir das Handy aus der Hand und legte es auf den Nachttisch.

Mutig stellte ich mich dem Kampf mit den technischen Raffinessen seiner Designer-Manschettenknöpfe. Die materielle Welt hatte sich gegen mich verschworen. Früher war Jan der Ungeschickte gewesen. Jetzt half er mir.

»Ich bin nicht mehr zwanzig«, warnte ich ihn. »Vielleicht sollten wir warten, bis es dunkel ist. Nicht dass du einen Schreck bekommst.«

Statt einer Antwort küsste er mich.

Ich war nervös und plapperte vor mich hin. Meine Hände zitterten. Aber für guten Sex war ich tatsächlich noch nicht zu alt. Wieder hatte Maria recht gehabt. Ich staunte und genoss jede Minute. Im Gegensatz zu mir war Jan in Übung, und ich profitierte von seiner leidenschaftlichen Gelassenheit. Glücklich erschöpft kuschelte ich mich in die duftende Bettwäsche.

Jan spielte mit meinen Locken. »Und? Was denkst du?«

»Das fragt man nicht«, erwiderte ich und wälzte mich in seine Umarmung.

»Ich weiß«, lachte er. »Aber es interessiert mich wirklich.« Er vergrub seine Nase in meinen Haaren.

»Wir werden privat und geschäftlich strikt trennen und uns nicht einengen oder Vorwürfe machen«, erwiderte ich sehr ernst.

»Auf jeden Fall. Wir werden Geschäftliches nie im Bett besprechen.« Er knabberte an meinem Ohrläppchen.

»Vielleicht hätten wir uns mehr Zeit lassen sollen«, überlegte ich laut.

»Wozu?« Jan stützte sich auf den Ellbogen und schaute mich ernst an. Gleichzeitig war sein Blick warm und zärtlich. »Wir sind inzwischen zweifellos alt genug, oder? Und ich hab mir schon einmal zu viel Zeit gelassen. Das passiert mir nicht noch einmal. Ich finde, das war seit über zwanzig Jahren fällig.«

»Du wolltest es damals schon?«

»Natürlich. Seit dem ersten Tag. Aber leider war ich zu schüchtern und hatte Angst, dass ich nicht gut genug für dich wäre und du mir eine Abfuhr erteilen würdest. Ich wollte unsere Freundschaft auf keinen Fall gefährden. Du warst mir zu wichtig. Und dann«, brach er ab.

»Und dann heirate ich einen anderen. Ich habe euch zur Hochzeit eingeladen, und keiner ist gekommen. Eva, Sebastian, Maria und du, ihr habt einfach abgesagt. Darüber war ich sehr traurig. Ich dachte, ich wäre euch nicht wichtig.«

Sanft streichelte Jan meine Wange. »Ich hätte es nicht ertragen. Auch die anderen hatten das Gefühl, dass Paul uns nicht dabeihaben wollte. Wir gehörten nicht mehr dazu.«

Tatsächlich hatte Paul mit meinem Freundeskreis nie etwas zu tun haben wollen. Er hatte gerne über die pummelige Maria oder die enge Beziehung von Sebastian und Eva gelästert. Die einzige alte Freundin, die mir geblieben war, war Inge.

»Du hieltest es damals schon für einen Fehler?«, fragte ich.

»Natürlich. Nur weil du schwanger warst. Das war kein Grund, alles aufzugeben. Du hättest wenigstens das Studium abschließen können. Außerdem habe ich mich über mich selbst geärgert, und es tat mir natürlich unendlich leid. Mit Rivalen ist das unter Männern so eine Sache.«

»Warum hast du nie etwas zu mir gesagt?«, fragte ich.

»Du hast behauptet, glücklich zu sein. Ich wollte dich nicht verunsichern. War ja deine Entscheidung, dein Leben. Du hattest dich für einen anderen entschieden. Damit musste ich leben.«

»Und jetzt?«, fragte ich.

»Schlafen wir. Das haben wir uns verdient. Und danach sehen wir weiter.« Zärtlich küsste er mich. »Was denkst du?«

Eigentlich hatte ich mir vorgenommen, mich um mein Leben zu kümmern und mich von Männern fernzuhalten, und jetzt lag ich in Jans Bett. Nach Marias Aussage und Marlene Obers Reaktion war das bei Jan kein Einzelfall. Mein Herz flüsterte »ja« und mein Verstand schrie »auf keinen Fall, das ist zu kompliziert«.

»Ich brauch Zeit«, bat ich.

Jan ließ sich nicht aus der Ruhe bringen.

»So viel du willst. Mein nächster Termin ist morgen um 10 Uhr.«

mehr spüren, mehr leben, mehr lieben!
(könnte zum Problem werden)

Ich war müde, aber eine unterschwellige Unruhe weckte mich auf. Gegen 21 Uhr löste ich mich aus Jans Umarmung und zog mich an.

»Was ist los, Leno? Ist dir die Matratze zu hart oder hast du Hunger?«

»Ich muss nach Hause.«

»Geht dir der Ausblick auf das blaue Nachbarhaus ab?«, zog er mich auf. »Schlaf doch bei mir.«

»Zac wartet bestimmt auf mich«, erklärte ich.

»Zac?« Er richtete sich im Bett auf und schaltete die Nachttischlampe an.

»Ein Mitbewohner. Wir kochen zusammen.«

»Wenn's nur das ist. Muss er eben alleine essen.«

»Er wartet, bis ich zu Hause bin. Das machen wir immer so. Er ist jung, und krank ist er auch. Es ist kompliziert. Ohne mich kann er nicht einmal kochen.«

Ich hatte es plötzlich sehr eilig und hatte keine Zeit für langwierige Erklärungen.

»Ich beneide diesen Zac jetzt schon«, erwiderte Jan amüsiert. »Soll ich dich fahren?«

»Nein, bleib im Bett. Ich habe eine Monatskarte«, erklärte ich und drückte ihm einen Abschiedskuss auf die Stirn. Er griff nach meinen Händen und zog mich zu sich.

»Es war schön, Leno. Ich freu mich auf eine Wiederholung«, flüsterte er in mein Ohr und wurde dabei nicht einmal rot. »Du rufst an? Oder kommst im Büro vorbei? Du holst dir deinen Auftrag ab?«

»Nichts Geschäftliches im Bett«, warnte ich ihn.

Ich nahm meine feuchten Anziehsachen und machte mich in Jogginghose und Pumps auf die Heimfahrt.

Um 21.45 Uhr schloss ich atemlos die Wohnungstür auf. Von der U-Bahn-Haltestelle bis zur Wohnung war ich gerannt, das Gefühl, dass irgendwas nicht stimmte, wurde von Minute zu Minute stärker.

Mein Herz setzte einen Schlag aus, als ich beim Betreten der Wohnung sah, dass in der Küche kein Licht brannte. Überhaupt war die Wohnung dunkel. War Zac eingeschlafen?

»Zac, wir können kochen!«, rief ich im Flur.

Vielleicht hatte er schon mit Mel gegessen, hoffte ich. Normalerweise wartete Zac um diese Zeit ungeduldig, mit dem Kochlöffel in der Hand, auf seine Küchenhilfe. Ich ging in die Küche und machte Licht. Alle Zutaten waren vorbereitet, und Töpfe und Pfannen standen auf dem Herd.

»Zac!«

Ich klopfte an seine Zimmertür. Wahrscheinlich hatte er Kopfhörer auf den Ohren. Zögernd drückte ich die Klinke herunter und öffnete langsam die Tür, bis ich auf einen Widerstand stieß. Es war Zac, der am Boden lag.

Vorsichtig zwängte ich mich durch den Schlitz und erkannte, dass er sich verletzt hatte. Ich tastete nach dem Lichtschalter und stieß einen Schrei aus. Um Zacs Kopf hatte sich ein dunkelbrauner Fleck in den grauen Teppich gesaugt.

Blut! Verdammt!

Er war gestürzt und hatte versucht, mich anzurufen. Ich hatte ihn weggedrückt und war lieber in Jans Bett gestiegen, obwohl Zac mich gebraucht hatte. Mit zitternden Händen zog ich mein Handy aus der Tasche. Trotz des Sprungs funktionierte es noch. Ich rief den Notarzt. Die Minuten dehnten sich.

Weinend kniete ich auf dem Boden und horchte auf Zacs flachen Atem. Endlich traf Hilfe ein. Die Sanitäter arbeiteten routiniert, untersuchten Zac und schnallten ihn auf eine Trage. Wie lange lag er schon in seinem Zimmer? Mein Schäferstündchen hätte sein Tod sein können.

»Sind Sie eine Angehörige?«, fragte mich die Notärztin.

Ich nickte abwesend.

»Die Mutter?«

In diesem Moment sorgte ich mich um ihn, als wäre er mein Sohn, und meine Schuldgefühle waren einer echten Mutter-Kind-Beziehung würdig. Wie selbstverständlich sagte ich also »Ja«.

»Dann können Sie mitfahren.«

Das Blaulicht des Rettungswagens irrlichterte an der blauen Fassade des Nachbarhauses. Mit heulender Sirene rasten wir in das nahe Schwabinger Krankenhaus.

Ich tastete nach Zacs Hand und hielt sie fest in meiner.

»Tiefe Bewusstlosigkeit«, wiederholte ich wie betäubt die unheilvollen Worte, die der Arzt ernst ausgesprochen hatte. »Er ist eingeschlafen und gestürzt. Dabei hat er sich eine Platzwunde am Hinterkopf zugezogen. Man kann nur warten und hoffen, dass er bald wieder zu sich kommt. Bei seinem Krankheitsbild ist es schwer, eine Prognose abzugeben.«

Viel mehr hatte ich von der Diagnose nicht behalten.

Mel hielt sich am Fußteil des Krankenhausbettes fest. Wieder und wieder sprach sie sich selbst Mut zu.

»Das wird schon wieder. Zacs Dickschädel ist legendär.«

Mit ihrem rot karierten Ärmel wischte sie sich eine Träne aus dem schwarz geschminkten Augenwinkel.

Zac war in der Klinik bekannt. Immer wieder kam er mit kleineren Verletzungen. Es war nicht das erste Mal, dass er auf den Kopf gefallen war. Aber so schlimm war es noch nie gewesen.

»Wach gefälligst auf, Zac. Ohne dich werden wir verhungern!«

Keine Reaktion. Zacs Augen waren wie im Halbschlaf geschlossen.

»Das ist nicht lustig«, beschwerte Mel sich schniefend.

»Er braucht Zeit«, versuchte ich sie zu trösten, obwohl mir selbst zum Heulen war. »Der Arzt meint, der Zustand kann Stunden oder Tage anhalten.«

Die ganze Wahrheit enthielt ich ihr vor. Der Arzt hatte sogar von Wochen gesprochen.

Mel nickte. Augenreiben und ein steter Tränenstrom spülten sowohl die Wimpertusche als auch ihre Kontaktlinsen davon. Mel legte die smaragdgrünen Linsen auf die Bettdecke, und zum ersten Mal sah ich ihre wahre Augenfarbe. Mels Augen waren grau, ohne jeden Farbsprenkel.

»Wir müssen ihn heimbringen«, erklärte sie. »Dort wird er gesund. Er braucht seine gewohnte Umgebung.«

»Er muss ständig überwacht werden. Man muss eine Verschlechterung erkennen«, erklärte ich.

Mel kaute an ihren Fingernägeln.

»Aber er braucht auch seine Musik und unsere Stimmen. Wir lesen ihm was vor und nehmen das auf. Das hat man doch schon oft von Komapatienten gelesen, dass sie jedes Wort mithören«, überlegte sie. »Wir müssen ihn aufwecken und ins Leben zurücklocken. Verstehst du?«

Davon hatte ich auch schon gehört.

Voll jugendlichem Tatendrang begann Mel, ihr Handy zu bearbeiten. Mit fliegenden Fingern informierte sie Loreen über den Unfall und schickte eine Liste, was sie dringend in die Klinik bringen müsse.

»Außerdem benachrichtige ich Zacs Mutter.«

»Er hat eine Mutter?«, fragte ich ehrlich verblüfft.

»Jeder Mensch hat eine«, klärte sie mich auf.

»Er hat nie von ihr gesprochen.«

»Scheidungskind«, erwiderte Mel, als würde das alles erklären. »Als sich seine Eltern trennten, war Zac zwölf. Seine Mutter wurde depressiv. Muss ziemlich schlimm gewesen sein. Er spricht nicht drüber.«

Ohne aufzuschauen, tippte sie weiter. »Er hat kaum Kontakt zu ihr. Nur wenn sie mal wieder versucht, sich umzubringen, dann ruft er die Polizei an oder die Polizei ihn. Wer's eben zuerst erfährt. Seine Alte bekommt nichts mehr auf die Reihe und ertrinkt in Selbstmitleid.«

Ich hörte Mel zu und verstand plötzlich Zacs heftige Reaktionen mir gegenüber. Seine Mutter hatte ihn im Stich gelassen und kam mit ihrem eigenen Leben nicht klar. Mit meiner Jammergeschichte erinnerte ich ihn an sie, und das konnte er nicht ertragen. Wahrscheinlich war sie sogar in meinem Alter.

»Zu Weihnachten schickt er ihr eine Dose selbst gebackener Plätzchen und zum Geburtstag einen Kuchen per Post. Von ihr kommt nie was. Entweder sperrt sie sich in ihrer Bude ein, oder sie ist in irgendeiner Entzugs- oder Psychoklinik. Aber ich hab ihre Handynummer.« Mel scrollte sich durch ihre lange Kontaktliste und tippte eine Nachricht.

»Und sein Vater?«

»Hat sich eine junge Brasilianerin klargemacht und züchtet irgendwo in der Pampa Rinder und neue Kinder. Oder war sie Argentinierin?« Mel zuckte mit den Schultern. »Zac war nie dort. Obwohl sein Alter ihn immer wieder einlädt und obwohl er Steaks eigentlich liebt.« Missbilligend schüttelte sie ihre grüne Perücke. Ob sich ihr Unverständnis auf die fehlende Elternliebe oder die Ausbeutung von Tieren bezog, blieb unklar. »Seine Eltern werden ihn wohl nicht besuchen. Darum machen wir das. Wir sind seine Familie. Ich glaube nicht, dass seine Mutter auf meine Nachricht reagiert.«

Die Überwachungsgeräte piepten regelmäßig. Zacs Herzschlag hypnotisierte uns, und ich nickte sitzend ein. Ruhe fand ich nicht.

Ein verborgener Gedanke drängte an meine Gehirnoberfläche, kam aber nicht durch. Was hatte ich übersehen?

»Das war kein Unfall!«

Die zugeschlagene Zimmertür und die Nachricht hallten wie ein Donnerschlag durch das Krankenzimmer. Tropfnass und vor Anstrengung keuchend, stürzte Loreen in den Raum. Sie war von der Wohnung in die Klinik gerannt.

»Jemand ist eingebrochen und hat Zac niedergeschlagen.« Sie hielt Zacs Nudelholz hoch. »Das lag im Flur bei den Schuhen.«

»Das ist bei uns normal«, erwiderte Mel.

Loreen deutete auf die Rolle. »Da klebt noch Blut dran.«

Mel starrte Loreen und das Küchengerät an. »Regnet es?«, fragte sie entgeistert.

»Ja, oder glaubst du, ich hab in der Isar gebadet?«

Loreen schüttelte sich. Wasser tropfte auf den Klinikboden. Mein Blutdruck stieg schlagartig. Das wäre nicht passiert, wenn ich pünktlich zu Hause gewesen wäre.

Mel nahm das Nudelholz in die Hand und musterte das eingetrocknete Blut. »Zac hat in der Küche alles vorbereitet und gewartet, dass jemand heimkommt. Er wollte Ravioli mit Aalfüllung machen. Das Kochbuch liegt aufgeschlagen auf dem Tisch.«

»Dann hat er eben gewartet, bis jemand von uns heimkommt. Er ist in sein Zimmer gegangen, eingeschlafen, umgefallen und hat sich dabei den Kopf gestoßen. Ist doch nicht das erste Mal, dass er umfällt«, warf Mel ein.

Loreen verdrehte die Augen. »Und das Nudelholz im Flur? Wie erklärst du dir das?«

»Zac ist nicht der Ordentlichste. Küchengeräte findet man bei uns doch überall. Ein Schneebesen in der Badewanne oder eine Pfanne an der Garderobe ist doch normal.«

Das war wahr. Zac kochte überall. Er hängte frische Nudeln auf den Wäscheständer zum Trocknen auf oder putzte Pilze vor dem

Fernseher. Außerdem war die Küche für seine Gerätschaften zu klein.

»Und das Blut?«

Mel nahm das Nudelholz und führte eine Schlagbewegung aus. »Damit hat er Fische erschlagen. Daran klebt das Blut der unschuldigen Tiere. Das ist eine Mordwaffe! Aber Zac wurde nicht angegriffen. Der ist umgefallen. Ein Aal kann sich nicht wehren.« Sie strich mit den Fingerspitzen über das eingetrocknete Blut.

Loreen schüttelte den Kopf. »Zac war in seinem Zimmer, hatte vermutlich Kopfhörer auf und hat am Computer die Zeit totgeschlagen.« Sie erschrak selbst über das Wortspiel. »Meine Theorie ist: Der Täter kam unbemerkt in die Wohnung, hat aus der Küche das Nudelholz genommen und es Zac in seinem Zimmer über den Schädel gezogen.«

War das möglich? Sofort dachte ich an Sven, der mich ausspioniert hatte.

»Als ich heimkam, war die Wohnungstür geschlossen«, versuchte ich, die Wahrheit zu verdrängen.

»Jemand hat sie geöffnet. Das geht einfach. Sie war nur eingeschnappt und nicht abgeschlossen. Aber der Türrahmen ist verkratzt«, argumentierte Loreen kühl.

»Der Türrahmen ist immer schon verkratzt«, warf Mel ein. »Seit wir da wohnen. In was steigerst du dich da hinein, Lorn? Wer sollte Zac etwas antun? Und Wertvolles gibt es bei uns auch nicht zu holen.«

Loreen starrte mich an. »Jemand hat sich Zugang zu unserer Wohnung verschafft. Darauf verwette ich meine *Herr-der-Ringe*-Erstausgabe.«

»Ich habe nichts bemerkt«, verteidigte ich mich.

»Dann ist dir auch nicht aufgefallen, dass jemand die Wohnung auf den Kopf gestellt hat? Jede Schublade ist durchwühlt.«

Mir wurde schlecht. »Nein«, gab ich ehrlich zu. »Ich habe mich um Zac gekümmert. Alles andere habe ich ausgeblendet.«

Loreens Augen blitzten gefährlich. »Schön für dich, El. Ich glaube, dass du manchmal zu viel ausblendest.«

Das war ungerecht. Ich hatte mich in den letzten Monaten verändert.

Mel verfolgte unseren Wortwechsel. Ihre Finger krampften sich ineinander. »Was willst du damit sagen, Lorn?«

»Jemand hat etwas gesucht, das El gehört oder eben nicht gehört, und Zac hat ihn erwischt«, schrie Loreen wütend und packte mich an der Schulter. »Mach endlich deine Augen auf! Warum spioniert dir ein Mitarbeiter deines Mannes hinterher und bedroht dich vor unserer Haustür?« Sie schüttelte mich. »Glaubst du wirklich, jemand deponiert unwichtige Unterlagen in einem Bankschließfach?!«, schrie sie mich an.

Der rote Ordner! Darum ging es. Aber Paul würde nie jemanden verletzen. Sicher nicht. Er war egoistisch und selbstverliebt. Aber kein Unmensch.

Die Zimmertür wurde geöffnet.

»Der Patient braucht Ruhe«, ermahnte uns ein Krankenpfleger.

Loreen hob beschwichtigend die Hände und schenkte dem jungen Mann ein bezauberndes Lächeln.

»Machen wir. Wir sind alle ziemlich aufgeregt«, entschuldigte sie sich.

Der Mann nickte und schloss die Tür hinter sich.

»Zacs Handy lag neben der Zimmertür. Du warst sein letzter Anruf, El«, flüsterte Loreen. »Er hat dich gebraucht, und du bist nicht rangegangen.«

Ich schluckte und erzählte lieber nicht, mit wem ich mich zwischenzeitlich vergnügt hatte.

»Wach auf! Das hier ist die Wirklichkeit! Dein Mann ist kein netter, harmloser Mensch, und das weißt du.«

Ich starrte auf das Krankenbett, wo Zac reglos lag. Ein dicker Verband war um seinen Kopf gewickelt.

»Zac könnte tot sein«, begriff ich. »Wenn Paul dahintersteckt …«, weiter wollte ich nicht denken. Der Mann, Vater meiner drei Kinder, war ein Fremder. Wahrscheinlich hatte er Sven, seinen Handlanger, geschickt. Er wollte zurück, was mir nicht gehörte. Ich schloss kurz die Augen.

»Mel, wo sind die Flohmarktkisten?«, fragte ich heiser.

»Stehen im Keller«, antwortete sie.

»Kannst du dich an einen roten Ordner erinnern?«, hakte Loreen nach.

Mel schüttelte den Kopf und schaute abwechselnd mich und dann Loreen an. »Was ist eigentlich los? Könntet ihr mich mal in eure Verschwörungstheorie einweihen? Roter Ordner, gleich sprecht ihr noch von einem roten Telefon.«

Meine ehemalige Aushilfspostbotin deutete auf mich.

»Es geht um Unterlagen, die ich aus einem Schließfach meines Mannes entwendet habe«, erklärte ich. »Ich habe den Ordner fast vergessen. Aber Loreen könnte recht haben. Ich konnte mit den Papieren nichts anfangen und habe den Ordner zwischen alte Sachen gesteckt, die ich dir für den Flohmarkt mitgegeben habe.«

Mel machte ein ungläubiges Gesicht.

»Du hättest dich um dieses Ding kümmern müssen. Wegschauen und ignorieren hilft nicht«, bohrte Loreen weiter.

Ich konnte ihr nur nickend und niedergeschlagen zustimmen.

Mel zog die Stirn kraus. »Wenn du den Ordner in eine Kiste gesteckt hast, muss er noch da sein. Verkauft habe ich ihn bestimmt nicht. Das wüsste ich«, überlegte sie, »und ich werfe nie was weg. Irgendwann kriegt man alles los. Man muss nur auf den richtigen Käufer warten.«

»Irgendein Blöder findet sich immer«, fasste Loreen die Strategie zusammen. »Und manchmal büßen Unschuldige.«

Loreens Blick war feindselig.

Aber ich wusste, was jetzt zu tun war. Loreen sah die Dinge klar. Paul hatte eine Grenze überschritten. Ich würde handeln. Seltsam ruhig stand ich auf.

»Ich fahr heim und schau nach, ob der Ordner noch im Keller ist.«

Loreen musterte mich und nickte zustimmend. »Ich begleite dich. Nicht dass es dich auch noch erwischt. Dein Mann ist gemeingefährlich.«

Ihre jugendliche Fürsorge mir gegenüber rührte mich.

»Schließlich musst du für uns kochen, bis Zac wieder ganz gesund ist.«

Mel blieb bei Zac. Wenn an Loreens Theorie etwas dran war, durften wir Zac nicht allein lassen. Er hatte den Einbrecher gesehen und würde ihn identifizieren können.

Vor der Klinik nahmen wir ein Taxi.

Wir gingen direkt in den Keller und trafen auf eine Spur der Verwüstung. Kleidungsstücke, Scherben und Bücher lagen auf dem Betonboden verstreut. Meine Knie wollten zittern, aber ich erlaubte es ihnen nicht. Sven oder ein anderer hatte sich nicht nur durch unsere Wohnung gewühlt, sondern auch das Kellerabteil durchsucht.

»Heilige Scheiße«, stöhnte Loreen. »Wir brauchen nicht zu suchen. Wenn der Ordner hier gewesen ist, dann hat dein Mann ihn jetzt wieder. Und wir wissen nicht einmal, um was es gegangen ist.« Sie starrte auf das Durcheinander.

Trotzdem durchwühlte ich Karton für Karton. Mels Sachen legte ich geordnet zurück. Vereinzelte Überreste meiner VHS-Kurs-Vergangenheit steckte ich in einen schwarzen Plastiksack. Es war Zeit für die endgültige Entsorgung.

Auf dem Weg zum Müllcontainer traf ich unseren Hausmeister. Nach seinem kurzen Italienurlaub räumte er aus seinem tarngrünen Opel diverse Campingutensilien und grüßte freundlich.

»Sind die Damen dem Kellergeist begegnet?«, scherzte Herr Edelhuber.

»Eingebrochen«, erwiderte ich einsilbig.

Wortlos stellte er seine Reisetasche und einen Klappstuhl ab und folgte mir.

»Das passiert, wenn keiner nach dem Rechten schaut«, fasste er die Situation vor dem Kellerabteil zusammen. »Ich hätte nicht wegfahren dürfen. Wahrscheinlich hat mal wieder jemand die Haustür offen gelassen. Das ist wie eine Einladung.« Edelhuber schaute sich um. »Ich frage mich nur, warum der Einbrecher nicht das Nebenabteil genommen hat. Dort hätte er wenigstens die neuen Ski vom Huber klauen können. Aber bei euch gibt's doch nur Plunder. Nichts gegen Mels Schätze, aber das Zeug ist doch nichts wert. Ich wundere mich, wie sie damit überhaupt auf dem Flohmarkt Geld einnimmt.«

Ratlos standen wir vor dem Kellerabteil.

»Aber wahrscheinlich ist der Einbrecher gestört worden und abgehauen«, überlegte er weiter. »Anders kann es nicht gewesen sein.«

»In der Wohnung war er auch«, erklärte Loreen. »Zac liegt verletzt im Krankenhaus.«

Edelhuber nahm seinen Trachtenhut vom Kopf und drehte ihn in der Hand.

»Du denkst, es war ein Überfall?«

»Wahrscheinlich.«

Edelhuber starrte Loreen an. »Das kann ich mir nicht vorstellen. Mit Zac wird man nicht so leicht fertig. Der lässt keinen in die Wohnung, wenn er nicht will.«

»Und das Chaos? Hier und in der Wohnung. Da hat jemand etwas gesucht«, gab Loreen zu bedenken.

Der Hausmeister strich sich über das schüttere Haar. »Habt ihr die Polizei gerufen? Die müssen die Spurensicherung schicken.«

Loreen und ich wechselten einen Blick. Daran hatten wir beide noch nicht gedacht.

»Machen wir«, erwiderte ich matt, obwohl ich mir von einer polizeilichen Untersuchung nicht viel erwartete.

Die hielten mich höchstens für verrückt, wenn ich meinen Mann bezichtigte, einen geheimnisvollen roten Ordner zurückgeklaut zu haben.

Edelhuber bückte sich und hob das Vorhängeschloss auf. Der Schlüssel mit einem Legomännchen als Schlüsselanhänger steckte. *Keller* stand auf dem Bauch des Männchens.

»Auf jeden Fall hatte der Einbrecher den Kellerschlüssel«, stellte Edelhuber fest und grinste. »Ich sag euch, Zac hat wie ein Wahnsinniger etwas gesucht und vor Aufregung ist er dann in seinem Zimmer umgefallen. Alles halb so schlimm«, tröstete er uns. »Kein Grund zur Panik. Der wacht schon wieder auf.«

Das klang vernünftig. Trotzdem zweifelte ich an Edelhubers Theorie. Irgendetwas stimmte hier nicht. Aber wer würde uns jemals glauben, dass Zac, der sich immer wieder durch Stürze selbst verletzte, tatsächlich überfallen und Wohnung sowie Keller durchsucht worden war? Die Geschichte klang wie das Märchen vom verschwundenen roten Ordner.

»Ist die Wohnungstür aufgebrochen?«, fragte Franz Edelhuber weiter.

»Nein, nicht richtig«, räumte Loreen ein. »Aber der Türrahmen ist verkratzt.«

Edelhuber überlegte. »Der ist schon lang verkratzt. Ich wollte das immer mal streichen. Ihr habt mir wirklich einen Schrecken eingejagt. Nur gut, dass sich die Sache so schnell geklärt hat und wir keine Polizei brauchen. Zac und überfallen? Niemals.« Der Hausmeister lachte.

Gewissenhaft überprüfte er die Schlösser der anderen Kellerabteile. Alles war in Ordnung.

»Er hätte nicht Mels Sachen auf den Boden geworfen«, verteidigte Loreen ihre Sichtweise.

»Vielleicht hat Zac den Schlüssel stecken gelassen, und jemand hat die Chance genutzt und nachgeschaut, ob er etwas gebrauchen kann. Fehlt überhaupt etwas?«, fragte der Hausmeister.

»Wissen wir nicht«, erwiderte Loreen mit einem Achselzucken. »Mel führt keine Inventarlisten. Die hat keinerlei Überblick.«

Edelhuber lachte erneut. »Übrigens hat sie bei mir auch ein paar Kisten untergestellt. Das Mädel kann einfach nichts wegwerfen.«

Loreen und ich schauten uns verblüfft an und riefen dann gleichzeitig: »Wo sind die Kisten?«

Meine Stimme war rau, als hätte ich geschrien.

Herr Edelhuber führte uns durch die Tiefgarage zu einem kleinen Verschlag. Dort standen die obligatorischen Hausmeistergeräte: Laubbläser und Dampfstrahler.

In der Ecke stapelten sich fünf Umzugskartons. Sie waren unbeschädigt. Edelhuber ging pfeifend zu seinem Auto zurück.

»Hier ist er!« Loreen zog den roten Ordner aus einer Kiste voller Kleider und gab ihn mir.

Ich wog ihn prüfend in der Hand. »Und dafür schlägt jemand Zac nieder?«

»Ich wette, es geht dabei um sehr viel Geld, und dafür machen Menschen noch viel schlimmere Dinge. Grundlos hat dein Mann das Ding nicht in einem Schließfach aufbewahrt«, erwiderte Loreen abgeklärt. Sie gab mir einen leeren Müllsack. »Steck ihn da rein. Es darf niemand sehen, dass wir ihn gefunden haben.« Loreen füllte den Sack mit Flohmarktware auf und knotete ihn zu. »Ich schlage vor, wir fahren damit sofort zu meiner Mum. Die kennt sich mit Banksachen aus. Irgendwas stinkt an diesem Ding ganz gewaltig.«

»Und die Polizei?«

»Informieren wir, wenn wir wissen, was es damit auf sich hat«, entschied Loreen.

Schnell verschlossen wir Mels Flohmarktkisten und bedankten uns bei Herrn Edelhuber. Der ließ es sich nicht nehmen, uns nach dem Schreck zu Loreens Mutter zu fahren. Er verstand, dass wir uns nach dem vermeintlichen Einbruch unsicher fühlten.

»Morgen habt ihr euch beruhigt, und die Welt schaut wieder ganz anders aus. Und Zac ist auch bald wieder daheim«, redete er uns gut zu. Für ihn war der Vorfall geklärt.

Von dem roten Ordner erzählten wir Edelhuber nichts.

Instinktiv rutschten Loreen und ich beim Verlassen der Garage tief in die Sitze des grünen Opels. Ich fühlte mich, als wäre ich versehentlich in einem billigen Spionagethriller gelandet. Immer wieder blickte ich nervös in den Rückspiegel. Der schwarze Plastiksack stand zwischen Loreen und mir auf der Rückbank. Was, wenn Paul uns beobachten ließ und ich noch mehr Menschen gefährdete?

»Ich hab ein Auge auf die Wohnung«, beruhigte uns Herr Edelhuber. »Jetzt schlaft's euch erst einmal aus.«

Kurz vor 3 Uhr in der Nacht sperrte Loreen die Wohnung ihrer Mutter auf.

»Mum«, rief sie und leerte den Müllsack im Flur aus. Pullover, T-Shirts und Hosen türmten sich auf. Darauf lag der rote Ordner.

»Loreen. Was ist passiert?«, drang eine beunruhigte Stimme aus dem Schlafzimmer. Der mütterliche siebte Sinn schlief eben nie.

»Zac ist zu Hause niedergeschlagen worden, und liegt im Koma. Wohnung und Keller sind durchwühlt worden und wir haben dabei, was die Einbrecher gesucht haben«, fiel Loreen mit der Tür ins Haus.

Vera Moll öffnete die Schlafzimmertür. Sie war klein und rund.

»Kannst du das noch mal wiederholen?«, fragte sie hellwach und musterte den Kleiderberg vor ihren nackten Füßen.

»Darum.« Loreen streckte ihr den roten Ordner entgegen.

Fragend blickte Frau Moll erst den Ordner und dann mich an.

»Ich bin Elenor. Die Untermieterin Ihrer Tochter«, stellte ich mich vor.

Vera lächelte mich freundlich an. »Loreen hat mir schon viel von Ihnen erzählt«, begrüßte sie mich. »Und Zacharias?«

»Liegt vermutlich deswegen im Krankenhaus.«

Ich fasste die Vorkommnisse und wie ich in den Besitz des Ordners gekommen war, so gut ich konnte, zusammen.

Wir setzten uns in die Küche. Loreen kochte Tee, und Vera setzte sich ihre Lesebrille auf. Konzentriert blätterte sie sich durch die Unterlagen.

»Ich muss mir das in Ruhe anschauen. Aber eines kann ich mit Sicherheit sagen. Ihr Mann hat Konten im Ausland. Ich tippe auf Singapur und noch andere Banken in Asien. Und vermutlich möchte er nicht, dass jemand davon weiß.«

Loreen pfiff durch die Zähne. »Dacht ich's mir doch.«

»Sie meinen Schwarzgeld?«, fragte ich naiv.

Vera lächelte nachsichtig.

Das Bild meines Ehemanns, des ehrlichen Geschäftsmanns und guten Vaters, zerbröckelte und wurde Schritt für Schritt gelöscht. Mein Gehirn programmierte sich um. Paul war ein Betrüger, Steuerhinterzieher, Krimineller und schreckte nicht einmal davor zurück, dass ein Unschuldiger verletzt wurde.

»Komme ich an das Geld ran?«, fragte ich direkt.

»Hmm. Das kann ich rausfinden«, bot Vera an. »Wenn er die Zugangsdaten am gleichen Ort aufbewahrt, wäre er sehr unvorsichtig.« Sie widmete sich wieder den Unterlagen. »Aber es schaut fast so aus.«

Unter starkem Koffeineinfluss schlossen wir einen nächtlichen Pakt.

Vera würde ihre Kontakte und Erfahrungen bei einer internationalen Großbank nutzen, um die Daten auszuwerten und zu überprüfen, um welche Summen es ging und ob ich das Konto anzapfen konnte. Dafür versprach ich ihr eine angemessene Beteiligung. Ich wies sie auch auf ein unkalkulierbares Risiko hin. Inzwischen traute ich Paul alles zu.

»Wir Frauen müssen zusammenhalten«, erklärte Vera ernst und nippte an ihrem Kamillentee. »Loreen hat mir Ihre Geschichte erzählt. Ich helfe gerne.«

Loreen brühte sich gerade einen doppelten Espresso und füllte die Tasse mit Zucker auf. Vorsichtig rührte sie um.

»Wenn du es geschickt anstellst, bist du eine reiche Frau, El. Du darfst jetzt bloß keinen Unfall haben«, warnte sie mich. Das klang schon wieder nach einem Spionagethriller, dabei war ich doch vor wenigen Stunden noch Heldin in einem Liebesroman gewesen. Es schien eine Ewigkeit her, und ich konnte mit meinem eigenen Lebenswandel kaum Schritt halten.

Loreen und ich feilten weiter an unserem Ablaufplan. Ich würde die Angelegenheit selbst regeln und meinem Mann zeigen, mit wem er es zu tun hatte. Ich war eine unterschätzte Gegnerin. Das war mein Vorteil.

Mel informierte uns halbstündlich per WhatsApp über Zacs unveränderten Zustand. Er war stabil und atmete selbstständig. Auch das CT hatte keinerlei Hinweis auf eine Gehirnblutung gegeben.

Vera hatte sich wieder hingelegt. Als sie etwas später aufstand und sich für die Arbeit fertig machte, traf sie uns immer noch in der Küche.

»Immer noch wach?«, schüttelte sie ungläubig den Kopf.

Wir hatten in ihrem Arbeitszimmer, Loreens früherem Kinderzimmer, Kopien der Unterlagen gemacht.

Vera steckte die gehefteten Blätter in ihre Handtasche, drückte ihrer Tochter einen Kuss auf die Wange und mir die Hand. Dann machte sie sich auf den Weg ins Büro.

»Heute Abend wissen wir mehr«, stellte Loreen fest.

»Hoffentlich passiert ihr nichts«, erwiderte ich. »Ich habe Angst. Das Geld ist mir nicht wichtig.«

Als die Tür ins Schloss fiel, zweifelte ich an unserem Plan.

»Genau da liegt der Unterschied. Du bist nicht gierig. Dein Mann aber schon. Dafür verpassen wir ihm einen Denkzettel.«

»Vielleicht hätte ich einfach zur Polizei gehen oder das meiner Anwältin übergeben sollen …«

»Das kannst du immer noch. Dann bekommst du aber nur Schereien. Vielleicht ein bisschen Gerechtigkeit, und selbst das ist nicht sicher.« Loreen holte aus dem Kühlschrank einen Eierkarton. »Es geht hier um deine Zukunft. Darum, ob du einen angemessenen finanziellen Ausgleich für deine geleistete Familienarbeit bekommst oder nicht. El, jetzt hast du ihn endlich an den Eiern. Das wolltest du doch.« Sie klappte die Eierschachtel auf.

Sie hatte recht. Eine Zeit lang hatte ich das tatsächlich gewollt. Aber meine Racheenergie gegenüber Paul war verflogen. Ich war traurig, dass ich mich in meinem Mann getäuscht hatte. Die gemeinsamen Jahre schienen mir wie eine Lüge. Wegen Paul hatte ich viel aufgegeben, mein Studium, eine Berufstätigkeit, meine Freunde und Jan.

»Bei einer Scheidung wird er dir nur das Allernötigste zahlen und sein Vermögen mit allen Tricks kleinrechnen«, unterbrach Loreen mein Bedauern.

Müde stützte ich meinen Kopf mit den Händen. Ich beobachtete, wie sie Eier aufschlug und in eine Pfanne mit heißer Butter gleiten ließ.

»Er glaubt nur an Geld und dass alles käuflich ist«, urteilte Loreen. Sie streute Salz und Pfeffer über die duftenden Eier. »Es geschieht ihm recht.«

»Er hat sich verändert«, warf ich ein und war mir nicht einmal sicher, ob das stimmte.

Jan war der Ansicht, dass Paul schon immer ein Idiot gewesen war. Maria teilte diese Auffassung. Hatte ich mich all die Zeit in ihm getäuscht? Für diese komplizierte Frage war ich eindeutig zu müde.

»Wir haben uns beide verändert«, korrigierte ich. »Wir sind im Alltagstrott verloren gegangen und haben es nicht wahrhaben wollen.«

Ich dachte an den Anfang unserer Beziehung, die Zeit mit den Kindern und das ernüchternde Ende.

»Ihr seid zu seelenlosen Hüllen mutiert«, kommentierte Loreen und bewegte sich zombieartig zum Toaster. »Das passiert, wenn man seine Ziele aus den Augen verliert.«

»Paul versucht, seine Leere mit Arbeit, Geld, Erfolg und einer jungen Geliebten zu füllen. Das nennt sich Midlife-Crisis.«

»Aber du hast dich geändert«, stellte Loreen sachlich fest und verteilte die Eier auf Teller. »Du überwindest deine Krise.«

Und wieder hatte Loreen recht. Seit ich die Haustür des talerschen Familienanwesens hinter mir geschlossen hatte, veränderte ich mich. Die Leere, die ich nach der Trennung empfunden hatte, war weg. Ich spürte mich und kümmerte mich wieder um mich selbst. Als Hausmeisterin, Putzfrau, Mutter und Köchin hatte ich eine gesunde Selbstfürsorge vernachlässigt. Aber eine andere war ich deswegen nicht geworden.

Immer noch ließ ich mich schnell verunsichern und war lieber angepasst als zu auffällig. Und jetzt hatte ich mich auch noch Hals über Kopf in Jan Meinhart verliebt. Oder war ich das immer gewesen? Schon wieder eine Frage, für die ich zu müde war. Überhaupt drehten sich meine Gedanken im Kreis.

»Ich hatte Hilfe«, erinnerte ich sie. »Von dir, Mel, Zac, einer speziellen Mutterfigur und noch vielen anderen. Alleine hätte ich es nicht geschafft, meinen Weg wiederzufinden.«

»Ich dachte, deine Mutter ist tot.«

Die Toastscheiben wurden aus dem Toaster katapultiert und landeten auf dem Küchenboden.

Ich lächelte grenzdebil. »Das mit der Mutter war wohl eher eine Vision, eine Stimme aus dem Off, so eine Art Wunder«, erklärte ich und widmete mich meinem Spiegelei sunny side up.

»Sag jetzt bitte nicht, du kannst mit Toten sprechen oder hörst rätselhafte Stimmen.« Loreen tippte sich mit dem Zeigefinger an die Schläfe. »Du siehst wirklich nicht gut aus.«

Das glaubte ich sofort.

»Leg dich lieber eine Stunde hin, bevor du durchdrehst.«

Diesen Vorschlag nahm ich gerne an.

Im Gegensatz zu Loreen brauchten meine alte Körperhülle und meine Gehirnwindungen dringend Schlaf, und ich machte es mir auf dem abgewetzten Ledersofa gemütlich. Drei Atemzüge später war ich im Traumland.

Loreen hingegen war putzmunter und telefonierte während meiner Zwangspause lautstark mit Mel im Krankenhaus, ihrer Mutter, Studienfreunden und gefühlt dem Rest der Stadt. Immer wieder schreckte mich das ratternde Geräusch der Kaffeemühle aus meinem leichten Schlaf, und ich schnappte Gesprächsfetzen auf.

Als die Kinder noch klein gewesen waren, war eine durchgemachte Nacht für mich kein Thema gewesen. Danach hatte ich keine Erfahrungswerte. Mein Leben war regelmäßig verlaufen.

Auf jeden Fall forderten meine Körperzellen ächzend ihre Regeneration.

Ich träumte von Jan, aber nicht einmal das entspannte mich. Die Dinge wuchsen mir über den Kopf, wurden immer komplizierter und verworrener.

Loreen informierte sich ohne jegliche Müdigkeitsausfallerscheinungen im Internet über ausländische Schwarzgeldkonten, Bewusstlosigkeit, Behandlung und Folgen. So wurde sie während meiner kurzen Erholungspause – Power Nap traf es in Anbetracht meiner schwarzen Augenringe nicht ganz – zur Expertin für komatöse Zustände, Narkolepsie und illegale Finanzaktionen. Gerädert stand ich gegen 9 Uhr auf und streckte meine steifen Glieder. Nachdem ich bewegungstechnisch einigermaßen wiederhergestellt war, spritzte ich mir kaltes Wasser ins Gesicht und verbat mir einen zweiten Blick in den Spiegel. Zwei vierfache Espressi weckten meine Lebensgeister, und ich dachte unwillkürlich an Inges viel gepriesenes Koffein-Detox. (Dazu wurde der Kaffee jedoch nicht getrunken, sondern als Einlauf genutzt.)

Loreen sah mich skeptisch an und drückte mir eine To-do-Liste in die Hand, die ich Punkt für Punkt abarbeitete. Mit Listen kannte ich mich aus.

Als Erstes schrieb ich Paul eine Drohmail:

> Hallo Paul,
> ich habe, was du willst. Wenn mir etwas zustößt oder noch jemand in meinem Umfeld verletzt wird, übergibt meine Anwältin den roten Ordner samt meiner Stellungnahme der Polizei. Ich melde mich wegen des weiteren Vorgehens innerhalb einer Woche bei Wegener. Bete dafür, dass mein Mitbewohner sich vollständig erholt. Sonst bist du dran.
> Elenor

Dann verfasste ich meine Lebensversicherung. Es fühlte sich tatsächlich so dramatisch an, wie es klang. Stichpunktartig zählte ich auf, wie ich an den roten Ordner gekommen war und was seitdem passiert war. So genau wie möglich versuchte ich, mich an die Begegnungen und Drohungen durch Sven Nilsson zu erinnern, schilderte den vermeintlichen Unfall von Zac und die Durchsuchung der Wohnung und des Kellerabteils. Die zwei handschriftlich verfassten Blätter heftete ich mit Ausdrucken von Pauls Drohmails in den roten Ordner, steckte ihn in ein stabiles Kuvert und klebte es zu.

Ein Taxi brachte mich zu meiner Anwältin. Mit zittrigen Knien stieg ich die polierte Holztreppe in den dritten Stock hinauf. Ohne Termin und außer Atem klingelte ich und bat um ein kurzes Gespräch. Die freundliche Vorzimmerfrau war verständnisvoll. Hier war man wohl an Frauen am Rand des Nervenzusammenbruchs gewöhnt.

»Ich hoffe, Sie sind nicht in Schwierigkeiten und machen keinen Unsinn. Muss ich dazu etwas wissen?«, fragte Annette Schweiger mit hochgezogenen Augenbrauen, als ich ihr das Kuvert aushändigte. Leider traf beides zu.

Ich lächelte unverbindlich und versprach, baldmöglichst ein klärendes Gespräch zu vereinbaren.

Mir war schwindelig, was entweder an Schlafmangel, Koffeinmissbrauch oder hyperaktiven Schmetterlingen in meinem Bauch lag. Oder war mir einfach das Herz in die Hose gerutscht?

Ohne Loreens Tatendrang hätte ich es nie geschafft, Paul die Stirn zu bieten. Momentan war ich mir auch nicht sicher, ob es eine gute Idee war.

Frau Dr. Schweiger beobachtete mich. »Geht es Ihnen gut? Möchten Sie ein Glas Wasser?«, fragte sie besorgt und schob mich zu einer Sitzgruppe. »Sie sind sehr blass.«

Kraftlos sank ich in einen gediegenen Ledersessel. Mein Mund war trocken. Aber ich wollte nichts trinken.

»Ich habe mich in meinem Mann völlig getäuscht. Das macht mir zu schaffen«, erklärte ich mit brüchiger Stimme.

Geldgier hätte ich ihm verzeihen können, aber dass er skrupellos genug war, über Leichen zu gehen … Sofort verbat ich mir den schrecklichen Gedanken mit den Leichen. Zac würde bald wieder aufwachen, redete ich mir gut zu.

»Wenn mir irgendetwas passieren sollte, öffnen Sie die Unterlagen«, bat ich sie.

»Dieser Satz gefällt mir ganz und gar nicht, Frau Taler.«

Ich konnte meiner Anwältin ansehen, dass sie der Ansicht war, ich würde entweder durchdrehen oder hätte zu viele Serien im Fernsehen geschaut.

»Haben Sie Angst?«, fragte sie direkt und setzte sich mir gegenüber. »Dann müssen Sie zur Polizei gehen und mir sagen, um was es geht. Ich kann Sie nicht ins Unglück laufen lassen. Welche Unterlagen befinden sich in diesem Umschlag? Was werfen Sie Ihrem Mann vor?« Mit der flachen Hand klopfte sie auf den eingepackten roten Ordner.

»Das ist eine längere Geschichte. Ich erkläre es Ihnen später. Bewahren Sie die Papiere bitte bis dahin sicher für mich auf. Für den Ablauf der Scheidung sind die Unterlagen sehr wichtig. Mein Mann würde die Sache gerne vertuschen und sucht danach.«

Frau Schweiger nickte. »Es geht um das, was Sie Ihrem Mann gestohlen haben sollen?«

Ich schloss kurz die Augen und atmete durch. »Genau. Es ist, als hätte ich Jahrzehnte mit einem Fremden verbracht. Das macht mir Angst.«

Der Blick der Anwältin war mitfühlend. »Das geht vielen so. Es ist immer unsere Wunschvorstellung, die wir uns vom anderen machen, nie die Wirklichkeit.«

Diese Frau sprach eindeutig aus Erfahrung.

Der nächste Punkt auf der Liste, von Loreen »untertauchen« genannt, stand an. Sicherheitshalber würde ich aus der WG ausziehen.

»Ist eine reine Vorsichtsmaßnahme«, hatte Loreen versucht, mich zu beruhigen.

Natürlich war es besser, wenn Paul meinen Aufenthaltsort nicht kannte. Auf keinen Fall wollte ich Loreen oder Mel weiter in die

Sache hineinziehen. Außerdem brauchte Loreen ihr Zimmer zurück.

Trotzdem fühlte sich der Weg zur Wohnung nicht gut an. Untertauchen musste man nur, wenn man etwas angestellt hatte und auf der Flucht war. Machte ich einen Fehler? Wäre es besser, mich der Situation und Paul zu stellen? So lief ich schon wieder weg.

Bevor ich aus dem Taxi ausstieg, blickte ich mich um. Es hätte mich nicht gewundert, Sven an der Hausecke oder vor dem blauen Nachbarhaus zu entdecken. Aber mir fiel nichts auf. Was nicht viel hieß.

Vor der Wohnungstür betrachtete ich die Kratzer am Türrahmen. Ich überlegte, konnte aber nicht sagen, ob sie alt oder neu waren. Mit den Fingern tastete ich über den grauen Lack.

Auf der Treppe kamen schwere Schritte schnell näher. Unwillkürlich zog ich die Schultern hoch und suchte am Grund meiner Handtasche nach meinem Wohnungsschlüssel. Wen hatte Paul diesmal losgeschickt? Hatte er meine Mail noch nicht gelesen? Oder hatte er sie gelesen und darüber gelacht?

Natürlich ließ er sich von mir nicht herumkommandieren. Er hatte mich noch nie ernst genommen. Keuchend kam der Mann auf der Treppe näher.

Sven sollte mal abspecken, dachte ich. Inges gesunde Ernährung zeigte bei ihm keinerlei Wirkung.

Ich straffte die Schultern und stellte mich breitbeinig hin. Sollte er nur kommen. Er würde mich neu kennenlernen. Ich bin jetzt eine andere, redete ich mir zu.

»Sie schauen ja aus, als wäre Ihnen das Hausgespenst begegnet«, kam Franz Edelhuber mit hochrotem Kopf die Treppe hoch. Aufmunternd klopfte er mir auf die Schulter. »Machen Sie sich keinen Kopf. Das war kein Einbruch. In diesem Haus sind Sie sicher.« Unter dem Arm trug er eine Leiter. »Ich muss die Rauchmelder im Treppenhaus kontrollieren. Mach ich regelmäßig«, erklärte er und deutete zur Decke. »Später fahr ich euch mit Zacs Sachen in die Klinik. Hab ich mit Loreen schon ausgemacht.«

Als der Hausmeister außer Sichtweite war, lehnte ich die Stirn an die Tür und wartete, bis mein Puls langsamer wurde.

Was, wenn ich wirklich hinter jeder Ecke Gespenster sah und Paul mit Zacs Verletzung nichts zu tun hatte? Steigerte ich mich in Loreens Theorie hinein? Gab es für die Vorfälle eine andere, einfache Erklärung? Wäre der rote Ordner nicht gewesen, hätte ich über die blühende Fantasie meiner ehemaligen Aushilfspostbotin nur gelacht. Aber so.

Im Flur stieg ich über zwei große gepackte Reisetaschen.

»Und wie läuft die Mission roter Ordner? Alles planmäßig? Unterlagen gesichert?«, begrüßte mich Loreen in unserer WG. Sie war in der Küche und steckte ein dreibändiges Werk über die Grundlagen der französischen Küche in einen Karton.

»Warum räumst du aus? Was machst du mit den Büchern?«, fragte ich erschrocken. Meine Stimme war schrill.

Hatte sich Zacs Zustand verschlechtert? War er vielleicht …? Ich konnte nicht weiterdenken und setzte mich auf einen Küchenstuhl. Auf dem Tisch lag ein gelber Klumpen. Es war in Frischhaltefolie eingepackter Nudelteig. Mehlstaub bedeckte den Tisch, den Küchenboden und wahrscheinlich auch den Stuhl, auf dem ich gerade saß. Ein Raviolibrett lag bereit, als würde Zac jeden Moment in die Küche kommen und mit der Arbeit anfangen.

Loreen hielt in einer Hand ein Sushi-Kochbuch, in der anderen einen schmalen Band über festliche Torten.

»Lesestoff«, erklärte sie. »Wie wir wissen, ist Zac ein eingefleischter Serienjunkie. Aber für sein Laptop gibt's keinen LAN-Anschluss, und das WLAN ist zum Streamen mehr als bescheiden. Außerdem soll er unsere Stimmen hören. Deshalb haben Mel und ich entschieden, dass wir Bücher brauchen. Romane und so liest er ja nie. Das Einzige, was Zac gerne liest, sind Kochbücher. Die liebt er. Daher«, sie zeigte auf die Bücherkiste, »lesen wir eben Rezepte vor. Der Franz bringt auch noch ein paar Angelzeitschriften mit. Aber die muss er dann vorlesen. Sonst passt das nicht.«

Wie so oft bewunderte ich Loreens Tatendrang und Weitblick.

»Und die Taschen im Flur?«, fragte ich.

»Kleinkram«, erklärte sie. »Was Zac eben unbedingt braucht. Wasch- und Rasierzeug, Anziehsachen, Ladekabel, bisschen Deko und so. Jetzt musst nur noch du deinen Krempel packen, dann können wir los.« Loreen entsorgte den Nudelteig im Mülleimer und griff nach einem Lappen. »Ich bin fast fertig. Zacs und unser Zimmer habe ich schon aufgeräumt. Bei Mel rühre ich nichts an. Ich will gar nicht wissen, was die rumliegen hat. Jetzt noch die Küche.« Sie griff zum Besen.

In meinem WG-Zimmer starrte ich aus dem Fenster auf die blaue Fassade des Nachbarhauses. Wie viel ich in den letzten Monaten erlebt hatte.

Mein Auszug aus der WG gestaltete sich ähnlich überstürzt wie mein Einzug. Wieder wusste ich nicht, wie es weitergehen würde.

Ich nahm meine Zeichnungen von den Wänden. Ein kleines Aquarell meines Seelenhauses hing über dem Bett. Als ich es in meine Mappe steckte, erinnerte ich mich, dass, egal, was kommen würde, dort drinnen in mir immer ein sicherer Platz sein würde. Der Gedanke tröstete mich und gab mir neuen Mut. Über kurz oder lang würde ich eine eigene Wohnung finden. Bis dahin musste ich improvisieren und mir ein Hotelzimmer nehmen. Ich dachte an Jan. Als ich zum Handy griff, freute sich mein Herz. Aber der Akku war leer. Ich würde mich später bei ihm melden.

Mit einem Seufzer bückte ich mich und holte meine Koffer unter dem Bett hervor. Meine Knie knackten. Anziehsachen und Studienunterlagen waren schnell verpackt.

»Kein Problem, wenn du was vergessen hast«, beruhigte mich Loreen. »Mel wird es mehr oder weniger gewinnbringend auf dem Flohmarkt verkaufen.«

Dreimal mussten wir laufen, bis alles in der Tiefgarage war. Franz Edelhuber half uns, seinen Opel zu beladen. Der Kofferraum und die halbe Rückbank waren vollgestopft. Meine Zeichenmappe lag auf meinen Knien.

»Das ist aber nicht alles für die Klinik?«, fragte der Hausmeister skeptisch.

»Nein, für Zac sind nur ein paar Kleinigkeiten. Das meiste gehört El«, antwortete Loreen.

»Frauen«, kommentierte Franz Edelhuber und setzte sich mit Hut auf dem Kopf hinters Steuer. Wir parkten in einer Seitenstraße.

»Wollen Sie hier einziehen?«, fragte uns eine Krankenschwester kurz darauf vor Zacs Zimmer. Wir konnten froh sein, dass Zac eine Einzelzimmerzusatzversicherung hatte und nicht auf der Intensivstation bleiben musste.

»Nur bis der junge Mann wieder wach ist«, entgegnete Loreen. »Wir haben Zacs Lieblingssachen dabei. Ich habe im Internet gelesen, dass es den Patienten helfen kann, wenn sie Gewohntes riechen oder hören.«

Misstrauisch starrte sie uns und unser Gepäck an.

»Und ich bin nur der Gepäckträger. Von mir ist nichts dabei. Bis auf die Angel«, versuchte der Hausmeister einen Scherz, der nicht zündete.

»Keine Sorge. Es sind nur ein paar Kleinigkeiten. Das meiste nehme ich wieder mit. Ich ziehe nämlich gerade um. Aber nicht hierher«, versuchte ich, die Situation zu erklären. »Wie geht es ihm?«, fragte ich schließlich. Da alle weiterhin glaubten, ich sei Zacs Mutter, bekam ich sogar vom Stationsarzt Auskunft. Er machte mir Mut und meinte, es sei nur eine Frage der Zeit, bis Zac wieder zu Bewusstsein komme.

Während des Arztgespräches hatten Mel und Loreen angefangen, das nüchterne Krankenzimmer zu individualisieren.

Die Anziehsachen und Taschen waren im Wandschrank verstaut. Auf dem Nachttisch verströmte eine geöffnete Dose mit Zacs Lieblingskeksen einen verführerischen, karamelligen Duft. Dazu erklang aus einer Bluetooth-Box leise Zacs Musik. Die gestartete Playlist machte das Piepen der medizinischen Überwachungsgeräte erträglicher. Neben dem Besucherstuhl stand die Bücherkiste. Loreen hatte sogar die Kaffeemühle eingepackt. Das Scheppern der Bohnen war in unserer WG tatsächlich ein überlebenswichtiges und ständiges Geräusch.

Zu dritt standen wir an Zacs Bett und beobachteten, wie sich seine Brust langsam hob und senkte. Seine Füße waren in seine alte, braun karierte Wolldecke eingeschlagen, und neben seinem Kopf lag griffbereit sein Kopfhörer. Mel und Loreen hielten sich an der Hand. Herr Edelhuber war zurückgefahren.

»Wir machen das, wie besprochen«, stellte ich klar. »Eine Woche, höchstens. Sonst gehe ich zur Polizei und zeige diese habgierigen Schweine an. Egal, ob das Geld dann weg ist oder nicht.«

Loreen nickte. »Zac wird aufwachen. Dein Mann wird noch Augen machen. Das hätte er dir bestimmt niemals zugetraut«, flüsterte sie mir ins Ohr. Ihr machte es offensichtlich mehr Spaß als mir, sich als Heldin eines nervenaufreibenden Thrillers zu fühlen.

Mel betrachtete uns irritiert. »Ich hab keine Ahnung, um was es hier geht. Aber Schweine sind liebenswerte Tiere, sehr sozial und intelligent. Wenn ihr von schlechten Menschen sprecht, solltet ihr sie nicht mit Schweinen vergleichen.«

»Hör bloß mit deinen Tierschutzvorträgen auf«, beschwerte sich Loreen.

»Was heckt ihr beide aus?«, hakte Mel nach. »Ihr verschweigt mir etwas. Habt ihr diesen roten Ordner gefunden?«

»Erklären wir dir später. Im Moment ist es besser, wenn du nichts weißt. Kein Wort mehr über den Ordner. Schweigen ist der Goldstandard.«

Dieser Satz machte Loreen offensichtlich großen Spaß. Sie grinste von einem Mundwinkel zum anderen und klopfte ihrer Freundin tröstend auf die Schulter. Ich bewunderte sie mal wieder für ihr sonniges, unbekümmertes Gemüt.

Mel zog ihre zu einem schmalen Strich gezupften Augenbrauen zusammen. »Ich mag es nicht, wenn wir voreinander Geheimnisse haben«, maulte sie. »Schließlich schlafen wir unter einem Dach.«

»Aber du weißt doch selbst, dass das manchmal unvermeidlich ist. Du erzählst uns auch nicht, wenn du mal wieder an einer illegalen Tierbefreiungsaktion beteiligt bist. Bei uns könnte jederzeit eine polizeiliche Durchsuchung stattfinden. Auf deinem Rechner findet sich bestimmt interessantes Videomaterial.«

Mel riss erschrocken die Augen auf. »Woher …?«

»Dazu muss man wahrlich kein Hellseher sein. Deine Freunde, vor allem dieser Domenik, schauen nicht aus, als würden sie einen Streichelzoo betreiben. Schwarze Klamotten, große Taschen, Bolzenschneider, Kameras. So geht man nicht tanzen. Ich bin doch nicht blind.«

Natürlich gehörte ich mal wieder zu besagter Gruppe der Sehbehinderten. Mir war nie aufgefallen, dass Mel in illegale Aktionen verwickelt sein könnte.

»Du wirst uns nicht hinhängen?«, flüsterte Mel besorgt.

»Natürlich nicht. Ich hab doch auch nicht gemuckt, als du für deine Mitstreiter euer Labor aufgesperrt hast und ihr dreißig Hunde rausgeholt habt. Du hattest verdammtes Glück, dass da keiner draufgekommen ist.« Loreen schüttelte ihren Kopf.

Ich hörte genauso fassungslos zu wie Mel.

»Das mit den Tieren find ich wirklich gut. Einer muss sich für sie einsetzen und zeigen, wie schlecht sie teilweise behandelt werden.

Aber deine Freunde sind mir manchmal zu krass. Die würden dafür auch über Leichen gehen. Gewalt kann aber nie eine Lösung sein. Egal ob gegen Menschen oder Tiere.«

Ein Überwachungsgerät schlug lautstark Alarm und erinnerte uns daran, warum wir eigentlich hier waren. Was war los? Ging es Zac schlechter.

Mein Herzschlag beschleunigte sich automatisch, und mein Puls hämmerte mindestens doppelt so schnell wie Zacs.

Eine Schwester stürmte in den Raum und kontrollierte seinen Zustand. Nur gut, dass bei mir keiner den Blutdruck überwachte.

»Fehlalarm«, kommentierte sie. »Aber eine Besucherin reicht hier im Zimmer. Der Patient braucht Ruhe. Vielleicht hört er Sie, und Ihre Gespräche regen ihn auf.«

Leise schlichen wir aus dem Zimmer. Auf dem Krankenhausflur erstellten wir einen Schichtplan. Loreen war die Nächste und löste Mel ab. Später würde der Hausmeister vorbeischauen. Ich würde am nächsten Morgen eine Wache übernehmen.

Nicht nur aus therapeutischen Gründen, sondern vor allem zu seiner Sicherheit sollte immer jemand bei Zac sein. WG-Schutz statt Polizeischutz nannte Loreen das. Zac war im Moment völlig wehrlos. Sobald er aufwachte, bestand die Gefahr, dass er den Tathergang schildern konnte. Bestimmt hatte er den Angreifer erkannt oder konnte ihn beschreiben. Das würde meinen Mann schwer belasten.

»Wir machen das wie besprochen. Du hältst dich an unsere Liste und arbeitest Punkt für Punkt ab«, ermahnte mich Loreen zum Abschied. »Und keine Alleingänge. Kein Kontakt zu deinem Mann. Sobald du ein Hotelzimmer hast, schickst du mir deine Adresse per SMS. Sonst niemandem. Sobald ich Neuigkeiten von meiner Mutter habe, komme ich bei dir vorbei.«

Ich nickte.

Mit Mels Hilfe holte ich mein Gepäck aus dem Krankenzimmer.

Loreen streichelte Zac vorsichtig über die Wange und zog ihn weniger sanft an der Nase.

»Lass ihn in Ruhe«, beschwerte sich Mel.

»Er muss merken, dass jetzt ich bei ihm bin«, stellte Loreen klar und setzte sich auf die Bettkante.

Dann griff sie nach einem amerikanischen Kürbiskochbuch und begann, ein Rezept über die Herstellung von Pumpkinbier vorzulesen.

Hoffentlich konnte Zac sie hören. Kürbisbier brauen und damit die halbe Wohnung zu verwüsten würde ihm Spaß machen.

Vor der Klinik nahmen Mel und ich ein Taxi. Sie war die Fahrt über schweigsam und kaute nervös an ihren Fingernägeln. Loreens Enthüllungen über ihr Tierschutz-Doppelleben beschäftigten sie.

»Loreen hat unrecht. Wir sind friedlich. Keiner von uns würde einem Menschen schaden. Das ginge zu weit.«

Erstaunt hörte ich Mel zu. Soweit ich mich erinnern konnte, hatte Loreen ihr nicht vorgeworfen, Menschen zu verletzen. Sie hatte nur von illegalen Aktionen und Einbrüchen gesprochen.

Wir stoppten an einer roten Ampel. Mel schaute aus dem Autofenster auf die vorbeieilenden Passanten.

»Aber du kannst dir nicht vorstellen, wie grausam manche Menschen zu Tieren sind. Da kann man doch nicht einfach wegschauen. Da muss man eingreifen.«

Ich drückte Mels Hand. »Natürlich«, stimmte ich ihr zu. »Ich finde gut, was du machst. Schlaf dich erst mal aus. Bei uns allen liegen gerade die Nerven blank.«

Nachdem das müde Mädchen an der WG abgesetzt war, machte ich mich kurz entschlossen samt Gepäck auf den Weg zu Jans Büro. Ein ziemlich gewagter Entschluss. Natürlich wäre ein Hotel auch eine Möglichkeit gewesen. Aber die Vorstellung, alleine in einem Hotelzimmer zu sitzen, war schrecklich. Gerade sehnte ich mich nach Sicherheit, und die hatte Jan gestern ausgestrahlt. Und noch mehr.

Es war kurz nach 16 Uhr. Das Büro war noch voll besetzt. Wie gestern kam Marlene Ober freundlich auf mich zu, musterte mich und mein Gepäck allerdings leicht irritiert. Auch die anderen Mitarbeiter tauschten mehrdeutige Blicke aus. Sofort zweifelte ich an meiner spontanen Idee. Was war nur in mich gefahren?

Am liebsten wäre ich rückwärts aus der Tür gestolpert, aber die Büroleiterin hatte sich bereits einen Koffer geschnappt und lotste mich in einen Besprechungsraum.

Wahrscheinlich war es mehr als unüblich, dass One-Night-Stands am nächsten Tag einzugsbereit wiederkehrten. Mit einem professionellen Lächeln bot mir Frau Ober Kaffee und Kekse an. Ich lehnte dankend ab.

Jan war bei einem Auftraggeber, und seine Bürochefin wusste nicht genau, wann er zurück sein würde. Er habe für heute keinen anderen Termin mehr eingetragen. Es könne dauern. Sie fragte, ob sie ihn anrufen solle.

»Nein, auf keinen Fall. Es ist nicht eilig. Ich warte einfach«, antwortete ich.

So saß ich in einem leeren Besprechungszimmer, kritzelte Strichmännchen auf einen Notizblock und machte mir munter Selbstvorwürfe. Was hatte ich nur für naive Vorstellungen? Jan war ein erfolgreicher Geschäftsmann. Für meine Beziehungsprobleme und Verschwörungstheorien hatte er keine Zeit.

Nach einer Stunde bereute ich, dass ich die Verpflegung abgelehnt hatte. Nach zwei Stunden musste ich dringend zur Toilette, wollte mich aber auf keinen Fall den fragenden Blicken von Jans Mitarbeitern aussetzen. Marlene Ober rettete mich.

»Es tut mir wirklich leid«, entschuldigte sie sich und stellte ein Tablett mit zwei Butterbrezen, einer Auswahl von Säften und Mineralwasser vor mich. »Jan würde mir bittere Vorwürfe machen, wenn Sie hier verhungern oder verdursten würden.«

Unaufgefordert erklärte sie mir noch den Weg zur Toilette. Wenn ich mich frisch machen wolle. Falls das ein Kommentar zu meinem Aussehen war, verpackte Marlene Ober ihn äußerst charmant.

Hungrig aß ich eine Breze und schenkte mir ein Glas Johannisbeersaft ein. Als ich die tiefrote Flüssigkeit an die Lippen setzte, brachte ich keinen Schluck hinunter. Das Bild, wie Zac in seinem Blut gelegen hatte, hatte sich auf meiner Netzhaut eingebrannt. Selbst das Mineralwasser hinterließ einen metallischen Geschmack in meinem Mund. Die Zeit verstrich. Langsam verabschiedeten sich die ersten Mitarbeiter in den Feierabend.

Jan war beschäftigt. Wahrscheinlich hatte er heute noch keinen Gedanken an mich verschwendet.

Um 19 Uhr gab ich auf. Gerade als ich mich für den Umzug in ein namenloses Hotelzimmer entschieden hatte, vernahm ich eilige Schritte auf dem Flur.

»Wo ist sie?«, hörte ich seine Stimme.

Mein kleines Herz regte sich ein bisschen auf und hüpfte vergnügt.

»Im kleinen Besprechungsraum«, antwortete Marlene Ober.

»Warum hast du mich nicht angerufen?«, hakte Jan nach. Er klang ungeduldig.

»Frau Taler wollte warten, bis du zurück bist.«

»So ein Unfug. Du hättest mich sofort anrufen müssen, Marlene.«

Bestimmt befürchtet er, dass ich ihm eine Szene mache, dachte ich.

Ich erinnerte mich an Marias Warnung: »Verlier bloß nicht schon wieder dein Herz. Es ist besser, wenn man es bei sich behält.«

Für Jan war es nur eine schöne Nacht gewesen, mehr nicht. Ich hingegen machte mich bis auf die Knochen lächerlich.

Die Tür ging auf.

Zum Glück begrüßte Jan mich mit einem warmen Lächeln. Er legte seinen Autoschlüssel und einen Ordner auf den Tisch und atmete seufzend aus. Wahrscheinlich hätte er mich lieber auf neutralerem Boden als in seinem Büro wiedergetroffen.

»Leno! Ich warte schon den ganzen Tag, dass du dich meldest. Oder wenigstens dein Handy anschaltest. Ich hab dir wahrscheinlich stündlich über WhatsApp geschrieben, und keine einzige Nachricht konnte zugestellt werden. In meiner Verzweiflung habe ich sogar Maria angerufen. Sie hat sofort geahnt, wie unser Treffen ausgegangen ist. Natürlich hat sie deine Adresse nicht rausgerückt, sondern mich nur als geilen Idioten beschimpft. Ich wollte schon dieses grässliche blaue Haus suchen, aber wusste nicht, wo in München ich anfangen sollte.« Er drehte sich zu mir um. »Nach deinem plötzlichen Aufbruch wollte ich nur wissen, was los ist. Ist mit deinem Mitbewohner alles in Ordnung? Geht es dir gut? Bist du sauer auf mich?«

Ich schüttelte den Kopf und kämpfte mit den Tränen.

»Mein Akku ist leer.«

Skeptisch musterte er mich. »Bereust du, mit mir geschlafen zu haben?«, fragte er laut und deutlich. Jan neigte inzwischen wirklich zu klaren Worten.

Marlene Ober schloss dezent die Tür und versuchte, die Belegschaft vor weiteren Details ihres Chefs zu schützen. »Leno, sag endlich etwas. Wehe, du hast schon wieder Fisch gegessen.«

Ich wusste gerade nicht, ob ich lachen oder weinen sollte.

»Nein«, antwortete ich ehrlich. »Es hat nichts mit dir zu tun. Ich wollte mich melden, aber in der ganzen Aufregung um Zac habe ich vergessen, mein Handy aufzuladen. Er ist gestern gestürzt und hätte meine Hilfe gebraucht. Als ich heimkam, lag er bewusstlos in seinem Zimmer. Ich mache mir deswegen Vorwürfe, weil ich stattdessen …«

»Weil du stattdessen mit mir im Bett lagst«, beendete er meinen Satz und griff nach meinen Händen, die kalt und feucht waren. »Leno, du hättest den Anruf auch verpassen können, weil dein Akku leer war. Es tut mir leid für deinen Mitbewohner. Aber Schuld hast du daran keine.«

Ich nickte. Das klang vernünftig, war aber leider nur ein Teil der Wahrheit. Aber das konnte ich Jan nicht erzählen.

Jans Daumen streichelten beruhigend über meine Handrücken.

»Ich hätte mich kurz melden müssen, entschuldige.« Erschöpft lehnte ich meinen Kopf an seine Schulter. Sanft zog er mich an sich.

»Du kannst dir nicht vorstellen, wie wütend Maria war. Sie hält mich für völlig beziehungsgestört und sah ihre Frauen-Theorie durch mein gestriges Verhalten bestätigt. Und ich muss zugeben, dass carpe diem wirklich mit mir durchgegangen ist. Wir werden uns mehr Zeit zum Wieder-Kennenlernen nehmen. Es war ein Fehler.«

»Bereust du es denn?«, fragte ich leise.

»Ich, keine Sekunde«, er schob mich ein Stück von sich weg und lächelte mich an. »Aber für dich war es nach der Trennung vielleicht ein wenig überstürzt.«

Ich zuckte mit den Schultern. »Ich fürchte, ich bin alt genug.«

Jan schenkte sich ein Glas Johannisbeersaft ein und leerte es in einem Zug.

»Wenigstens hat Marlene dir etwas zu trinken gegeben. Wartest du schon lange?«

»Seit zwei, drei Stunden«, antwortete ich.

»Und seitdem zeichnest du hier Strichmännchen?« Er deutete auf den Schreibblock. »Du hättest mich anrufen sollen. Hier gibt es einen akkuunabhängigen Festnetzanschluss. Dann hätte dich Marlene nach oben gebracht.«

»Mein Anliegen wollte ich nicht telefonisch vorbringen.«

Sein Blick fiel auf mein Gepäck. Fragend schaute er mich an.

»Nachdem du den Ausblick aus meinem Zimmer so schrecklich fandst, bin ich ausgezogen, und weil ich noch nichts anderes habe, dachte ich mir, ich zieh bei dir ein. Nur vorübergehend, natürlich. Für zwei oder drei Nächte. Ich kann mir aber auch ein Hotelzimmer nehmen. Es war nur so eine spontane Idee.« Ich kicherte nervös und redete mal wieder Schwachsinn. Und lustig war ich auch nicht. »In Wahrheit kam meine Untermieterin früher als erwartet zurück, es gab Komplikationen, und ich musste sofort aus dem WG-Zimmer raus – und nach gestern, dachte ich …« Ja, was dachte ich eigentlich nach gestern, fragte ich mich mitten im Satz.

»Ich hab ein großes Gästezimmer und freu mich, wenn du es als Zwischenlösung für dein Wohnungsproblem akzeptierst«, bot er großzügig an.

Erleichtert atmete ich auf und drückte ihm einen Kuss auf die Wange. Dabei kitzelten mich seine Bartstoppeln. Er hatte sich heute noch nicht rasiert. So eine Nachlässigkeit wäre Paul nie passiert. Meine Hand wollte unbedingt darüber streicheln und tat es auch. Jan schloss die Augen. Seine Lippen waren vom Johannisbeersaft dunkelrot. Er lächelte.

»Marlene«, rief er, als wir das Besprechungszimmer verließen. »Elenor wohnt die nächste Zeit bei mir. Ich geb ihr einen Schlüssel.«

Dann nahm er mein Gepäck und trug es in die Wohnung, als wäre es das Selbstverständlichste der Welt.

Beim Abendessen vom asiatischen Lieferservice erzählte ich ihm dann einen mehr oder weniger sorgfältig ausgewählten Teil der Wahrheit: dass mein Mitbewohner gestern einen Unfall hatte und im Krankenhaus lag, dass ich Zac täglich besuchen würde, bis er wieder aufwachte. Dass ich mir noch immer schlimme Vorwürfe machte, dass ich nicht gleich an mein Telefon gegangen war, dass

Paul mir nachspionieren ließ und ich nicht wollte, dass er meinen Wohnort kannte. Ich merkte selbst, wie ich mich immer wieder im Erzählfaden verhedderte.

Jan akzeptierte meine wirren Informationen und fragte kein einziges Mal nach.

»Lass gut sein. Morgen ist auch noch ein Tag«, beruhigte er mich. »Du siehst erschöpft aus.«

Was vermutlich hieß, dass meine Wimperntusche sich in den Augenfältchen wie in einem Flussdelta verteilt hatte und ich einer Mumie ähnelte. Aber es war mir egal.

Zwei kühle, gut gefüllte Weißweingläser, eine Portion Curryhühnchen und eine gebackene Banane mit Honig und Mandelsplittern später fiel ich steinmüde in Jans Arme und nicht ins Gästebett.

»Hübscher Schlafanzug«, kommentierte er meine sexy Flanell-Nachtwäsche. »Ich mag Snoopy.«

Um 7 Uhr morgens begann meine Krankenhausschicht. Daher wand ich mich zeitig aus Jans Umarmung, duschte und machte Frühstück. Seit ich in der WG gewohnt hatte, hatte ich kaum mehr selbst am Herd gestanden. Zac duldete keine anderen Köche neben sich am Cerankochfeld. Die Herdabstinenz hatte mir gutgetan, nun machte es wieder Spaß, selbst den Kochlöffel in der Hand zu haben. Daher brutzelte ich in Jans blitzblanker Designerküche mit Wonne eine Speckscheibe nach der anderen, verquirlte Eier, toastete Brot und setzte die Kaffeemaschine in Gang.

Der Duft lockte Jan aus den Federn.

»Schon ausgeschlafen und voller Tatendrang?«, fragte er und schenkte sich eine Tasse Kaffee ein. Er warf einen Blick in die Bratpfanne und hauchte mir dabei einen Kuss auf den Nacken. Darauf reagierten alle meine Körperhärchen, und nicht nur die.

»Muss gleich los. Ich hab für halb ein Taxi bestellt und fahr zu Zac ins Krankenhaus.«

»Ein Taxi? Obwohl du eine Monatskarte hast, die du ausnützen musst?«, zog er mich auf.

Ich zuckte leichthin mit den Schultern. »Ist schneller«, murmelte ich.

»Wem gehst du aus dem Weg, Leno? Was macht dich so nervös? Hat es mit Paul zu tun?«, fragte er.

Wieso war ich eigentlich so leicht zu durchschauen? War irgendwo an mir ein Informationsbildschirm befestigt, wo man meine Gedanken in Echtzeit mitlesen konnte?

»In letzter Zeit bin ich ein paar Mal einem von Pauls Mitarbeitern in der U-Bahn begegnet. Er hat blöde Fragen gestellt. Das will ich vermeiden, mehr nicht«, gab ich zu. Jan konnte man nicht anlügen. Er hätte Priester werden sollen. Bei der Beichte hätte man ihm nichts verschweigen können. Oder vielleicht Kommissar? Das wäre zumindest nicht zölibatär.

»Hast du Angst vor Paul?«, fragte er und biss in eine gebutterte Brotscheibe.

Ich lachte zu laut. »Angst? Nein, natürlich nicht.«

»Und die Verletzung des jungen Mannes hat nichts mit Paul und dir zu tun?«, fragte er weiter.

Ich schüttelte den Kopf. Es war besser, den Mund zu halten.

Jan akzeptierte mein Schweigen. Statt weiter nachzubohren, erzählte er mir von einem seiner Projekte. Dem Umbau einer alten, düsteren Mühle in ein Yogazentrum. Dafür brauchte er Zeichnungen. Er wollte die Ausstrahlung des historischen Gebäudes verändern. Licht und hell sollten die Räume auf die Kursteilnehmer wirken. Wenn Jan von Gebäuden sprach, klang er wie ein Psychotherapeut, der von seinen Patienten berichtete. Besorgt und einfühlsam.

Wir frühstückten und verabredeten uns für eine Arbeitsbesprechung um 16 Uhr in seinem Büro. Dann wollte er mir Fotos und seine Umbaupläne zeigen.

Die Wachablösung zwischen Herrn Edelhuber und mir verlief wortlos. Der müde Hausmeister setzte seinen Trachtenhut auf und nickte mir nur kurz zu.

»Unverändert«, informierte mich die diensthabende Krankenschwester.

Betont fröhlich wünschte ich Zac einen guten Morgen und setzte mich auf den Besucherstuhl. Dort schlug ich ein französisches Kochbuch auf und überflog das Kapitel über Geflügel. Die Zubereitung und Herstellung der bekannten Stopfleber, Foie gras, bereitete mir Übelkeit, und ich verstand Mels Tierschutzbedenken. Das wollte ich nicht vorlesen.

Ich blätterte weiter und entschied mich für eine Beschreibung, wie man eine Gans küchenfertig machte. Auch das war kein angenehmer Text. Ich hoffte beim Vorlesen, dass die Gans wenigstens ein glückliches Leben mit ihren Kollegen auf einer grünen Wiese gehabt hatte. Aber schon nach wenigen Zeilen schien mir die Beschreibung für ein Krankenzimmer zu brutal.

»… je nachdem, an welcher Stelle der Kopf von der Gans abgetrennt wurde, wird nun der eventuell noch vorhandene Gurgelteil abgetrennt. Die Gurgel sollte möglichst nah am Gänsekörper abgetrennt werden. Dazu die Haut und das darunterliegende Fleisch rundherum bis auf den Knochen durchschneiden und die Gurgel oder das Gurgelsegment mit Kraft zwischen zwei Wirbeln abbrechen. Bei sehr hohem Widerstand können Sie auch mit dem Messer etwas nachhelfen …« Für ein Krankenzimmer völlig unpassend, befand ich.

Ich brach ab und hoffte, dass mich niemand gehört hatte. Ich blätterte um und suchte ein friedlicheres Rezept. Schließlich entschied ich mich für die Zutatenliste eines Hühnersalates mit Weintrauben und Nüssen.

»Was macht man mit den Flügeln?«, erkundigte sich eine raue Stimme.

Mir fiel die französische Landhausküche krachend auf den Boden. Es war alles ruhig. Hatte ich mich getäuscht?

Zacs Augen waren halb geschlossen.

Die Monitore zeigten keinerlei Veränderung.

»Zac?«, fragte ich vorsichtig und griff nach seiner Hand, die ruhig und kühl auf der Bettdecke lag.

Keine Reaktion.

Irgendwie hatte ich mich damit abgefunden, dass ich Botschaften unklaren Ursprungs empfing und Stimmen aus dem Nichts auftauchten. Daher hob ich das Kochbuch auf, blätterte zurück und las die Gänse-Zerleg-Beschreibung bis zum letzten Punkt fertig vor.

Bis zum Ende meiner Krankenhausschicht blieb es bis auf Zacs Atemgeräusche und die medizinischen Geräte still, was mich beruhigte und gleichermaßen enttäuschte.

Beim nächsten Mal würde ich mich den Desserts widmen, beschloss ich.

Mel öffnete um 15 Uhr die Tür. Sie kam direkt vom Frühdienst aus dem Labor und war ungeschminkt und blass. Zacs Zustand setzte ihr deutlich zu. Ich erzählte ihr lieber nicht von meinem Gans-Vorbereitungs-Erlebnis.

Auffordernd hielt ich ihr die Keksdose mit den fetten Zuckerbomben hin.

»Ich kann nichts mehr essen«, wehrte sie ab. »Ich mach mir solche Vorwürfe.«

»Warum denn?«, fragte ich ehrlich erstaunt. Selbstvorwürfe waren doch meine Zuständigkeit.

»Weil ich Zac mit meinen Ansichten gequält und seine Lebensweise schlechtgemacht habe. Er hat sich immer um uns gekümmert. Für uns gesorgt und gekocht. Und ich hab nur gemeckert.« Sie kämpfte mit den Tränen. »Und jetzt«, sie brach ab.

»Mel, das ist doch nicht deine Schuld«, versuchte ich, sie zu beruhigen. »Wenn du hier bist und Zac vorliest, zeigst du ihm doch, wie wichtig er dir ist. Er spürt das bestimmt.«

Tapfer nickte sie und griff nach einem veganen Backbuch. Sie wirkte nicht überzeugt. Ihre Stimme war leise und brüchig, als würde sie jeden Moment in Tränen ausbrechen.

Zum Abschied streichelte ich etwas unbeholfen über Zacs Unterarm und nahm Mel in den Arm.

Vor dem Gespräch mit Jan kaufte ich mir unterwegs eine Butterbreze. Ich knabberte die einzelnen Salzkörnchen ab und lutschte sie.

Die Vorleseschicht war enorm anstrengend gewesen. Den starken Zac hilflos und reglos im Bett liegen zu sehen laugte mich aus. Ich war froh, dass Jan für nachmittags eine Arbeitsbesprechung vorgeschlagen hatte. Dringend brauchte ich Ablenkung von meinem privaten Chaos.

Jan begrüßte mich im Büro mit einem dezenten Wangenkuss. Er roch gut, irgendwie nach Wasser und Meer. Konzentriert präsentierte er mir zusammen mit Marlene Ober seinen Entwurf. Die beiden waren ein eingespieltes Team.

Ich sollte von unterschiedlichen Außenansichten und Innenräumen Zeichnungen machen. Die alte Mühle sollte in ein neues, luftiges Gebäude aus Glas und Holz integriert werden. Mir gefiel die Idee.

Nach einer guten halben Stunde verabschiedete sich Jan zu einem anderen Termin.

»Wird wahrscheinlich spät«, informierte er mich.

Marlene Ober besprach mit mir noch vertragliche Details zu meinem Arbeitsverhältnis. Das Angebot war sehr großzügig. Ich zögerte, weil ich keine Sonderbehandlung wollte und keinen Freundinnenbonus. Marlene Ober schien das zu bemerken.

»Jan bezahlt alle seine Mitarbeiter gut«, informierte sie mich.

Ohne mit der Wimper zu zucken, erkundigte sich Marlene Ober, ob ich lieber einen Schreibtisch im Büro hätte oder in Jans Wohnung arbeiten wolle. Mit roten Ohren entschied ich mich für die Wohnung. Beim Zeichnen war ich lieber ungestört.

Sofort machte ich mich an die Arbeit und zeichnete bis spät in die Nacht. Dabei fragte ich mich, ob ich mit dem roten Ordner meine Seele verkaufte und mit Zacs Leben spielte. Eigentlich sollte sich die Polizei darum kümmern.

Ging es mir wie Paul auch nur ums Geld?

Ich verdrängte meine Zweifel und kam erstaunlich gut mit den Außenansichten der Mühle voran. Pläne, Skizzen und Fotos fügten sich zu einem einheitlichen Bild.

Aber im Gebäudeinneren wurden meine Zeichnungen düster. Die Helligkeit, die Jan sich vorstellte, entzog sich. Strich um Strich tauchte mein Verstand vor der Realität weg und kroch in das alte Gemäuer hinein.

Ein Detail kam zum anderen. Schraffierend füllten sich die Räume mit Leben. Wie in Trance zeichnete ich. Blatt für Blatt näherte ich mich dem Gebäude. Ich kolorierte mit Aquarellfarbe. Die alte Mühle erzählte ihre Geschichte. Irgendwann schlich ein pferdefüßiger Teufel die Holzstiege zum Lagerraum der alten Mühle hinauf, wo sich schwere Säcke stapelten. Seine Augen glühten gierig und fixierten den Betrachter.

Ich arbeitete selbst wie eine Besessene. Wassergläser, Farben, Tusche und Feder, Zeichenpapier und Karton bedeckten den Fußboden des Wohnzimmers.

In meine Fantasiewelt versunken, überhörte ich Jans Rückkehr und schaffte es nicht mehr, meine bunten Märchenbuch-Grusel-Illustrationen vor ihm zu verstecken.

Als ich mich umblickte und das heillose Durcheinander sah, schämte ich mich. Was hatte ich da nur aufs Papier gebracht?

Jan stand in der Tür. Vorsichtig stieg er über das Chaos und kam zu mir. Seine warme Hand legte er auf meine Schulter und drückte sie leicht. Er konnte seinen Blick nicht von den Zeichnungen abwenden. Natürlich war er sprachlos. Die mitgebrachten Pizzakartons stellte er auf den Tisch. Wahrscheinlich fragte er sich gerade, warum er mich angestellt hatte. Er ging im Zimmer umher und betrachtete einzelne Bilder. Die gelungenen Architekturskizzen beachtete er kaum.

»Kennst du die Legende, dass es in der Mühle spuken soll?«, fragte er und nahm meinen Zeichenblock in die Hand. Er blätterte durch meine ersten Entwürfe. Immer wieder blieb er beim Teufelchen hängen. Mindestens zwanzig Mal hatte ich das verkniffene Gesicht skizziert.

»Hast du im Internet nachgelesen? Da finden sich schaurige Geschichten. Manche behaupten, der Ort soll verflucht sein. Es sollen in der Mühle schon Menschen unter ungeklärten Umständen zu Tode gekommen sein. Sie sind die Treppe hinuntergestürzt oder im Bach ertrunken. Es gab einige Selbstmorde.«

Ich schüttelte verneinend den Kopf. »Nein. Meine Fantasie ist wohl einfach mit mir durchgegangen«, entschuldigte ich mich. Hektisch wusch ich einen Pinsel in braunem Wasser aus. Kurzerhand hatte ich Jans Whiskygläser zum Malen zweckentfremdet. »Das passiert mir manchmal. Paul hat sich darüber immer fürchterlich aufgeregt oder lustig gemacht. Ich bilde mir dann Dinge ein, die einmal geschehen sein könnten. Die Kinder mochten es, wenn ich ihnen im Urlaub, in Museen oder in Gebäuden Geschichten erzählt habe. Ja, und diesmal habe ich sie eben gezeichnet. Im Inneren war viel Schmerz und Dunkelheit. Ich weiß nicht, wie ich es beschreiben soll. Es tut mir leid. Mir ist klar, dass du mich dafür nicht bezahlst. Paul mochte das auch nicht an mir.« Ratlos hob ich die Schultern.

»Paul«, erwiderte Jan abfällig. »Paul glaubt nur an Zahlen und an Geld. Sonst existiert für ihn nichts. Dass der sich nicht für alte Geschichten interessiert, glaube ich dir sofort.«

Warum kannte Jan meinen Mann besser als ich?

Paul konnte Geschichten nichts abgewinnen. Er las nie einen Roman oder einen Krimi, nur Sachbücher. Fiktion interessierte ihn nicht. Leistung definierte sein Weltbild. Meine nutzlose Fantasie hatte ihn nur genervt.

»Ich räum sofort auf«, bot ich an und kippte das Malwasser in die Spüle. Wie ein aufgescheuchtes Huhn rannte ich zwischen Küche und Wohnzimmer hin und her.

Jans Blick hing immer noch an meine Zeichnungen.

»Die Leute erzählen sich, dass ein einstiger Müller dort seine Seele dem Teufel gegen Säcke voller Gold verkauft haben soll. Manchmal bist du wirklich unheimlich, Elenor.«

Ich starrte ihn an und brach erst in hysterisches Kichern, dann in Tränen aus. »Meine Oma soll das auch gehabt haben«, erklärte ich. »Stimmen hören, Geister sehen, Vorahnungen und so.«

Jan nickte, als würde ich von Alltäglichem berichten. Beiläufig zog er einen Pinsel, den ich mir hinters Ohr gesteckt hatte, aus meinen Haaren. »Das gibt's immer wieder. Jeder nimmt das mehr oder weniger wahr. Atmosphäre nennt man das, oder meinetwegen auch Aura. Es ist irgendwas dazwischen, was wir nicht sehen, aber spüren. Manche Menschen sind einfach sensibler und beobachten besser als andere«, antwortete Jan. »Du bist eine von ihnen. Gut ist, wenn man einen Weg findet, es auszudrücken.«

»Meine Großmutter sperrte man deswegen immer wieder in eine psychiatrische Anstalt, bis sie dort gestorben ist.« Ich setzte mich auf den Boden, kicherte überdreht und weinte gleichzeitig.

Jan war irritiert und versuchte, mich erst mit Kräutertee, dann mit schwerem Rotwein zu beruhigen. Als das nicht half, hielt er mich einfach fest.

Ich zweifelte tatsächlich an meinem Verstand. Als hätte es nicht schon gereicht, Stimmen zu hören, zeichnete ich jetzt auch noch Unsichtbares.

»Was ist los, Leno? Was denkst du? Was beunruhigt dich so?«, fragte er leise.

Auch wenn Jan für meine blühende Fantasie Verständnis zeigte, konnte ich ihm nicht mehr erzählen. Wahrscheinlich würde er mich sofort einliefern lassen, wenn ich ihm von meiner Nahtodbegegnung mit ihm erzählen würde. Mein sterbendes Herz zeigte mir damals, wen es dort eingeschlossen hatte, und ich war dafür jahrzehntelang blind und taub gewesen. Sonderlich sensibel konnte ich nicht sein.

Jan wärmte die mitgebrachte Pizza im Ofen auf. Das gemeinsame Essen half.

Auch in der Nacht hielt mich Jan fest, und ich schlief irgendwann in seinen Armen ein.

Am nächsten Tag ging es mir und meinen angespannten Nerven besser. Ich duschte lang und heiß. Meine Haare kringelten sich, und ich versuchte nicht, sie glatt zu föhnen oder ihnen eine Form aufzuzwingen.

Jan war vor mir aufgestanden und hatte das Wohnzimmer aufgeräumt.

Als ich aus dem Bad kam, fand ich ihn in Pläne vertieft. Meine Zeichensachen lagen ordentlich sortiert auf dem Esstisch. Er selbst war frisch rasiert und duftete nach Wind und Meer. Ich ging zu ihm und schnupperte an seinem Rasierwasser. Er legte seinen Arm um meine Taille.

»Du riechst wie eine Seereise«, murmelte ich.

»Hast du gut geschlafen?«, fragte er, zog eine Locke in die Länge und ließ sie zurückspringen.

Ich nickte nur. Zusammen standen wir vor einigen meiner Skizzen. Jan hatte sie am Bücherregal befestigt.

»Du hast es gut getroffen«, stellte er fest. »Ich bin mir sicher, dass wir den Auftrag bekommen und den Fluch aufheben. Jetzt weiß ich, wo das Problem liegt. Ich verlege das Treppenhaus.«

Bis auf die Teufelserscheinung wollte er meine Zeichnungen tatsächlich verwenden und war sehr zufrieden. Er hatte eine Mappe zusammengestellt und würde sie noch am gleichen Tag dem Bauherrn präsentieren.

Das Teufelchen hängte er in der Küche an den Kühlschrank. Ich redete mir und ihm ein, dass es Tausende Geschichten über alte Mühlen und den Teufel gab, die mich inspiriert hätten. Bei hellem Morgenlicht glaubte ich mir sogar selbst.

»Eine Warnung, nicht zu gierig zu sein«, scherzte Jan.

»Ich werde mich bei der Honorarberechnung der Mühle und bei nächtlichen Hungerattacken daran erinnern. Gier macht blind.«

Er zerschnitt Orangen und eine Zitrone und presste sie aus.

»Es tut mir leid, dass ich so dünnhäutig bin und kiloweise Altlasten in deine Wohnung schleppe«, versuchte ich, meinen gestrigen Aussetzer zu entschuldigen.

Auf keinen Fall wollte ich eine längere Abhandlung über die Gier hören. Pauls Verhalten war Beispiel genug, was passierte, wenn man nicht genug bekommen konnte.

»Die Dünnhäutigkeit macht dich aus, Leno«, antwortete er und reichte mir ein Glas frisch gepressten Orangen-Zitronen-Saft. »Aber im Moment bist du einfach überlastet. Versuch, ein bisschen zur Ruhe zu kommen. Lass dir Zeit. Die Abschlussarbeit läuft nicht davon. Auch wenn dir Maria mit dem Abgabetermin Stress macht, nimm dir die Zeit, die du brauchst.« Jan griff zur nächsten Orange. »Die Sache mit deinem Mitbewohner und die Trennung von Paul gehen dir an die Nieren. Das ist normal. Vitamine tun dir gut, glaub mir. Zitronen stärken die Abwehrkräfte.«

Er klang, als wäre er die letzten zwanzig Jahre an meiner Seite gewesen. Woher nahm er sein Verständnis?

»Und du? Wie geht's dir damit, wenn du ständig mit meinen Problemen konfrontiert bist?«

»Bin ich nicht. Ich hab kein Problem damit, dass du deine Geheimnisse hast. Du erzählst wenig von dir und deinen Sorgen. Aber nach so kurzer Zeit ist das normal. Auch wenn ich am Montag vorschnell war, bin ich eigentlich ein geduldiger Mensch.«

Der Saft schmeckte erfrischend sauer. Ich verzog das Gesicht.

»Zu viel Zitrone?«, fragte er.

»Nein, genau richtig.«

Er schenkte sich auch ein Glas ein. »Ich habe das Gefühl, dass ich einen Teil von dir in deinen Zeichnungen erkenne. Das mag ich sehr.«

Er küsste mich auf die Wange und machte sich auf den Weg zu seinem Termin. Die Mühle stand an einem Wildbach in der Oberpfalz und war sehr abgelegen. Er musste ein gutes Stück fahren. Ich räumte die Küche auf und dachte über seine Abschiedsworte nach. Seit unserem ersten, überstürzten Sex war Jan zurückhaltend, auch wenn ich in seinen Armen schlief. Ich fühlte mich in seiner Nähe geborgen. War ich angekommen? Oder stolperte ich von einer Beziehung in die nächste, weil ich nicht alleine sein konnte? Beging ich alte Fehler und verfiel in alte Muster?

Bis zu meiner nächsten Krankenhausschicht blieben mir drei Stunden. Ich arbeitete an meiner Abschlussarbeit, steckte aber fest. Erst überlegte ich, einen Spaziergang durch den nahe gelegenen Englischen Garten zu machen. Aber der regenverhangene Himmel hielt mich in der Wohnung. Unruhig lief ich durch die Räume. Unschlüssig blieb ich vor dem Bücherregal stehen, konnte mich aber für kein Buch entscheiden.

Wie sollte ich zur Ruhe kommen?

Um mich abzulenken, setzte ich mich an den Esstisch und griff zu meinen Zeichensachen. Mit geschlossenen Augen wartete ich, ob ich in mir ein Bild fand.

Die Haustür meines inneren Zuhauses wollte Gestalt annehmen. Ich erinnerte mich an das kleine Haus auf dem Hügel. Es machte mir Spaß, mit dem Bleistift einzelne Details des geheimnisvollen Ortes zu erforschen, und so entdeckte ich immer wieder bisher verborgene Einzelheiten.

Die Tür war aus Holz. Verschlungene, geschnitzte Ornamente zogen sich rahmenartig um ein kleines Fenster, das einen Blick nach innen und außen ermöglichte. Die Türklinke war aus glänzendem Messing. Ein Schloss fehlte. Gerade war die Tür angelehnt. Beim geringsten Druck würde sie sich leicht und geräuschlos öffnen.

Das Zeichnen der Tür erdete und entspannte mich. Nichts und niemand Unerwünschtes schlich sich in meine Zeichnung. So war es gut.

Mittags unterhielt ich mich kurz mit Marlene Ober, besorgte Blumen und nahm dann ein Taxi in die Klinik.

»Es geht um richtig viel Geld«, flüsterte Loreen und packte mich am Arm. Verschwörerisch zog sie mich beim Schichtwechsel im Krankenhaus in eine Zimmerecke. Wollte sie verhindern, dass der bewusstlose Zac uns belauschte, oder befürchtete sie, das Krankenzimmer wäre verwanzt?

Hektische rote Flecken glühten auf ihren Wangen.

»Lass mich erst einmal eine Vase holen. Ich hab Blumen für Zac dabei«, bat ich sie.

Aber Loreen wollte mich sofort über die neuesten Erkenntnisse zum roten Ordner informieren.

»Vergiss das Grünzeug. Meine Mutter meint, es geht um Millionen.« Zur Bekräftigung riss Loreen ihre Augen weit auf.

Ich blockte ab und wickelte die Blumen aus dem grünen Seidenpapier.

»Und?«, fragte ich.

Was bedeuteten an Zacs Krankenbett schon Millionen? Solange er bewusstlos war, würde ich keine Minute mit eventuellen Reichtümern, schwarzen Konten oder Rachegefühlen gegenüber Paul verschwenden. Erst gestern hatte ich der Gier ins Gesicht geschaut, als ich den Teufel gezeichnet hatte.

»Das einzig Wichtige ist, dass Zac wieder gesund wird.« Ich füllte eine Vase und kippte ein Beutelchen Schnittblumenfrisch ins Wasser.

Loreen stemmte ihre Hände in die Taille und beobachtete mich ungläubig.

»Natürlich. Aber deine Weigerung, dich um den roten Ordner und das Geld zu kümmern, hilft ihm auch nicht«, warf Loreen ein. »Dadurch ist die Situation erst eskaliert. Aber es dreht sich nicht alles immer nur um dich und deine Gefühle.«

»Nicht jetzt und nicht hier«, beendete ich das Gespräch.

Loreens Handy vibrierte. Sie las eine Nachricht.

»Wegen mir«, akzeptierte Loreen zu schnell. Wahrscheinlich hatte sie ein besseres Angebot, als mit mir zu streiten.

Ich stellte den Strauß Rosen auf den Tisch.

»Zac mag keine Rosen«, klärte sie mich auf und steckte ihr Telefon in die Jackentasche.

»Ich weiß.«

Loreen tippte sich an die Stirn und machte sich auf den Weg. Bestimmt würde sie mit ihrer Mutter weiter über meine finanziellen Möglichkeiten spekulieren oder sich mit Freunden treffen und den nächsten ausgedehnten Urlaub planen.

Die Blüten waren wunderschön. Zac fand Rosengeruch grässlich romantisch. Vielleicht würde es ihn so stören, dass er aufwachte. Aber leider ging mein Plan nicht auf, Zac ertrug den Duft klaglos.

Mit kleinen Unterbrechungen, Trink- und Klopausen, las ich vier Stunden lang ein bayerisches Kochbuch von der ersten bis zur letzten Seite vor. Vom Apfelstrudel arbeitete ich mich über Leberknödel und Schweinebraten bis zum Zwetschgendatschi. Zwischendurch schaltete ich die Kaffeemühle und den Handmixer an. Kaffee und Schlagsahne gehörten schließlich zu Zwetschgendatschi dazu.

Konnte man vom Vorlesen zunehmen? Auf jeden Fall wurde ich hungrig. Ich freute mich auf das gemeinsame Abendessen mit Jan und hatte gleichzeitig ein schlechtes Gewissen, dass es mir im Vergleich zu Zac gerade gut ging.

Franz Edelhuber übernahm gegen 17 Uhr und hatte als Proviant drei Flaschen Bier und zwei Leberkäsesemmeln dabei. Das passte gut zu meinem Vorleseprogramm.

»Nach was riecht's denn hier?«, beschwerte er sich über den Rosenduft. »Das ist ja schlimmer als mein Klospray.«

Unser Hausmeister konnte wie Zac nichts mit dem süß-schweren Blütenduft anfangen.

Daher nahm ich die Rosen beim Verlassen des Zimmers mit. Auf dem Klinikflur schenkte ich sie einer alten Dame in einem geblümten Bademantel, die gerade Gehübungen mit einem Rollator machte. Behutsam legte sie den Strauß im Transportkörbchen ab.

»Vielen Dank. Ich stell sie gleich ins Wasser«, strahlte sie mich an. »Wissen Sie, in meinem Alter bekommt man nicht mehr viel Besuch. Meine Freunde sind schon alle tot, und Familie habe ich keine.«

Wie unterschiedlich Menschen und ihre Lebenswege waren.

»Rosen sind meine Lieblingsblumen. Sie wuchsen im Garten meiner Eltern an der Hauswand hoch bis zu meinem Zimmerfenster. Den ganzen Sommer über wachte ich mit ihrem Duft auf und schlief damit ein.« Zärtlich strich sie mit ihren dürren Fingern über die samtigen weißen Blüten und erinnerte sich an längst vergangene Tage. Ich freute mich über die Begegnung.

Zu Fuß ging ich die weite Strecke vom Schwabinger Krankenhaus zurück zu Jan. Sein Büro und seine Wohnung lagen im Stadtteil Lehel, in der Nähe der St. Anna Kirche. Ich folgte der Leopoldstraße und bog auf Höhe der Münchner Freiheit in den Englischen Garten ab. Nach dem langen Sitzen auf dem harten Besucherstuhl brauchte ich Bewegung und frische Luft. Jeder Schritt tat mir gut.

Trotzdem trug ich schwer an den Vorwürfen, die ich mir machte. Wäre ich nie in die WG eingezogen, wäre Zac nichts passiert. Hätte ich wenigstens auf Zacs Anruf reagiert, wäre er vielleicht nicht ins Koma gefallen, und ich wäre früher bei ihm gewesen. Wie das mit Sorgen so ist, sie drehen sich im Kreis, und es gibt keine Lösung.

Das Einzige, was ich tun konnte, war weitergehen. Mein Körper, jede Zelle erinnerte sich an das Gehen. Es hatte bei meiner Wanderschaft gewirkt und würde auch jetzt helfen. Während ich damals ziellos unterwegs gewesen war, hatte ich gelernt, im Jetzt zu sein. Ich hatte wahrgenommen, was war. Nicht mehr, nicht weniger. Dadurch wurden die Sorgen kleiner und kleiner.

Erstaunlicherweise funktionierte dieser Effekt auch auf dem Weg durch die Münchner Innenstadt. Den Augenblick wahrnehmen, den nächsten Schritt, den nächsten Atemzug.

Meine Schultern lockerten sich. Ich konnte meinen Hals wieder freier drehen, und auch mein Kopf schien leichter. Der Eisbach plätscherte vor sich hin. Enten ließen sich darauf treiben und der Himmel über mir war ungetrübt blau. Kein Wölkchen war zu sehen.

Nach ungefähr einer Stunde erreichte ich Jans Büro. Marlene Ober begrüßte mich mit einem Lächeln. Die meisten Mitarbeiter waren schon gegangen.

»Jan hat angerufen. Ich soll Ihnen ausrichten, dass der Auftrag steht. Der Bauherr war bisher skeptisch. Aber Ihre Zeichnungen haben ihn überzeugt.«

»Das freut mich«, antwortete ich.

»Für uns ist es keine besonders lukrative Sache, aber Jan ist zufrieden. Ihm liegt viel an diesem Gemäuer, und er hat viel Zeit investiert. Ich weiß auch nicht genau, warum. Er kennt die Mühle schon seit seiner Kindheit«, erzählte die Büroleiterin. »Er muss in der Nähe aufgewachsen sein. Hat er Ihnen davon erzählt?«

Ich erinnerte mich, dass Jan früher von seiner Kindheit in der Oberpfalz erzählt hatte. Er war zum Studium nach München gezogen und nur sehr selten heimgefahren.

»Nein, ich weiß nicht mehr, als wir zusammen besprochen haben«, räumte ich ein.

Mir schien, dass auch Jan seine Geheimnisse hatte.

»Entschuldigen Sie meine Neugierde.« Marlene Ober zupfte an ihrem Perlenohrring. »Aber das Mühlenprojekt ist wirklich sehr ungewöhnlich, und Ihre Zeichnungen vermittelten mir den Eindruck, Sie wüssten, um was es Jan wirklich geht. Seit Jahren versucht er, den Eigentümer zu einem Umbau zu bewegen. Er hat sogar schon überlegt, den alten Schuppen zu kaufen. Für mich war das schon immer ein Rätsel.«

Ich überlegte. »Ich glaube, er hat mir noch zu Studienzeiten Fotos von der Mühle gezeigt. Es ist sehr lange her, und ich bin mir nicht ganz sicher.«

»Wie auch immer«, kürzte Marlene Ober mein Kramen in der Vergangenheit ab. »Jan bittet Sie, dass Sie ausnahmsweise mal Ihr Handy anschalten. Es scheint um die Abendplanung zu gehen. Ich finde es ja gut, öfter mal offline zu sein, aber er wirkte davon ein klein wenig gestresst.«

Das klang sehr diplomatisch. Bestimmt hatte er sich aufgeregt, dass ich nie zu erreichen war. Suchend tastete ich meine Handtasche ab und war mir nicht sicher, ob ich es überhaupt dabeihatte. Seit meiner Wanderschaft war ich handyentwöhnt.

Ich mochte Marlene Ober und ihre zurückhaltende Art.

»Wollen wir uns nicht duzen?«, fragte ich spontan und war mir im gleichen Augenblick unsicher, ob sie mich erst hätte fragen müssen. Sie war eindeutig älter. Galten diese Regeln nach Alter und Rang überhaupt noch?

Die Büroleiterin lächelte. »Sehr gerne. Marlene.« Sie hielt mir ihre Hand hin.

»Elenor«, erwiderte ich erleichtert. »Dann werd ich mal mein Telefon suchen.«

Das Telefon lag auf dem Kopfkissen des unbenutzten Gästebettes. Ich legte mich kurz hin, schloss die Augen und merkte, wie sehr ich Zac vermisste. Das gemeinsame Kochen, seine zynischen Bemerkungen und sein Genörgel. Selbst das WG-Chaos ging mir ab. Jan hatte lange Arbeitstage, ging früh und kam spät zurück. Und dann kümmerte er sich noch um meine Befindlichkeiten. Ihn vermisste ich auch.

Ich schaltete das Telefon ein. Sofort klopften die eingehenden Nachrichten und Mails an. Ich erinnerte mich an Loreens Mahnung, mich endlich um meine Angelegenheiten zu kümmern. Nicht erreichbar sein war keine Lösung.

Als Erstes las ich Jans freudige SMS.

Grund zum Feiern! Melde dich bitte, Jan

Ich freute mich mit ihm und tippte.

Wunderbar! Ich koche für heute Abend ein bescheidenes Festmahl. Schaffst du 20.30 Uhr?

Da ich den ganzen Nachmittag über bayerische Rezepte vorgelesen hatte, war ich inspiriert. Ich würde ein oberpfälzisches Kartoffelgericht kochen, das den sonderbaren Namen Dotsch trug und einem

Reibekuchen ähnelte. Dafür musste ich noch Kartoffeln kaufen. Ich erinnerte mich an die Rezeptdetails, weil mir bereits beim Vorlesen das Wasser im Mund zusammengelaufen war.

Jan antwortete innerhalb einer Minute.

Gerne!

Schnell hatte ich im nahen Supermarkt gefunden, was ich brauchte, bereitete das Essen vor und stellte zwei Flaschen Weißwein kalt.

Bis Jan eintraf, kümmerte ich mich um mein überquellendes Postfach.

Inge hatte erneut ihre Freundschaft zu mir entdeckt. Nach meiner Reisebeschreibung hatte sie eine längere Pause eingelegt. Ich löschte ihre Mails, die inzwischen mehrmals täglich eintrafen, ungelesen.

Paul hingegen hatte auf meine Warnung nicht reagiert. Wahrscheinlich schickte er Inge vor, die mich aushorchen sollte. Paul hielt Frauen für unheilbar geschwätzige Wesen, die nichts für sich behalten konnten.

Werbemails für Urlaubsschnäppchen, Finanzprodukte oder Dating-Agenturen schob ich in den Papierkorb.

Die Mails meiner Kinder beantwortete ich gewissenhaft, erzählte von meinen Studienfortschritten und log, wie gut es in München, an der Uni und überhaupt laufe. Währenddessen fiel mir auf, dass ich immer weniger lügen musste. Das meiste stimmte mittlerweile sogar. Von Jan und Zac erzählte ich allerdings nichts.

»Das riecht nach Heimat«, stellte Jan fest, als er die Küche betrat.

Ich mischte gerade den grünen Salat mit Tomaten und Paprikastückchen durch.

»Schau mal nach, ob du mein Werk erkennst.«

Er öffnete die Ofentür.

»Ein Dotsch, wie ihn meine Oma früher oft gemacht hat«, stellte er staunend fest. »Das hab ich schon eine Ewigkeit nicht mehr gegessen. Wie bist du auf die Idee gekommen?«

»Ich hab das Rezept Zac heute aus einem bayerischen Kochbuch vorgelesen und mich dabei erinnert, dass du aus der Oberpfalz kommst. Und dann hat mir Marlene vorhin von der Mühle erzählt und dass du in der Nähe aufgewachsen bist und sie schon lange umbauen willst. Und da es keine Zufälle gibt, dachte ich mir, Dotsch passt für heute Abend.« Ich holte eine Flasche Wein aus dem Kühlschrank und entkorkte sie. »Aber der Wein ist nicht regional.« Ich schenkte zwei Gläser ein, die von der kalten Flüssigkeit beschlugen. »Italienisch, ein Pinot Grigio delle Venezie.«

Jan betrachtete mich. »Hab ich dir schon einmal gesagt, dass du unheimlich bist, Leno?« Jan seufzte.

Ich schluckte. Hoffentlich hatte ich nichts falsch gemacht.

»Unheimlich schön«, ergänzte er und stieß mit mir an. »Auf uns«, schlug er vor.

»Auf uns«, wiederholte ich.

Während des Essens erzählte Jan vom Umbau und dem erfolgreichen Gespräch mit dem Investor. Geplant war ein Yoga- und Meditationszentrum.

»Und was ist dein Geheimnis?«, fragte ich Jan, kurz bevor wir die erste Weinflasche geleert hatten. »Was ist mit dir und dieser Mühle? Warum lässt sie dich nicht los?«

Schweigend drehte er das Weinglas in der Hand und beobachtete, wie die goldene Flüssigkeit sich bewegte.

»Die Mühle gehörte über Generationen meiner Familie. Meine Mutter hat sich dort, wo du den Teufel gezeichnet hast, erhängt, als ich zwölf Jahre alt war. Sie war schwer depressiv. Danach kam ich ins Internat der Regensburger Domspatzen. Mein Vater hat die Mühle verkauft. Er war der Ansicht, der Ort sei verflucht.« Fragend schaute er mich an. »Du hast es gesehen«, stellte er fest.

»Ich habe etwas gespürt. Vielleicht habe ich einfach auf deinen Schmerz reagiert«, suchte ich nach einer Erklärung.

»Das ist möglich.«

»Du hast mir das nie erzählt«, wunderte ich mich. »Ich dachte, deine Mutter hatte einen Autounfall.«

Jan nickte. »Für mich war es ein schweres Erbe, das ich tief in mir vergraben habe. Ich habe sie damals gefunden. Erst durch eine Therapie konnte ich den Verlust und ihren Tod verarbeiten. Damals habe ich beschlossen, dieses Haus umzubauen«, erwiderte Jan. Er leerte sein Glas und holte die zweite Flasche aus dem Kühlschrank.

»Wegen der alten Mühle bin ich wahrscheinlich Architekt geworden. Das ist mir aber erst viel später klar geworden. Ich will verstehen, welchen Einfluss Gebäude auf die Stimmung der Bewohner haben und wie man sie verbessern kann. Menschen brauchen gute Lebensräume. Vielleicht hätte das meiner Mutter geholfen. Die Mühle ist ein düsterer Ort. Das hat nichts mit Zauberei oder dem Teufel zu tun.«

Zur Zustimmung prostete ich ihm zu. »Du glaubst nicht, dass sie verflucht ist?«, fragte ich vorsichtig.

»Nein. Aber die Menschen haben dort Spuren hinterlassen. Wenn sie umgebaut ist, werden neue Spuren entstehen. Davon bin ich überzeugt. Und es wird allen helfen. Auch mir.«

Die halbe Nacht hörte ich Jan und seinen Theorien zu Gebäuden und ihren Bewohnern zu. Ich verstand, warum er ein erfolgreicher Architekt geworden war. Er liebte seine Arbeit und achtete die Bedürfnisse von Menschen und Natur.

»Jetzt, wo du eines meiner Geheimnisse kennst, erzählst du mir auch deines?«, fragte er.

Ich lag mit hochgelegten Beinen auf der Couch. Jan stand und schaute auf mich herunter.

»Morgen vielleicht«, versuchte ich auszuweichen.

»Morgen ist schon«, erwiderte er leise. »Wie ist das mit deinem Mitbewohner Zac? Und warum hast du Angst vor Paul?«

Ich setzte mich hin. Seine blauen Augen, die ich immer schon gemocht hatte, hielten mich fest.

Stockend begann ich zu erzählen und schüttete Jan schließlich mein Herz aus. Er hörte zu.

Es dämmerte bereits, als wir uns hinlegten. Jan hatte zuvor noch auf Marlenes Sprachbox eine Nachricht hinterlassen und sie gebeten, einen Termin von Vor- auf Nachmittag zu verschieben.

Jan fuhr mich gegen 11 Uhr ins Krankenhaus. Früher als vereinbart ging ich mit einer Kochzeitschrift und einem Kilo Äpfel den langen Krankenhausflur entlang. Mein Hochgefühl ließ nach, je näher ich Zacs Zimmer kam. Die Schwestern und Pfleger kannten mich inzwischen und grüßten mich als Frau Baum. Immer noch hielten mich alle für Zacs Mutter, und immer öfter legten sie mir mitfühlend die Hand auf die Schulter, was mich erst recht beunruhigte.

Innerlich stellte ich mich auf den traurigen Anblick ein. Zac wurde von Tag zu Tag blasser und schmaler, wenigstens kam es mir so vor. Die Tätowierungen auf seinen Unterarmen schienen schwärzer als sonst. Aber vermutlich wurde nur sein Hautton weißer.

Mel sah nicht viel besser aus. Seit Zac im Krankenhaus lag, war sie immer ungeschminkt. Sie trug alltägliche Klamotten, ging nicht zur Arbeit und hatte sich krankschreiben lassen. Sie verschwand regelrecht. Das Mädchen brauchte dringend Schlaf und gesundes Essen.

Als ich die Zimmertür öffnete, stockte mir der Atem.

Sven stand vor Zacs Bett. Seine fleischigen Hände ruhten auf dem Fußteil. Vor Schreck rutschte mir die Papiertüte aus der Hand und die Äpfel polterten lautstark auf den Boden.

»Raus«, schrie ich. »Sofort!«

Mel schreckte hoch. Sie war auf dem Besucherstuhl vornübergebeugt eingeschlafen. Ihr Kopf lag auf Zacs Matratze und ihre Hand hielt seine.

»Wie kannst du es wagen, hier aufzutauchen?«

»Elenor, hör mir zu. Es ist nicht so, wie du denkst«, stotterte Sven.

Er kam mit ausgebreiteten Armen auf mich zu. Ich wich zurück.

»Ich habe damit nichts zu tun. Er war schon verletzt. Ich habe das nicht getan«, redete er auf mich ein.

»Wolltest du dein Werk zu Ende bringen?«, flüsterte ich. »Ist es das?«

Sven hob beschwörend die Hände. Sein Gesicht glänzte fettig. Er hatte noch weniger Haare auf dem Kopf, als ich in Erinnerung hatte. Dafür quollen lange schwarze Büschel aus seinem T-Shirt-Kragen.

»Ich war es nicht. Das musst du mir glauben. Paul dreht noch durch. Er weiß nicht mehr, was er tut. Er«, er deutete auf Zac, »er wird doch wieder gesund, oder?«

Quälte Sven plötzlich das schlechte Gewissen? Hatte er sich von Paul zu dieser Tat drängen lassen? Wahrscheinlich wusste Sven nicht einmal, um wie viel Geld es für Paul tatsächlich ging. In diesem Moment waren mir alle Antworten egal. Ich fürchtete um Zacs Sicherheit.

»Raus«, war alles, was ich Sven zu sagen hatte.

Mel war aufgesprungen und stand jetzt neben mir. Ihre müden Augen waren von dunklen Ringen umschattet.

»Kennst du diesen Mann?«, fragte sie mich.

»Ja, und er wird jetzt sofort gehen. Sonst rufe ich die Polizei.«

Ich hielt ihm zitternd vor Wut die Tür auf. Wie ein geprügelter Hund schlich er mit eingezogenem Kopf davon. Auf dem Flur drehte er sich noch einmal zu mir um.

»Ich habe deinem Freund nichts getan, glaub mir.«

Hatte ich mich verhört? Hielt er den fünfundzwanzigjährigen Zac tatsächlich für meinen Geliebten? Ich konnte es nicht fassen, was er und Paul mir zutrauten. Das kam davon, wenn man von sich selbst auf andere schloss. Eigentlich wäre es komisch gewesen. Aber mir war nicht nach Lachen zumute.

Ohne Diskussion schickte ich Mel heim und fasste einen Entschluss. So konnten wir alle nicht weitermachen. Der Schwebezustand raubte allen zu viel Energie. Es gab nur eine Lösung, Zac nicht weiter zu gefährden. Ich musste die Polizei einschalten. Schließlich hatte Sven zwar die Tat abgestritten, aber gleichzeitig zugegeben, dass er in unserer Wohnung gewesen war.

Mit dem Handy rief ich Loreen an.

»Sag deiner Mutter, sie soll mit der Recherche aufhören. Ich geh zur Polizei«, teilte ich ihr mit.

Im Hintergrund hörte ich eine Kaffeemaschine zischen und Menschen lachen. Bestimmt traf Loreen sich mit Freunden zum Brunch. Die Geräusche wurden leiser. Loreen war vor die Tür gegangen. Jetzt hörte ich eine Straßenbahn bimmeln.

»El, tu das nicht. Du bist ganz dicht dran, und dann sind deine Zukunftssorgen gelöst.«

»Ich schaff meine Zukunft aus eigener Kraft. Ich will dieses schmutzige Geld nicht.«

Loreen schwieg. »Was ist passiert, El?«, fragte sie dann.

»Als ich kam, um Mel abzulösen, war Sven im Zimmer. Er stand direkt an Zacs Bett. Mel war eingeschlafen.«

»Mit Zac ist so weit alles okay?«, fragte sie beunruhigt.

»Ja, absolut unverändert. Das ist das Problem.«

»Ich komm vorbei. Bin in fünfzehn Minuten da.« Ohne meine Antwort abzuwarten, legte sie auf.

Ich starrte die Wand und einen verblassten Kunstdruck von Monets Seerosen an. Bis Loreen das Zimmer betrat, hatte ich das deprimierende Bild abgehängt und umgedreht an die Wand gelehnt.

»Ich gehe zur Polizei!«, stellte ich erneut klar.

Loreen füllte eine Schale mit Quitten und stellte sie auf den Nachttisch. Schweigend arrangierte sie die Früchte.

»Tu, was du tun musst. Aber auch wenn du zur Polizei gehst, wird das Zac nicht helfen«, warf Loreen schließlich ein.

»Nein, aber es gibt dann Gerechtigkeit.«

»Und das glaubst du? Gerechtigkeit, was soll das sein?«, fragte sie.

Wir schwiegen. Der Quittenduft verbreitete sich im Zimmer.

»Es geht um sehr viel Geld, sagt meine Mama. Wenn du zur Polizei gehst, siehst du davon keinen müden Euro. Dann ist das Geld futsch«, redete sie mit mir wie mit einem kleinen, störrischen Mädchen.

Ich versteifte mich. »Das ist mir egal. So kann ich nicht leben«, erwiderte ich. »Ich bin für Zacs Zustand verantwortlich und will die Tat aufklären. Sven und Paul müssen dafür büßen. Ich bin verantwortlich«, wiederholte ich.

Loreen streichelte sacht über Zacs Wange und zog ihn dann weniger sanft am Ohr.

»Hi, Zac. Aufwachen! Sonst dreht El noch durch.« Sie setzte sich auf die Bettkante und schaute mich an. »Nichts bist du. Du überschätzt deine Rolle. Du hast das nicht getan. Aber du kannst jetzt etwas tun. Wer wird sich finanziell um Zacs Pflege kümmern, wenn er tatsächlich nicht mehr aufwachen sollte?«

Loreen funkelte mich an, und ich dachte an das kleine Teufelchen in der Mühle, das ich gezeichnet hatte. Ging es Loreen wie dem Müller? Blendeten die Goldsäcke, die Aussicht auf Reichtum ihren Verstand? Eigentlich glaubte ich das nicht. Zu deutlich erinnerte ich mich an ihren Wutausbruch, als wir zum ersten Mal an Zacs Krankenbett gestanden hatten.

»Du bist so knapp davor.« Loreen zeigte eine Haarbreite zwischen Zeigefinger und Daumen.

»Was würden wir mit dem Geld tun?«, fragte ich vorsichtig nach.

Loreen griff nach einer tiefgelben Quitte und rieb die flaumige Schicht ab, bis die Frucht glänzte. Der Duft wurde dadurch noch intensiver. Sie hielt Zac die Quitte unter die Nase.

»Er liebt Quitten«, erklärte sie. »Normalerweise kocht er aus dem Saft so gummibärartiges braunes Zeug. Das schneidet er in Würfel und bestäubt es mit Puderzucker. Mel würde dafür töten.« Loreen brauchte Zeit zum Nachdenken und drehte die Quitte in der Hand. »Was würdest du mit dem Geld tun, El?«, fragte sie zurück. »Das ist nur deine Entscheidung. Bei mir hast du keine Schulden. Nur Freundschaft. Ich will nichts davon. Aber für Zac können wir das Geld brauchen. Überleg dir das gut.«

Sie legte die Frucht in die Schale zurück und verließ das Krankenzimmer.

Was sollte ich tun?

Ich erinnerte mich an mein ursprüngliches Zeitlimit. Eine Woche hatte ich mit Loreen ausgemacht. Morgen war sie vorbei. Wenn Zacs Zustand sich bis dahin nicht besserte, war es entschieden, und ich würde Paul anzeigen. Geld hin oder her.

Ich wühlte in der Bücherkiste. Schön langsam kam ich mir vor, als wäre ich eine wandelnde Rezepte-App. Ich schwankte zwischen Niedrigtemperaturgaren und europäischer Hausmannskost. Nachdem ich die Inhaltsverzeichnisse überflogen hatte, entschied ich mich für die abwechslungsreiche Hausmannskost. Süß, salzig, gebacken, gebraten, gedünstet, eingefroren. Hier war alles dabei. Zu den Rezepten gab es zusätzliche Informationen zu Land, Essgewohnheiten und Festen. Nicht nur die Fotos der Gerichte machten Appetit, sondern auch schöne Landschaftsfotos weckten die Reiselust des Betrachters.

Ich rückte meinen Stuhl an Zacs Bett und startete mit dem Beitrag über Island. Pökelfleisch in gelber Erbsensuppe würde bestimmt nach einem Ausritt über die Lavafelder der Insel wärmen.

Erst las ich das Rezept vor, dann ein Interview mit der Elfenbeauftragten des Landes, die bei größeren Bauvorhaben die Belange des unsichtbaren Volkes vertrat. Über dem Ausschnitt einer isländischen Sage nickte ich ein, träumte von Elfen und Trollen, die unter gewaltigen Wasserfällen duschten. Die paar Stunden Schlaf am Vormittag hatten nicht gereicht.

»Was gibt es eigentlich heute zu essen?«, fragte einer der Trolle.

»Pökelfleisch in gelber Erbsensuppe«, antwortete ich im Schlaf. Island-Pferde galoppierten über tiefgrüne Wiesen. In vulkanischen Quellen blubberte und dampfte stinkendes Wasser. Dort konnte man in einem Körbchen Eier versenken und kochen. Aber gerade nutzte ein Riese den Tümpel als Fußbad.

»Mel hat nur vegane Bücher vorgelesen. Das war Quälerei«, hörte ich erneut die tiefe Trollstimme.

Die europäische Hausmannskost schlug auf dem grauen Klinikboden auf. Ich starrte Zac an. Er lag völlig unverändert im Bett. Seine Augen waren geschlossen. Keines der Geräte gab Alarm.

»Zac?«, fragte ich leise.

Keine Reaktion.

Ich bückte mich nach dem Buch und schlug es erneut auf. Schließlich war ich nicht zum Schlafen, sondern zum Vorlesen hier, ermahnte ich mich. Und im Traum hörte ich Stimmen. Das musste ich vermeiden.

»Portugal, Griechenland oder Rumänien?«, fragte ich mich laut selbst.

»Hör mir bloß mit ausländischer Küche auf«, beschwerte sich Zac, als würden wir ein kurz unterbrochenes Gespräch wiederaufnehmen.

Träumte ich noch?

Immer noch hatte Zac seine Augen geschlossen. Aber sein Mund hatte sich eindeutig bewegt. Ich beugte mich über ihn. Seine Lider flatterten, und vorsichtig blinzelte er.

»Loreen hat ständig Rezepte vorgelesen, wo ich die Hälfte der Zutaten nicht kannte. Sie hat die Bezeichnungen bestimmt völlig falsch ausgesprochen, sich aber nie die Mühe gemacht, zu googeln und es mir zu erklären. Da gefällt mir deine bodenständige Art besser«, lobte er mich. »Pökelfleisch in gelber Erbsensuppe. Das klingt nach etwas Handfestem.«

Zac war wach und nörgelte. Nichts konnte schöner sein!

»Was machst du überhaupt neben meinem Bett, El?«, fragte er und schaute mich an. »Ist das ein Albtraum?«

Alles war normal, freute ich mich und brach in Tränen aus.

»Das sollte ein Witz sein, El«, pflaumte er mich an.

»Ich weiß«, erwiderte ich schluchzend.

Vorsichtig tastete er mit der Hand nach seinem Kopf. Als er den Verband spürte, schaute er mich fragend an. Ich hatte in der Zwischenzeit auf die Klingel gedrückt.

»Du bist im Krankenhaus«, erklärte ich. »Du hattest eine Platzwunde. Nicht dramatisch. Aber du bist einfach nicht aufgewacht.«

»Was bei mir nicht so ganz ungewöhnlich ist, El. Kein Grund zum Durchdrehen.«

Eine Schwester kam ins Zimmer. Zac lächelte sie schief an.

»Willkommen zurück, Herr Baum«, begrüßte sie ihn, als wäre er von einer Reise heimgekehrt. »Dieses Mal haben Sie länger geschlafen als sonst.« Routinemäßig überprüfte sie Puls und Blutdruck und holte den diensthabenden Arzt. Daraufhin versammelten sich Pfleger, Schwestern und Ärzte im Zimmer. Schnell hatte ich die Kaffeemühle mit dem Fuß unters Bett geschoben.

Der wiedererwachte Patient ließ sich vom Auflauf in seinem Zimmer nicht stören.

»Wann gibt es denn Essen?«, wandte er sich freundlich an einen Pfleger. »Ich habe seit Tagen nichts mehr zwischen den Kiemen gehabt. Ich fühle mich schwach. Bald werden mir die Zähne ausfallen.« Er fuhr sich mit der Zunge über die trockenen Lippen. »Ich fürchte, sie lockern sich bereits.«

Nach der ersten Aufregung rief ich Loreen, Mel, Franz Edelhuber und auch Jan an und informierte sie. Zacs Mutter hatte nicht auf Loreens Nachricht reagiert.

Zac hörte bei meinen kurzen Gesprächen mit.

»Franz hat mir mit seinen Fischzeitschriften auch gefallen. Er hat vielleicht etwas langsam gelesen und ist zwischendurch relativ oft eingeschlafen, fast so oft wie du.« Er grinste. »Ich freu mich schon, wenn wir wieder angeln gehen.«

»Du hast uns gehört?«, fragte ich.

»Nicht immer, fürchte ich. Aber ab und zu schon«, wieder wanderte seine rechte Hand zu seinem Kopf. »Wer ist eigentlich Jan? Wohnt der jetzt bei uns«, fragte er. »Ihr habt doch nicht etwa mein Zimmer vermietet? Wie lange war ich bewusstlos?« Erschrocken schaute Zac mich an und wartete auf eine Antwort.

»Nein, natürlich nicht«, beruhigte ich ihn. »Du liegst erst seit einer Woche im Krankenhaus.«

»Ich kann mich an gar nichts erinnern«, überlegte er und schloss die Augen. »Das Letzte war …«, er schwieg.

Angespannt wartete ich. Jetzt käme die Wahrheit ans Licht. Gleich würde er eine Beschreibung von Sven abgeben.

Mit einem Stöhnen atmete er aus. »Ich weiß es nicht mehr. Hoffentlich funktioniert mein Kopf noch.«

»Das kommt alles wieder«, tröstete ich ihn. »Lass dir Zeit.«

»Aber wer ist Jan, und warum interessiert ihn, wie es mir geht?« Zacs Kopf funktionierte einwandfrei.

»Ach, nur ein Freund von mir«, erwiderte ich.

»Soso. Ein Freund.«

Loreen brachte Sekt mit. Mel meckerte wegen der Plastikbecher.

»Dann trink aus einer Blumenvase«, war Loreens knappe Antwort.

Zac maulte, weil er keinen Alkohol trinken durfte, und Franz Edelhuber meinte, ein Bier wäre ihm lieber. Sekt wäre ein Frauengetränk. Überglücklich hörte ich meiner WG-Gruppe zu. Endlich kehrte wieder Normalität ein.

»Punktlandung«, lächelte Loreen mich an. »Auf Zac ist einfach Verlass.«

»Wie meinst du das?«, erkundigte sich Zac.

»El und ich haben gewettet, und ich habe gewonnen. Ich war mir sicher, dass du innerhalb einer Woche aufwachst. Du kennst ja El, die war mal wieder pessimistisch.«

Zac schaute mich kritisch an. »Daran musst du arbeiten, El«, ermahnte er mich.

»Dein Aufwachen hat ihr sehr viel Geld gespart«, redete Loreen weiter. »Aber das erklären wir dir später. Wir wollen dein Köpfchen nicht überlasten.«

Franz kehrte von einem kurzen Abstecher zum Klinikkiosk mit einem alkoholfreien Bier für Zac und einem echten für sich selbst zurück. Die beiden stießen krachend mit den Flaschen an.

»Hoffentlich darf ich bald raus«, beschwerte sich Zac und durchsuchte seine Playlist nach passender Musik. Mel und Loreen tanzten. Franz Edelhuber verdrückte eine Träne. Ich weinte schon wieder, hemmungslos.

Unangemeldet kam Jan vorbei. Im Freudentaumel hatte ich ihm sofort eine Nachricht geschrieben. Er brachte Champagner, alkoholfreien Sekt und echte Sektgläser mit.

Ich stellte ihn gewohnt umständlich vor und blickte in fragende Gesichter.

»Das ist der, bei dem El zurzeit pennt«, klärte Loreen die Situation.

Jan grinste.

»Oho«, kommentierte Zac. »Das hätten wir dir gar nicht zugetraut.«

Was auch immer das heißen sollte. Es war besser, nicht nachzufragen.

»Und Stil hat er. Gläser! Der achtet auf die Umwelt«, lobte Mel.

Jan entkorkte die Flaschen für die zweite Runde. Loreens Flasche hatten wir schon geleert.

»Ich mag die Armbanduhr«, rief Zac dazwischen. »Wirklich guter Geschmack.«

»Materialist«, antwortete Mel. »Konsum ist nicht alles.«

»Das sagt die Richtige«, erwiderte Zac. »Wie schaust du eigentlich aus, Mel? Ich habe dich nur an deiner Stimme erkannt. Bist du krank?«

»Ich hab mir Sorgen um dich gemacht«, erklärte sie ihr nachlässiges Styling.

»Und das, obwohl ich keiner vom Aussterben bedrohten Tierart angehöre?«

Mel warf den Korken nach ihm und traf stattdessen Jan.

»Die sind immer so«, versuchte ich zu erklären.

Aber Jan amüsierte sich prächtig. Er war weit weniger schnell zu verunsichern als ich und schenkte ein. Für Zac gab es alkoholfreien Sekt.

Wir stießen an. Als Jans und mein Glas klirrend aufeinandertrafen, küsste er mich.

Zac verzog das Gesicht, als hätte er in eine Zitrone gebissen. Loreen warf ihm einen strafenden Blick zu.

»Schreckliches Gesöff! Champagner wäre mir lieber«, stellte er mit breitem Grinsen fest.

Nachdem wir Zacs Wiedererwachen ausgiebig gefeiert hatten, konnte ich die zweite Phase meiner Zukunftssicherung in Angriff nehmen. Loreen zog noch im Krankenhaus die verknitterte To-do-Liste heraus und rief ihre Mutter an.

Lange Gespräche mit Vera, Loreen, einer befreundeten kompetenten Expertin für internationales Steuerwesen später traf ich meine Entscheidung.

Zac wurde am Sonntag entlassen. Am Dienstag lieh ich mir von Jan ein Auto. Ohne Zögern bot er mir sowohl den Schlüssel seines nagelneuen Elektroautos als auch seines geliebten Jaguars an. Ich entschied mich für das Stadtauto, den BMW i3. Ziemlich nervös fädelte ich mich in den hektischen Stadtverkehr ein, kam aber problemlos voran. Auf der Autobahn wurde es ruhiger, und ich entspannte mich. Das Fahren machte mir sogar Spaß. Unangekündigt betrat ich die Kanzlei von Robert Wegener, dem Rechtsbeistand meines Mannes. Meine eigene Anwältin kannte nur einen kleinen Teil der Wahrheit. Das war auch besser so. Sie würde von diesem Treffen nichts erfahren.

Der Schlachtplan stand, jetzt ging es ans Schlachten.

Wegener ließ mich zweiundvierzig lange Minuten in einem Nebenzimmer seiner Provinzkanzlei warten. Damit wollte er mich kleinschrumpfen. Jede einzelne Minute steigerte jedoch meine Vorfreude.

»Elenor, du hättest einen Termin ausmachen sollen. Ich bin ein beschäftigter Mann«, begrüßte mich Wegener schließlich. »Womit kann ich dir dienen?«

»Ein Kaffee wäre nicht schlecht. Leider hat mir deine Sekretärin nichts angeboten.«

Sichtlich irritiert musterte er mich. Sein Konzept, mich zu verunsichern, geriet ins Wanken.

»Ja, natürlich.«

Gönnerhaft wies er mir einen Stuhl vor seinem Schreibtisch zu und ließ sich dahinter in einen gepolsterten Lederstuhl nieder.

»Ich werde deine kostbare, knapp bemessene Zeit nicht lange beanspruchen«, versprach ich ihm und blieb stehen.

Die Sekretärin brachte meinen Kaffee und stellte das Tablett auf den Schreibtisch. In aller Ruhe packte ich den Würfelzucker aus, ließ ein Stückchen in den Kaffee fallen und rührte um. Es machte mir großen Spaß, jetzt im Gegenzug ihn warten zu lassen. Wegener wurde unruhig.

Nach dem ersten lauwarmen Kaffeeschluck erläuterte ich ihm knapp die Bedingungen. Mit einer handfesten Drohung schloss ich ab und stellte die Tasse zurück auf den Schreibtisch.

Der Jurist fand nur mühsam zur Sprache zurück. »Das ist lächerlich«, kommentierte er meinen Vortrag.

Ich lächelte süß und überprüfte hingebungsvoll die rostrote Lackierung meiner Fingernägel. Der Lack war tadellos.

»Falls Paul nicht auf mein Angebot eingeht, werde ich ihn wegen Einbruchs und Anstiftung zum Mord an Zacharias Baum anzeigen.«

»Du kannst nichts beweisen. Mord! Deine Vorwürfe sind unhaltbar. In der Gegend, wo du wohnst, sind Einbrüche und Körperverletzung alltäglich«, presste Wegener hervor.

»Oho. Scheinbar kennst du Münchens niedrige Kriminalitätsrate nicht«, erwiderte ich freundlich. »Und sehr interessant ist auch, dass du weißt, wo ich gewohnt habe. Du hängst also auch mit drin, nicht nur Pauls Handlanger Sven«, schlussfolgerte ich.

Wegener war inzwischen so weiß wie sein frisch gebügeltes Hemd. »Wir werden dich wegen Verleumdung anzeigen.«

Ich strahlte ihn an. »Im Gegenzug werde ich das Finanzamt über Pauls Schwarzgeldkonten im Ausland informieren. Ich denke, Steuerhinterziehung ist auch strafbar, oder?«

Auf den Bücherregalen mit juristischen Prachtbänden lag Staub. Zu oft schien Wegener die Gesetzestexte nicht zu bemühen. Er faltete die Hände vor seinem Gesicht. Dann lächelte er mich nachsichtig an, als würde er mit einem Kindergartenkind sprechen.

»Elenor, du hast wahrlich eine blühende Fantasie. Davon hat mir Paul schon oft erzählt. Darum wundert es mich nicht, dass du die

Dinge falsch deutest. Wahrscheinlich sind dir Firmenunterlagen in die Hände gefallen, und jetzt witterst du hinter schlichten Unternehmenszahlen Lug und Betrug, Steuerhinterziehung und dunkle Machenschaften. Paul kann alles erklären. Du kennst ihn doch, er ist ein ehrbarer Mann. Der Ordner ist für ihn kein Problem. Du hast doch keine Ahnung. Es war ganz anders, als du denkst.« Wegener beugte sich über den Tisch zu mir. »Wenn du mir die Unterlagen bringst, werde ich dir alles so erklären, dass auch du es verstehen wirst. Aber im Moment machst du dir da völlig falsche Hoffnungen. Da braucht es einen Experten.«

Ich setzte mich nun ebenfalls, schob das kleine Tablett zur Seite und legte meine Hände auf den Schreibtisch. Wegener schöpfte Hoffnung.

»Gut. Du bist also auch über den Ordner informiert. Dann wissen wir beide, um was es geht. Ich habe mir nämlich selbst schon Expertenrat eingeholt.«

Wie hatte sich mein Mann nur auf einen derart unfähigen Juristen einlassen können, der alles ausplauderte?

Wegeners Gesichtszüge waren verrutscht. Das Gespräch lief für ihn anders als erwartet.

»Was willst du?«, presste er hervor.

»Alles. Ich bin äußerst gut informiert«, erwiderte ich. »Und im Gegensatz zu Paul habe ich zu dem Schwarzgeld Zugang. Sehr unvorsichtig, die Zugangs- und Kontodaten an einem Ort aufzubewahren. Das hätte fast einem Dummerchen wie mir passieren können. Ich werde das Geld behalten, aber dafür großzügigerweise kein Wort über seine krummen Geschäfte verlieren.«

Ich legte eine Kunstpause ein und hoffte, dass Wegeners Herz mitmachen würde. Aber er war sportlich und wie Paul im besten Alter.

Auf das, was jetzt kam, freute ich mich am meisten.

»Das wagst du nicht«, flüsterte er.

Ich lehnte mich an die gepolsterte Lehne des Besucherstuhles und schlug die Beine übereinander. Noch eine kleine Pause stand mir zu.

»Ein Drittel des Vermögens habe ich an Ärzte ohne Grenzen gespendet. Natürlich anonym.«

Er hyperventilierte.

»Nach langen Ehejahren weiß ich, dass sich Paul schon immer für die Armen und Chancenlosen dieser Welt engagieren wollte. Bisher konnte er sich aber noch nicht dazu durchringen.«

Schweißflecken bildeten sich auf seinem Hemd. Wegener war offensichtlich über die Summe informiert, über die ich gerade in einem Satz verfügte.

»Das zweite Drittel wird einen Teil des amazonischen Regenwaldes retten. Die Natur vor der Habgier der Menschen zu beschützen ist ein großes Anliegen, das uns alle angeht. Wir müssen die Erde für nachfolgende Generationen bewahren. Schließlich haben wir alle Kinder, an die wir denken müssen.«

Wegener zeigte Schnappatmung. Er stellte sich wahrscheinlich vor, wie er Paul seine neue Spendenbereitschaft mitteilen sollte.

Boten hatten schon immer und zu allen Zeiten ein undankbares Los gezogen.

»Und das letzte Drittel wird mir helfen, den Schmerz über unsere gescheiterte Ehe zu verkraften. Abgesehen davon, habe ich mir das für Schwiegermutterbetreuung, Kindererziehung, Haushaltsführung, Wäsche-Service, psychologische Beratung und Gartenpflege durchaus verdient.« Ich strich meinen grauen Rock glatt. »Weißt du, Paul war geschäftlich viel unterwegs. Manchmal mehrere Wochen am Stück. Er kam dann nur heim, um sein Gepäck zu tauschen. Die Hotelwäschereien waren ihm immer zu teuer und zu unzuverlässig. In der Wäschepflege ist er sehr anspruchsvoll.« Ich zupfte ein loses Fädchen von meinem Rock. »Teilweise war es so, als wäre ich alleinerziehend. So selten haben die Kinder und ich ihn gesehen. Vielleicht haben wir uns dadurch auseinandergelebt. Wir hatten wenig gemeinsame Zeit. Wenn er zurückkam, erzählte er von seinen Erlebnissen. Ein Flötenkonzert im Kindergarten oder im Teich geschlüpfte Kaulquappen konnten damit nicht konkurrieren. Ihm war das zu banal.«

Der Anwalt hatte aufgegeben und erduldete meine Ausführungen klaglos mit geschlossenen Augen.

»Und du kanntest doch seine Mutter?« Ich hatte mich warmgeredet.

Der Anwalt nickte.

»Mit Annemarie war es in den letzten Jahren nicht einfach. Sie wurde immer vergesslicher und schließlich dement. Ich habe sie bis zu ihrem Tod täglich besucht. Paul war ja nicht da. Er meinte, im Heim werde gut für sie gesorgt, und doch war sie einsam und hatte Angst. Sie hat zwar niemanden mehr erkannt, aber sie wurde ruhiger, wenn die Kinder oder ich bei ihr waren.«

Das war wirklich eine schwere Zeit gewesen. Ich hatte nie ein besonders enges Verhältnis zu meiner Schwiegermutter gehabt, aber zum Ende ihres Lebens hatte sie mir leidgetan, und ich war für sie da gewesen. Paul hatte in dieser Zeit Geld verdient, das dann auf ausländischen Konten vor sich hin lagerte und sich vermehrte. Beim Tod seiner Mutter war er in Singapur gewesen. Wie traurig.

Ich war abgeschweift und hätte beinahe den Faden verloren. Glücklicherweise hatte ich den Text mit Loreen mehrfach geprobt. Ich durfte nichts vergessen. Es sollte keine schriftliche Zusammenfassung meiner Forderungen geben.

»Außerdem wird Paul dem verletzten Zacharias Baum ein angemessenes Schmerzensgeld im fünfstelligen Bereich zahlen. Der junge Mann wird dir seine Bankverbindung per Mail mitteilen.« Ich lächelte Wegener an.

»Damit hat er nichts zu tun«, versuchte Wegener einen letzten Einwurf.

»Ach, Robert. Hör doch auf, ihn zu verteidigen. Sven hat in der Wohnung nach dem Ordner gesucht. Er war sogar im Keller.«

Wegener schluckte. Wie oft war er mit Paul in unserem Wohnzimmer bis tief in die Nacht zusammengesessen. Stapelweise hatten sie Papierkram durchgearbeitet, während ich sie mit kühlem Bier versorgt und anschließend leise im Schlafzimmer ferngesehen hatte. Es wäre besser gewesen, den beiden zuzuhören. Dann hätte ich vielleicht früher gewusst, dass Paul sich in illegale Geschäfte verwickelte. Wie oft hatte mir Loreen in den letzten Wochen vorgeworfen, ich sei blind und taub durchs Leben gegangen? Nun war damit Schluss.

Jetzt kam der persönliche Teil.

»Zuallerletzt zu unserer Scheidung: Die Trennung wird problemlos und einvernehmlich verlaufen. Zu meiner Anwältin, Dr. Annette Schweiger, hast du bereits Kontakt, oder?«

Robert nickte. Er wirkte müde.

»Paul und ich haben uns im Lauf der Zeit auseinandergelebt, so die offizielle Version. Unspektakulär. Keine Vorwürfe oder üblen Nachreden. Ich will keinen Streit und keinen weiteren Rosenkrieg. Schließlich sind wir unseren drei Kindern ein Vorbild an Konfliktbewältigung schuldig.« Der folgende Teil schmerzte, aber ich würde mir nichts anmerken lassen. »Die Kinder sind inzwischen erwachsen und klären ihre Fragen selbst. Wie wir es im von dir entworfenen Ehevertrag vereinbart haben, verzichte ich auf jegliche Ansprüche.«

Wie gutgläubig ich bei unserer Hochzeit gewesen war und wie berechnend und vorausschauend dagegen Paul und Wegener. Robert hatte mir den Vertrag zur Unterschrift vorgelegt.

»Ich werde meinen Mädchennamen wieder annehmen, und so trennen sich unsere Wege.«

Wegener öffnete einen Wandschrank und holte eine Flasche Whisky heraus. Direkt aus der Flasche trank er einen großen Schluck.

Sein Blick ruhte auf mir. Ungläubig schüttelte er den Kopf. Er schaute mich an, als würde er mich zum ersten Mal wirklich wahrnehmen.

»Du bist eine beeindruckende Frau. Paul, nein, wir alle haben dich unterschätzt, Elenor.«

»Ging mir genauso«, tröstete ich ihn.

Ich parkte das Auto auf Jans Tiefgaragenstellplatz und schlug mein Wunschheft auf, das als Glücksbringer auf dem Beifahrersitz gelegen hatte. Ich überflog meine Liste.

- *Heizdecke*
- *eigene Wohnung*

Die Heizdecke konnte noch warten. So kalt war es noch nicht. Aber die eigene Wohnung war der nächste Punkt, der ein Häkchen bekommen würde. Beschwingt betrat ich Jans Büro.

»Hallo, Elenor«, grüßte mich Marlene und stellte einen Aktenordner ins Regal. »Welchen Baum möchtest du ausreißen? Du schaust aus, als hättest du zum Frühstück ein Tässchen Super Plus getrunken.«

Ich lachte. Gerade fühlte ich mich unbesiegbar. Robert Wegener hatte ich es gezeigt. Ich legte in meinem Leben den nächsten Gang ein. Erst eine eigene Wohnung, dann ein Auto. Wie verlockend die Unabhängigkeit war.

»So ähnlich. Ist Jan da?«, fragte ich.

»Geschäftlich?«

Ich zuckte vieldeutig mit den Schultern.

Marlene checkte die Uhr. »Du hast höchstens fünfzehn Minuten. Dann kommt sein nächster Termin.« Sie deutete mit einem Bleistift über ihre Schulter zur Glastür hinter sich. »Er ist in seinem Büro.«

Jan strahlte, als ich eintrat. Sofort legte er sein Smartphone zur Seite und kam auf mich zu.

»Du siehst mit deinem Business-Kostüm und deinem strengen Pferdeschwanz aus, als sollte man sich gerade nicht mit dir anlegen«, scherzte er. Ich gab ihm seinen Autoschlüssel zurück.

»Wie lief dein geheimnisvoller Termin?«

Ich grinste ihn an. »Wie geplant. Ich hatte die Situation in jeder Sekunde voll unter Kontrolle. Zum Schluss hätte der Kerl am liebsten geweint.«

Jan zog die Augenbrauen hoch.

»Kannst du mir helfen, eine Wohnung zu finden? So schnell wie möglich. Jetzt hält mich nichts mehr auf. Ich will endlich mein eigenes, unabhängiges Leben beginnen«, fiel ich mit der Tür ins Haus.

Entgeistert schaute er mich an. »Was ist passiert?«, fragte er leise. Seine Augen ruhten auf mir.

»Ich bin etwas aufgekratzt. Ich, ich ...«, suchte ich nach passenden Worten. »Du kennst doch meine Listen?«

Er nickte.

»Da notiere ich meine Ziele und Wünsche und alles, was ich noch tun will. Bei dir, das war eine Notlösung. Ich will deine Gastfreundschaft nicht überstrapazieren. Mir geht es besser, und ich will jetzt endlich alleine leben.«

Jan setzte sich auf seine Schreibtischkante.

»Bei mir hast du nichts überstrapaziert, Leno.«

Sein Smartphone erinnerte ihn an den nächsten Termin.

»Es ist nicht gut, von einer Beziehung in die nächste zu stolpern. Ich will den Fehler mit Paul nicht wiederholen«, versuchte ich, die Kurve zu kriegen.

»Es tut mir leid, wenn du das Gefühl hast, in die nächste Falle gestolpert zu sein.«

Das Gespräch lief im Vergleich zu dem mit Robert Wegener schlecht. Ich hatte keine Sekunde darüber nachgedacht. Das war das Problem.

»Ich will endlich einmal frei sein, verstehst du?«, verschlimmbesserte ich die Situation.

»Und dabei störe ich?« Jan strich sich mit der Hand über die Wange.

»Sorry, ihr zwei.« Marlene streckte ihren Kopf herein. »Frau und Herr Brandner sind bereits da. Ich habe alles im Besprechungsraum vorbereitet. Du kennst sie ja. Sie sind sehr ungeduldig.«

»In zwei Minuten«, erwiderte Jan genervt.

Marlene reagierte auf seinen Tonfall prompt und schloss die Tür.

»War das alles, Leno? Ich soll dir nur noch helfen, eine Wohnung zu finden?« Jan schaute aus dem Fenster in den Hof hinaus.

»Doch. Nein. Ich will nicht schon wieder abhängig sein«, antwortete ich unsicher. Hilflos suchte ich seinen Blick, aber er drehte sich von mir weg. Hörbar atmete er aus.

»Ich will deinem Glück nicht im Weg stehen und werde dich nicht aufhalten. Ich weiß nur, dass du auf meiner Liste ziemlich weit oben stehst. Aber offensichtlich habe ich es auf deine nicht geschafft. Was fühlst du für mich, Leno?«

So hatte ich das alles nicht gemeint. Wie sollte ich in den verbleibenden dreißig Sekunden das Missverständnis aufklären? Ehrlicherweise wusste ich auf seine direkte Frage nicht einmal eine Antwort. Der Zeitdruck jagte meinen Blutdruck hoch, und vor lauter Angst, erneut etwas Falsches zu sagen, blieb ich stumm. Jan wartete.

»Ich verstehe. Ich hör mich um wegen einer Wohnung und geb dir Bescheid, wenn ich etwas weiß. Wird aber nicht günstig sein, wenn's München Stadt sein soll.«

»Der Preis ist kein Thema«, antwortete ich.

Jan schüttelte den Kopf. »Ich verstehe. Dein Gespräch muss wirklich gut gelaufen sein. Gratuliere. Dann musst du ja auch nicht mehr für mich zeichnen.«

Ich starrte ihn an. Schlimmer hätte es wahrlich nicht laufen können.

Jan verließ das Büro, ohne Berührung oder Kuss. Was hatte ich auch anderes erwartet.

Entsetzt über mich selbst blieb ich mitten im Raum stehen. Ich hätte nachdenken sollen, bevor ich in Jans Büro gestürmt war. Nach der Begegnung mit Robert war ich auf Krawall gebürstet. Was hatte ich bloß angestellt?

Jan fühlte sich ausgenutzt. Für die Katastrophenbetreuung war er gut gewesen. Er hatte mich getröstet, mich durchgefüttert, mich bei meiner Abschlussarbeit unterstützt, für meine Zeichnungen viel Geld geboten. Ich war unsensibel und undankbar. Er war verständnisvoll gewesen. Vor lauter Selbstverwirklichung trat ich die Gefühle meiner Mitmenschen mit Füßen.

»Stress?«, fragte Marlene vorsichtig, als ich aus dem Büro schlich. Mein Hochgefühl war verflogen. Ich hatte Jans entscheidende Frage nicht beantwortet.

»Hm«, brummte ich.

»Ich soll dir sagen, dass du heute Abend nicht mehr mit ihm rechnen sollst. Er hat morgen einen Termin in Hamburg«, es war ihr sichtlich unangenehm zu lügen. Schließlich kannte sie als Büroleiterin Jans Termine besser als er selbst. »Er fährt nach Büroschluss sofort los.«

Ich fragte nicht genauer nach, denn die Botschaft verstand ich auch so. Jan gab mir Zeit, aus seiner Wohnung zu verschwinden.

Mit hängendem Kopf tappte ich die Treppe ins Dachgeschoss nach oben. Dort packte ich meine Koffer, schon wieder.

Noch immer konnte ich nicht fassen, was ich getan hatte. Jan hatte sich die letzten Tage zurückgenommen, hatte mir Raum gegeben, und ich war wie eine Dampfwalze über ihn hinweggedonnert. Ich konnte seine klare Reaktion verstehen.

Lange starrte ich auf den leeren Notizblock neben dem Telefon. Gerne hätte ich ihm eine versöhnliche Nachricht hinterlassen, doch ich hatte keine Idee, was ich schreiben sollte, und alles, was mir einfiel, klang blöd. Daneben gegriffen hatte ich schon genug, da ließ ich es lieber bleiben.

Spurlos verschwand ich aus Jans Wohnung. Ich zog sogar meine Bettdecke und mein Kopfkissen ab und verstaute sie im Schrank. Die Bettwäsche steckte ich in die Waschmaschine. Ich warf einen letzten Blick auf die Dächer Münchens. Der Ausblick war immer noch herrlich. Dann trug ich meine Koffer die Treppe hinunter. Meinen Blick ließ ich auf die Stufen gerichtet und ignorierte Jans Fotos. Einige waren während unserer gemeinsamen Studienzeit entstanden.

Die Mitarbeiter ließen ihren Blick dezent an den Bildschirmen kleben, als ich mich bei Marlene verabschiedete. Mitfühlend drückte sie meine Hand.

»Aber du arbeitest weiter für uns?«, fragte sie. »Jan hat mit mir zwei weitere Projekte besprochen, die du zeichnen sollst«

»Nein. Das passt nicht mehr. Ich glaube nicht, dass er mich wiedersehen will«, erwiderte ich niedergeschlagen.

Marlene schüttelte bedauernd den Kopf. »Trenn einfach Privates von Geschäftlichem, Elenor. Jan ist ein komplizierter Mann. Nimm dir die Sache mit ihm nicht zu sehr zu Herzen. Die Frau, die er sucht, gibt es nicht. Er hat es noch mit keiner lange ausgehalten, aber er braucht einen Zeichner. Und du bist gut.«

Ich versuchte ein Lächeln, kämpfte stattdessen mit feuchten Augen. Vielleicht wäre ich diese Frau gewesen.

»Du überlegst dir das und meldest dich«, rief mir Marlene nach.

Mit meinem Gepäck nahm ich die U-Bahn zum Hauptbahnhof und suchte mir dort ein Hotelzimmer. Ich setzte mich auf die schmuddelige Tagesdecke und starrte die Wand an. Meine Koffer standen gepackt neben dem Bett.

Eigentlich hatte ich fast alles erreicht, was ich mir gewünscht hatte. In wenigen Monaten würde ich mein Studium abschließen, ich hatte zu meiner Kreativität zurückgefunden und war finanziell mehr als versorgt. Aber ich hatte Jan, den ich gerade erst wiedergefunden hatte, aus eigener Blödheit verloren.

Ratlos blätterte ich mein Wunschheft durch. Viele Punkte hatte ich in den vergangenen Wochen auf meiner Liste abgehakt oder als unwichtig gestrichen. Ich dachte, ich hätte meine Lektion gelernt und wäre durch jeden abgehakten Wunsch ein Stück glücklicher geworden. Und jetzt saß ich wie am Anfang wieder in einem überteuerten, heruntergekommenen Hotelzimmer.

Die letzten Wochen hatte mir das schmale Schulheft mit Loreens lächelnden Zitronen wie ein Kompass die Richtung gezeigt, die ich in meinem Leben einschlagen sollte. Aber in der Situation mit Jan war es nutzlos. Ich griff zum Stift und überlegte. Aber da war kein einfacher Wunsch, der zu einer Lösung hätte führen können. Schließlich warf ich das Heft in den schwarzen Plastikpapierkorb unter dem schmalen Schreibtisch.

Zurück auf Los! Ich saß in einer Sackgasse.

Offensichtlich wusste ich auf die wichtigsten Fragen immer noch keine Antwort und verhielt mich wie eine egoistische Idiotin. »Was fühlst du für mich, Leno?«, hatte mich Jan gefragt, und ich hatte darauf keine Antwort.

Das Vibrieren meines Handys riss mich aus der Schockstarre. Mein Herz raste.

Hektisch wühlte ich in meiner Handtasche, in meiner Jackentasche und fand es schließlich in meinem Kulturbeutel.

»Jan?«, ging ich atemlos dran.

»Nein, nicht ganz«, antwortete Loreen. »Hast du dein Handy mal wieder verlegt? Ich habe mindestens zwanzig Mal angerufen und minutenlang klingeln lassen. Bei dir kann man schon dankbar sein, wenn du es überhaupt anschaltest«, beschwerte sie sich.

»Was ist los?«, unterbrach ich sie. Ich hatte keinen Nerv, mir einen Vortrag über meine Unfähigkeit zur mobilen Kommunikation anzuhören.

»Das fragst du mich?!«, empörte sie sich. »Ich warte seit Stunden, dass du endlich anrufst und berichtest, ob unser Plan mit Wegener aufgegangen ist und er auf deine Forderungen eingeht. Und du hältst es nicht mal für nötig, mich anzurufen«, redete sie sich in Fahrt. »El, du bist manchmal ganz schön undankbar!«

Dieser Satz war zu viel. Alle Dämme brachen, und ich schluchzte los.

»Scheiße«, flüsterte Loreen. »Was ist passiert? Brauchst du Hilfe? Hat Paul dich bedroht? Bist du verletzt?«

Ich weinte einfach weiter.

»El, ich komme. Wo bist du?«

»Nicht nötig«, antwortete ich und versuchte mich zu beruhigen. »Mit Wegener lief alles glatt.«

»Und darum bist du jetzt überglücklich, dass du eine reiche, freie Frau bist. Du tanzt ausgelassen auf dem Tisch, wirfst dein Geld beim Fenster raus und buchst eine Luxuskreuzfahrt in die Karibik.«

Ich ließ mich in die Kissen fallen. Über dem Bett hing ein großer Spiegel. In was für ein Etablissement war ich geraten? Ich sah mein gerötetes Gesicht und verquollene Augen.

»Loreen an El! Würdest du mir mal sagen, was los ist?« Sie klang wütend.

»Jan hat mich gebeten auszuziehen«, erwiderte ich.

Loreen verschluckte sich und hustete. »Nein, das ist nicht wahr. Der Kerl, der im Krankenhaus vorbeikam? Das glaub ich nicht, der hat dich doch auf Händen getragen. Der schmeißt dich doch nicht einfach so raus.«

»Es war ein Missverständnis«, jammerte ich. »Er hat mich völlig falsch verstanden. Ich habe es ganz anders gemeint.«

»Dann klär es auf«, schrie Loreen genervt ins Telefon. »Das nennt sich Kommunikation. Enorm hilfreich im menschlichen Zusammenleben.«

»Ich kann nicht«, erwiderte ich.

»El, manchmal frage ich mich, wie alt du bist. Hast du denn gar keine Beziehungserfahrung? Wie lang warst du verheiratet? Aber ich weiß schon, du und dein Mann, ihr habt ja wenig miteinander geredet. Keine Streitkultur. Merkst du es nicht? Du fällst in alte Muster zurück. Das kannst du besser, El.«

Ich weinte weiter. Wieder einmal hatte Loreen recht.

»Er hat mich gefragt, was ich für ihn fühle«, versuchte ich meine Lage zu erklären.

»Und was hast du geantwortet?«

»Nichts. Ich fürchte, ich weiß es nicht«, gestand ich.

Auf der Straße hupten Autos.

»Wo bist du?«

»Hotel am Hauptbahnhof.«

Loreen atmete tief durch. »Sag jetzt nicht, du hast sofort dein Zeug gepackt und bist davon.«

»Natürlich, Jan wollte das«, erwiderte ich.

»Dir ist echt nicht mehr zu helfen! Gib mir die Adresse, ich komme, dann reden wir in Ruhe darüber.«

Zwanzig Minuten später hämmerte Loreen an meine Tür.

»Wir gehen essen«, herrschte sie mich an. »Wasch dein Gesicht, dann packen wir's. Hungrig findet man nie eine Antwort.«

Loreen trug eine schwarze Lederjacke und einen Motorradhelm unterm Arm. Seit wann hatte sie ein Motorrad?

Ohne ein weiteres Wort zu wechseln, traten wir auf die Straße. Loreen lotste mich in ein kleines türkisches Restaurant und bestellte.

Erst als wir das erste Gläschen süßen schwarzen Tee geleert hatten, schaute sie mich an.

»Jetzt erzähl«, forderte sie mich auf. »Alles!«

Zügig fasste ich erst die Begegnung mit Robert Wegener zusammen. Loreen nickte zustimmend.

»Ausgezeichnet«, lobte sie mich und die frisch servierten Fleischspieße mit Couscous. Der Kellner lächelte zufrieden. Sie biss ein großes Stück ab und schaute mich erwartungsvoll an. Stockend erzählte ich von meiner Begegnung mit Jan und wie dämlich ich mich angestellt hatte.

Loreen schwieg und schleckte sich die fettige Soße von den Fingerspitzen.

»Ich habe ihn wirklich ausgenutzt«, gestand ich.

Loreen zuckte leichthin mit den Achseln. »Und?«, fragte sie.

»Wie meinst du das?«

»Ich glaube, Jan hat das gerne für dich getan. Er wirkte glücklich. Er wollte das tun. Es war seine Entscheidung.«

Sie brachte mich aus meinem Jammer-Klage-Konzept.

»Deswegen brauchst du kein schlechtes Gewissen zu haben. Wenn es aber so ist, wie er denkt, ist es besser, dass du gegangen bist. Dann hat er dir jetzt genug geholfen.«

»Das ist herzlos«, beschwerte ich mich.

»Nein, ist es nicht. Herzlos ist, wenn du nicht ehrlich zu ihm bist und ihm etwas vorspielst.« Loreen musterte mich. »Die einzige und entscheidende Frage ist: Was empfindest du für diesen Mann? Jan hat das auf den Punkt gebracht. Wenn da nichts ist, vergiss ihn. Dann muss er darüber hinwegkommen. Man kann nicht wegen eines schlechten Gewissens zusammenbleiben. Wenn da was ist, geh hin und klär die Sache, und zwar sofort. Glaub mir, ich kenn mich mit so was aus.«

»Du bist zweiundzwanzig, Loreen, und sprichst, als wärst du zehnmal so alt.«

»Was weißt du schon von meinem früheren Leben?«, lächelte sie mich geheimnisvoll an und bestellte auf Türkisch eine Nachspeise.

»Was sagt dein Herz? Du musst es fühlen. Verstehst du?«

»Ich weiß es nicht«, gestand ich.

»Das habe ich befürchtet. Du gehst jetzt in dich, El, und suchst dein verdammtes, versteinertes Herz. Du wirst doch wissen, was du fühlst. Du kannst doch nicht völlig aus der Übung sein. Spür dich endlich!«

Loreen und der türkische Kellner starrten mich an. Beide warteten auf meine Antwort.

»Lass uns rausgehen«, bat ich.

Loreen forderte die Rechnung an und quatschte kurz mit dem Koch. Ich zahlte.

»Du kannst wirklich Türkisch?«

»Früheres Leben«, erwiderte sie.

Es war bereits dunkel. Wir liefen nebeneinander durch das bunt blinkende Bahnhofsviertel und schwiegen. Hier herrschte auf den Gehwegen ein buntes Sprachengemisch, und ich suchte in dem Durcheinander mein Herz. Hatte aber keine Ahnung, wie das funktionieren sollte. Auf der Theresienwiese setzten wir uns auf die Stufen, die zur Bavaria hinaufführten. Wir blickten auf den Platz, der drei Wochen im Jahr einen Vergnügungsausnahmezustand erlebte, jetzt aber still und grau war.

Meinen Gefühlen nachzuspüren war schwer. Wo sollte ich anfangen?

Als ich Paul verlassen hatte, hatte ich vor allem meinem gewohnten Leben hinterhergetrauert. Ich fragte mich, ob die Zeit mit ihm eine einzige Lüge gewesen war. Wann hatte ich aufgehört, ihn zu lieben? Oder hatte ich ihn jemals geliebt? Sicher war, dass ich meinen Lebenssinn verloren hatte. Dafür war Paul jedoch nicht verantwortlich.

Die Vorstellung, ohne Jan zu leben, war anders, als würde ich einen Teil von mir verlieren. Es schmerzte ganz tief drinnen. Ich hatte mich die ganze Zeit darauf konzentriert, nicht schon wieder einen Fehler zu machen. Dabei hatte ich mal wieder mein Herz überhört.

»Wie läuft der Sex?«, fragte Loreen nach langem Schweigen und unterbrach meine wirre Lebens- und Männerphilosophie.

»Loreen, das ist privat.«

Loreen streckte sich. »Das hier ist alles privat. Aber manchmal muss man mit einer Freundin reden, um klarer zu sehen. Sei nicht so verklemmt.«

»Gut«, stammelte ich, »aber wir haben nur einmal.« Mehr konnte ich dazu nicht sagen. Haargenau erinnerte ich mich an unser erstes Treffen. Jede meine Körperzellen tat das.

Ungläubig schüttelte sie den Kopf. »Aber du bist bei ihm eingezogen, oder?«

Etwas in mir gab nach. Ich schaute über die leere Theresienwiese. Weit spannte sich der Nachthimmel über die Stadt. Ein halber Mond leuchtete schwach.

»Er wollte mich nicht unter Druck setzen, mir Zeit geben und so«, versuchte ich zu erklären.

»Aha.« Loreen klang nicht überzeugt. »El, so kompliziert ist das nicht. Ja oder Nein, mehr gibt's da nicht. Das dazwischen taugt nichts.«

Ein Pärchen ging eng umschlungen vorbei. Der Mann rauchte eine Zigarette. In der Dunkelheit glomm von Zeit zu Zeit ein gelber Punkt auf.

»Ich glaube, ich liebe Jan«, testete ich die Worte, und bereits während ich sie aus meinem Mund hörte, merkte ich: Sie waren wahr, waren es schon immer gewesen.

»Schon seit dem Studium. Ich habe dieses Gefühl vergraben. Damals war ich mir unsicher. Jan war mir unglaublich nah. Wir verstanden uns ohne Worte. Aber er hat nie den ersten Schritt gemacht.«

»Und du hast natürlich auch nichts getan«, amüsierte sich Loreen. »Sondern hast abgewartet.«

Ich nickte. »Zeitweise hatte ich den Verdacht, er sei schwul.«

»Hättest ja fragen können.«

»Ach, Loreen. Auf jeden Fall dachte ich, das muss so sein. Der Mann macht den ersten Schritt. Und dann traf ich den entschlossenen Paul, und dann weißt du ja, wie es weiterging. Ich habe mir verboten, an Jan zu denken. Sonst hätte dieses Leben nicht funktioniert. Ich habe sogar vergessen, dass ich ihn vermisste.«

Loreen legte ihren Arm um meine Schultern.

»Dein Verstand hat Jan vielleicht verdrängt, aber dein Herz nie. Es ist nur ein wenig versteinert, und du musst es jetzt aufweichen.«

Die Nachtluft war kühl. In meinem Business-Kostüm zitterte ich.

»Dann ist ja alles klar. Ziel erreicht«, Loreen stand auf. Sie klopfte ihre Hose ab. »Jetzt fahre ich dich zu deinem Stararchitekten, und du bringst die Sache in Ordnung, dann komme ich endlich ins Bett. Ich hab einen langen Tag hinter mir. Missverständnisse muss man schnell klären, sonst setzen sie sich in der Seele fest.«

Hilflos schaute ich auf meine Füße. »Das kann ich nicht. Er ist in Hamburg«, wich ich aus.

Loreen atmete genervt aus. »Du hast selbst gesagt, das sei ein Vorwand gewesen. Du wirst jetzt dein Herz in die Hand nehmen und es ihm zeigen. Irgendwann muss man Farbe bekennen, die Hosen runterlassen oder wie auch immer du es nennen willst.«

»Und wenn er mich nicht mehr will?«, fragte ich.

»Dann hast du es probiert. El, steh zu dir. Zieh dich nicht immer leidend in dein Schneckenhaus zurück. Trau dich, und wenn's schiefgeht, scheiß drauf!«

Bewundernd schaute ich Loreen an. »Du bist so mutig!«

»Und du wirst es jetzt auch sein. Ich muss morgen früh raus.« Am Arm zog sie mich die Stufen hinunter.

»Aber vorher brauche ich noch einen Schnaps.«

Loreen grinste.

In einer zwielichtigen Bar legten wir einen Stopp ein. Ich setzte auf die enthemmende Wirkung von Alkohol und bestellte mir Wodka-Cola. Loreen trank einen Orangensaft und machte einem aufdringlichen Gast unmissverständlich klar, dass sie keine schöne Nacht haben wolle.

»Runter damit. Das ist Medizin«, befahl sie.

Und es schmeckte auch so. In einem Zug leerte ich das Glas. Fünf Minuten später war mir leicht schwindelig.

Sie musterte mich.

»Und reicht's oder musst du dir noch mehr Mut antrinken?«

»Alkohol ist keine Lösung«, antwortete ich. »Aber ich brauch noch ein Glas.«

Loreen nippte an ihrem Orangensaft. Zwei Drinks später bugsierte sie mich zu ihrem Motorrad, drückte mir ihren Helm auf den Kopf und ließ mich aufsteigen.

»Du darfst nicht ohne Helm fahren«, murmelte ich.

»Da hast du recht, El. Man darf viel nicht, und manchmal ist es trotzdem genau das Richtige.«

Ich schloss die Augen, sagte ihr die Adresse im Lehel und lehnte mich an Loreen. Wir brausten durch die leere Innenstadt. Loreen fuhr zu schnell, oder vielleicht kam es mir nur so vor. Ich kämpfte gegen eine leichte Übelkeit und bemühte mich, nicht vom Motorrad zu fallen. Ich konnte mir nicht einmal Sorgen machen, wie das Treffen mit Jan laufen würde. Ich würde ihm einfach die Wahrheit sagen, die ich endlich erkannt hatte.

Loreen half mir, vor dem Büro Meinhart abzusteigen.

Ich klingelte. Loreen klopfte ungeduldig an die Tür.

»Da ist keiner mehr. Es ist mitten in der Nacht«, argumentierte ich und lehnte mich an die Glasscheibe. *Jan Meinhart* stand dort in Großbuchstaben. Mein Mut flaute etwas ab.

»Es ist erst 2 Uhr, und dahinten ist noch Licht.« Sie klopfte erneut gegen die Scheibe.

Ein junger Mann mit schwarzem Rollkragenpullover und Jeans kam zur Tür. Erstaunt betrachtete er uns. Ich hatte ihn schon im Büro gesehen.

»Hallo und schönen Abend. Arbeiten Sie immer so lang?«, fragte Loreen.

»Wichtiger Auftrag«, erwiderte er verdutzt. »Was wollen Sie?«

Ich hatte immer noch den Helm auf, darum erkannte er mich nicht. Ich nahm meine Umwelt gedämpft wahr, und das lag nicht nur am Motorradhelm.

»Wir müssen Herrn Meinhart sprechen. Es ist sehr wichtig«, drängte Loreen und ging auf ihn zu.

Er zögerte.

»Es geht um Leben und Tod«, legte Loreen eine Schippe drauf und schenkte ihm ein bezauberndes Lächeln. Mich zog sie mit sich.

Da er von uns vermutlich keine Bedrohung erwartete, ließ er uns eintreten. Wir folgten ihm in eines der Besprechungszimmer. Loreen klopfte an meinen Helm. Ich zog das enge Ding umständlich vom Kopf und war viel zu betrunken, um mich um meine Frisur zu kümmern.

»Jan, du hast Besuch«, kündigte er uns an.

Jan stand über Pläne gebeugt am Tisch und schaute auf. Sein Hemd war zerknittert, sein Kragen geöffnet. Er wirkte erschöpft.

Ich machte einen unsicheren Schritt nach vorne und hielt mich vorsichtshalber am Sideboard fest. Der Boden war wacklig.

Ich atmete tief durch. Scheiß drauf, dachte ich. Jetzt oder nie.

»Jan, ich will dir deine Frage beantworten. Es ist ganz einfach. Ich liebe dich. Ich dachte, ich wüsste es nicht. Doch ich wusste es schon immer. Es war nur tief in mir eingesperrt – zwischen all meinen Lebenslügen.«

Die anderen zwei Männer starrten mich entgeistert an. Loreen zuckte entschuldigend mit den Schultern. Aber ich war nicht mehr zu bremsen.

»Ich liebe dich seit dem ersten Tag, an dem du mir in der Mensa eine Zitronenlimo gekauft hast.«

Jans Mund stand offen. Die beiden anderen Männer konzentrierten sich auf die am Tisch liegenden Pläne und taten so, als wäre ich gar nicht da.

Loreen klopfte mir auf die Schulter.

»Du bist betrunken, Leno. Du weißt nicht, was du sagst«, wehrte Jan ab. Die Situation war ihm offensichtlich sehr unangenehm. »Du gehst jetzt besser.«

»Es ist die Wahrheit«, beteuerte ich.

Loreen nickte. »El weiß genau, was sie sagt. Als es ihr klar wurde, war sie stocknüchtern. Sie brauchte nur ein paar Drinks und etwas Nachhilfe, damit sie es auch endlich sagen kann«, erklärte Loreen.

Jan vergrub seine Hände in den Hosentaschen. Seine Miene war unergründlich. Er sah erschöpft aus und schüttelte unmerklich den Kopf.

»Komm«, sagte Loreen sanft zu mir. »Ich glaube, du hast alles gesagt …«

Aber ich war noch nicht fertig. Auch wenn er mich nie mehr wiedersehen würde, eines musste Jan noch wissen.

»Vor ein paar Wochen bin ich bei einem Unfall gestorben.«

Mit diesen Worten hatte ich nun die ungeteilte Aufmerksamkeit aller Anwesenden. Loreen ließ sich auf einen der Stühle fallen.

»Ein Auto hat mich angefahren. Mein Herz blieb stehen. Ich erlebte«, es fiel mir schwer, Worte zu finden, und das lag nicht nur an den Wodka-Colas, »ich war an einem hellen Platz. So was nennt man wohl Nahtoderfahrung. Alle, die ich liebe, die mir nahestehen und wichtig sind, waren bei mir. Meine Kinder, meine Mutter, meine WG, sogar Paul. Aber du«, ich schaute Jan direkt in die Augen, »hast mich zum Abschied aus diesem Leben geküsst.«

Jetzt war es raus. Ich war fertig und drehte mich um. Dank des Alkohols war es mir egal, dass ich mich gerade bis auf die Knochen blamiert hatte.

Alle schwiegen. Nicht einmal Loreen wusste, was sie darauf antworten sollte. Das war eindeutig zu viel gewesen.

Ich hatte ihn mit meinem Auftritt vor seinen Mitarbeitern bloßgestellt. Was für eine Szene. Schnulzenreif! Damit hatte nicht einmal Loreen gerechnet. Endlich war ich an der Tür und gleich auf dem Bürgersteig. Die kühle Nachtluft schlug mir entgegen und tat mir gut. Ich atmete tief ein.

»Leno«, hörte ich Jans Stimme hinter mir.

Am liebsten wäre ich wahlweise entweder im Boden versunken oder hätte mich in seine Arme geworfen. Langsam drehte ich mich zu ihm um. Bloß nicht das Gleichgewicht verlieren.

»Bitte sag nichts. Was ich gemacht habe, tut mir leid«, bat ich. »Und damit meine ich nicht das gerade, sondern heute bei dir im Büro, als ich einfach stumm geblieben bin.«

Er stand jetzt neben mir auf dem Gehweg.

»Stimmt das, dass du tot warst?«, fragte er.

»Ja, aber ich konnte wiederbelebt werden.«

»Was für ein Glück«, war alles, was Jan dazu sagte.

Ich kicherte. Plötzlich fand ich die Situation urkomisch. Vor Jans Büro über meine Nahtoderfahrung zu sprechen war absurd.

»Du steckst wirklich voller Überraschungen, Leno. Als du heute so sang- und klanglos aus meiner Wohnung verschwunden bist, ohne Nachricht, war ich mir sicher, dass es aus ist. Du bist schon einmal so verschwunden.«

»Marlene hat mir ausgerichtet, dass ich nicht auf dich warten solle. Ich war mir sicher, ich sollte gehen. Und ich konnte deine Entscheidung auch verstehen.« Plötzlich fühlte ich mich klar und nüchtern.

»Leno, ich war gekränkt. Wer kann denn ahnen, dass du auf einmal das Naheliegende machst. Bei Paul hast du Jahrzehnte gebraucht«, er zuckte entschuldigend mit den Schultern. »Ich musste mich erst beruhigen und wollte mich später mit dir aussprechen. Aber da warst du schon weg.«

Ich machte einen Schritt auf ihn zu und suchte das Blau seiner Augen. »Deine Reaktion war gut, sie hat mich gezwungen, auf mein Herz zu hören und meine Listen wegzuwerfen.«

»Ich hätte deine Entscheidung respektiert und wäre dir nicht nachgelaufen«, fuhr er fort.

»Darum bin ich zurückgekommen. Weil ich mich wieder ganz spüre. Weil ich es endlich weiß.«

Ich streckte mich auf Zehenspitzen und küsste ihn. Jan erwiderte den Kuss, beugte sich zu mir, seine Hand lag warm in meinem Nacken, und endlich blieb die taumelnde Welt einen Augenblick stehen.

Loreen schob sich an uns vorbei.

Das Motorrad parkte mitten auf dem Bürgersteig. Nebeneinanderstehend betrachteten Jan und ich das chromglänzende Gefährt.

»Du fährst so ein schweres Motorrad?«, fragte Jan verdutzt.

»Ich hab es auch noch nie gesehen«, gab ich zu.

»Gehört Zac. Aber er kann es nicht mehr nutzen. Es steht in der Tiefgarage, und ab und zu mache ich eine Spritztour oder leih's mir aus, wenn's schnell gehen muss. So wie heute.« Sie zwinkerte mir zu und startete. »Mein Einsatz ist für heute beendet. Freunden helfe ich gerne, aber jetzt muss ich ins Bett. In eurem Alter solltet ihr euch auch hinlegen.« Sie setzte sich den Helm auf und klappte das Visier herunter.

Jan und ich schauten ihr nach.

»Lass uns reingehen«, schlug er vor.

»Ich hab ein Hotelzimmer am Bahnhof«, erwiderte ich.

»Willst du damit sagen, dass du nicht obdachlos, sondern frei und unabhängig bist?«, fragte er lächelnd. »Ich kann dich auch in dein Hotel bringen, und wir verabreden uns. Was willst du, Leno?«

»Bei dir sein«, flüsterte ich. »Aber nur, wenn du das auch willst.«

Er nahm meine Hand. »Dann komm.«

Er sperrte hinter mir die Bürotür ab und ging kurz zu seinen Mitarbeitern. Ich wollte gar nicht daran denken, was die beiden Männer von mir dachten.

Jan kam zurück und nahm mich wieder bei der Hand.

»Du hast deine Zahnbürste im Bad gelassen. Das war für mich ein Hoffnungsschimmer, dass du vielleicht doch wiederkommen könntest.«

In der Wohnung standen wir uns unsicher gegenüber.

»Möchtest du etwas trinken?«, fragte Jan.

»Falsche Frage«, antwortete ich lächelnd. »Bevor Loreen mich zu dir gebracht hat, habe ich eine Überdosis alkoholhaltige Mutmach-Medizin eingenommen. Wodka-Cola. Ich mag weder Wodka noch Cola.«

Jan schob mich zur Couch.

»Ich werde ihr ewig dankbar sein, dass sie es getan hat. Sonst wärst du einfach sang- und klanglos aus meinem Leben verschwunden. Zum zweiten Mal.«

Müde sank ich in die Kissen. Bald würde die Sonne aufgehen und ein neuer Tag beginnen. Vereinzelt brannte in anderen Häusern schon oder immer noch Licht.

»Sie ist eine wirklich sehr kluge Freundin. So klug, dass sie das in ihrem jungen Leben eigentlich noch gar nicht gelernt haben kann«, faselte ich vor mich hin. »Sie sagt, sie hätte schon mehrere Leben hinter sich. Wenn das so ist, dann ist das hier mein erstes. So viele Fehler, wie ich ständig mache.«

Jan deckte mich mit einer blauen Wolldecke zu. Wahrscheinlich waren meine Lippen genauso blau.

»Was hältst du von einem Kaffee oder einer Tasse Tee?«, fragte Jan. »Oder willst du lieber schlafen?«

Der Mann war einfach zu verständnisvoll.

»Kaffee«, antwortete ich. »Ein doppelter Espresso, bitte. Ich will dich noch ein bisschen sehen.«

Das Koffein tat mir gut. Gemeinsam saßen wir auf der Couch. Ich nippte an meiner Tasse. Wir redeten nicht viel, sondern genossen einfach die Nähe. Ich hätte ewig so sitzen bleiben können.

»Lass uns ins Bett gehen. Es war ein langer Tag«, schlug er vor und gähnte.

Ich nickte und ging ins Badezimmer, wo meine Zahnbürste auf mich wartete. Als ich ins Schlafzimmer zurückkam, lag Jan bereits im Bett. Bestimmt war er auch hundemüde.

Ich hatte noch das dämliche Kostüm von meinem Anwaltsbesuch an. Mein strenger Pferdeschwanz war inzwischen gerupft. Langsam löste ich den Haargummi und schüttelte meine Locken. Dann zog ich mich langsam aus. Meine Kleider ließ ich einfach auf den Boden fallen. Jan schaute mir zu und hob, als ich nackt war, einladend die Bettdecke hoch.

»Komm.« Seine Stimme klang rau.

Ich schlüpfte zu ihm unter die Decke und schmiegte mich an ihn. Zärtlich zog er mich näher an sich heran.

Er löschte das Licht.

»Du bist eiskalt«, stellte er fest.

Erst als ich Jans warmen Körper spürte, merkte ich, wie durchgefroren ich war. Der emotionale Stress, vier überdosierte Wodka-Cola, eine nächtliche Motorradfahrt und ein schonungsloser Seelenstriptease hatten mich ausgezehrt.

»Ich bin eine Fischnatur«, erwiderte ich.

»Du und die Fische«, er lachte.

Seine Hände wanderten über meine Körper. Ich begann zu zittern.

»Wir sollten erst schlafen und damit bis morgen warten. Schließlich bist du immer noch betrunken und weißt vielleicht nicht, was du tust«, ärgerte er mich.

»Auf keinen Fall. Heute ist schon morgen«, erwiderte ich. »Meine Nerven sind überreizt. Mach einfach weiter. Die müssen sich daran gewöhnen.«

Es war zu dunkel. Ich konnte Jans Gesicht nicht sehen. Aber ich war mir sicher, dass er lächelte.

»Wir machen ganz schnell, versprochen.«

»Wehe«, erwiderte ich lachend.

Glücklicherweise ließ er sich Zeit.

Im Einschlafen hörte ich den Benachrichtigungston meines Handys. Hoffentlich war nichts passiert. Ich wollte aufstehen und nachschauen, aber der Schlaf gewann die Oberhand über meine Unruhe.

Am nächsten Morgen las ich die SMS von Paul.

Es ist anders, als du denkst. Melde dich, Elli!

Es ist anders, als du denkst, murmelte ich. Dieser Satz konnte sowohl die universelle Erkenntnis eines alten Chinesen als auch eine übliche Beleidigung meines Ex-Mannes sein. So oder so hatte ich keine Lust, darüber zu grübeln. Ich löschte die Nachricht. Auch wenn ich keine Liste mehr hatte, Paul war abgehakt.

Jan und ich frühstückten in aller Ruhe und sprachen uns aus. Wir würden unserer jungen Beziehung Raum und Zeit zum Wachsen geben. Aber erst einmal fühlten wir uns wie Frischverliebte und benahmen uns auch so.

Der nächste Sonntag war sonnig. Zac war vor einer Woche aus der Klinik entlassen worden und hatte zum Mittagessen eingeladen. Ich schlug vor, einen ausgedehnten Spaziergang zu machen. Aber Jan steuerte die Getränke für das Menü bei und hatte den Kofferraum seines Wagens bereits vollgeladen.

»Hoffentlich ist Zac mit deiner Auswahl einverstanden. Er ist da eher schwierig«, bereitete ich Jan vorsichtig auf Zacs Kritik vor.

»Keine Sorge. Zac hat mir die Menüfolge und seine Getränkevorschläge gemailt«, erwiderte Jan grinsend. »Ich hab es an meinen Weinhändler weitergeleitet, und der hat sich mit Zac kurzgeschlossen. Ich musste nur noch die Kisten ins Auto laden. Kofferraum und Rückbank sind voll. Wir werden nicht verdursten. Es kann nichts mehr schiefgehen. Außer, dem Koch brennt was an.«

»Oder wir finden keinen Parkplatz und müssen die Flaschen ewig weit schleppen.«

Jan rückte seine Krawatte gerade, die er sich zur Feier des Tages umgebunden hatte.

»Selbst dafür ist gesorgt. Franz hat einen Tiefgaragenparkplatz für uns und wird uns höchstpersönlich einweisen. Du rufst ihn fünf Minuten vor unserer Ankunft an, dann öffnet er uns das Tor.«

Was war nur in meine verplante WG gefahren?

»Sag jetzt nicht, Loreen hat den Blumenschmuck arrangiert und Mel die Sitzordnung geplant.«

Jan lachte. »Zutrauen würde ich es deinen verrückten ehemaligen Mitbewohnern. Ich freu mich auf das Essen und Zacs viel gelobte Kochkünste. Hoffentlich überanstrengt er sich nicht.«

»Du weißt, dass er immer mal wieder einschläft?«, fragte ich.

»Er hat es mir erzählt. Wir haben länger telefoniert.«

Jan und Zac schienen sich prächtig zu verstehen. Eigentlich freute mich das. Andererseits fragte ich mich, warum ich von Zac hauptsächlich kritisiert wurde. Bisher hatte ich es auf mein Alter geschoben. Aber daran schien es offensichtlich nicht zu liegen.

»Was hat er dir sonst noch erzählt?«, fragte ich nach.

»Männergeheimnis«, erwidert Jan und klappte das Verdeck seines Cabrios ein.

Männergeheimnis klang besorgniserregend.

»Übrigens siehst du wunderschön aus.«

Wie wunderbar konnten Fahrtwind und Sonnenschein sein.

Franz wies uns in der Tiefgarage umständlich auf einen sehr breiten Parkplatz ein. Jan manövrierte sein gepflegtes, altes Jaguar-Cabrio genauso in die Lücke, wie der Hausmeister es sich vorstellte. Schon zu Studentenzeiten war er James-Bond-Fan gewesen. Jetzt hatte er das passende Auto.

Keiner durfte die Küche betreten. Wir lagerten die Getränke im Flur und in der wassergefüllten Badewanne.

Loreen lotste uns ins Wohnzimmer, wo alle verfügbaren Tische und Schreibtische eine lange Tafel bildeten. Die unvermeidbaren Höhenunterschiede waren mit Teelichtreihen gekennzeichnet. Das Geschirr war bunt zusammengewürfelt, und kaum ein Teller glich dem anderen. Als Tischdecken mussten Spannbetttücher herhalten. Hocker, Büro- und Balkonstühle und Bierkästen dienten als zusätzliche Sitzgelegenheiten.

»Sehr stimmungsvoll«, lobte Jan.

Ich war begeistert.

Das Menü war mit schwarzem Stift auf die Wohnzimmertür geschrieben. Ich fragte mich, ob der wohl wasserlöslich war. Auf einer Seite stand die Fleischfresser-Variante, auf der anderen die vegane Alternative.

Zac trug standesgemäß eine schwarze Jogginghose, dazu ein weißes Unterhemd und war barfuß. Ein kariertes Geschirrtuch klemmte im Hosenbund. Er hatte in der vergangenen Woche viel gekocht, gut gegessen und fleißig seine Hanteln gestemmt, trotzdem wirkte er noch blasser und schmaler als sonst.

Freundschaftlich klopfte er Jan auf die Schulter. Mich schob er zur Seite. »Mach dich nicht so breit, El«, ärgerte er mich. »Wenn du da bist, kommt hier keiner mehr durch.«

»Er ist immer gemein zu mir«, beschwerte ich mich.

»Das ist seine Art, dir seine Zuneigung zu zeigen«, tröstete mich Jan.

»Dann liebt er mich abgöttisch«, folgerte ich.

»Könnte hinkommen«, stimmte Mel mir zu und umarmte mich stürmisch. »So wie wir alle, El!«

Jan drückte sie ebenfalls an ihre betonte Oberweite. Er warf mir einen fragenden Blick zu.

»Mel«, flüsterte ich tonlos.

Er machte große Augen. Denn Mel war wieder zum gewohnt unberechenbaren Styling zurückgekehrt. Eine schwarze Kurzhaarperücke und ein gelber, enger Overall mit schwarzen, kniehohen Lackstiefeln bildeten ihren Sonntagsstaat. Ihre Augen waren wie die Fingernägel knallgelb. Der Lidstrich war ein lang gezogener schwarzer Balken. Sie erinnerte mich an eine Biene. Sogar ihr Parfum duftete dezent nach Honig.

Jan kannte bisher nur das verheulte und unscheinbare Mädchen aus dem Krankenhaus. Kein Wunder, dass er sie nicht erkannt hatte.

Loreens Mutter, Vera, hatte es sich auf Zacs Super-Computer-User-Chair bequem gemacht und rollte auf leisen Gummirollen auf mich zu.

»Schön, dich zu sehen, Elenor. Alles gut bei dir?«

»Bestens«, antwortete ich ehrlich.

Durch Vera hatte sich mein Finanzwissen in kurzer Zeit vervielfacht.

Auf Balkonklappstühlen saßen außerdem zwei Krankenpfleger und eine Ärztin, die Zac zu seiner Genesungsparty eingeladen hatte. Zutiefst dankbar drückte ich ihre Hände.

»Alle hinsetzen und Mund halten«, rief Zac befehlsgewohnt. »Franz und Jan schenken die Getränke aus. Franz übernimmt Bier und bierähnliche Mischgetränke. Jan alles, was aus Trauben gemacht ist.«

Jan und Franz salutierten gleichzeitig.

»Ein Hinweis an die Damen: Heute ist Mineralwasser verboten. Es darf höchstens zum Zwischenspülen beim Getränkewechsel genutzt werden. Hier wird nämlich meine Wiederauferstehung gefeiert. Zum Start gibt's ein Gläschen Champagner. Ich hoffe, ihr seid alle froh, dass ich wieder für euch kochen kann.«

Alle klatschten. Loreen und Mel jubelten.

Nach dieser Ansprache ließ Jan die Korken knallen, und Zac servierte einen kleinen, feinen Gruß aus der Küche.

Während des dritten Zwischengangs saß Zac konzentriert am Tisch und pulte eine Garnele aus ihrem Panzer.

»Seit ich wieder koche, kommen langsam meine Erinnerungen zurück«, erzählte er.

Ich legte die Gabel ab und wartete angespannt. Jan bemerkte meine Reaktion.

»Du weißt wieder, was passiert ist?«, fragte Loreen.

»Nein, so weit komme ich noch nicht zurück«, gab Zac zu und schob sich die Garnele in den Mund. Bedächtig kaute er. »Aber ich frage mich, was habt ihr mit dem Aal in der Badewanne gemacht?«

Verblüfft schauten wir ihn an.

»An dem Tag, an dem ich mich verletzt habe, wollte ich Ravioli mit Aalfüllung machen. Ich weiß, es war sehr unvernünftig, weil der Franz ja in Italien war.«

Von was redete Zac? War mit seinem Kopf doch noch nicht alles in Ordnung? Mel zupfte nervös an ihrer schwarzen Perücke. Wahrscheinlich schwitzte sie unter den Kunststoffhaaren, überlegte ich.

»Aber ich wollte aus der Wohnung raus, nach all den Wochen am See fühlte ich mich so eingesperrt. Daher bin ich alleine zum See gefahren«, fuhr Zac fort und trank einen ordentlichen Schluck Weißwein. »Mit dem Bus«, beruhigte er uns. »Auto fahre ich ja seit meinen Schlafanfällen nicht mehr. Es war wunderschön. So allein am Wasser zu sitzen. Ich hatte die Angelsachen dabei. Mehr aus Gewohnheit.«

»Du hättest auf mich warten sollen«, warf Franz ein. »Stell dir vor, was alles hätte passieren können.«

»Am See war alles bestens. Ich wollte gerade wieder einpacken, da zupfte es an meiner Angel. Irgendetwas hatte angebissen. Ich war aufgeregt. Bisher war ich ja immer nur mit dem Franz angeln gewesen.«

Franz beugte sich gespannt über den Tisch. Er wollte kein Wort verpassen.

In der Küche piepte es.

»Sorry, ich muss los. Sonst wird das Lamm Schrägstrich Tofuwürstchen trocken. Bin gleich wieder zurück.« Zac stürmte in die Küche.

Die Tischgesellschaft versuchte, in ein belangloses Gespräch zu finden. Aber jeder fragte sich, wie diese Angelgeschichte weiterging.

»Wusstest du, dass Zac alleine rausgeht?«, fragte ich Loreen.

Sie schüttelte den Kopf. »Nein. Das ist mir neu. Stell dir vor, er wäre ins Wasser gefallen und ertrunken.«

Es dauerte ungefähr zehn Minuten, bis Zac den ersten Hauptgang angerichtet hatte und schwungvoll servierte.

»Marinierte Lammkeule auf würziger Roter Beete mit Walnusspaste. Alles unterschiedlich temperiert«, kündigte er das Gericht an. »Für das Bienchen in der veganen Variante mit Tofuwürstchen. Blütenpollen waren leider aus.«

Anders als sonst, reagierte Mel nicht auf Zacs Stichelei, sondern griff wortlos zum Besteck.

Es war köstlich. Das Lamm war heiß, das Gemüse lauwarm und die Paste kalt. Andächtiges Schweigen machte sich breit.

»Wie ging's jetzt beim Angeln weiter?«, fragte Jan, nachdem er seine Portion verdrückt hatte.

»Es war ein Aal«, erzählte Zac. »Erst dachte ich, ich hätte versehentlich eine Wasserschlange gefangen, und bin ganz schön erschrocken. Dann hat mir ein anderer Angler, Yussuf, ein Freund vom Franz, geholfen, und wir haben das Tier in einen Kübel mit Wasser verfrachtet. Das war nicht einfach. Das ist schon was anderes, als seine Sachen tiefgekühlt im Supermarkt zu kaufen.«

Mel rutschte die Gabel auf dem Teller weg. Das kratzende Geräusch war unangenehm.

»Yussuf hat mich mit meinem Fang heimgefahren. Im Bus wäre das vermutlich nicht gut angekommen.«

»Nicht nur im Bus«, entgegnete Loreen und zeigte mit dem Daumen zu Mel, die auffallend rote Wangen hatte. Kein Wunder mit dieser Plastikkappe auf dem Kopf, dachte ich.

»Zu Hause habe ich den Fisch dann in die Badewanne gepackt und hab mich erst einmal schlaugemacht, was man mit Aalen machen kann.«

»In Ruhe lassen«, schrie Mel aufgebracht und sprang auf. »Was sonst, du Idiot!«

Ihr Weinglas fiel um, und ein roter Fleck breitete sich auf dem Spannbett-Tischtuch aus. Schluchzend versuchte Mel, den Wein mit einer Serviette aufzusaugen.

Zac schaute ihr seelenruhig zu.

»Fast so rot wie Blut«, stellte er sachlich fest.

Mel zitterte. Sie riss sich die Perücke vom Kopf und warf sie auf den Boden.

»Du bist selbst schuld, wenn die Natur irgendwann zurückschlägt«, schrie sie.

»Ich hab dem Fisch nichts getan. So weit ist es nicht mehr gekommen. Ich hab mir zwar ein Rezept ausgesucht, aber dann muss ich umgefallen sein«, überlegte er und reichte Mel eine weitere frische Serviette. »Und ich bin mir auch nicht sicher, ob wirklich die Natur zurückgeschlagen hat. Aber egal. Her mit den Tellern und auf zum nächsten Gang. Mich hat nur interessiert, was mit dem Aal passiert ist. Wäre schrecklich, wenn er in der Badewanne jämmerlich eingetrocknet wäre.«

Loreen und Vera halfen, die Teller in die Küche zu tragen. Mel sperrte sich im Bad ein.

»Militante Tierschützer«, entschuldigte sich Zac bei seinen verbliebenen Gästen. »Ist zwischen Mel und mir immer ein heißes Thema.«

Beim Rückweg in die Küche hämmerte Zac an die Badezimmertür und brüllte: »Trink nicht den ganzen Wein aus, hörst du, Mel? Dafür sind unschuldige Rebläuse gestorben.«

Jan schenkte sich ein Glas Wasser ein.

»Ich hab nie in einer WG gewohnt. Ich glaube, ich habe da was verpasst.« Er prostete mir zu. »Ist es immer so«, er suchte nach dem richtigen Wort, »konfliktlastig?«

Ich überlegte. Nein, so nicht. Irgendwas stimmte hier ganz und gar nicht. Was warf Zac Mel vor? Da steckte mehr dahinter.

»Eine Veganerin und ein Kochfanatiker passen nur schwer zusammen. Aber sie mögen sich eigentlich sehr gerne«, beschwichtigte ich, während ich immer unruhiger wurde.

»Zac kocht wirklich ausgezeichnet«, stellte Jan fest.

Alle am Tisch stimmten zu.

Ich musste unbedingt mit Loreen unter vier Augen sprechen, ob sie das Gleiche dachte wie ich.

Aber Zac war auf Zack und arbeitete konzentriert bis zum Dessert durch. Mel war wieder aufgetaucht und immer noch auffallend nervös. Der Menüzeitplan war perfekt getaktet. Nach selbst gemachten Profiteroles mit Zartbittercreme-Füllung und geeisten Himbeeren sank ich erschöpft auf die Couch. Vera, die Ärztin und die beiden Pfleger hatten sich bereits verabschiedet. Sie mussten zum Dienst.

»Schade, dass du deinen Freund Domenik nicht zum Essen mitgebracht hast. Ich hatte pro Gast eine Begleitung eingeplant«, stellte Zac fest und reichte Mel eine Espressotasse, die sie prompt fallen ließ.

Der Schlagabtausch zwischen den beiden war offensichtlich noch nicht zu Ende.

»Ich hätte mich gerne revanchiert.« Zac bückte sich nach der Tasse und suchte nach dem Löffel.

Mel kniete sich neben ihn. »Ich habe keinen Kontakt mehr zu ihm«, erwiderte sie leise. Sie klang schuldbewusst. »Wir sind keine … Freunde mehr.«

Mein Herz hämmerte.

»Domenik?«, fragte Loreen.

Zac nickte. »Er wollte an dem besagten Abend meines Unfalles für Mel was abholen und ist vorher nur kurz aufs Klo.«

»Nein, das ist jetzt nicht wahr. Du wusstest die ganze Zeit, was passiert war, Mel?«, fragte Loreen. »Und hast nichts gesagt und den verdammten Kerl nicht angezeigt? Zac hätte tot sein können!«

Mel kniete immer noch am Boden.

»Domenik hat den Aal freigelassen. Er wollte dir nichts tun. Es ging ihm nur um das Tierwohl.«

»Das fühlte sich weit weniger friedlich an. Mein Menschenwohl zählt da wohl nicht«, erwiderte Zac.

»Er sagt, du wärest umgekippt und selbst auf dein Nudelholz gefallen.«

Jetzt lachte Zac schallend, nur um dann schlagartig wieder ernst zu werden.

»Das stimmt leider nicht ganz. Er hat es mir über den Schädel gezogen, als ich mich zum Gemüsefach des Kühlschrankes gebückt habe. Ich wollte die Auberginen für deine vegane Raviolifüllung rausholen. Dann wurde mir schwarz vor Augen. In der Zwischenzeit ist dein friedlicher Tierschützer weggelaufen. Wahrscheinlich hat er das Nudelholz im Flur weggeworfen. Ich hab mich in mein Zimmer geschleppt, um El anzurufen. Dabei oder danach muss ich umgefallen sein und hab mir den Kopf ein zweites Mal gestoßen.«

Mir war schwindelig. Loreen, Jan und Franz verfolgten das Gespräch wie ich mit offenem Mund.

»Es tut mir schrecklich leid«, flüsterte Mel. »Ich mache mir solche Vorwürfe. Ich …«, schluchzte sie. »Nie mehr werde ich dich für deine Lebensweise verurteilen. Ich hatte solche Angst um dich.«

Das war der Grund, warum Mel so unter Zacs Verletzung gelitten hatte. Loreen und ich wechselten einen langen Blick. Viele offene Fragen klärten sich.

Ich hatte Sven und Paul zu Unrecht der Körperverletzung verdächtigt. Mir fiel ein großer Stein vom Herzen. Wahrscheinlich hatte Domenik die Wohnungstür offen gelassen, und Sven hatte daraufhin die Gunst der Stunde genutzt und unsere Wohnung durchsucht. So war er auch an den Kellerschlüssel gekommen. Auch wenn er Zac nicht niedergeschlagen hatte, wog die unterlassene Hilfeleistung trotzdem schwer. Ich hatte mich nicht völlig in meinem Mann und seinem schmierigen Helfer getäuscht. Aber er war nicht bereit, über Leichen zu gehen. Das beruhigte mich sehr. Paul war Opfer der Midlife-Crisis und eines leeren Lebens geworden. Er hatte gehofft, dass Geld ihm Lebenssinn zurückgeben könnte.

»Ist schon gut«, beruhigte Zac Mel. »Ich wollte nur wissen, wie du das siehst. Wie militant Tierschutz sein darf. Nicht dass du mir irgendwann den Fleischklopfer über den Schädel ziehst, wenn ich nicht aufpasse.«

»Das würde ich niemals machen!«, rief Mel unter Tränen.

Zac nahm sie in den Arm. »Woher kanntest du den Typen überhaupt? Der passt gar nicht zu dir.«

Mel schniefte. »Er war bei uns im Labor Elektriker. Er sagte, er wolle das System von innen aushöhlen. Ihm wurde innerhalb der Probezeit gekündigt. Er hat die Alarmanlage manipuliert, um alle unsere Mäuse freizulassen. Ich habe nichts mehr mit ihm zu tun, seit er ...«

Zac strich Mel mit seinem gestreiften Arm sanft über den Rücken. Sie wischte sich mit dem Handrücken die Tränen aus den Augen. Dabei verlängerte sie ihren Lidstrich bis zu den Ohren. Zac lächelte. »Ist doch alles gut ausgegangen, Mel. Der Aal und ich haben überlebt, und jetzt bekommen alle noch einen Schnaps.«

Jan und ich mussten am späten Nachmittag das Auto in der Tiefgarage stehen lassen und machten uns zu Fuß auf den Rückweg.

»Ein turbulenter Tag«, stellte Jan fest, »und schmackhaft! Ich habe selten so viel und so gut gegessen. Glaubst du, ich könnte Zac für ein Catering buchen?«

Ich musste mich anstrengen, gerade zu gehen, und hakte mich möglichst unauffällig bei Jan unter, damit ich nicht Schlangenlinien lief. Der Abschiedsschnaps hatte meinen verträglichen Alkoholpegel deutlich überschritten.

»Er verlässt die Wohnung kaum, weil er Angst hat, irgendwo einzuschlafen.«

»Hm. Er war doch die ganze Zeit über munter«, stellte Jan fest. »Vielleicht hat ihm der Schlag auf den Kopf ja gutgetan.«

Wir alberten weiter herum, legten auf Parkbänken eine Pause ein und besichtigten Hinterhöfe. Wir diskutierten über Luxussanierungen und Bausünden. Durch eine offene Hintertür schlichen wir in ein zugiges Treppenhaus und küssten uns dort.

»Es ist wie früher. Genauso schön«, flüsterte ich in Jans Ohr.

Dieses »Gefühl wie früher« hatte Paul bei seiner Geliebten gesucht. Ich hatte es mit Jan gefunden. Irgendwie wünschte ich meinem Ex-Mann sogar, dass es ihm genauso ging.

»Es ist schöner. Früher haben wir uns nicht geküsst«, erwiderte Jan und legte mir seine Hand in den Nacken, die andere ruhte auf meinem Po.

Eine alte Frau kam mit einem schwarzen Pudel die Treppe herunter.

»Kein Anstand. Am helllichten Tag«, schimpfte sie. »Raus mit euch. Das ist Hausfriedensbruch.«

Lachend kehrten wir auf den Gehweg zurück und amüsierten uns, dass wir in unserem Alter noch die öffentliche Ordnung gefährdeten.

»Und wie geht's jetzt weiter? Wie steht's mit deinen Plänen für eine eigene Wohnung? Wie soll sie aussehen?«, brachte Jan das unglückliche Thema zurück.

Ich hatte plötzlich das Gefühl, mich auf Glatteis zu bewegen. Auf keinen Fall wollte ich erneut etwas Falsches sagen und Jan verletzen. Prüfend schaute ich ihn an. Sein Gesichtsausdruck war gewohnt freundlich und offen.

»Leno. Ich verstehe, dass du einen Rückzugsort brauchst, einen Platz, der nur dir gehört«, fuhr er fort. »Ich habe darüber nachgedacht und verstanden, dass es keine Lösung sein kann, einfach in meine bestehende Wohnung einzuziehen. Auch wenn es mir zugegebenermaßen am liebsten wäre. Du brauchst eine Heimat.«

Wir gingen durch einen kleinen Park. Im Sandkasten spielten Kinder und backten kleine Kuchen.

»Ich hab dir doch erzählt, dass ich mein Zuhause unterwegs gefunden habe«, setzte ich zu einer Erklärung an.

»Damals im Traum?«

»Ja, seitdem weiß ich, dass meine Heimat hier drinnen ist.« Dramatisch legte ich meine Hand auf mein Herz. »Aber eine Wohnung, wo ich arbeiten kann, wäre schön.«

Jan musterte mich von der Seite.

»Ich glaube, dieses Zuhause, dieses innere Haus, habe ich schon mal in deiner Zeichenmappe gesehen. Wenn du es jemals bauen willst, stehe ich dir als erfahrener Bauleiter zur Verfügung. Ich habe da gute Kontakte.«

»Eine kleine Wohnung würde reichen«, erwiderte ich.

»Wie viel darf sie denn kosten«, fragte Jan.

»Einiges«, erwiderte ich ausweichend.

»Du musst es Paul wirklich gezeigt haben. Aber ehrlicherweise gefällt mir deine Antwort«, lachte er. »Ich hab da nämlich eine Idee.« Jan griff zum Telefon, rief eine befreundete Innenarchitektin an, plauderte mit ihr kurz über das herrliche Herbstwetter und vereinbarte einen Termin.

»Wenn es dir passt. Sehr gerne. In einer Stunde? Perfekt.« Er steckte sein Telefon in die Tasche. »Wir können sofort vorbeikommen. Sylvia wohnt im selben Haus. Sie zeigt dir die Wohnung. Magst du?«

Ich nickte.

»So eilig wäre es auch nicht gewesen. Heute ist doch Sonntag«, antwortete ich.

»Wohnungen sind in München schnell verkauft. Wenn sie dir nicht gefällt, ist es kein Problem.«

Auf dem Weg versuchte ich ihn auszufragen, aber er wehrte ab.

»Schau sie dir selbst an. Ich will, dass du unvoreingenommen bist. Mir ist die Wohnung eingefallen, als du gesagt hast, du suchst einen Raum zum Arbeiten. Sylvia hat sie mir vor ein paar Tagen gezeigt, weil sie sie verkaufen will und mich wegen des Preises gefragt hat. Unterwegs habe ich noch eine Überraschung für dich.«

Ich war gespannt und ziemlich aufgeregt. Jan wollte nicht einmal verraten, in welches Stadtviertel wir mussten.

Am Rand des Englischen Gartens blieb er vor einer großbürgerlichen Villa mit großem Garten stehen. Das war so gar nicht mein Wohnumfeld. Ich war gerade aus einem repräsentativen Protzbau ausgezogen. Ich spähte durch den weiß gestrichenen, hohen Holzzaun.

»Nein. Das ist nicht wahr!«, rief ich erstaunt, als ich den Springbrunnen entdeckte, den ich als Studentin gezeichnet hatte.

Jan lachte. »Du hast deinen teuer verkauften Entwurf noch nie gesehen?«

Ich schüttelte den Kopf und freute mich, wie munter das Wasser durch die einzelnen Becken meines Springbrunnens plätscherte. Eine meiner Ideen war Wirklichkeit geworden.

»Nein, ich wusste nicht einmal, dass Professor Deuter den Brunnen jemals gebaut hat. Das ist«, ich suchte nach Worten. »Das ist mehr als eine Erinnerung. Es ist, als würde ich meiner eigenen Kreativität begegnen.«

Jan nahm meine Hand.

»Komm. Wir müssen uns beeilen.«

Ich wunderte mich, dass wir ins Lehel zurückkehrten, dort aber an Jans Büro vorbei zur Isar gingen. Jan klingelte an einem hohen Haus. Ein elegant gewundenes Treppenhaus und ein kleiner Lift führten nach oben.

»Im Krieg gab es hier einen Bombentreffer«, erklärte Jan im Aufzug. »Dieses Haus ist in den 1950er-Jahren gebaut und hat gute Raumaufteilungen. Das könnte für dich passen.«

Mein Herz klopfte.

Aber ich hätte es mir denken können. Die Wohnung war perfekt. Jan und sein Gespür für Räume und Menschen. Er wusste einfach, wo ich mich wohlfühlen würde. Wie seine eigene lag die Wohnung im Dachgeschoss. Sie hatte einen kleinen Dachgarten mit Blick auf die schillernde Isar, ein hübsches Badezimmer, ein kleines Schlafzimmer und einen sehr großen Wohnraum mit integrierter Küchenzeile. Der Raum war lichtdurchflutet.

»Könnte dein Atelier sein«, schlug er vor.

Verblüfft schaute ich ihn an.

»Elenor ist Künstlerin«, erklärte er seiner Freundin Sylvia, die zustimmend nickte.

»Dann ist es perfekt«, erwiderte diese.

Die Wohnung war mehr als perfekt. Genau das, was ich wollte. Klein, aber mein. Der Preis war höher als gedacht, aber wenn das ganze Geld für etwas gut war, dann dafür. Ich konnte nicht mehr aufhören zu strahlen. Was war ich für ein Glückskind.

»In zehn Minuten bist du bei mir«, ergänzte Jan.

»Noch ein Vorteil«, erwiderte ich.

»Eindeutig der wichtigste«, stellte Jan grinsend klar. »Aus meiner Sicht wenigstens.«

Sylvia drückte mir den Wohnungsschlüssel in die Hand.

»Dann ist es abgemacht. Setzt euch auf die Terrasse und genießt die Nachmittagssonne. Ich geh schnell in meine Wohnung und bring Kaffee hoch.«

Das taten wir, bis es dunkel wurde.

Vera regelte die Zahlung für mich. Mel und Loreen berieten mich tatkräftig in Einrichtungsfragen, schleppten Kisten und bauten mit mir Möbel und Regale auf. Ich brauchte nicht viel. Einen großen Tisch und Stühle, ein gemütliches Bett, Lampen und ein Bücherregal. Ich wollte vor allem Platz haben.

Zur Einweihung schenkten mir meine WG-Freunde einen Zitronenbaum für meine Dachterrasse.

So fügten sich Einzelteile zu meinem neuen Leben zusammen. Seit ich ausgezogen war, hatte ich Paul nicht mehr gesehen oder mit ihm gesprochen. Selbst nach meinem klärenden Gespräch mit Robert Wegener war er sprachlos geblieben. Das letzte Lebenszeichen war die SMS gewesen, die ich aber umgehend gelöscht hatte. Auf meine Finanzentscheidungen und Spendenfreudigkeit hatte Paul nie reagiert. Weder er noch Wegener forderten einen Nachweis, was aus dem Vermögen tatsächlich geworden war. Niemand wollte eine Spendenquittung sehen. Die Scheidung lief über unsere Anwälte, und nach dem Trennungsjahr würden wir uns vielleicht noch einmal vor Gericht begegnen.

Selbst Jan fragte nie genau nach, wie ich plötzlich zu so viel Geld gekommen war oder um welche Summe es ging. Auch meine Scheidung und wie sie ablief, ließ er meine Sache sein. Er ging davon aus, dass Paul und ich uns schon im Vorfeld gütlich geeinigt hätten und ich eine großzügige Abfindung erhalten hätte.

Von Pauls Schwarzgeld erzählte ich ihm einen sehr kleinen Teil, weil er sonst viele Andeutungen zwischen Zac, Mel und mir nicht verstanden hätte und ich nicht wollte, dass er sich ausgeschlossen fühlte. Aber er hakte nicht genauer nach, wofür ich ihn nur umso mehr achtete.

Die Geschichte mit dem roten Ordner aus Pauls Schließfach, der später in Mels Flohmarktkisten in Franz Edelhubers Hausmeisterkabuff wieder aufgetaucht war, amüsierte ihn sehr. Jan mochte Geschichten, die nach Spionage und Abenteuer klangen. Dass Paul seinen Angestellten Sven losgeschickt hatte, um die Wohnung zu durchsuchen, glaubte er jedoch nicht. Aber er kannte auch die Höhe des Kontostandes nicht.

Für Geld interessierte sich Jan privat tatsächlich kaum. Er gab es gerne und großzügig aus. In dieser Hinsicht war er das komplette Gegenteil von Paul. Aber das traf auch in vielen anderen Bereichen zu. Obwohl ich jetzt eine eigene Wohnung hatte, schlief ich fast jede Nacht bei Jan, zeichnete regelmäßig, kochte aber nur selten für ihn. Endlich hatte ich Zeit für meine Abschlussarbeit, die ich schließlich fristgerecht im Mai bei Maria abgab.

Viel Zeit widmete ich der Malerei. Das war, was ich wollte. Mit Farbe und Pinsel ging ich in meinem Atelier auf Entdeckungstour. Es war ein Abenteuer.

Im Juli gab es schließlich Zeugnisse. Dem Anlass entsprechend hatte ich mich herausgeputzt. Ich hatte den Fehler gemacht, mit Loreen und Mel zusammen shoppen zu gehen, was eine extreme Kombination und Herausforderung gewesen war. In Bezug auf Mode lebten beide in unterschiedlichen Universen.

Grau war für Mel indiskutabel. Sie setzte sich farblich durch, und Loreen war für Stoff- und Schnittauswahl zuständig. Nach langen Diskussionen trug ich am Ende ein schlichtes, knielanges Etuikleid in sonnigem Gelb. Die Accessoires, einen schmalen schwarzen Ledergürtel, eine Tasche und je ein paar hohe (für die Zeugnisvergabe) und flache (für die anschließende Feier) schwarze Schuhe, suchte ich aus. Mel bestand auf sündteure schwarze Nahtstrümpfe, was einer der wenigen Punkte war, wo Loreen sofort zustimmte, einem schwarzen Mantel und einem kleinen schwarzen Hütchen, das ich zwar kaufte, aber dann doch nicht trug. Meine Haare steckte ich stattdessen hoch. Selbst ich fand, dass ich gut aussah. Zur Uni nahm ich die U-Bahn. Ich hatte geübt, die Schuhe eingelaufen und schaffte den Fußweg problemlos auf hohen Absätzen. Jan hatte zwar angeboten, mich mit dem Auto abzuholen, aber ich wollte allein gehen und jeden Schritt genießen. Es war ein langer Weg gewesen, und ich war verdammt stolz, dass ich es bis ans Ziel geschafft hatte.

Jan erwartete mich am Eingang und umarmte mich sanft. Um keinen Lippenstift abzubekommen und mein Make-up nicht zu gefährden, hauchte er mir einen flüchtigen Kuss auf die Wange.

»Wespe oder Biene?«, fragte er lächelnd und spielte damit auf meine stichgefährliche Farbkombination an.

»Du bist hoffentlich nicht allergisch?«

»Gegen Bienen und Wespen nicht.«

»Es gibt nämlich kein Gegengift.«

»Für dich? Das weiß ich schon lange«, erwiderte er und küsste mich doch noch. Wen interessierte schon Lippenstift.

Er war unauffälliger gekleidet als ich. Schwarzer Anzug, weißes Hemd. Es stand ihm ausgezeichnet. Seine blauen Augen lachten.

Freundlich grüßte er Bekannte und Freunde.

»Du strahlst äußerlich und innerlich«, stellte Loreen zufrieden fest.

»Wo ist der Hut?«, fragte Mel tadelnd.

»Wir sind hier nicht beim Pferderennen. Hier ist keiner behütet«, verteidigte Loreen meine Barhäuptigkeit.

»Ich muss rein, es geht gleich los«, machte ich mich aus dem Staub. »Die meisten sind schon drinnen.«

Ich setzte mich auf einen der reservierten Plätze in der ersten Reihe und hörte den Motivations- und Abschlussreden nur mit einem Ohr zu. Wie in einem Film erinnerte ich mich an die vergangenen Monate zurück, wie Loreen mich vor einer Stichflamme bewahrt und mir im Garten die Haare geschnitten hatte, wie ich den roten Ordner aus dem Schließfach geholt hatte und in der WG eingezogen war. Zacs direkte Art hatte mich damals komplett verunsichert. Mel, Loreen und Zac. Inzwischen liebte ich sie wie meine Kinder.

»Elenor Simon. Wenn Sie da sind, kommen Sie bitte auf die Bühne.« Der Redner blickte ungeduldig ins Publikum. Scheinbar war ich so in nostalgische Betrachtungen vertieft gewesen, dass ich dabei meinen Namen überhört hatte. Mein Unterbewusstes reagierte immer noch verzögert auf meinen Mädchennamen. Es war höchste Zeit aufzustehen.

Hätte ich gewusst, wie einfach ich mein Studium hätte abschließen können, hätte ich es viel früher gemacht. Vielleicht hätte ich dann meine Selbstachtung nicht zwischen Wasch- und Spülmaschine verloren, dachte ich auf dem Weg zum Podium. Meine Absätze klapperten auf dem Steinboden.

Hätte, hätte, Fahrradkette quengelte es in meinem Kopf, und ich musste lachen, während mir ein ernst blickender Professor mein Zeugnis überreichte.

»Herzlichen Glückwunsch«, murmelte er.

Ein kurzer Applaus erklang.

Die anwesenden Absolventen-Eltern, die meistens in meinem Alter waren, tuschelten.

Wahrscheinlich dachten sie, ich würde das Zeugnis nur entgegennehmen und wäre eine Stellvertreterin. Aber genau das würde ich nie mehr sein. Jeder musste sich um seine Angelegenheiten selbst kümmern und war für sein Leben verantwortlich, das hatte ich begriffen. Es hatte ja auch lang genug gedauert.

Maria war auf dem Podium die Nächste. Sie drückte mir eine rote Rose in die Hand und gratulierte mir herzlich.

»Ich wusste, dass du es schaffst.«

Es dauerte, bis alle Absolventen beklatscht waren, Zeugnis und Rose in der Hand hielten. Dann reihte ich mich auf der Bühne unter den frischgebackenen Architekten für ein Gruppenfoto ein.

Meine drei Kinder, Loreen, Mel und Jan saßen im Publikum und beklatschten meinen späten Erfolg. Hannah war dafür aus New York angereist und vom Flughafen direkt zur Uni gekommen. Elias und Gabriel hatten sie abgeholt. Ihre roten Haare leuchteten aus der Menschenmenge hervor wie meine auf der Bühne. Wir hatten noch kein einziges Wort miteinander gewechselt.

Beim anschließenden Stehempfang fielen wir uns in die Arme. Hannah hüpfte wie ein aufgeregtes kleines Mädchen und klatschte in die Hände.

»Du bist die schönste Mama im ganzen Land. Ich freu mich so, dich zu sehen.«

Gabriel drückte mich fest. »Mein Glückwunsch. Super, dass du das durchgezogen hast. Mein voller Respekt.«

Elias blieb einen Schritt vor mir stehen. »Papa hat mich gebeten, dir zum Studienabschluss zu gratulieren, und schickt dir diese Blumen.« Mein ältester Sohn drückte mir einen überdimensionierten

Strauß in die Hand. Die Farben waren herbstlich gedeckt. Ich roch an den Blumen. Keinerlei Duft, wunderte ich mich.

Elias' Blick wanderte durch den Raum und suchte die Wände nach den richtigen Worten ab.

»Er wollt eigentlich selbst kommen, wusste aber nicht, ob du ihn sehen willst. Ich glaub, er ist einsam …«

»Danke, Elias.« Ich umarmte ihn gerührt.

»Das ist selbstverständlich. Aber was soll ich ihm sagen?«, fragte er und schaute mich erwartungsvoll an.

Hatte ich richtig verstanden? Paul unsicher und einsam? Worte, die ich niemals mit meinem Mann in Verbindung gebracht hätte.

Nicht nur ich schien mich verändert zu haben. Oder hatte ich Paul genauso übersehen, wie ich mich all die Jahre nicht wahrgenommen gefühlt hatte? War ich tatsächlich zu sehr auf die Kinder fixiert gewesen? War er in unserer Ehe auch einsam gewesen? Hätten wir doch mehr miteinander geredet. Wie viel Übersehenes, Ungenutztes doch in das Wörtchen *hätte* passte.

»Elias, ich freue mich sehr, dass du da bist und sogar für Papa den Boten spielst. Du bist ein guter Sohn. Aber lass das mal unsere Sache sein. Papa und ich werden uns zum richtigen Zeitpunkt aussprechen.«

»Lass dich bei der Scheidung von Wegener nicht über den Tisch ziehen«, warnte er mich noch.

»Mach dir keine Sorgen, Elias. Papa und ich finden einen guten Weg. Wir tragen uns nichts nach. Das ist alles schon geklärt. Ich hab eine sehr gute Anwältin«, beruhigte ich ihn.

Sichtlich erleichtert kehrte er zu seinen Geschwistern zurück und leerte sein Sektglas in einem Zug. Hannah knuffte ihn in die Seite. Endlich gab er innerlich nach und lachte. Loreen und Mel stießen mit Maria und Luca zu uns.

»Du solltest dir ein Hörgerät zulegen, El. Ich dachte schon, du bleibst einfach sitzen und lässt dir den Wisch mit der Post zuschicken.« Loreen lächelte mich an. »Oder hättest du Hilfe beim Aufstehen gebraucht? Ein Wort und wir wären an deiner Seite gewesen.«

Anspielungen auf mein Alter lagen normalerweise in Zacs Zuständigkeit.

»Wo ist eigentlich Zac?«, fragte ich sie. »Wollte er nicht mitkommen?« Tatsächlich spürte ich bei der Frage einen kleinen Stich. Die Unsicherheit ihm gegenüber war immer noch ein Thema.

»Wo wohl?« Mel grinste. »Er kümmert sich mit Franz ums Essen. Seit Tagen steht er in der Küche und brutzelt, sautiert, pochiert, kandiert und wie das alles heißt.«

»Er kocht für mich?«, fragte ich ehrlich verblüfft. Was für ein Geschenk! Ich fühlte mich geehrt.

»Natürlich. Was denkst du denn?« Mel kontrollierte den Sitz ihrer angeklebten Wimpern. »Zac würde nie zulassen, dass jemand anderes in der Küche steht.«

Ich war sprachlos. Jan hatte angeboten, sich um ein Lokal in Gehentfernung zu kümmern und dort für die Feier einen Tisch zu bestellen. Damit war die Planung für mich erledigt gewesen. Anscheinend war jedoch hinter meinem Rücken einiges passiert. Jan steckte bestimmt mit drin. Ich schaute mich nach ihm um. Er schüttelte gerade dem Redner die Hand, spürte jedoch meinen Blick und lächelte mir zu. Schnell verabschiedete er sich, kam auf mich zu und ließ sein Sektglas gegen meines klirren. Aus seiner Sakkotasche zog er eine kleine schwarze Schachtel mit einer großen gelben Schleife. Die auf meine Kleidung abgestimmte Verpackung war bestimmt kein Zufall. Ich war mir sicher, hier war ein ausgefeilter Komplott im Gange.

»Herzlichen Glückwunsch, Frau Kollegin. Mit erfolgreichem Studienabschluss steht dir eine Gehaltserhöhung zu. Luca hat mir gesagt, deine Note sei ausgezeichnet. Eine kleine Anzahlung.« Er lächelte, sparte sich jedoch einen Kuss, um meine Kinder nicht zu verstören. Sie kannten ihn noch nicht.

Gerührt nahm ich mein Geschenk entgegen. Schüttelte es vorsichtig, um zu hören, ob es klapperte. Es gab kein Geräusch von sich.

»Du wirst es auspacken müssen«, kommentierte er meinen Lauschversuch.

»Danke, Jan. Ich pack es später in Ruhe aus.« Vorsichtig steckte ich das Päckchen neben mein Abschlusszeugnis in die Tasche.

»Wo gehen wir eigentlich hin? Was hast du geplant?«

Jan strahlte über das ganze Gesicht. »Überraschung«, war sein einziger Kommentar.

Ich stellte ihn meinen Kindern als einen alten Studienkollegen vor.

»Ich bin nur schon ein paar Jährchen länger fertig als Elenor«, fügte er lachend hinzu.

»Da sind wir wohl dazwischengekommen. Wir waren die Abschlussbremse«, erklärte meine Tochter und reichte Jan die Hand.

»Hannah, ich bin Mamas Kleine.«

Ich kämpfte mal wieder mit den Tränen. Hannah schaute mich erstaunt an.

»Das ist die Rührung«, erklärte ich. »Ich habe dich ewig nicht gesehen.«

Hannah war größer als ich. Ihre roten, glatten Haare rahmten ihr schmales Gesicht ein. Sie war zart wie eine Elfe. Der lange Flug war ihr nicht anzusehen. Sie wirkte in ihrem hellen Hosenanzug frisch und ausgeschlafen.

»Es ist gut, wie es ist«, fügte ich hinzu und meinte es aus vollem Herzen. »Gebremst habt ihr mich nicht. Das war ich schon selbst.«

Zu Fuß spazierten die Kinder, Jan, Maria, Luca und ich durch den Englischen Garten. Es war sonnig und warm. Der Park war voller gut gelaunter Menschen und Hunde.

Die Jugend lief voraus, gefolgt von Luca und Jan. Die beiden unterhielten sich angeregt. Keine Spur von Neid oder Missgunst lag zwischen beiden Männern. Maria und ich bildeten den Abschluss. Die Professorin informierte mich über allerlei Uniklatsch. Dass sie mit ihrem Doktoranden liiert war, nahmen nicht alle so sportlich wie Jan.

Ich wechselte auf meine flachen Schuhe. Trotzdem verweigerten meine Füße kurzzeitig ihren Dienst, als ich die spontan-witzige Marinda Bravo alias Martina Meyer leicht bekleidet auf der Wiese liegend erkannte. Ihre Oberschenkel zeigten erste Anzeichen von Cellulitis, registrierte ich. Wie versteinert blieb ich stehen.

Pauls Geliebte ruhte auf einer karierten Decke in den Armen eines gut aussehenden, jungen Mannes. Ihre gegenseitige Zuneigung war eindeutig und nicht unbedingt für die breite Öffentlichkeit bestimmt. Ihre Hand steckte in der Hose ihres Begleiters und bewegte sich dort eindeutig.

Ich starrte das junge Paar an.

»Is was?«, rief mir der junge Mann zu. »Stört dich was?«

Sprachlos schüttelte ich den Kopf und wollte mich beschämt abwenden. Da hatte ich eine Idee, die nicht unbedingt geschmackvoll war.

Paul war nicht nur in meinem Leben Geschichte. Mein Mitleid hielt sich ehrlicherweise in Grenzen. Trotzdem konnte ich es nicht lassen und wartete, bis sich die anderen ins Gespräch vertieft noch ein Stück weiter entfernt hatten. Ich warf Marinda den riesigen Blumenstrauß zu und rief: »Paul lässt grüßen und bedankt sich für die vielen prickelnden Stunden. Das hat ihm das hohe Alter sehr versüßt!« Die Blumen landeten vor Marindas Füßen.

Sie starrte mich an. Ob ihr dämmerte, dass sie mir die vielen Pakete vor einigen Monaten zu verdanken hatte? Ich musste grinsen. Ihr Mund ging auf, wieder zu, wieder auf. Aber Worte blieben Mangelware. Auch ihr Begleiter sagte nichts dazu.

Wie hatte Paul sie beschrieben? Spontan und witzig? Er schien sich getäuscht zu haben. Aber das wusste er inzwischen bereits selbst.

Als wäre nichts gewesen, ging ich weiter.

»Wer war denn das?«, fragte Maria, die die Szene irritiert beobachtet hatte.

»Der Anlass für meinen Studienabschluss«, antwortete ich.

Ich konnte beobachten, wie die Erkenntnis in Marias Gesicht ankam. Sie drückte aufmunternd meine Hand.

»Du kannst ihr dankbar sein. Ohne sie würdest du vielleicht immer noch Pauls Hemden bügeln und die Geranien auf dem Balkon gießen.«

»Ja, sie war so was wie ein Brandbeschleuniger«, überlegte ich.

»Nennen wir sie eine Entwicklungshelferin, das klingt positiver«, schlug Maria vor. »In letzter Zeit habe ich viel mit Brandschutzkonzepten zu tun. Es soll ja nicht gleich alles abfackeln.«

»Stimmt, vor Feuer nimmt man sich besser in Acht«, lachte ich und dachte an meine verkohlten Augenbrauen zurück.

Jan hatte von einem befreundeten Restaurantbesitzer einen hellen Saal mit großer Terrasse gemietet. Mel, Loreen und vor allem Zac hatten es sich nicht nehmen lassen, die Feier zu planen. Sie hatten ein opulentes Büfett aufgebaut und mit Zitronenzweigen und Früchten dekoriert. Darüber hing ein handgeschriebenes Spruchband. Auf gelbem Hintergrund kringelten sich blaue Buchstaben und gaben das kulinarische Motto vor: *Sauer macht lustig.*

Zac und Franz Edelhuber empfingen uns. Beide hatten sich lange weiße Schürzen um den Bauch gewickelt und kredenzten selbst gemachte Zitronenlimonade.

Zac drückte mir ein Glas in die Hand. »Endlich. Ihr habt ewig gebraucht. Ich hatte schon Sorge, du müsstest ins Seniorenstudium einsteigen.«

»Ich mag dich auch sehr«, erwiderte ich und küsste ihn auf die Wange. Mein Lippenstift hinterließ einen roten Abdruck.

»Mach das sofort weg, El«, rief er panisch. »Wenn das jemand sieht. Mir reicht schon, dass ich einmal für deinen Geliebten gehalten wurde. Davon bin ich immer noch schwer traumatisiert.«

Jan reichte mir grinsend sein Stofftaschentuch, und ich befreite Zac von kompromittierenden Spuren.

Es gab: frische Zitronenlimonade, Sekt mit Zitronensirup, Tequila mit Salz und Zitrone, Zitronenhähnchen, Fisch in Zitronensoße, Scampi-Spieße mit Zitronen, sizilianische Zitronentarte und noch andere exotische Köstlichkeiten. Der frische Zitrusduft erfüllte den Raum.

Jetzt verstand ich auch, warum Mel auf ein gelbes Kleid bestanden hatte. So passte ich perfekt zur Tischdekoration.

»Habt ihr eine Zitronenplantage geplündert oder wart ihr in Italien?«, fragte ich.

»Lorn meint, du hättest zu diesen Früchtchen eine besondere Beziehung. Daher ist Mel extra für dich in einer nächtlichen Aktion in die Großmarkthalle eingestiegen und hat zwei Paletten Zitronen befreit. Denn auch Pflanzen haben Gefühle und wollen nicht in gekühlten, dunklen Räumen eingesperrt sein«, zog Zac seine vegane Mitbewohnerin auf.

»Ich hab sie bezahlt!«, maulte Mel und boxte Zac in die Seite. Zwischen den beiden war die Welt wieder in Ordnung.

»Danke, das ist wunderbar. Ihr seid einfach die beste WG, die man sich wünschen kann.«

Zac nickte. »Schön, dass dir das inzwischen klar ist. Jetzt, wo du allein wohnst, vermisst du uns. Herzlichen Glückwunsch zu deinem guten Geschmack! Und zu diesem Abschluss übrigens auch …« Jetzt umarmte mich der kratzbürstige Kerl doch noch.

»Oho, was ist denn hier los?«, rief Loreen und hielt den denkwürdigen Augenblick mit der Handykamera fest. Zac ignorierte sie und tätschelte mir vorsichtig den Rücken.

Hannah kam zu uns.

»Soll ich ein WG-Gruppenbild machen?«

»Nicht nötig«, wehrte Zac ab. »Es gibt schon ein peinliches Foto. Das ist mehr als genug. Hast du mit El studiert?«

Meine Tochter lächelte und hielt eine lange Haarsträhne an eine meiner Locken.

»Ist es nicht offensichtlich?«

Zac machte große Augen. Sein Blick wanderte von mir zu meiner Tochter und wieder zurück. Wortlos schüttelte er den Kopf. Es ging ihm wie mir. Ich konnte es auch kaum glauben, dass diese wunderschöne, junge Frau meine kleine Hanni war.

»Ich bin Hannah«, stellte sie sich vor.

»Zac«, antwortete er einsilbig.

Die Reaktion und Vorstellungsrunde von Loreen und Mel war wesentlich ausführlicher.

»Und ihr habt diese Feier zusammen vorbereitet?«, fragte Hannah.

Zac nickte. »Franz hat den Fisch frisch geangelt und Loreen die Getränke eingekauft«, erklärte er die Arbeitsteilung. »Jan und ich haben koordiniert, was Männer halt so machen.«

Hannah musterte Zac skeptisch. Er wirkte plötzlich verunsichert.

»Stimmt natürlich nicht. Jan hat geplant. Ist ja sein Job. Ich stand nur in der Küche und hab gerührt und gebacken«, redete er sich um Kopf und Kragen.

Hannah grinste und naschte ein Fischhäppchen, das mit einer Zitronenscheibe garniert war.

»Geräucherter Aal«, erklärte Zac.

Mel verdrehte die Augen.

Hannah schaute die beiden fragend an, und Zac startete eine wortreiche Erklärung. Ich ließ die Jugend allein und wandte mich den anderen Gästen zu.

Vera, meine private Anlageberaterin, kam mit einem Kühlbehälter voll Zitronensorbet im Gepäck angehetzt.

»Gratulation, Elenor. Ich freue mich für dich.« Sie drückte mir einen seitlichen Kuss auf die Wange. Der Kühlbehälter war zwischen uns. »Leider kann ich nicht lange bleiben. Überstunden! Ich muss ins Büro zurück. Aber wir sind ja sowieso für nächste Woche verabredet. Es gibt einiges zu besprechen.«

»Vielen Dank, dass du überhaupt gekommen bist.«

»Ehrensache«, erwiderte sie und winkte Zac zu. »Außerdem hat Zac darauf bestanden. Er war wirklich nervös, ob er das Büfett bewältigen kann. So kenne ich ihn gar nicht. Er hat an alle Gäste Rezepte und Arbeitsaufträge verteilt. Mir hat er nicht mehr als Eis zugetraut.«

Zac unterbrach sein Gespräch mit Hannah und deutete Richtung Büfett. Fragend hob er die Schultern.

Vera hielt zu seiner Beruhigung den Kühlbehälter hoch. »Sauer macht lustig«, las Vera das Partymotto. »Wenn ich an den roten Ordner denke, hätte es eher *Sauer macht listig* heißen sollen.«

»Listig?«, wiederholte ich.

»Eine List ist nichts Schlechtes. Sie zeigt, dass man seinen Verstand nutzt und sich nicht unterkriegen lässt. Und genau das hast du gemacht.« Vera drückte meinen Arm.

»Nur kurz. Ich wollte dich die ganze Zeit etwas fragen. Bevor ich's wieder vergesse! Warum spricht Loreen eigentlich Türkisch?« Diese Frage beschäftigte mich seit unserem fettigen Essen am Bahnhof.

Vera lachte. »Wusstest du es noch nicht? Loreen lernt Sprachen wie andere Liedtexte. Das läuft bei ihr nebenbei. Türkisch habe ich zwar noch nicht gehört, aber ich weiß, sie kann Italienisch, Französisch, Kroatisch, natürlich Englisch«

»Elbisch, Fachchinesisch, Klingonisch und Esperanto«, ergänzte Loreen lachend und nahm ihrer Mutter den Kühlbehälter ab. »Alles aus früheren Leben. Glaub's mir doch einfach, El. Da ist mehr, als du siehst und denkst.«

Diesem Satz konnte ich aus tiefstem Herzen zustimmen.

»Ich bring das Sorbet zum Büfett. Sonst wird Zac noch nervöser, als er schon ist.«

»Aber es ist doch perfekt«, warf ich ein.

»Es ist auch nicht das Büfett, das ihn nervös macht«, erwiderte Loreen.

Vera schaute ihrer Tochter liebevoll nach.

»Das mit den früheren Leben erzählte sie schon als Kind. Und manchmal denke ich mir, es könnte stimmen. Sie ist mir ein Rätsel.«

»Ein wunderbares Rätsel.«

Vera verabschiedete sich.

Das Schicksal hatte es wirklich gut mit mir gemeint. Wie froh ich war, dass Loreen meine Aushilfspostbotin gewesen war. Wie wäre es sonst weitergegangen?

Franz Edelhuber gratulierte mir mit den charmanten Worten »Besser spät als nie« und schüttelte mir kräftig die Hand. »Hab mir auch schon überlegt, ob ich noch mal was ändern will«, erklärte er und kratzte sich am kahlen Kopf. Normalerweise trug er eine Kappe oder einen Hut. Aber zur Feier des Tages präsentierte er heute seine polierte Glatze. »Aber eigentlich passt gerade alles, wie's ist«, resümierte er nachdenklich und prostete mir mit einem Radler zu. »Dann muss man auch nichts ändern.«

Was für ein Philosoph in unserem Hausmeister steckte. Bei diesem Satz konnte ich ihm voll und ganz zustimmen. Ich war von weisen Menschen umgeben.

Plötzlich trat ein junger Mann in schwarzer Lederjacke ein. Jan begrüßte ihn herzlich, und nach kurzem Zögern erkannte ich ihn. Jonathan Herbst, der nach dem Unfall mein Herz wieder zum Schlagen gebracht hatte. Seine Hände hatten für Wochen einen schillernden Bluterguss auf meinem Brustkorb hinterlassen und mich zusammen mit den gebrochenen Rippen erinnert, wie kostbar das Leben war.

»Ich freu mich so, dass es Ihnen gut geht«, strahlte er mich an. »Ihr Lebensgefährte hat mich eingeladen, und da ich gerade in München bin, dachte ich mir, ich schau schnell vorbei.«

Ergriffen nahm ich seine Hand. »Ich weiß nicht, wie ich Ihnen danken soll.«

»Ich schon«, rief Zac, »lass ihn los und schick ihn zum Büfett.«

Diesen Vorschlag nahm er gerne an.

Zufrieden mit der Welt und mir lehnte ich mich an die Wand und betrachtete meine Gäste, die Menschen, die meinem Herz am nächsten standen. Ich überlegte, ob ich eine Vorstellungsrunde machen sollte, beschloss aber, den Dingen und Gesprächen ihren Lauf zu lassen. Das gute Essen und das warme Licht im Raum lockerten die Stimmung schnell auf.

Gabriel, der sanfte Yogaschüler, interessierte sich für Mels Ernährungs- und Tierschutzüberzeugungen. Mel hatte wieder zu ihrem Styling zurückgefunden und trug eine zitronengelbe Perücke zu einem eng anliegenden grünen Overall und gelben Flipflops einer Limonadenfirma.

Gabriel dagegen war farblich unauffällig. Sein weißes Hemd war dem feierlichen Anlass geschuldet, hing jedoch schräg zugeknöpft über einer erdfarbenen Flatterhose, die er von einem Indienaufenthalt mitgebracht hatte. Er hatte die Schuhe ausgezogen. Seine letzte Rasur lag schon einige Tage zurück, und auch seine Haare waren länger nicht mehr geschnitten worden. Es stand ihm. Obwohl es von der Ferne wirkte, als wäre ein Erdbewohner auf eine Außerirdische gestoßen, hatten die beiden viel gemeinsamen Gesprächsstoff: Harmonie und Gewaltlosigkeit gegenüber allem Lebendigen.

»Wie gut es doch ist, keine Vorurteile zu haben und sich nicht von Äußerlichkeiten beeinflussen zu lassen«, stellte Jan fest, der meinem Blick gefolgt war. Seine Hand strich sanft über meinen Rücken. »Sonst würde man übersehen, wie ähnlich man sich manchmal innerlich ist.«

Ich stimmte ihm nickend zu. Er ging zum Büfett weiter. Vielleicht spürte er, dass ich diesen Augenblick gerade am Rand stehend genießen wollte. Nur für mich. Hier traf mein früheres Leben auf mein neues, und beide fügten sich ineinander.

Ich hörte einfach nur zu und war zutiefst glücklich.

Hannah und Zac sprachen über digitale Kunst. Obwohl Zac ein schwarzes Hemd trug, hatte Hannah die Strichcodes bemerkt. Schon als Kind war sie eine ausgezeichnete Beobachterin gewesen.

Erst krempelte Zac nur die Ärmel hoch, kurze Zeit später knöpfte er schon sein Hemd auf und präsentierte sich im Unterhemd. Meine Tochter betrachtete Zacs Haut aufmerksam wie ein Kunstobjekt. Ihre Finger tasteten über die Linien und Zahlenreihen. Zac erklärte ihr die Bedeutung.

»Wunderschön. Das gefällt mir, wie du deine Situation umsetzt«, kommentierte sie, was sie sah. Ich fragte mich, ob es nur um die Tätowierungen ging.

Jan kam mit einem Teller Fischsalat zurück.

»Was machen die beiden da?«, fragte er leise.

»Meine Tochter bewundert Zac.«

»Oder andersherum«, mutmaßte Jan.

Zac zog mittlerweile sein Unterhemd aus und drehte Hannah seinen breiten Rücken zu.

»Zieht er sich immer so schnell aus?«

»Keine Ahnung«, antwortete ich. »Viel hat er eigentlich nie an. Zu Hause ist er meistens in Unterhemd und Shorts unterwegs.«

Hannah erzählte Zac inzwischen von ihrem Projekt in New York und dem Irrsinn unserer Konsumgesellschaft. Zac hing an ihren Lippen.

»Ich hol dir was zu trinken. Dann kannst du noch ein bisschen auf deinem Beobachtungsposten bleiben«, bot Jan an und nahm mir das leere Limoglas ab.

Franz Edelhuber stoppte Jan auf halbem Weg und verwickelte ihn in ein Gespräch übers Angeln. Jan schien sich auszukennen, was mich verblüffte. Aber schließlich war er an einem Bach aufgewachsen.

Ich ging ein Stück weiter. Loreen glänzte vor Elias mit ihrem vielfältigen Wissen über Steueroasen. Wenn Loreen davon erzählte, klang es wie ein Krimi. Elias nickte aufmerksam und stellte interessiert Zwischenfragen. Seine kurzen Haare waren gegelt und perfekt gescheitelt. Nicht einmal ein Bartschatten war auf seinem Gesicht zu sehen. Er wirkte jünger, als er war. Wie unterschiedlich meine Kinder sich doch entwickelt hatten.

Auch Jan war ein Stück weitergekommen und unterhielt sich mit Luca und Maria über Ausschreibungen und Wettbewerbe. Die drei bildeten eine Einheit von Stil und gutem Geschmack. Keiner trug eine Farbe. Nur Schwarz und Weiß. War das eine Berufsvorschrift? Ich fragte mich, ob meine Zukunft wirklich in der Architektur liegen würde. Eigentlich wollte ich freier und farbiger sein. Es zog mich zur Malerei, zu dem, was man nicht einfach sehen konnte. Das würde ich aber später entscheiden. Ich hatte noch genügend Zeit, jetzt, wo ich sie nicht mehr verlieren würde.

Jan kam zurück und brachte mir ein neues Glas Zitronenlimonade.

»Geht's dir gut?«, fragte er mich. Kurz legte er seine Hand an meine Wange. Ich mochte seine beiläufigen Berührungen.

»Gefällt dir der Raum?«

»Er ist perfekt. Danke.«

Ich lächelte ihn an und nippte an meinem wunderbar süß-sauren Getränk. Dann küsste ich ihn.

Wie war ich glücklich!

Schließlich mischte ich mich mit Jan an meiner Seite unter meine Gäste und probierte mich durch die Zitronenköstlichkeiten.

Die Aalhäppchen fand ich etwas makaber. Schließlich war Zac wegen eines Aales niedergeschlagen worden. Aber sie schmeckten ausgezeichnet. Mein Favorit war ein zartes sizilianisches Zitronenkonfekt.

»Zum Niederknien«, stellte ich fest und fütterte Jan damit, der sich tatsächlich hinkniete.

Zac kümmerte sich neben dem Büfett auch noch um die Musik und um Hannah. Er saß am Laptop. Sie stand hinter ihm und diskutierte seine Playlist. Scheinbar hatten sie einen ähnlichen Musikgeschmack. Ihre langen Haare fielen auf seine Schultern, wenn sie sich zu ihm hinunterbeugte.

Je später der Abend, desto ausgelassener wurden die Gäste und ich. Franz Edelhuber erfreute uns mit einem angenehmen Tenor und schmetterte Schlager und Schnulzen textsicher mit. Alle tanzten.

Meine Frisur hatte sich gelöst, und meine Haare kringelten sich vergnügt. Meine Füße schmerzten, die teure Strumpfhose war kaputt. Jedem war inzwischen klar, dass Jan und ich uns näherstanden, als es bei alten Studienfreunden üblich war. Meine Kinder schien das nicht zu stören.

Hannah hatte die Arme um meinen Hals gelegt. Langsam wiegten wir uns im Takt der Musik.

»Ich glaube, Zac hat mich angesteckt«, flüsterte sie in mein Ohr.

»Mit seinen Schlafanfällen?«

»Nicht nur.«

Hatte er seinen Namen gehört? Zac tauchte auf und legte seine Hand auf Hannahs Schulter.

»Partnerwechsel«, strahlte er.

Hannah drehte sich zu ihm um. »Danke, Zac. Du bist mein Held«, lächelte sie ihn an.

Der immer coole Kerl strahlte zurück.

Hannah griff nach seinem Unterarm. »Ich muss mich kurz setzen, sonst fall ich um. Jetlag! Ich übernehm dafür die Musik.« Sie ging zum Laptop.

Schockstarr stand Zac vor mir. Sein Plan war offensichtlich nicht aufgegangen. Aber vor Hannahs Augen konnte oder wollte er mich nicht einfach auf der Tanzfläche stehen lassen. Wie im Tanzkurs deutete Zac eine kleine Verbeugung an. Hannah setzte sich langsam und scrollte minutenlang durch das Musikangebot, was Zacs Qualen verlängerte. Hannah warf uns einen amüsierten Blick zu, dann startete sie einen Tango. Sie wollte es wirklich wissen. Ich hatte fast schon Mitleid mit Zac, der schicksalsergeben die Augen schloss und tief einatmete. Beinahe hätte ich ihm die Flucht angeboten und ein nicht existierendes Hühnerauge oder Meniskusprobleme vorgeschoben. Aber er kam mir zuvor, nahm Haltung an, bot mir seine rechte Hand an und legte seine linke zwischen meine Schulterblätter. Sanft, aber bestimmt lotste er mich durch den Grundschritt. Schnell lernte ich und folgte seiner Führung. Noch nie hatte ich einen derartigen Tänzer erlebt. Er wirbelte mich herum, als wäre ich eine starre und willenlose Schaufensterpuppe. Die anderen machten Platz und bildeten einen Kreis um uns.

Als mich Zac zum Schluss aus dem Gleichgewicht brachte und in eine Rückbeuge sinken ließ, war Widerstand unmöglich bis zwecklos. Ich hörte meine Wirbelkörper knacken und hoffte, dass ich ohne größere motorische Ausfälle in die Senkrechte zurückkehren würde. Hilflos hing ich in der Endposition und lächelte tapfer. Die Musik verklang, und lauter Jubel brach los.

»Die ist ja noch beweglich! Wie aus Gummi«, stellte Edelhuber anerkennend fest. Jan nickte sichtlich beeindruckt.

Zac zog mich auf die Füße zurück und hielt mich fest, bis ich mich von der Extremdehnung erholt hatte. Er grinste mich an.

»Ein zweiter Tanz?«, fragte er laut.

»Geb ich an Hannah ab. Sonst brauche ich morgen einen Chiropraktiker.«

Galant begleitete er mich zu Jan. Mit ihm zu tanzen war weniger akrobatisch, aber nicht minder aufregend.

Die Wolken färbten sich bereits lila, als die ersten Gäste nach Hause aufbrachen.

Mel und Gabriel wollten den Tag auf einer Wiese am Eisbach mit einem Yoga-Sonnengruß beginnen. Maria und Luca hingegen lockte wohl eher die gemütliche Wärme des gemeinsamen Bettes.

Herr Edelhuber ging angeln. »In den frühen Morgenstunden beißen sie am besten«, informierte er mich und packte sich einen ordentlichen Tagesproviant am Büfett.

Der pflichtbewusste Elias begann aufzuräumen. Er ließ sich jedoch von Loreen überzeugen, es einfach sein zu lassen und mit ihr stattdessen einen Isarspaziergang zu machen und anschließend frühstücken zu gehen.

Jan und ich verließen als Letzte meine Unabhängigkeitsfeier. Die Morgenluft war kühl und feucht. Ich war froh um meinen Mantel und akzeptierte dankbar Jans angebotenen Arm. Ich war zum Umfallen müde.

Die Stadt schlief noch.

Wir folgten Zac und Hannah auf leise knirschenden Kieswegen durch den Park. Die ersten Vögel begannen zu zwitschern.

Zac hatte seinen Arm um Hannahs schlanke Taille gelegt. Ihr Kopf ruhte an seiner Schulter. Seit der Kopfverletzung waren seine Schlafanfälle weniger geworden. Medizinisch konnte das niemand erklären.

Während der Feier war Zac nur ein einziges Mal eingeschlafen, seitlich vom Stuhl gekippt und mit dem Kopf in Hannahs Schoß gelandet. Sie hatte zärtlich sein Ohr gestreichelt, bis er wieder aufgewacht war. Natürlich war es kein Zufall, dass es ziemlich lange gedauert hatte. Ich spürte, dass sich meine unabhängige Tochter Hals über Kopf verliebt hatte. Die beiden hatten nach dem Tango fast ununterbrochen getanzt und waren sich sehr nahgekommen.

»Du weißt, dass ich mitten in einer Unterhaltung einfach einschlafe?«, fragte Zac sie.

»Dann ist wenigstens offensichtlich, dass du nicht zuhörst«, erwiderte Hannah.

»Aber wenn ich wach bin, gehört dir meine ungeteilte Aufmerksamkeit.«

Hannah blieb abrupt stehen.

Jan und ich gingen langsamer und hielten dezent Abstand. In der Morgenstille hörten wir trotzdem jedes Wort.

»Das ist mehr als genug«, antwortete sie, streckte sich auf Zehenspitzen und küsste Zac auf den Mund.

»Viele Menschen verschlafen ihr Leben, obwohl sie wach sind, und wenn sie wirklich aufwachen«, Hannahs ruhiger Blick traf mich, »wollen viele gleich wieder einschlafen. Nur wenige ertragen das Wachsein. Es ist ein Wagnis.«

Zac nahm Hannahs Gesicht zwischen seine Hände und betrachtete sie still.

»Ein Abenteuer«, erwiderte Zac. Dann küsste er sie. Seine Hände wanderten über ihren Rücken hinunter.

»Die beiden sind entschlossener, als wir es damals waren«, flüsterte ich Jan zu.

»Nicht jeder braucht eine zweite Chance. Manche ergreifen gleich die erste«, antwortete er.

»Sie kennen sich seit heute Nachmittag«, rief ich ihm ins Gedächtnis.

»Das reicht.«

»Sprichst du aus Erfahrung?«, versuchte ich ihn aufzuziehen.

»Bei dir wusste ich es auch innerhalb von Minuten. Leider habe ich mich nicht getraut, es dir zu sagen.«

Mein Herz zog sich zusammen.

Wie Zac bei Hannah, nahm Jan mein Gesicht in seine Hände. Seine blauen Augen hielten mich fest. »Es ist ein Wagnis«, wiederholte er Hannahs Worte und küsste mich. »Du hast eine schöne und sehr weise Tochter«, stellte Jan fest. »Die beiden sind ein wunderbares Paar.«

Ich nickte zustimmend.

»Und sie wird in Zacs Nähe nie kochen müssen.«

»Ein großer Vorteil«, bestätigte er. »Er ist ein ausgezeichneter Koch. Er wird ihr jeden kulinarischen Wunsch erfüllen.«

Wahrscheinlich nicht nur den, dachte ich und vergaß es ganz schnell wieder. Jan und ich überholten das junge Glück. Das hier würde noch eine Weile dauern. Hannah und Zac waren eng umschlungen.

»Bloß zur Warnung: Ich schlafe vielleicht beim Sex ein«, hörte ich provozierend laut Zacs Stimme, als wir an ihm vorbeigingen.

»Ist mir auch schon passiert«, antwortete Hannah.

Ich beschleunigte meine Schritte und zog Jan mit mir.

»Zu viele intime Details, die ich nicht wissen will und die nicht für meine mütterlichen Ohren bestimmt sind.«

Jan amüsierte sich.

»Ich schlaf bei Zac«, rief mir Hannah nach.

Das war mir schon klar gewesen. Ich winkte ihr zu. Zac winkte zurück. Beide brachen in Lachen aus.

»Und wir?«, fragte Jan.

»Wie meinst du das?«

»Kommst du mit zu mir? Ich wohne näher. Oder gehen wir zu dir?«

Die Frage »bei mir oder bei dir?« war unser Ritual, seit ich eine eigene Wohnung hatte. Langsam schlenderten wir Hand in Hand über die taunasse Wiese.

»Ich bin betrunken«, gab ich zu bedenken.

»Von der Zitronenlimonade?«

»Nein, vor Glück«, erwiderte ich ehrlich. »Und außerdem war der Weißwein auch sehr süffig.«

»Du hast Sorge, unter Alkoholeinfluss etwas Unüberlegtes zu tun?«, zog er mich auf.

»Nein. Ich werde schnarchen wie ein Ochse«, warnte ich ihn.

»Das bin ich doch schon gewohnt«, erwiderte er mit einem Lächeln. Dann blieb er plötzlich stehen. »Du darfst sein, wie du bist. Ich werde dir das immer wieder sagen, bis du mir glaubst. Ich liebe dich, Leno.«

»Ich dich auch«, erwiderte ich und küsste ihn. Seine Lippen schmeckten nach Zitronen. Wir gingen am Eisbach entlang.

»Außerdem bin ich steinmüde«, gab ich zu bedenken.

»Mich stört auch nicht, wenn du beim Sex einschläfst«, lachte Jan.

Hannah und Zac schlossen zu uns auf.

»Oho«, rief Zac. »Nur nicht zu übermütig, die alten Herrschaften. Ich hab beim Tanzen Els Wirbel knacken gehört. In eurem Alter muss man vorsichtig sein. Keine schnellen oder ruckartigen Bewegungen.«

In Jans Wohnung packte ich endlich sein Geschenk aus. Vorsichtig löste ich die Schleife und klappte die Schachtel auf. Auf schwarzem Samt lag ein kleiner Zettel. Ich faltete ihn auseinander. *REISEGUTSCHEIN* stand dort in Jans markanten Großbuchstaben. Mehr nicht.

Fragend schaute ich ihn an.

»Wünsch dir ein Ziel und ich fahr mit dir hin. Das ist deine Studiums-Abschlussfahrt«, erklärte er. »Du wolltest doch reisen, Leno.«

Jan hatte mir gut zugehört. Seit ich meine ersten eigenen Wurzeln geschlagen hatte, lockte mich das Fernweh. Tatsächlich sprach ich oft vom Wegsein. Wo zog es mich hin? Italien, das Land, wo die Zitronen blühen? Oder weiter, wilder, gefährlicher?

»Gibt's ein Limit?«

Jan strich mir eine Locke aus dem Gesicht.

»Nein, von meiner Seite kein Limit, keine Grenzen. Alles ist möglich.«

»Dein Geschenk ist ein Wagnis«, neckte ich ihn.

»Nur dann ist es von Bedeutung«, flüsterte er und küsste mich.

»Zum Amazonas«, antwortete ich schließlich. »Ich will mit dem öffentlichen Postschiff fahren, an Deck in einer Hängematte schlafen, durch den Regenwald gehen, ihn sehen, riechen und …«

»… spüren«, ergänzte Jan. »Wir werden von Stechmücken, Tausendfüßlern und Riesenspinnen bekrabbelt werden. Und das in schwüler Hitze, unter sengender Sonne und zweifelhaften hygienischen und sanitären Bedingungen.«

Ich zuckte mit den Schultern. »Wahrscheinlich werde ich überall Sommersprossen haben.«

»Eine gepunktete Leno. Das klingt wirklich verlockend. Ist der Amazonas ein Punkt auf deiner Bucketlist?«

»Die Listen habe ich aufgegeben. Ich höre nur noch auf mein Herz«, erwiderte ich. »Aber ich träume vom Amazonas seit dem Erdkundeunterricht.«

Jan schob mich ein Stück von sich weg und musterte mich. Herausfordernd schaute ich ihn an.

»Na, du traust dich was! Dann ist es beschlossen. Wir stürzen uns in ein Abenteuer und fahren zu Piranhas und Würgeschlangen nach Brasilien.« Er überlegte. »Wenn du magst, machen wir nach Natur und Wildnis einen Abstecher in die Hauptstadt Brasília. Die Gebäude von Oscar Niemeyer wollte ich schon lange in Wirklichkeit sehen.«

Inzwischen war ich mit Jans Manschettenknöpfen vertraut, öffnete sie und legte sie auf den Tisch.

»Sehr listig von dir, beide Ziele miteinander zu verbinden. Mit dir Häuser fotografieren klingt zu spannend. Ich könnte mir fast nichts Schöneres vorstellen.«

Ich knöpfte sein Hemd auf.

»Der Grundriss der Stadt soll aus der Luft betrachtet an ein Flugzeug erinnern«, fuhr er fort und öffnete den Rückenreißverschluss meines gelben Kleides.

»Wie aufregend. Ich kann es kaum erwarten«, erwiderte ich.

Wir liebten uns nicht gerade wirbelsäulenschonend auf der schmalen Couch, mit Blick über die Münchner Dächer.

Die Sonne ging auf, ein neuer Tag brach an, und ich freute mich auf jeden Tag meiner noch unbekannten Lebensreise.

Es ist ein Wagnis.